HEYNE

Die Autorin

Johanna Lindsey wuchs in Hawaii auf. Sie heiratete nach der Highschool und hatte bereits zwei kleine Kinder zu versorgen, als sie sich zum Schreiben gedrängt fühlte. 1976 veröffentlichte sie ihren ersten Roman. In den folgenden zwölf Jahren verfasste sie 17 weitere, die in zahlreiche Sprachen übersetzt wurden. Inzwischen hat sie drei Kinder und widmet jede freie Minute ihren historischen Liebesromanen.

Das Buch

Die Zwillingsschwestern Marian und Amanda Laton sehen sich zwar zum Verwechseln ähnlich, ihre Persönlichkeit jedoch könnte unterschiedlicher nicht sein. Während die zurückhaltende Marian ihre Schönheit hinter dicken Brillengläsern verbirgt, setzt die launische Amanda alles daran, die Aufmerksamkeit ihrer zahllosen Verehrer auf sich zu ziehen.
Nach dem Tod ihres Vaters ziehen die verwaisten Schwestern zu ihrer resoluten Tante nach Texas. Doch sie hätten sich nie träumen lassen, was sie dort im einsamen, wilden Westen erwartet – oder vielmehr wer: Der stolze und verwegene Cowboy Chad, der ihnen schon bald völlig den Kopf verdreht. Anfangs scheint er sich nur für die lebenshungrige Amanda zu interessieren, doch als Marian ihm ihr wahres Gesicht zeigt, fängt er Feuer. Amanda hingegen gibt sich nicht so leicht geschlagen und verfolgt einen teuflischen Plan ...

JOHANNA LINDSEY

Verborgene Träume

Roman

Aus dem Amerikanischen
von Kristina Ruhl

WILHELM HEYNE VERLAG
MÜNCHEN

Die Originalausgabe
A MAN TO CALL MY OWN
erschien bei Atria Books, New York.

FSC
Mix
Produktgruppe aus vorbildlich bewirtschafteten Wäldern und anderen kontrollierten Herkünften
Zert.-Nr. SGS-COC-1940
www.fsc.org
© 1996 Forest Stewardship Council

Verlagsgruppe Random House FSC-DEU-0100
Das für dieses Buch verwendete FSC-zertifizierte Papier *Holmen Book Cream* liefert Holmen Paper, Hallstavik, Schweden.

Taschenbuchausgabe 01/2009

Printed in Germany 2009
Umschlaggestaltung: Nele Schütz Design, München,
unter Verwendung einer Illustration von © Agentur Schlück
Druck und Bindung: GGP Media GmbH, Pößneck
ISBN: 978-3-453-72246-0

www.heyne.de

Kapitel 1

Mortimer Laton war am Morgen in Haverhill, Massachusetts, begraben worden, jenem Ort, in dem er auch geboren und aufgewachsen war. Den Namen Haverhill trug die Stadt freilich erst seit 1870; Mortimer war ein Kind gewesen, als das ehemalige Pentucket umbenannt worden war. Seine Frau Ruth lag auf einem der älteren Friedhöfe, der kurz nach ihrer Bestattung geschlossen worden war, da alle Plätze belegt waren. Es hätte ihr nichts ausgemacht, dass ihr Gatte das Grab nicht bis in alle Ewigkeit mit ihr teilte. Im Gegenteil, sie hätte es vermutlich sogar so gewollt, denn von Liebe war zwischen ihnen nie die Rede gewesen.

Auf dem großen Grabstein, der für Mortimer in Auftrag gegeben worden war, stand: »Hier ruht Mortimer Laton, geliebter Vater von Amanda und Marian.« Amanda Laton hatte das sentimentale Adjektiv angeordnet, das für sie ohne Einschränkung zutraf. Sie hatte ihn verehrt, und er war ihr ein vollkommener Vater gewesen, hatte ihr alles gegeben, was ein Kind brauchte, um sich geliebt und beschützt zu fühlen. Marian dagegen hätte das Wort weggelassen, wenn sie gefragt worden wäre.

Die Beerdigung fand im kleinen Kreis statt und war trotz des herrlichen Wetters und der Frühlingsknospen, die überall sprossen, ebenso trist wie die meisten Beerdigungen. Nur Mortimers Dientsboten, einige seiner Geschäftspartner und seine beiden Töchter nahmen teil.

Der Gottesdienst war erstaunlich ruhig verlaufen, ganz ohne hysterisches Jammern und Klagen. Bei Ruths Beerdigung sieben Jahre zuvor war das anders gewesen. Damals war Marian mit ihrem hemmungslosen Schluchzen völlig aus dem Rahmen gefallen. Aber damals hatte sie auch das Gefühl gehabt, den einzigen Menschen verloren zu haben, dem sie je etwas bedeutet hatte.

Etwas Ähnliches hätte eigentlich auch heute passieren müssen. Amanda, vom Tag ihrer Geburt an der Liebling ihres Vaters, hätte sich die Seele aus dem Leib weinen müssen. Doch seit die Schwestern vom Tod des Vaters erfahren hatten – er war in der Woche zuvor auf dem Heimweg von einer Geschäftsreise nach Chicago aus dem Zug gestürzt, als er von einem Wagon in den nächsten gehen wollte –, hatte Amanda noch nicht eine Träne vergossen.

Eine sonderbare Form von Schock, flüsterten die Bediensteten untereinander, und Marian hätte zugestimmt, wenn ihre Schwester ignoriert hätte, dass er tot war. Aber sie sprach und diskutierte über sein Ableben, als wäre es vollkommen belanglos und ginge sie nichts weiter an. Ein Schock? Schon möglich, aber dann eine Form von Schock, von der Marian noch nie etwas gehört hatte. Andererseits war Amanda, ebenso wie Mortimer, extrem egozentrisch. Wahrscheinlich bereitete ihr mehr Kummer, welche Folgen sein Tod für sie haben würde, als die Tatsache, dass er nicht mehr unter ihnen war.

Mortimer war nicht fähig gewesen, mehr als einen Menschen auf einmal zu lieben. Schon in sehr jungen Jahren war Marian zu dieser Erkenntnis gelangt und hatte irgendwann die Hoffnung aufgegeben, dass sich das je ändern würde. Und in der Tat hatte ihr das Verhalten ihres Vater nie einen Hinweis darauf gegeben, dass sie sich geirrt haben könnte.

Ihr Vater hatte auch ihre Mutter nicht geliebt. Die Ehe war arrangiert gewesen. Sie waren einander mehr oder weniger Fremde, die im selben Haus lebten und ein paar Interessen teilten. Sie kamen gut miteinander aus, aber von Liebe konnte nicht die Rede sein. Die Eltern ihres Vaters waren vor Marians Geburt gestorben; sie wusste also nicht, wie er sich ihnen gegenüber verhalten hatte. Seine einzige Schwester war weggezogen, als Marian noch ein Kleinkind war, und Mortimer sprach nie von ihr – ein Zeichen, dass ihn nicht interessierte, was aus ihr geworden war.

Doch Amanda hatte er geliebt – daran zweifelte niemand. Vom Tag ihrer Geburt an war er von ihr verzaubert gewesen und hatte sie in Liebe schier ertränkt – oder, anders ausgedrückt, sie nach Strich und Faden verzogen. Selbst wenn sich die Schwestern im selben Raum befanden, hatte er nur Augen für Amanda, als wäre Marian unsichtbar gewesen.

Obwohl er nun tot war, konnte Marian nicht aufhören, sich den Kopf darüber zu zermartern. Nicht, dass er sie in all den Jahren materiell schlechter gestellt hätte, nein, in dieser Hinsicht waren die Schwestern immer gleich behandelt worden. Nur Marians emotionale Bedürfnisse waren vernachlässigt worden.

Ihre Mutter hatte stets versucht, ausgleichend zu wirken, und war darin einigermaßen erfolgreich gewesen. Sie hatte genau verstanden, wie sehr es Marian schmerzte, von Mortimer so abgewiesen zu werden. Und obwohl sie beide Töchter gleichermaßen liebte, so hatte sie doch für Marian immer eine kleine Extraportion Zuneigung übrig. Leider bemerkte Amanda das irgendwann und beanspruchte eifersüchtig alle Liebe der Mutter für sich, was schließlich zu einem Bruch zwischen den Schwestern führte, der nicht mehr zu beheben war. Sie hassten sich aus tiefster Seele. Anders konnte man es nicht ausdrücken.

Es war nicht nur die Eifersucht. Die hätten sie vielleicht irgendwie überwinden können. Die lange Liste gegenseitiger Vorwürfe hätte am Ende wohl sogar beiseite gelegt werden können, denn die meisten davon gingen auf die Kindheit zurück, der beide längst entwachsen waren. Doch wahrscheinlich hatte das übermäßige Verwöhnen und Hätscheln Amandas Egozentrik noch gefördert, so dass sie, kurz gesagt, einfach kein netter Mensch war.

Ob vorsätzlich oder unbewusst, es gelang Amanda erschreckend oft, die Gefühle anderer zu verletzen. Erschütternd daran war, dass sie gar nicht zu bemerken schien, welchen Schaden sie anrichtete. Und um Verzeihung bat sie niemals.

Marian hatte längst aufgehört zu zählen, wie viele Male sie ihre Schwester schon in Schutz genommen und sich bei deren Opfern entschuldigt hatte. Nicht, dass sie sich für Amandas Verhalten verantwortlich fühlte – keineswegs. So lange sie denken konnte, war Amanda gemein und boshaft gewesen.

Keine von beiden hatte echte Freundinnen. Amanda wollte keine – sie hatte ihren Vater, der sie abgöttisch liebte. Marian hätte gerne welche gehabt, hatte aber schon vor langer Zeit aufgegeben, Freundschaften zu schließen. Ihre Schwester hatte die Mädchen regelmäßig in die Flucht geschlagen, meist in Tränen aufgelöst. Die Folge war, dass keine sich mehr in Marians Nähe traute, schließlich bestand immer die Gefahr, Amanda in die Arme zu laufen.

Mit jungen Männern verhielt es sich anders. Seit die Schwestern das heiratsfähige Alter erreicht hatten, wurden bei den Latons regelmäßig Verehrer vorstellig. Der Reiz war zweifacher Natur – da war zum einen Mortimers Vermögen, das als beträchtlich galt, und zum anderen die Tatsache, dass Amanda als eines der hübschesten Mädchen der Stadt galt.

Sie genoss die Aufmerksamkeit der Männer und sonnte sich in deren Schmeicheleien. Wenn einer kam, auf dessen Bewunderung sie verzichten konnte, piesackte sie ihn so lange mit unterschwelligen Schmähungen und Beleidigungen, bis er sich nicht mehr blicken ließ. So hatte sich innerhalb eines knappen Jahres ein fester Kreis von Verehrern um sie gebildet, wobei sie keinen bevorzugt behandelte. Sie hatte sich noch lange nicht entschieden, wem sie das Jawort geben wollte.

Leider. Marian wünschte sich inständig, sie würde es tun. Jeden Abend betete sie, dass ihre Schwester heiraten und wegziehen würde, damit sie endlich ein normales Leben führen konnte, statt sich zu verstecken, aus Angst, dass ihr ein junger Mann den Hof machen wollte, um dann von Amanda aufs Korn genommen zu werden. Zweimal hatte sie sich für einen Mann interessiert, und sie hatte ihre Lektion gelernt. Sie wollte nicht noch einmal erleben, wie Amanda einen Verehrer demütigte, nur weil er es gewagt hatte, sie Marians wegen zu ignorieren.

Aus diesem Grund gab sich Marian auch große Mühe, die bedauerliche Tatsache, dass sie Zwillinge waren, zu verschleiern. Da sie keine Aufmerksamkeit auf sich lenken wollte, wählte sie besonders schmucklose Kleider in langweiligen Farben, die ihr nicht standen. Sie trug ihr Haar streng zurückgekämmt, eher wie eine Großmutter als wie eine junge Frau von kaum achtzehn Jahren. Doch die ganze Maskerade hätte nicht funktioniert ohne die Brille mit dem massiven Rahmen und den dicken Gläsern, die ihre Augen auf das Zweifache vergrößerten und sie wie einen glupschäugigen Frosch aussehen ließen.

Nun saßen sie im Arbeitszimmer ihres Vaters und hörten zu, wie sein letzter Wille verlesen wurde. Amanda war schön wie immer, sogar im schwarzen Trauerkleid, das gleichwohl höchst elegant war, denn etwas anderes hätte sie nie und nimmer angezogen. Verziert mit Spitzen und winzigen Perlen, die kunstvolle Muster bildeten, stand es ihr im Grunde sogar besser als einige ihrer ausgefallenen Roben. Ihre Frisur war nicht ganz so extravagant wie sonst, ausnahmsweise waren die goldenen Ringellöckchen einmal streng zusammengehalten.

Marian war so unscheinbar wie immer. An ihrem schwarzen Kleid gab es weder Rüschen noch Zierrat zu bewundern, keine lockige Strähne lenkte von den schrecklichen Brillengläsern ab, die ihre Erscheinung prägten. Sie war die Motte neben dem Schmetterling. Während sie nur vermuten konnte, wie leicht es der Schmetterling hatte, wusste sie, wie hart es war, die Motte zu sein.

Der Raum wirkte fremd, denn statt Mortimer saß sein Anwalt hinter dem Schreibtisch. Sie kannten Albert Bridges gut. Er war häufig zum Abendessen da gewesen, wenn ihr Vater viel zu tun und sich Arbeit mit nach Hause gebracht hatte.

Albert duzte die Schwestern normalerweise; dazu kannte er sie lange genug. Doch heute sprach er sie beide förmlich mit Miss Laton an. Er schien sich bei der Aufgabe, die vor ihm lag, nicht recht wohl in seiner Haut zu fühlen.

Bislang hatte das Testament noch keine Überraschungen geboten. Ein paar Bedienstete der Familie waren bedacht worden, doch im Wesentlichen ging Mortimers Eigentum an seine Töchter, und zwar zu gleichen Teilen. Wieder einmal war er im Materiellen gerecht verfahren. Da waren Anteile an einem halben Dutzend Unternehmen, vermietete Immobilien in der Stadt und anderswo in den Staaten sowie ein Bankkonto, das dicker war, als die Mädchen es sich je hätten vorstellen können. Keine echten Überraschungen. Bis zum Schluss.

»Es gibt eine Bedingung«, erklärte Albert und nestelte nervös an seinem Kragen herum. »Ihr Vater wollte, dass Sie gut versorgt sind und nicht Mitgiftjägern in die Hände fallen, die nur auf Ihr Erbe aus sind. Sie bekommen vorerst nur das, was Sie zum Leben brauchen. Das restliche Vermögen folgt, sobald Sie verheiratet sind. Bis dahin wird Mrs Frank Dunn als Ihr Vormund eingesetzt.«

Amanda sagte nichts. Ihre Stirn lag in Runzeln, als hätte sie noch nicht richtig begriffen, was sie da eben gehört hatte. Marian beobachtete sie und wartete auf den Sturm, der unvermeidlich losbrechen würde, sobald der Groschen gefallen war.

Albert Bridges hatte offenbar mit einer deutlicheren Reaktion gerechnet, denn er sah die Mädchen kritisch an und fragte, wieder in die vertraute Anrede verfallend: »Habt ihr verstanden, was das heißt?«

Marian nickte und zeigte ihm sogar ein Lächeln. »Ich nehme an, Tante Kathleen wird nicht ihr Leben umkrempeln, um uns gefällig zu sein, nur weil ihr Bruder gestorben ist. Wir müssen also zu ihr ziehen. Das meinen … Sie, oder?«

Er seufzte erleichtert auf. »Genau. Ich weiß, es ist sicher sehr schwer, so weit weg zu ziehen und alles zurückzulassen, was euch vertraut ist, aber es geht nicht anders.«

»Im Grunde … macht mir das gar nichts aus. Mich verbindet eigentlich nichts mit dieser Stadt …«

Da brach der Sturm los. Amanda war so schnell von ihrem Stuhl hochgesprungen, dass sich nicht nur eine, sondern gleich zwei blonde Locken aus ihrer Frisur lösten, und zwar auf derselben Seite, so dass sich ein Schwall goldenen Haares über ihre Brust ergoss. Ihre dunkelblauen Augen glitzerten wie Saphire im Licht einer Juwelierslampe, und durch ihre verkniffenen Lippen drang ein Fauchen.

»Das kommt überhaupt nicht in Frage! Haben Sie eine Ahnung, wo diese unbekannte Tante lebt? Am anderen Ende der Welt!«

»Am anderen Ende des Landes, genauer gesagt«, warf Marian ruhig ein.

»Das ist das Gleiche!«, schrie Amanda. »Sie lebt unter Wilden!«

»Die Wilden können längst nicht mehr so, wie sie wollen – zumindest zum großen Teil.«

Amanda funkelte sie an. »Sei still! Du kannst ja von mir aus nach Texas in die Wildnis gehen und verrotten. Ich werde jedenfalls auf der Stelle heiraten und hier bleiben. Haben Sie vielen Dank.«

Albert versuchte, sie aufzuhalten, um in seinen Erläuterungen fortzufahren, doch Amanda war viel zu aufgebracht, um zuzuhören, und stolzierte aus dem Raum. Er warf Marian einen geduldig-leidenden Blick zu. »Sie kann nicht einfach ›auf der Stelle‹ heiraten«, erklärte er Marian mit einem müden Seufzer.

»Das dachte ich mir.«

»Ich meine, sie kann schon, aber dann würde sie ihr

Erbe verwirken. Als euer Vormund muss eure Tante ihr Einverständnis geben, wenn eine von euch heiraten will.«

»Soll ich sie zurückholen?«, erbot sich Marian. »Sie hat das Haus noch nicht verlassen. Wir hätten sonst die Tür zuschlagen hören.«

»Ich werde ihr nachgehen.« Albert seufzte erneut. »Ich hätte mich gleich klarer ausdrücken müssen.«

Er stand vom Schreibtisch auf, doch da kam Amanda schon von selbst zurück, im Schlepptau Karl Ryan. Karl war einer ihrer vielen hoffnungsfrohen Freier, eigentlich der Letzte in der Riege, doch sie tolerierte ihn, weil er gut aussah und in jeder Hinsicht als gute Partie galt. Amanda ließ es nicht zu, dass sich ein Mann auch für andere Frauen interessierte, selbst wenn es nur eine war. Dann gab sie alles, um ihn ganz für sich zu gewinnen, denn sie suhlte sich im Neid ihrer Nebenbuhlerinnen.

Karl war heute Morgen gekommen, um sie zum Friedhof zu begleiten. Amanda war indessen viel zu beschäftigt gewesen, um zu bemerken, dass er als Einziger von ihren Verehrern da war, um ihnen sein Beileid auszusprechen. Marian wusste, dass Besucher an der Tür abgewiesen wurden, mit der simplen Begründung, die Mädchen wollten niemanden empfangen. Jemand hatte entschieden, dass sie etwas Zeit für sich brauchten, um zu trauern. Marian war dankbar dafür; sie hatte keine Lust, jemanden zu sehen. Amanda hätte wahrscheinlich widersprochen, wenn sie davon gewusst hätte.

Karl freilich hatte man schwer wegschicken können. Er war gekommen, gleich nachdem sie von Mortimers Tod erfahren hatten. Amanda hatte es ihm gesagt. Er hatte im Salon gewartet, bis sie von der Beerdigung zurück waren, und sich darauf vorbereitet, so viel Trost wie irgend nötig zu spenden. Doch Amanda schien weniger Trost zu brauchen als Beruhigung, denn sie sah nach wie vor wütend aus.

»Hier, ich habe die Sache geregelt«, sagte sie triumphierend. »Ich bin nun mit Mr Ryan verlobt. Und jetzt will ich nichts mehr davon hören, dass ich von zu Hause weggehen muss.« Abfällig fügte sie hinzu: »Aber ich helfe dir gerne beim Packen, Marian.«

»Sie können Ihren Anspruch auf Ihr Erbe nur geltend machen, Miss Laton, wenn Mr Ryan bereit ist, mit Ihnen nach Texas zu reisen, um Ihre Tante aufzusuchen und deren Einwilligung einzuholen«, führte Albert aus. »Ohne diese Einwilligung würden Sie alles verwirken.«

»Nein! Mein Gott, ich kann nicht glauben, dass Papa mir das antut! Er wusste doch, dass ich Reisen verabscheue.«

»Er ist nicht absichtlich gestorben, um dir das Leben schwer zu machen, Amanda«, sagte Marian verärgert. »Ich bin sicher, er dachte, du wärst längst unter der Haube, wenn er stirbt.«

»Ich würde liebend gerne mit dir nach Texas reisen«, meldete sich Karl zu Wort.

»Sei nicht albern«, fuhr Amanda ihn an. »Siehst du nicht, dass das alles ändert?«

»Keineswegs«, beharrte Karl. »Ich möchte dich immer noch heiraten.«

Marian wusste, was nun kommen würde, und versuchte, Karls Gefühle zu schonen. »Sie sollten jetzt gehen«, schlug sie rasch vor. »Sie ist erregt …«

»Erregt!«, rief Amanda. »Ich bin mehr als erregt. Aber ja, geh. Ich habe keinen Grund mehr, dich zu heiraten; nicht einen einzigen, wenn ich es mir genau überlege.«

Marian wollte den Blick abwenden. Sie wollte nicht sehen, wie Karl von diesen paar achtlosen Worten niedergeschmettert wurde. Doch sie war nicht schnell genug und sah es trotzdem. Er hatte so glücklich ausgesehen, als er vor ein paar Augenblicken in diesen Raum gekommen war. Sein Herzenswunsch hatte sich unerwartet erfüllt. Er wollte Amanda wirklich zur Frau haben – wusste der Himmel, warum, aber er wollte es. Anscheinend hatte er ihre gemeine Seite nie bemerkt oder einfach ignoriert. Bis eben.

Blieb nur die Hoffnung, dass er sich eines Tages, wenn er die Zurückweisung überwunden hatte, beglückwünschte, der Ehe mit dieser herzlosen Zicke entgangen zu sein.

Kapitel 2

Die Ranch – Twisting Barb – war klein, nach texanischem Maßstab sogar sehr klein. Sie lag in der fruchtbaren Ebene westlich vom Brazos, rund eine Viertelmeile von dem Fluss entfernt, der das weite Land im Nordosten querte. Zu Twisting Barb gehörte nicht viel, aber gutes Weidegelände; knapp tausend Rinder nannten die Rancher ihr Eigen, und es wäre auch für mehr Platz gewesen, doch es hatte sie nie gereizt, »Rinderbarone« zu werden.

Nach dem Tod ihres Mannes hatte Red die Ranch allein geführt. Sie verstand etwas von ihrem Handwerk, und die Aufgabe wäre ihr nicht schwer gefallen. Nur eines hatte ihr gefehlt – eine Hand voll guter Cowboys, die auf sie hörten.

Als sie sich irgendwann nicht mehr zu helfen wusste, dachte sie ernsthaft darüber nach zu verkaufen. Alle guten Männer waren gegangen, als ihr Mann gestorben war. Sie brachte in der Stadt einen Aushang an, doch Cowboys, die etwas auf sich hielten, suchten sich lieber einen Job auf der Kinkaid-Ranch. Die Einzigen, die für sie arbeiten wollten, waren halbwüchsige Bürschchen und junge Männer aus dem Osten, die aus den unterschiedlichsten Gründen nach Westen gekommen waren und denen man jeden Handgriff erklären musste.

Red war durchaus bereit, ihnen etwas beizubringen. Doch sie wollten nichts lernen, schon gar nicht von einer allein stehenden Frau, die sie als eine Art Ersatzmutter betrachteten. Wie Schuljungs ließen sie sie reden, stellten aber auf Durchzug. Ihre Anweisungen gingen zum einen Ohr hinein und zum anderen wieder hinaus. Sie war drauf und dran, aufzugeben und zu verkaufen, als unerwartet Chad Kinkaid auftauchte.

Sie kannte Chad schon seit vielen Jahren. Er war der Sohn ihres Nachbarn, Stuart Kinkaid, der es im Gegensatz zu ihr darauf anlegte, Rinderbaron zu werden. Stuarts Ranch war die größte im ganzen Umkreis, und er war ständig bestrebt zu expandieren. Wenn er gewusst hätte, dass Red über einen Verkauf nachdachte, hätte er schon längst bei ihr angeklopft. Aber im Grunde wollte sie gar nicht verkaufen. Sie hatte einfach das Gefühl, keine andere Wahl zu haben, weil die Dinge seit dem Tod ihres Mannes so schlecht liefen. Doch durch Chad änderte sich alles. Sie war immer noch dankbar für den Sturmwind, der ihn vor drei Monaten nach Twisting Barb geblasen hatte.

Es war der letzte schlimme Sturm des Winters gewesen. Dass Chad sich in der Nähe befand, als er losbrach, hatte nur einen Grund: Er hatte sich mit seinem Vater überworfen und war auf dem Weg, sein Elternhaus zu verlassen – für immer. Red hatte ihn über Nacht aufgenommen. Als scharfsinniger Mensch bemerkte er sofort, dass mit ihr etwas nicht stimmte, und beim Frühstück anderntags bohrte er so lange nach, bis sie ihm schließlich erzählte, was für Probleme sie hatte.

Sie hatte nicht im Traum damit gerechnet, dass er ihr helfen könnte – was für ein Irrtum! Stuart Kinkaid war vielleicht ein verbohrter Ochse, aber mit Chad hatte er einen fabelhaften Sohn zustande gebracht.

Wäre sie zwanzig Jahre jünger gewesen, hätte sie sich auf der Stelle in ihn verliebt, so dankbar war sie. Aber dem Alter nach hätte sie fast seine Mutter sein können.

Außerdem liebte sie seinen Vater – was natürlich niemand wusste. Zwölf Jahre zuvor war Stuart herübergeritten, um sie und ihren frisch vermählten Gatten als neue Nachbarn zu begrüßen, und hatte ihnen hundert Rinder geschenkt, als Starthilfe. Da war es passiert.

Stuart war der bestaussehende Mann, den sie je kennen gelernt hatte, und mit der Freundlichkeit, die er ihnen an diesem Tag entgegengebracht hatte, hatte er sich nach und nach einen Weg in einen Winkel ihres Herzens gebahnt. Ihr Mann hatte es nie erfahren, ebenso wenig Stuart. Und niemand würde es je erfahren, wenn es nach ihr ging. Obwohl Stuarts Frau schon lange tot gewesen war, als sie ihn kennen gelernt hatte, und auch ihr Mann nun gestorben war, hätte sie niemals daran gedacht, ihren Gefühlen für diesen groß gewachsenen Texaner nachzugeben.

Stuart Kinkaid war in jeder Hinsicht eine Nummer zu groß für sie: Er war reich, immer noch sehr attraktiv, eine strahlende Persönlichkeit – wenn er wollte, konnte er jede Frau haben. Sie dagegen war ein einfaches, gutherziges Mäuschen mit roten Haaren. Schon in jungen Jahren war sie nie der Typ gewesen, der Männern den Kopf verdrehte, und jetzt ging sie auf die Vierzig zu.

Chad glich in vielem seinem Vater. Auch er sah besser aus, als ihm gut tun konnte. Doch er hatte keinen Ruf als Herzensbrecher, also schien er sein Aussehen nicht auszunutzen. Vielleicht war er als Halbwüchsiger ein wenig rowdyhaft gewesen und öfter mit seinem Vater aneinander geraten, doch er war schon immer zuverlässig gewesen. Wenn er etwas versprochen hatte, hätten ihn weder Höllenfeuer noch Sturmflut abhalten können, es auch zu tun. Und nicht zuletzt war er der beste Cowboy weit und breit. Er war ausgebildet worden, um eines Tages die riesige Kinkaid-Ranch zu übernehmen. Er brauchte nicht lange, um den Haufen Grünschnäbel, mit dem Red sich herumschlug, in eine eingespielte Truppe zu verwandeln. Die Männer sahen voller Bewunderung zu ihm auf. Er verstand es, mit Menschen umzugehen; selbst wenn er sie ausschimpfte, kamen sie sich nicht minderwertig vor. Begierig hörten sie ihm zu und lernten eine Menge dabei.

Chad war der geborene Viehzüchter. Das Nächstliegende für ihn wäre gewesen, irgendwo eine eigene Ranch zu bauen. Doch dann hätte er den Bruch mit seinem Vater endgültig besiegelt, und Red glaubte nicht, dass das seine Absicht war. Er wollte mit seinem Weggang ein Zeichen setzen und Stuart Zeit geben, dieses Zeichen zu erkennen und zu akzeptieren.

Red blieb auf dem Boden der Tatsachen. Länger als drei Monate würde das nicht dauern. Chad würde also bald wieder gehen, entweder in einen anderen Bundesstaat oder zurück nach Hause, um sich mit seinem Vater auszusöhnen. Freilich würde er sie in guten Händen zurücklassen – das hoffte sie zumindest. Er schien sich große Mühe zu geben, Lonny, den Ältesten unter ihren Cowboys, zu unterweisen, damit er seinen Platz einnehmen konnte. In ein bis zwei Monaten würde Lonny sicher einen guten Vorarbeiter abgeben. Daran zweifelte sie nicht. Sie fürchtete nur, dass Chad von einem Tag auf den anderen verschwand, bevor es so weit war.

Doch das würde wahrscheinlich nicht geschehen. Vor einer Woche hatte sie sich den Fuß verstaucht, aber sie hatte Chad nicht verraten, dass es ihr längst wieder besser ging. Seit dem kleinen Unfall sorgte er sich um sie, und sie war einigermaßen sicher, dass er bleiben würde, solange er sich Sorgen um sie machte.

Kapitel 3

Nach dem Abendessen setzte sich Red zu Chad auf die vordere Veranda, um noch ein wenig den Sonnenuntergang zu genießen. Die Veranda war lang und breit, aber schließlich schloss sich auch ein recht stattliches Haus daran an. Reds Mann hatte beim Bau nicht gespart. Sie stammten beide aus dem Osten der Staaten und waren einen gewissen Komfort gewöhnt.

Ein paar Jahre nach ihrer Ankunft in Texas hatten sie das Haus aufgestockt, um Platz für die Kinder zu schaffen, die sie sich wünschten. Warum ihnen dieser Segen versagt geblieben war, beschäftigte Red noch immer. Es lag nicht daran, dass sie es nicht versucht hätten. Vielleicht hatte es einfach nicht sein sollen.

Die sanften Klänge einer Gitarre drangen vom Schlafhaus der Männer um die Ecke herüber. Rufus konnte ziemlich gut mit den Saiten umgehen, und es war schon fast zum Ritual geworden, dass er abends, wenn die Jungs nach einem harten Arbeitstag heimkamen, noch ein paar Lieder spielte. Red hörte ihn immer nur aus der Entfernung. Das Schlafhaus war der einzige Ort auf der Ranch, von dem sie sich fern hielt.

Chad schlief mit den Männern zusammen. Doch da er der Sohn des reichsten Ranchers der Gegend war, störte es niemanden, dass er auf Reds Bitten hin mit ihr im Haupthaus zu Abend aß. Danach setzten sie sich dann immer zusammen auf die Veranda. Gesprochen wurde selten. Die Arbeit auf der Ranch verlief so reibungslos, dass sie meist alles, was besprochen werden musste, bereits beim Essen klären konnten. Die Zeit auf der Veranda verbrachte dann jeder für sich, in die eigenen Gedanken versunken.

Red wollte es auch an diesem Abend so halten, doch aus Chads abwesender Miene und der Richtung, in die er blickte, schloss sie, dass er an seinen Vater dachte. Auch sie dachte häufig an Stuart, obgleich aus anderen Gründen.

Es erstaunte sie, dass Stuart noch nicht herausgefunden hatte, dass Chad sich auf Twisting Barb aufhielt. Sie hatten den Männern zwar eingeschärft, Chads Namen nicht zu erwähnen, wenn sie in die Stadt fuhren. Doch bei ihren Ausflügen floss stets reichlich Alkohol, und es gab keine Garantie, dass sich nicht doch einer verplapperte. Außerdem wussten sie, dass Stuart einige der besten Fährtensucher der Gegend angeheuert hatte, um seinen Sohn aufzuspüren.

Allerdings hatte der Sturm, mit dem er gekommen war, alle Spuren verwischt, denen sie hätten folgen können. Zudem hätte niemand, schon gar nicht Stuart, es für möglich gehalten, dass er sich so nah der Heimat verkriechen würde. Wenn Chad Heimweh hatte, würde sie ihn nicht aufhalten. Er sollte sich mit seinem Vater aussprechen. Die beiden hatten sich immer sehr nahe gestanden, auch wenn sie in vielen Dingen nicht einer Meinung waren.

»Vermisst du ihn?«, fragte sie ruhig.

»Zur Hölle, nein«, antwortete er mit einem Grollen in der Stimme, das sie zum Lächeln brachte.

»Du bist also immer noch nicht bereit heimzugehen?«

»Heim?«, gab Chad sarkastisch zurück. »Das ist kein Heim mehr, sondern ein Zirkus, seit Luella und ihre

Mutter da sind. Pa hat die Sache eingefädelt, ohne vorher mit mir zu sprechen, und dann hat er sie auch noch vor der Hochzeit ins Haus geholt. Ich kann einfach nicht fassen, dass er das getan hat.«

»Aber sie ist doch ein nettes Mädchen«, wandte Red zu Stuarts Verteidigung ein. »Ich habe sie vor ein paar Jahren auf einer Barbecueparty deines Vaters kennen gelernt. Ziemlich hübsch noch dazu, wenn ich mich recht erinnere.«

»Sie könnte die schönste Frau diesseits des Rio Grande sein, ich würde trotzdem Reißaus nehmen.«

»Weil Stuart sie für dich ausgesucht hat?«

»Hauptsächlich, ja«, gab Chad zu. »Aber dazu kommt, dass dieses Mädchen nicht einen Funken Verstand im Kopf hat, und wenn doch, dann nur aus Zufall.«

Red versuchte, ein Glucksen zu unterdrücken, was ihr misslang. »Schätze, ich habe nicht lange genug mit ihr gesprochen, um das herauszufinden«, sagte sie.

»Da kannst du von Glück reden.«

Red schwieg. Sie war dankbar, dass es ihn nicht nach Hause zog, doch es schmerzte sie auch, denn der Streit mit seinem Vater nagte an den beiden. Die Wahrheit war: Sie hätte ihn vermisst. Auch wenn sie ihren Mann vielleicht nicht geliebt hatte, er war ein guter Gefährte gewesen, und seit seinem Tod war sie ziemlich einsam.

Der Himmel war immer noch blutrot, als in halsbrecherischem Tempo ein Reiter auf das Haus zugaloppierte. »Geh besser hinein, Chad. Sieht so aus, als käme der Postbote, und der erkennt dich, wenn er dich sieht.«

Chad nickte und ging ins Haus. Red stand auf. »Guten Abend, Will. Bisschen spät heute, oder?«

»Stimmt, Ma'am. Mein Pferd hat einen Huf verloren, deshalb bin ich ein paar Stunden später dran als sonst.

Das hier kam mir ziemlich wichtig vor, und so wollte ich nicht bis morgen warten.« Er reichte ihr den Brief, für den er den Umweg gemacht hatte, und lüftete seinen Hut. »Komme zu spät zum Abendessen. Schönen Abend noch.«

Red hob grüßend die Hand und humpelte dann zurück ins Haus, wo sie an der nächsten Lampe im Flur stehen blieb, um zu lesen. Chad hatte seinen Hut genommen und wollte gerade ins Schlafhaus gehen.

»Verdammter Mistkerl!« Reds Ausruf ließ Chad an der Vordertür halten.

»Was?«

»Mein Bruder ist gestorben.«

»Tut mir Leid. Ich wusste gar nicht, dass du einen Bruder hast.«

»Ich wünschte, es wäre nicht so, also braucht es dir nicht Leid zu tun. Wir haben uns nie verstanden. Genauer gesagt, wir haben uns aus tiefster Seele gehasst. Deshalb ergibt dieser Brief nicht den mindesten Sinn.«

»Weil du was erbst?«

»Weil er die Mädchen zu mir schickt. Was zum Teufel erwartet er von mir? Was soll ich in meinem Alter mit Kindern anfangen?«

»Hatte er denn eine Wahl?«

Sie runzelte die Stirn. »Ich denke nicht. Schätze, ich bin die einzige lebende Verwandte. Wir hatten noch eine Schwester, mein Zwilling, um genau zu sein, aber sie ist schon lange tot.«

»Gibt es keine Verwandten von deiner Mutter?«

»Nein, sie war die Letzte ihrer Linie.« Red las weiter und sagte dann: »Tja, verdammt ... sieht so aus, als müsste ich dich um einen weiteren Gefallen bitten, Chad.«

Für einen Augenblick stand ihm offenes Entsetzen ins

Gesicht geschrieben. »Vergiss es. Ich bin nicht mal verheiratet. Ich werde jetzt nicht zwei Kinder …«

»Mal langsam«, unterbrach sie ihn und lachte leise über das Missverständnis. »Du sollst die Mädchen nicht adoptieren, sondern nur in Galveston abholen. Anscheinend haben sie die Reise gleichzeitig mit dem Brief angetreten, doch die Post ist nicht immer schneller, auch wenn sie andere Wege nimmt. Vielleicht sind sie sogar schon da. Ich würde ja selber gehen, aber ich fürchte, mit meinem verknacksten Fuß komme ich nicht weit.«

»Es ist ein weiter Weg; könnte hin und zurück eine Woche dauern.«

»Das stimmt, aber den größten Teil der Strecke kann man mit dem Zug fahren, der Rest geht in Etappen. Nur das letzte Stück ist ein bisschen ungemütlich. Aber ich kann auch jemand anderen fragen. Ich vergesse immer wieder, dass du ja gesucht wirst.«

»Nein, ich mach's«, sagte Chad und schlug sich mit dem Hut aufs Bein. »Pa kann mich jetzt ruhig finden, das wäre nicht mehr so schlimm. Ich breche gleich morgen in aller Frühe auf.«

Kapitel 4

Amanda und Marian hätten in Galveston warten sollen. Es war das Reiseziel des netten Paares gewesen, in dessen Obhut Albert Bridges die Mädchen gegeben hatte. Die beiden hatten sich bereit erklärt, sie so lange bei sich zu behalten, bis Kathleen Dunn käme, um sie abzuholen. Doch Amanda wollte nichts davon hören.

Den ganzen Weg über hatte sie sich in einem fort beklagt. Schon bevor sie zu Hause aufgebrochen waren, hatte sie wegen der überstürzten Abreise gejammert. Ein Schiff sollte gleich am Tag nach der Beerdigung ablegen, und Albert hatte ihnen dringend geraten, an Bord zu gehen, denn das nächste würde erst in einigen Wochen fahren. Wieder auf trockenem Boden, hätte Amanda eigentlich zufrieden sein müssen. Doch im Gegenteil. Jetzt galten ihre verbalen Attacken dem überfüllten Hafen.

Marian war es gelungen, die Seefahrt trotz allem zu genießen. Sie war zum ersten Mal auf einem Schiff und fand alles ungeheuer interessant. Die salzige Luft, das klamme Bettzeug, die windigen und bisweilen glitschigen Decks, wo sie versuchte, sich fortzubewegen, ohne ständig an irgendetwas zu stoßen, sich »Seebeine« wachsen zu lassen, wie einer der Decksleute meinte – all das war neu für sie und gleichzeitig Anlass für Amandas größten Verdruss.

Es war ein Wunder, dass der Kapitän Amanda nicht über Bord geworfen hatte. Marian hatte ihn einmal murmeln hören, dass er genau das am liebsten tun würde. In der Tat erlebte Amanda am vierten Tag der Reise einige schreckliche Momente, als sie außen an der Reling hing, während die See gegen den Schiffsrumpf schlug. Sie schwor, jemand habe sie gestoßen, was natürlich lächerlich war – andererseits hatte wahrscheinlich jeder Einzelne an Bord mindestens einmal daran gedacht.

Im Übrigen verhielt sich Amanda genau so, wie Marian es erwartet hatte. Als sie gesagt hatte, dass sie Reisen hasse, hatte sie nicht übertrieben. Und wenn Amanda litt, wollte sie, dass es auch allen anderen schlecht ging. Marian konnte sich ihrem Einfluss inzwischen entziehen, doch sie hatte auch vor langem gelernt, ihrer Schwester einfach nicht mehr zuzuhören, wenn sie besonders anstrengend wurde. Ihre Reisebegleiter waren ihrem Beispiel gefolgt, und gegen Ende der Reise nickten und murmelten sie nur noch zustimmend, ohne Amandas Worten die geringste Aufmerksamkeit zu schenken.

Vielleicht lag es daran, dass sie die Mädchen nicht daran hinderten, allein weiterzureisen. Wahrscheinlicher aber war, dass sie einfach froh waren, Amanda los zu sein. Außerdem waren sie durchaus alt genug, um allein zu reisen. Nicht zuletzt war ihr Dienstmädchen, Ella Mae, bei ihnen. Sie war ein paar Jahre älter als sie und wäre in den meisten Kreisen als perfekte Anstandsdame durchgegangen.

Marian hatte selbstverständlich versucht, ihre Schwester zu überreden, auf ihre Tante zu warten. Sie führte an, dass sie womöglich aneinander vorbeifahren würden, ohne es zu bemerken. Doch Amanda hatte auf ihrer Meinung beharrt, dass Tante Kathleen Alberts Brief vielleicht noch gar nicht bekommen habe und es reine Zeitverschwendung sei, in Galveston zu warten.

Marian wusste, dass es zwecklos war, weiter Widerstand zu leisten. Die einzige Meinung, die Amanda gelten ließ, war ihre eigene, und sie irrte sich niemals. Dass sie damit oft genug falsch lag, zählte nicht.

Einige Tage später waren sie in einer kleinen Stadt gestrandet, die weitab ihrer Reiseroute lag. Eine Reihe von Missgeschicken und Zwischenfällen hatten sie in diese bedauerliche Lage gebracht, doch nichtsdestotrotz trug Amanda die Schuld an dem Ganzen. Nahm sie die Verantwortung auf sich? Natürlich nicht. In ihren Augen waren immer die anderen schuld.

Im Osten hatte man sich längst daran gewöhnt, dass die Eisenbahn die schnellste Art zu reisen war. Für Texas dagegen war diese spezielle Annehmlichkeit noch nicht selbstverständlich, deshalb waren die Mädchen auch mit dem Schiff gefahren. Es gab eine Bahnlinie im Süden von Texas, die von der Küste aus nordwestlich in die Mitte des Staates führte, von wo aus einige kürzere Strecken abzweigten. Doch die Linie endete weit entfernt von ihrem Zielort. Zwar hatten sie vorgehabt, diese Strecke bis zum Ende zu fahren, aber ein paar Diebe hatten ihren Plan durchkreuzt.

Marian nahm den Eisenbahnraub als etwas, das sie dereinst ihren Enkeln erzählen konnte, falls sie jemals welche haben würde. So aufregend er im Nachhinein war, so beängstigend war er gewesen, als er sich ereignete. Der Zug war quietschend zum Halt gekommen, und bevor sich alle davon erholt hatten, stürmten vier Männer schreiend in den Wagon und fuchtelten mit Gewehren herum. Sie wirkten nervös, aber das war vermutlich normal unter solchen Umständen.

Dann fiel ein Schuss. Marian konnte nicht sagen, ob der Mann absichtlich daneben geschossen hatte oder aus Nervosität – jedenfalls zischte die Kugel knapp über Amandas Kopf hinweg. So knapp, dass sie mit Sicherheit den Lufthauch gespürt hatte, denn ihr Gesicht war über und über voll mit Schießpulver. Da sie der Schuss kurz in einen Schockzustand versetzt hatte, so dass sie sitzen blieb und den Mund hielt, ließ der Mann es dabei bewenden und ging weiter den Mittelgang entlang.

Folge dieses Überfalls – abgesehen von ihren geschrumpften Barmitteln – war, dass Amanda sich strikt weigerte, mit der Eisenbahn weiterzureisen. Der Zug hätte sie ohnehin nur noch unwesentlich vorangebracht, dennoch stiegen sie gleich in der nächsten Stadt aus und in eine Postkutsche. Die Kutsche nahm natürlich nicht die gleiche Route wie die Eisenbahn, sondern wandte sich zunächst nach Osten, wobei sie nach dem nächsten Halt in nordwestlicher Richtung weiterfahren sollte.

Nur – den nächsten Halt erreichten sie nie. Da Amanda dem Fahrer alle paar Minuten wegen der holprigen Strecke in den Ohren lag, begann er, die Flasche Schnaps, die er unter seinem Sitz verborgen hatte, zu leeren. Alsbald war er so betrunken, dass er sich und seine Passagiere hoffnungslos in die Irre führte. Zwei Tage lang versuchte er vergeblich, seine planmäßige Route wiederzufinden.

Es war erstaunlich, dass das Gefährt nicht in Stücke brach, obwohl sie querfeldein fuhren. Ebenso erstaunlich war, dass sich der Fahrer nicht einfach davonmachte und sie zurückließ, so wütend war er auf sich selbst und auf Amanda, die ihn zum Trinken gebracht hatte. Der Duft von gebratenem Huhn führte sie schließlich zu einem Haus, wo man ihnen den Weg in die nächste Stadt erklärte.

Hier waren sie schließlich gestrandet. Der Fahrer hatte sie samt Kutsche zurückgelassen, denn, so meinte er, seinen Job sei er ohnehin los. Er nahm sich eines der sechs Zugpferde und ritt ohne ein weiteres Wort davon. Oder nein, einen kurzen Satz murmelte er noch, während Amanda, aufgebracht zeternd, eine Erklärung von ihm verlangte und so nichts davon mitbekam. Aber Marian hatte es gehört. »Die bin ich wenigstens los – Gott sei Dank!«

Leider war die Stadt nicht nur klein, sondern auch praktisch unbewohnt. Von den vierzehn Gebäuden waren nur noch drei bewirtschaftet – die Folge eines Spekulationsirrtums. Der Stadtgründer hatte angenommen, dass die Bahnlinie hier vorbeiführen würde, und sich davon ein kleines Vermögen erhofft. Doch die Bahn nahm einen anderen Weg, der Gründer zog weg und spekulierte anderswo, und die Geschäftsleute, die sich hier niedergelassen hatten, verkauften nach und nach ihre Läden oder ließen sie einfach leer stehen.

Die drei Häuser, die noch nicht verlassen waren, beherbergten den Saloon – der nebenbei als Gemischtwarenhandlung fungierte, weil der Eigentümer zufällig mit einem Lieferanten befreundet war und hin und wieder eine Schiffsladung Waren bekam –, eine Bäckerei, die von einem Farmer in der Gegend mit Mehl versorgt wurde, und eine Absteige, die sich »Hotel« nannte und vom Bäcker geführt wurde.

Es war nicht wirklich überraschend, dass von den wenigen Einwohnern keiner eine Postkutsche zu lenken verstand oder Interesse daran hatte, es zu erlernen. Und so blieb die Kutsche dort stehen, wo sie abgestellt worden war, nämlich vor dem Hotel. Jemand war immerhin so vernünftig gewesen, die übrigen Pferde loszumachen.

Da es in dem verlassenen Stall kein Futter für sie gab, wurden sie kurzerhand sich selbst überlassen, auf einem brachliegenden Feld hinter der Stadt, wo sie grasen oder weglaufen konnten, wenn ihnen danach war.

Das war, nachdem Amanda darauf bestanden hatte, die Kutsche selbst zu lenken, um sie von diesem Ort wegzubringen. Als sie sich das Hotelzimmer angesehen und festgestellt hatte, dass es die schlimmste Unterbringung sei, die sie jemals gesehen habe, war sie wild entschlossen gewesen, die Stadt auf der Stelle zu verlassen, jedenfalls früh genug, um nicht in diesem grauenvollen Zimmer übernachten zu müssen.

Marian schreckte die Aussicht weniger, obwohl Amandas Grauen durchaus nachvollziehbar war. Die Laken auf dem einzigen Bett waren löcherig und sicher irgendwann einmal weiß gewesen, jetzt allerdings schimmelig grau. In einer Wand prangte ein rundes Loch wie von einem Fausthieb. Der Teppich war ein Brutplatz für Flöhe, seit ein alter Hund das Zimmer bewohnt hatte. Man konnte beobachten, wie sie über den Boden hüpften und darauf warteten, dass ihr Gastgeber kam, um sein tägliches Nickerchen zu machen. Was wiederum erklärte, woher die Flecken auf dem Teppich rührten.

Doch wie sehr es ihnen auch widerstrebte, hier zu bleiben, Amandas Alternativplan lohnte nicht einmal einen flüchtigen Gedanken, selbst wenn sie die Kutsche in Bewegung hätte setzen können, was ihr trotz mühevoller Versuche nicht gelang.

Marian und Ella Mae standen auf der Veranda des Hotels und sahen zu. Sie hätten die Kutsche nie bestiegen, solange Fräulein Besserwisserin die Zügel hielt. Die wenigen Stadtbewohner amüsierten sich prächtig bei dem Anblick und kehrten dann in ihre Häuser zurück. Marian und Ella Mae verbrachten den Rest des Nachmittags damit, das Zimmer zu putzen.

Sie waren also tatsächlich gestrandet, ohne zu wissen, für wie lange. Es gab weder ein Telegrafenamt noch einen Kutschdienst noch Sättel, falls sie vorgehabt hätten, auf den Zugpferden weiterzureiten, noch einen Wagen, den sie selber hätten lenken müssen, und schon gar nicht einen Menschen, der ihnen den Weg zur Bahnlinie zurück gewiesen hätte.

Amanda jammerte von morgens bis abends. Zu erwähnen, dass es eben dieses Jammern gewesen war, das sie überhaupt in diese Lage gebracht hatte, war zwecklos. Während Amanda klang, als würden sie nie wieder in die Zivilisation zurückkehren, war Marian etwas optimistischer, zumal der Bäcker gesagt hatte, dass Postkutschen viel zu teuer seien, um sie einfach aufzugeben; es werde sicher bald jemand kommen, um das Gefährt zu suchen und wieder in Dienst zu nehmen.

Marian zweifelte nicht daran, dass auch ihre Tante nach ihnen suchen oder jemanden auf die Suche nach ihnen schicken würde. Sicher war sie wütend auf sie, weil sie allein losgezogen waren und es ihr zusätzlich schwer machten, sie zu finden. Es war jedenfalls keine gute Art, sich bei ihrer Tante vorzustellen, die sie nicht kannten und die trotzdem von nun an ihr Vormund war.

Kapitel 5

Vier Tage harrten sie jetzt schon in diesem trostlosen Ort aus, der bald eine Geisterstadt sein würde. Da hier nur ein paar Alte lebten – zumindest keine Männer, auf die Amanda eifersüchtig werden konnte, falls sie sich für Marian interessierten –, trug Marian ihre Brille nicht mehr so regelmäßig. Sie empfand es geradezu als Luxus, immer und jederzeit klar zu sehen, nicht nur, wenn sie über den Rand linste oder sie zwischendurch kurz absetzte.

Seit drei Jahren trug sie diese Sehhilfe, obwohl sie sie eigentlich gar nicht brauchte. Die Idee war ihr gekommen, als sie zufällig eine Brille gefunden und sie aus Neugier aufgesetzt hatte. Als sie sich im Spiegel sah und entdeckte, wie dramatisch verändert sie war, ging sie rasch nach Hause und klagte über Sehprobleme und Kopfschmerzen. Geistesabwesend hatte ihr Vater ihr aufgetragen, etwas zu unternehmen. Das hatte sie getan, und einen Monat später besaß sie eine Brille samt mehrerer Ersatzbrillen.

Sie war sehr stolz auf diesen Einfall gewesen, denn sie hatte schon öfter versucht, ihr Äußeres zu verändern, um ihrer Schwester nicht so ähnlich zu sehen. Sie trug ihr Haar vollkommen anders. Während Amanda schon früh angefangen hatte, sich zu schminken, legte Marian niemals Make-up auf. Amanda zog sich gerne auffällig und nach der neuesten Mode an. Marian trug ebenfalls elegante Kleider, freilich in gedämpften und wenig kleidsamen Farben.

Doch all das hatte nicht genügt, um sie »unsichtbar« zu machen, denn das war ihr Ziel. Bis ihr eben die Idee mit der Brille kam – die Gläser vergrößerten ihre Augen so, dass sie aussah wie eine Eule. Natürlich konnte sie mit der Brille kaum sehen, da alles verschwommen war, und so kam es, dass ihr ständig etwas passierte. Und wer ständig irgendwo anstößt, dem gehen die Mitmenschen lieber aus dem Weg.

Die drei Hunde der Stadt kündigten an, dass sich jemand näherte. Doch das Geräusch war weit weg, und da die Tiere auch grundlos bellten oder sich gegenseitig ankläfften, sah Marian nicht auf. Sie las eine alte Zeitung, die sie auf der Veranda des Hotels gefunden hatte. Es war ein furchtbar heißer Tag, und nur ein kaum merklicher Wind wehte durch die Hauptstraße, die einzige Straße dieser Stadt.

Sie blickte erst auf, als sämtliche Einwohner vor ihre Läden traten und Richtung Stadteingang starrten. Anscheinend erkannten sie am Klang des Bellens, dass sich die Tiere nicht einfach so meldeten, sondern weil sie etwas Interessantes bemerkt hatten.

Amanda schlief in der Kutsche, die mitten auf der Straße stand. Ihr ständiges Jammern hatte sie am Ende müde gemacht, hinzu kam die außergewöhnliche Hitze der letzten Tage. Nicht zuletzt hatten sie die Flöhe in ihrem Zimmer so heftig gebissen, dass sie beschlossen hatte, nur noch in der Kutsche zu schlafen, sowohl nachts als auch während der heißesten Zeit des Tages.

Vom Gebell wurde Amanda nicht wach, erst als in ihrer Nähe gesprochen wurde. Der Bäcker backte heute nicht und war auf die Hotelveranda neben Marian getreten. Beide schatteten ihre Augen mit der flachen Hand ab, um den Fremden besser sehen zu können, der die Straße entlanggeritten kam.

Er hatte ein edles Pferd, ein Tier, das reiche Leute im Osten als Rennpferd verkaufen würden. Es war ein großer, schlanker Hengst mit goldfarbenem Fell und weißer Mähne und Schweif, das passende Pferd für einen groß gewachsenen Mann. Der Reiter hatte einen breitkrempigen Hut, der sein Gesicht zum großen Teil verdeckte. Man konnte nur sehen, dass er eine breite Brust und breite Schultern hatte unter dem hellblauen Hemd. Er trug Hosen und Weste in Schwarz und ein dunkelblaues Halstuch, ein »Bandana«, wie man im Südwesten sagte, das offenbar den unterschiedlichsten Zwecken diente.

»Bloß ein Cowboy«, sagte Ed Harding, der Bäcker, neben Marian. »Sieht nicht aus wie ein Revolverheld.«

»Aber er ist bewaffnet«, wandte Marian ein, die den Blick nicht von dem Fremden wenden konnte.

»Jeder hier draußen ist bewaffnet, Missy.«

»Sie nicht.«

»Ich bin auch nicht jeder.«

Die Alten hier sagten oft merkwürdige Dinge, fand Marian. Andererseits waren sie ein reicher Quell interessanter Informationen über den Westen, und sie unterhielt sich gerne mit ihnen, wenn sie gerade nichts zu tun hatten.

Mit wildem Gebell verfolgten die Hunde den Fremden durch die Stadt. Das Pferd ließ sich nicht aus der Ruhe bringen, und auch der Reiter warf nur gelegentlich einen Blick auf sie. Neben der Kutsche, die immer noch mitten auf der Straße stand, hielt er an. Zu Marian gewandt, lupfte er grüßend seinen Hut – eine höfliche Geste –, dann setzte er ihn wieder auf und sah Ed Harding an.

»Ich bin auf der Suche nach den Laton-Mädchen. Nach dem, was ich gehört hab, soll das hier ihre letzte Etappe gewesen sein.«

»Stimmt, Mister«, entgegnete Ed. »Sind Sie von der Postkutschengesellschaft?«

»Nein, ihre Tante hat mich geschickt, um sie abzuholen.«

»Wird auch Zeit«, meldete sich Amanda gewohnt patzig, stieß die Tür der Kutsche auf und kletterte auf die Straße.

Der Mann lupfte erneut den Hut, diesmal in Amandas Richtung, dann setzte er ihn wieder auf und schob ihn mit einem Finger über die Stirn zurück. »Waren die Mädchen so schlimm, Ma'am?«, fragte er sie.

Sie sah ihn an, als wäre er völlig übergeschnappt. Auch Marian starrte ihn mit offenem Mund an, allerdings nicht wegen seiner Worte. Die hatte sie noch gar nicht registriert. Nein, seit dem Augenblick, in dem er den Hut gehoben hatte, war sie wie gebannt von seinen mehr als attraktiven Gesichtszügen: schmale, sanft geschwungene Wangen, ein eckiges Kinn, eine gerade Nase über einem sauber gestutzten Oberlippenbart. Auf der Stirn hatte er wie die meisten Männer im Westen einen hellen Streifen, der wahrscheinlich daher rührte, dass sie bei der Arbeit unter der heißen Sonne stets ihren Hut trugen. Bei ihm war der Streifen allerdings kaum zu sehen, obwohl er braun gebrannt war. Vermutlich trug er den Hut nicht immer – oder er schob ihn häufig zurück wie jetzt.

Sein Haar war tiefschwarz, wenn auch im Moment voller Straßenstaub. Es war nicht sehr lang, sondern reichte gerade ein paar Zentimeter über den Nacken. Marian nahm an, dass er es gewöhnlich zurückgekämmt trug, doch jetzt fiel es zu beiden Seiten herab, so dass sich an den Schläfen je eine Locke kringelte. Dichte schwarze Brauen wölbten sich über grauen Augen von der Farbe sommerlicher Regenwolken.

Gut, dass Marian wie immer unscheinbar aussah, denn diesmal vergaß sie, ihre Brille wieder aufzusetzen. Doch der Mann hatte sie ohnehin nur mit einem flüchtigen Blick bedacht, bevor er Mr Harding angesprochen hatte. Jetzt blieben seine Augen – wo auch sonst – auf Amanda liegen.

Selbst in dieser Hitze, in der ihr der Schweiß die Schläfen herunterrann, mit verschwitzten Achselhöhlen und verfilzten Haaren, sah Amanda immer noch sehr anziehend aus. Es war kein Wunder, dass er sie anstarrte, andererseits hatte sie auch noch nichts gesagt. Vielleicht wartete er nur darauf, dass sie seine Frage beantwortete.

Als Marian bewusst wurde, dass sie selbst ihn auch anstarrte, tat sie drei Dinge rasch hintereinander. Sie setzte ihre »Tarnbrille« auf, prüfte, ob ihr Haar ordentlich zurückgebunden war, und begann, sich mit der alten Zeitung Luft zuzufächeln.

Um keine Aufmerksamkeit auf sich zu lenken, würde sie warten, bis Amanda sich erholt hatte und das Reden übernahm, so wie sie es immer tat. Doch Amanda war gerade erst aufgewacht, ein wenig desorientiert und machte nicht den Eindruck, als wollte sie etwas sagen.

Die Stille, die nur vom Gekläff der Hunde unterbrochen wurde, war allmählich peinlich, und so sagte Marian schließlich widerstrebend: »Mir scheint, Sie haben … *Kinder* erwartet.«

Er reagierte sofort, allerdings ohne auf ihre Frage einzugehen. »Wow, verdammt«, erwiderte er mit einem kurzen Blick in ihre Richtung, um sofort wieder Amanda anzusehen.

Zum ersten Mal ärgerte sich Marian, dass sie vollständig ignoriert wurde. Eigentlich verrückt. Dabei versuchte sie doch immer mit allen Mitteln, genau das zu erreichen. Es wäre außerdem absolut sinnlos zu versuchen, seine Aufmerksamkeit zu wecken. Es wäre dem Seelenfrieden dieses Mannes ebenso wenig zuträglich wie dem ihren.

Es war also gut, zumindest nach Marians Dafürhalten, dass Amanda sich schließlich sammelte und fragte: »Wer sind Sie?«

»Chad Kinkaid. Im Augenblick arbeite ich für Ihre Tante.«

Schneller konnte sich ein Mann vor Amanda nicht disqualifizieren. Sie gab sich nicht mit Leuten ab, die für andere arbeiteten und mithin weniger reich waren als sie.

Ohne ihn eines weiteren Blickes zu würdigen, ging sie über die Straße zum Hotel, um sich in den Schatten der Veranda zu stellen. Chad Kinkaid war gerade im Begriff gewesen, vom Pferd zu steigen. Nun jedoch hielt er inne, da Amanda streitlustig in ihrem Befehlston sagte:

»Wir haben insgesamt sieben Schrankkoffer, die auf die Kutsche verladen werden müssen. Fangen Sie gleich an, damit wir diesen erbärmlichen Abklatsch von einer Stadt endlich verlassen können.«

Chad setzte sich im Sattel zurück und warf einen Blick auf die Postkutsche. »Sie wollen also damit reisen?«

»Ich wiederhole: sieben große Schrankkoffer, Mr Kinkaid. Es gibt in dieser Stadt kein anderes Gefährt, um sie zu transportieren, als diese Kutsche.«

»Dann müssen sie wohl hier bleiben.«

Amanda schnappte nach Luft. »Das kommt überhaupt nicht in Frage!«

Einen Moment lang starrten sie sich an, lieferten sich mit ihren Blicken ein kurzes Duell der Willenskraft. Schließlich gab Chad mit einem Seufzer klein bei. Wahrscheinlich dachte er, die Sache wäre es nicht wert, lange diskutiert zu werden.

Marian hielt es für klug zu fragen: »Sie wissen doch, wie man so eine Kutsche lenkt, oder?«

»Nein, Ma'am, aber ich schätze, ich kriege raus, wie das geht. Wo sind die Pferde? Der Stall war mit Brettern vernagelt und leer, als ich vorbeikam.«

»Ja, wie viele andere Häuser hier wurde er vor langer Zeit aufgegeben«, erklärte sie. »Jemand hat die Tiere auf dem Feld hinter der Stadt laufen lassen.«

Einen Moment später erschraken alle, da ein Schuss fiel – freilich bis auf Chad Kinkaid, denn er hatte ihn abgegeben. Die Hunde, die ihm gefolgt waren, hatten immer noch um sein Pferd herumgestanden und ihn unablässig angekläfft. Als die Kugel neben ihnen einschlug, stoben sie in alle Richtungen davon.

Amanda gab ein überraschtes Quietschen von sich, und ihre Hand flog an ihre Brust, wo sie sie ruhen ließ. »Musste das unbedingt sein?«, fragte sie verächtlich.

Chad Kinkaid zog sich den Hut wieder in die Stirn, nahm die Zügel auf und erwiderte mit einem beiläufigen Lächeln: »Nein, Ma'am. Aber es hat Spaß gemacht.«

Kapitel 6

Was für ein unerträglicher Rüpel«, murmelte Amanda, bevor sie hineinging, um die paar Sachen zu verstauen, die sie ausgepackt hatte.

Chad Kinkaid war davongeritten, doch offenbar schien Amanda keineswegs zu fürchten, dass er sie sitzen lassen würde wie ihr Postkutschenfahrer. Einer so egozentrischen Person wie Amanda würde so etwas nicht zweimal passieren.

Marian war sich da nicht so sicher. Rasch ging sie um das Hotel herum, um nachzusehen, ob er wirklich nur die Kutschpferde holte. Ein paar Momente später seufzte sie erleichtert auf, als sie ihn ein paar Häuser weiter entdeckte, wie er auf das Feld einbog, auf dem die Tiere grasten. Sie waren noch alle da, wenn auch weit verstreut.

Sie sah ein paar Minuten zu, wie er sie zusammentrieb. Eines der Tiere bereitete ihm einige Schwierigkeiten, es verspürte anscheinend keine Lust, sich wieder anspannen zu lassen. Er nahm ein zu einer Schlaufe gebundenes Seil, das hinter ihm auf dem Sattel gelegen hatte, und warf es in Richtung des Pferdes. Die Schlaufe landete direkt auf dem Kopf des Tieres und zog sich mit einem Ruck zu, bevor es sie abschütteln konnte.

Marian hatte schon von Lassos gehört, aber noch nie gesehen, wie sie gehandhabt wurden. Der Bäcker hatte offenbar Recht gehabt. Chad Kinkaid schien zu wissen, wie man mit Pferden und Vieh umging. Er war ein Cowboy – der erste, den sie seit ihrer Ankunft in Texas getroffen hatte. Zweifellos kannte er die Gegend und würde ein perfekter Reisebegleiter für sie sein. Wenn er nur nicht so gut aussehen würde …

Wie die meisten attraktiven Männer würde er wahrscheinlich versuchen, Amanda den Hof zu machen. Das taten alle. Sobald sich einer auch nur die leiseste Chance bei ihr ausrechnete, versuchte er es. Sie war einfach zu hübsch. Die wenigsten von denen, die sie jahrelang hatte zappeln lassen, hatten eine Ahnung, was für eine Beißzange sie in Wirklichkeit war. Wenn sie wollte, dass einer wiederkam, zeigte sie ihm natürlich nur ihre beste Seite. Sie verstand sich hervorragend darauf, Männer an der Nase herumzuführen.

Chad Kinkaid würde allerdings keine Chance bei ihr haben. Er fiel nicht unter die Kategorie gut aussehend *und* reich, die für Amanda ausschließlich in Frage kam. Marian hoffte, dass ihre Schwester Chad nicht als nette Abwechslung ins Visier nahm, sobald sie sich erst wieder beruhigt hatte. Wenn sie einmal ihren Charme sprühen ließ, würde er sich unweigerlich in sie verlieben, und das wäre sehr bedauerlich für ihn.

Es war indessen unwahrscheinlich, dass sich Amanda bald beruhigte, zumindest nicht, bevor sie nach Haverhill zurückkehrten. Bis dahin würde sie die Zicke geben und jeden mit ihrem Gift bespritzen, denn sie konnte es einfach nicht ertragen, dass es irgendjemandem besser gehen sollte als ihr.

Amanda fand diese Reise und ihren Zweck zutiefst verabscheuenswürdig. Dass diese Tante nun ihr Vormund war, bei dem sie leben und dem sie zu gehorchen hatten, das hatte in ihr bereits Hass auf diese Frau geschürt, obwohl sie sie noch gar nicht kannte.

Keine der beiden Schwestern hatte mehr als eine vage

Vorstellung von ihr, da Kathleen weggezogen war, als sie noch sehr klein waren. Doch was Amanda am meisten ärgerte, war, dass sie nicht heiraten konnte, wen sie wollte, weil sie Kathleens Erlaubnis brauchte. Ihr Vater hätte ihr die freie Wahl gelassen, da er ihr immer gegeben hatte, was sie wollte.

Ihre Tante würde wahrscheinlich nicht so großmütig sein. Sie würde ihre Aufgabe ernst nehmen, schon allein weil sie neu war und unerwartet kam. Zumindest hätte Marian sich so verhalten, und deshalb ging sie davon aus, dass Kathleen das auch tun würde.

Hoffentlich würde Chad Amanda sehen, wie sie wirklich war, und sich nicht verwirren lassen von ihren Äußerungen, die sich für ihn vielleicht nur anhörten wie das Gemotze einer verwöhnten Göre. Trotz allem musste Marian ihre üblichen Vorsichtsmaßnahmen ergreifen und ihn von sich fern halten. Sollte er aus irgendeinem seltsamen Grund *ihr* Interesse entgegenbringen, konnte noch viel, viel Schlimmeres passieren.

Sie kehrte ins Hotel zurück, um zu packen. Bevor sie die Treppe hinaufging, traf sie Ed Harding und bat ihn, Mr Kinkaid auszurichten, dass nur fünf Pferde übrig seien, damit er nicht vergeblich nach dem sechsten suchte. Kurz hatte sie überlegt, es ihm selbst zu sagen, entschied dann aber, dass es besser war, so wenig Kontakt wie möglich zu ihm zu haben.

Auch sie hatte nicht viel zu packen. Es war ohnehin kein Schreibtisch oder Schrank vorhanden, so dass sie aus den Koffern gelebt hatten. Marian hatte zwei, Ella Mae einen, die übrigen vier gehörten Amanda. Sie hatte sich nicht durchringen können, Wertsachen und Schmuck in Haverhill zurückzulassen, obwohl sie ihr Haus keineswegs für immer verlassen hatten, sondern im

Gegenteil sogar ein Verwalter darauf aufpasste, dass keine Diebe eindrangen.

Noch bevor die fünf Pferde eingespannt waren, standen sie bereits abfahrtbereit auf der Veranda. Zumindest Ella Mae und Marian. Eine gute Gelegenheit, Chad Kinkaid so vor den Kopf zu stoßen, dass er erst gar nicht auf die Idee kam, ein Auge auf sie zu werfen.

Während er am Geschirr des vordersten Tieres hantierte, ging sie auf ihn zu und fragte: »Können Sie eigentlich beweisen, dass unsere Tante Sie geschickt hat, um uns abzuholen?«

Er sah sie von der Seite an und wandte sich dann wieder dem Pferd zu. »Ich habe Ihre Tante zuerst erwähnt, nicht Sie«, sagte er gleichmütig.

»Ja, nun, das stimmt, aber jeder in dieser Stadt weiß, dass wir kürzlich unseren Vater verloren haben und auf dem Weg zu unserer Tante sind.«

Wieder sah er sie an, diesmal stirnrunzelnd. »Ich habe nie zuvor einen Fuß in diese Stadt gesetzt.«

»Das sagen Sie, aber …«

»Sie meinen also, ich hab mich womöglich gestern oder vorgestern hierher geschlichen und Ihre Geschichte gehört, die ja jeder hier kennt, um dann einen Plan auszuhecken, wie ich Sie und Ihre Schwester entführe?«

So gesehen, klang es völlig grotesk. Er hätte schon ein echter Schurke sein müssen, um so etwas im Sinn zu haben. Sie zuckte unmerklich zusammen. Eigentlich hätte sie ihm zustimmen müssen, aber sie brachte es nicht über sich. Es war auch gar nicht mehr nötig. Er war bereits wütend auf sie.

Chad griff in seine Weste, zog einen Brief aus einer Innentasche und warf ihn Marian ins Gesicht. »Deshalb wusste ich, wo ich Sie hätte finden sollen, Miss Laton.

Nachdem ich Sie nicht dort fand, wo Sie hätten sein sollen, habe ich tagelang nach Ihnen gesucht.«

Es lag zweifellos ein Tadel in seinen Worten, mehr noch aber in seinem Tonfall. Er war wütend, weil es viel problematischer gewesen war, sie abzuholen, als er erwartet hatte. Marian spürte, wie sie errötete, obwohl es nicht ihre Schuld war, dass sie nicht in Galveston geblieben waren. Noch wütender aber war er offenbar, weil sie ihn verdächtigt hatte. Nun, da hatte sie ihr Ziel ja erreicht – er mochte sie nicht und würde sie fürderhin ignorieren.

Der Brief war der, den Albert Bridges an ihre Tante geschickt hatte. Selbstverständlich hatte Marian nie wirklich bezweifelt, dass Mr Kinkaid der war, als der er sich vorgestellt hatte. Dafür hatte sie keinen Beweis gebraucht.

Ihm gegenüber jedoch gab sie vor, sich mit dem Brief zufrieden zu geben, und schob sich mit einem Schniefen die Brille hoch. »Sehr gut«, sagte sie. »Ich bin froh, dass wir uns in kompetenten Händen befinden.« Damit ging sie davon.

Zweifellos sprach seine Verärgerung aus ihm, als er erwiderte: »Kompetent? Nein. In meinen Händen? Allerdings.« Sicher war es nur die Verärgerung. Das hoffte sie zumindest.

Kapitel 7

Chad hätte nicht so hetzen müssen. Es waren noch sechs Stunden bis Sonnenuntergang, und die nächste Stadt mit einer Poststation hätten sie auch in normalem Tempo noch bei Tageslicht erreicht. Doch die Pferde waren ausgeruht, und er war immer noch wütend. So kamen sie bereits eine Stunde vor Einbruch der Dunkelheit an. Die verbliebene Wut ließ er an dem Angestellten der Station aus, der sich aus der Affäre ziehen wollte, indem er ihnen kostenlos einen neuen Fahrer zur Verfügung stellte. Dafür wollte er die Kutsche zurückhaben. Für Chad kam das allerdings überhaupt nicht in Frage, denn er sah die Sache ein wenig anders. Nach seinem Dafürhalten stand den Schwestern die Gratisbeförderung bis nach Trenton zu, als Entschädigung für die Tortur, die sie durch den ersten Fahrer erlitten hatten.

Die jungen Damen wurden für eine Nacht in einem Hotel untergebracht – diesmal in einem anständigen. Zumindest hörte er keine Klagen von ihnen. Den Tag über war das anders gewesen. Die Fahrt war von unablässigem Gezeter aus dem Innern der Kutsche begleitet gewesen, was er allerdings ignoriert hatte. Wahrscheinlich war das diese gouvernantenhafte Brillenschlange mit der überspannten Fantasie gewesen.

Nach drei Whiskeys im nächsten Saloon hörte er schließlich auf, mit den Zähnen zu knirschen. Glücklich aber war er immer noch nicht. Jetzt hatte er Frauen am Hals, nicht Mädchen, und zwar drei an der Zahl. Er hätte bei Red genauer nachfragen sollen, bevor er aufbrach, und nicht einfach davon ausgehen dürfen, dass sie tatsächlich Mädchen meinte. Er hätte »Zur Hölle, nein« sagen sollen, als sie ihn um diesen Gefallen gebeten hatte. Jetzt war es zu spät.

Die Vorstellung, mit Kindern zur Ranch zurückreisen zu müssen, war schon schlimm genug gewesen. Doch die meisten Kinder, die er kannte, waren wohlerzogen, so dass er nicht mit Schwierigkeiten gerechnet hatte. Bei Frauen dagegen waren die Schwierigkeiten vorprogrammiert, und bei diesen Schwestern schon zweimal, nach dem, was er bis jetzt mit ihnen erlebt hatte.

Sicher hätte er früher darauf kommen können, dass die Laton-Mädchen junge Frauen waren, spätestens als er sich auf die Suche nach ihnen machte. Doch er hatte sich so darauf versteift, dass sie viel zu jung für ihn waren, dass er über die Bemerkungen, die er allenthalben über sie hörte, nicht weiter nachgedacht hatte. Soweit er sich erinnern konnte, hatte niemand sie als »Frauen« bezeichnet. »Diese *Mädchen* hatten es ganz schön eilig«, »Diese *Mädchen* waren vernünftigen Argumenten nicht zugänglich«, »Die *jungen Ladys* waren schneller aus dem Zug als 'ne Hure aus der Kirche« – daraus ließ sich nicht zwingend schließen, dass es sich um junge Frauen handelte, die ihn als Mann ansprechen könnten.

Könnten? Zur Hölle! Amanda war ein Bild von einer Frau. Ihr goldblondes Haar umrahmte ihr ovales Gesicht mit modischen Kringeln und Löckchen, die ihr wunderbar standen. Sie hatte eine hübsche kleine Nase, rosige Wangen, weiche Haut und die vollsten Lippen, die er seit langem gesehen hatte. Ihre dunkelblauen Augen glitzerten wie Juwelen, die dichten schwarzen Wimpern, die sie umgaben, waren zwar von der Hitze etwas verwischt, was darauf hindeutete, dass sie nicht von Natur aus schwarz waren, und doch waren es Augen, in denen sich ein Mann mit Freuden verlor.

Und als ob das noch nicht genug gewesen wäre, besaß sie eine umwerfende Figur, nach der sich jeder Mann die Finger lecken würde. Volle Brüste, schmale Taille, sanft gerundete Hüften, außerdem war sie nicht zu groß, vielleicht zehn Zentimeter kleiner als er – also perfekt, wie er fand.

Dass sie ihn so schnippisch empfangen hatte, war verständlich. Sie war in einer Geisterstadt gestrandet, nachdem sie einen Eisenbahnüberfall erlebt hatte und weiß Gott, was noch alles. Für eine feine Lady konnte der Westen verdammt hart sein, und sie hatte bereits mehr von dieser Härte zu spüren bekommen, als sie vertrug. Das Mindeste, was er tun konnte, war, sie ohne weitere Zwischenfälle nach Twisting Barb zu bringen.

Was ihre Schwester mit der fürchterlichen Brille anging – für ihn war sie ein für alle Mal die Brillenschlange. Das war nicht besonders nett, aber seit sie ihn so beleidigt hatte, hegte er keinen freundlichen Gedanken mehr für sie.

Die beiden waren so unterschiedlich wie Tag und Nacht. Wenn man es nicht wusste, hätte man sie nie für Schwestern gehalten. Beide blond, ja, beide blauäugig und wohlgestaltet, doch damit erschöpften sich die Ähnlichkeiten.

Marian, offensichtlich die Ältere von beiden, war wahrscheinlich verbittert, weil sie immer noch keinen Mann hatte. Sicher war sie eifersüchtig auf Amanda, da die kleine Schwester alle attraktiven Züge der Familie auf sich vereinte. Marian trug ihr Haar in einem scheußlichen Knoten so streng zurückgekämmt, dass es schmerzen musste. Sie bewegte sich steif, stampfte umher wie ein Mann und hatte offenbar nur Kleider mit öden gräulich-braunen Farbtönen.

Vielleicht hätte sie etwas mehr aus sich machen können, doch wahrscheinlich dachte sie, dass es mit den Eulenaugen hinter der schrecklichen Brille ohnehin hoffnungslos wäre. Sie gehörte zu den Mädchen, vor denen ein Mann am besten schnellstens wegrannte, wenn sie den Blick auf ihn richteten. Je weniger er an sie dachte, desto besser.

Am nächsten Morgen brachen sie gleich nach Sonnenaufgang auf. Die Damen waren darüber nicht gerade begeistert, doch sie mussten das nächste Etappenziel vor der Dunkelheit erreichen. Zumindest waren sie wieder auf der regulären Strecke, so dass es entweder zusätzliche Stationen zwischen den Städten geben würde, wo sie die Pferde wechseln und etwas essen konnten, oder wenigstens ausgewiesene Rastplätze.

Der Fahrer schien sich keine Sorgen zu machen, obwohl er zugab, dass er noch nie nach Trenton gefahren war. Will Candles war ein hartgesottener Kerl Ende vierzig, früh ergraut und mit einem Schnauzbart, auf den er mächtig stolz war. Er fuhr seit rund zehn Jahren Postkutsche, davor hatte er beim großen Treck der Pioniere nach Westen Maultierwagen gelenkt. Man konnte also sagen, er verstand etwas von seinem Handwerk.

Zwei Tage später hatte Chad erneut eine unerfreuliche Begegnung mit der Brillenschlange. Gegen Mittag hielten sie an einer der besseren Stationen. Es gab einen Stall, eine Gastwirtschaft, ein breites Warenangebot und sogar Unterbringungsmöglichkeiten im Falle schlechten Wetters.

Das Wetter war stabil geblieben, doch je weiter sie

nach Nordwesten kamen, desto kühler wurde es. Während sie aßen, wurden die Pferde getauscht. Es kam zu einer leichten Verzögerung, weil eines der frischen Pferde ein Eisen verlor, als es zum Einspannen geführt wurde. Da diese Station nur eine Route versorgte, waren lediglich sechs Pferde zur Hand, so dass das Tier erst neu beschlagen werden musste, wenn sie es denn haben wollten.

Chad versuchte, sich, so weit es ging, von den Damen fern zu halten, und zwar einzig und allein deshalb, weil er sich in der Tat von Amanda Laton angezogen fühlte und fand, dass eine Reise mit ihren Unbequemlichkeiten nicht die passende Zeit für romantische Absichten war. Sobald sie sich in ihrer neuen Heimat niedergelassen hatten, würde er entscheiden, ob er der Verlockung nachgab oder nicht. Und so aß er mit Will statt mit den Damen, saß einen halben Tag mit ihm auf dem Kutschbock und den anderen halben Tag auf seinem Pferd, aber niemals in der Kutsche.

Amanda und Ella Mae, das Dienstmädchen, waren bereits eingestiegen, als das Pferd das Hufeisen verlor, und beschlossen, sitzen zu bleiben und zu warten. Marian hatte im Gemischtwarenladen eingekauft. Da sie von dem Zwischenfall nichts ahnte, dachte sie, sie würde die Weiterreise vielleicht verzögern, und kam im Laufschritt auf die Kutsche zu, wo sie mit Chad zusammenstieß.

Er dachte sich nichts dabei. Sie war sehr ungeschickt und stieß ständig gegen irgendwas und irgendwen, und so trat er einfach zur Seite. Sie dagegen wirkte völlig aus der Fassung geraten und schien sich schon entschuldigen zu wollen, als sie es sich anders überlegte. Wie zur Hölle sie darauf kam, ihm dafür die Schuld zu geben, war ihm schleierhaft, aber sie tat es.

»Sie wollten mir ein Bein stellen, nicht wahr? Und das nicht zum ersten Mal. Haben Sie das als Kind gelernt? Schwächere zu piesacken? Das ist sehr, sehr gemein. Unterlassen Sie das in Zukunft gefälligst!«

Chad war nicht einfach nur überrascht, sondern sprachlos, weil sie ihn verantwortlich machte, obwohl sie genau wusste, dass es *ihr* Fehler gewesen war. Nachdem sie ihn zum zweiten Mal beleidigt hatte, riss sie abrupt ihre Röcke an sich, als fürchtete sie, er könnte sie mit irgendetwas anstecken, und stolzierte davon.

Fast hätte er sie zurückgerissen, er hatte schon die Hand nach ihr ausgestreckt. Einmal gut durchgeschüttelt werden war genau das, was sie brauchte. Doch dann hielt er inne. Die lächerlichen Gedanken, die sie in ihrem Kopf ausbrütete, waren es nicht wert, dass er seine Zeit damit verschwendete. Das Problem war, dass seine Zeit sowieso verschwendet war, weil er ständig darüber nachdachte, wie sehr dieses Weibsstück ihn in Rage versetzte.

Die Banditen, die ihre Kutsche ein paar Stunden später überfielen, konnten nicht ahnen, dass es nicht der richtige Moment war, um Chad Kinkaid aufzuhalten. Sie waren zu zweit, jeder mit zwei Revolvern bewaffnet. Der eine sah trotz seiner Maskierung eher aus wie ein Mädchen oder ein sehr junger Bursche, so klein und schmal, wie er war. Der andere, der Wortführer, war ein Riesenkerl.

Er befahl ihnen, die Waffen niederzulegen und alle Wertsachen auf den Boden zu werfen. Chad, der neben Will auf dem Kutschbock saß, reagierte nicht, anders als Will, der sofort gehorchte. Er hatte in diesem Job schon viel zu viele Überfälle erlebt und war zu der festen Überzeugung gelangt, dass er längst nicht genug verdiente, um sein Leben für den Tascheninhalt anderer Leute zu riskieren. Chad hätte vielleicht ebenso gedacht, wenn ihn die Brillenschlange an diesem Tag nicht auf dem falschen Fuß erwischt hätte.

Das Gewehr bereits in der Hand haltend, da es auf seinem Schoß gelegen hatte, sagte er: »Ich bin heute nicht besonders gut gelaunt. Wenn ihr noch einen Funken Verstand habt, solltet ihr kapieren, dass mit mir heute nicht zu spaßen ist. Wenn ich schießen muss, endet's tödlich. Denkt darüber nach und verzieht euch am besten schleunigst.«

Die Chance stand ungefähr bei fünfzig Prozent, dass im nächsten Moment Kugeln flogen. Es war bekannt, dass Straßenräuber nicht vor Schusswechseln zurückschreckten, und diese beiden hatten die Waffen bereits im Anschlag, während Chad ihnen allein gegenüberstand. Doch sie wussten wahrscheinlich nicht, dass sich in der Kabine nur Frauen befanden, und so mussten sie damit rechnen, dass noch mehr Waffen auftauchen würden.

Da allerdings Will seine Waffe wie befohlen niedergelegt hatte, war Chad in diesem Moment ihr einziger Gegner. Ein wohl gezielter Schuss würde genügen. Die Frage war nur, ob sie glaubten, dass sie schneller und besser waren als er – das konnten sie nur selbst wissen.

Flüsternd wechselten die beiden ein paar Worte, dann hörte man sie fluchen. Chad wartete geduldig. Fast hatte er gehofft, sie würden nicht klein beigeben. Während er dem großen Kerl, ohne zu zögern, eine Kugel in den Pelz jagen würde, schoss er grundsätzlich nicht auf halbwüchsige oder weibliche Desperados. Und so war er dann doch irgendwie erleichtert, als der Kleine mit dem Fuß in den Staub kickte und sich dann ins Gebüsch davonmachte, wo ihre Pferde angebunden waren. Der Große zog sich etwas langsamer zurück, doch auch er war bald außer Sichtweite. Aufmerksam wartete Chad, bis er sie davongaloppieren hörte.

»Das war ganz schön dumm«, brummte Will, während er seine Waffe aufhob und wieder ins Holster steckte. »Meistens lauern irgendwo noch ein paar, die rauskommen, wenn es Probleme gibt.«

»Meistens ist aber nicht immer, oder?«, erwiderte Chad mit einem Schulterzucken.

»Nein, aber das konnten Sie verdammt noch mal nicht wissen. Pures Glück, dass die nur zu zweit waren. Einmal hab ich so viele Kugeln auf eine Kutsche zufliegen sehen, dass ein Rad brach. Und damals hat man auch nur zwei Räuber gesehen, und am Ende waren es sechs.«

»Vielleicht sollten Sie sich einen neuen Job suchen.«

»Vielleicht sollte ich das«, stimmte Will schnaubend zu. »Aber bis dahin wär's mir recht, wenn Sie zusehen, dass sich Ihre Laune ein wenig bessert, damit Sie mich nicht am Ende noch den Kopf kosten.«

Chad nahm an, dass es nur nervöse Anspannung war, die Will so reden ließ, und war deshalb nicht beleidigt. Doch das änderte sich gleich, als ihn dieselbe nervöse Anspannung plötzlich aus einer anderen Richtung ansprang. Das Gesicht rot vor Wut, schoss Marian aus der Kutsche und schrie: »Bringen Sie uns nie wieder in so eine Gefahr! Sie hätten … wir hätten getötet werden können! Ein paar Koffer mit Kleidern und Geld sind es doch nicht wert, Menschenleben aufs Spiel zu setzen!«

Er hatte den Helden gegeben und bekam jetzt auch noch den Kopf dafür abgerissen. Das war der Gipfel. Er sprang vom Kutschbock, packte die Brillenschlange am

Arm und zog sie gut zwanzig Meter mit sich, bevor er stehen blieb. »Am liebsten würde ich Sie schütteln, bis Sie nicht mehr wissen, wo oben und unten ist«, knurrte er. »Noch ein Wort, dann tu ich's wirklich. Die Situation war vollkommen unter Kontrolle, Miss. Wenn ich nicht die Hand an der Waffe gehabt hätte, wäre die Sache vielleicht anders verlaufen. Und wenn Sie mich nicht mit Ihren dummen Anschuldigungen schon vorher in Rage gebracht hätten, wäre es sowieso anders gelaufen. Vielleicht sollten Sie von jetzt an lieber den Mund halten, wenn Sie Wert darauf legen, in einem Stück auf der Twisting-Barb-Ranch anzukommen.«

Er ließ sie stehen, um nach Amanda zu sehen. Sicher hatte sie noch Angst und brauchte vielleicht Trost. Er öffnete die Kutsche, aus der ihn Ella Mae ruhig anblickte – das Dienstmädchen der Latons schien so schnell nichts aus der Fassung zu bringen. Amanda schlief tief und fest. Die kleine Schönheit hatte von der ganzen Aufregung nichts mitbekommen.

Kapitel 8

Marian war niedergeschlagen. Sie war es nicht gewöhnt, sich zum Narren zu machen, und das auch noch vorsätzlich. Freilich bot sie auch sonst jeder neuen Bekanntschaft, die sich zu Freundin oder Verehrer entwickeln konnte, einen möglichst schlechten Eindruck von sich, damit die- oder derjenige sie gleich als nicht weiter interessant abhaken konnte.

Es war ihre Sicherheitsstrategie; auf diese Weise konnte sie gewährleisten, dass ihre Schwester nicht eifersüchtig wurde. Und sie verfuhr schon so lange so, dass es für sie fast zum Reflex geworden war.

Auch bei Chad Kinkaid hatte sie diese Strategie angewandt, seit dem Tag, an dem er sie aufgespürt hatte. Es hätte genügen müssen, ihn frevelhafter Absichten zu beschuldigen, obwohl sie genau wusste, dass er gekommen war, um sie zu retten. Er war ganz offensichtlich gekränkt gewesen und mied sie seither, sprach nicht mit ihr und sah nicht einmal in ihre Richtung. Perfekt. Nur hatte sie nicht geahnt, welche Wirkung er auf sie haben würde.

Es ließ sich nicht leugnen, dass sie ihn mochte – und zwar ein wenig zu sehr. Die ursprüngliche Anziehung, die er auf sie ausgeübt hatte, war trotz seines ablehnenden Verhaltens nicht schwächer geworden. Sie dachte unablässig an ihn, horchte auf den Klang seiner Stimme, suchte ihn mit den Augen, wenn er neben der Kutsche ritt – kurz, sie tat alles, was sie auf keinen Fall hätte tun dürfen, aber sie konnte einfach nicht anders.

Amanda hatte ihr Interesse an Chad noch nicht bemerkt, weil sie viel zu sehr mit ihrem eigenen Unbehagen beschäftigt war. Sollte sie nur den leisesten Verdacht hegen, dass er Marian gefiel, würde sie alles daransetzen, um ihn für sich zu gewinnen; nicht um ihn zu behalten, natürlich, sondern um Marian zu ärgern.

Nicht dass Marian Chads Abneigung gegen sie noch hätte fördern müssen, er konnte sie ohnehin schon längst nicht mehr leiden. Nein, sie musste von sich aus alle Brücken zu ihm abbrechen, damit er keine Chance mehr hatte, jemals in ihr Herz zu finden. Denn selbst wenn sie den letzten Funken Verstand verloren und ihm gesagt hätte, dass sie ihn mochte, hätte sie niemals ihre Schwester ausstechen können.

Amanda würde jeden Trick anwenden, um zu bekommen, was sie wollte. Wenn es sich um einen Mann handelte, würde sie sogar mit ihm schlafen – einmal nur –, damit er ihr gänzlich verfallen würde. Sie hatte das schon getan und dafür gesorgt, dass Marian es erfuhr, wenn es ein Mann war, an dem diese Interesse gezeigt hatte. Solange Amanda nicht verheiratet und weit weg gezogen war, brauchte sie erst gar nicht daran zu denken, für sich selbst einen Ehemann zu suchen.

Also hatte sie sich wieder einmal zum Narren gemacht und fühlte sich elend, weil sie sich schämte. Diesmal war es nicht einmal absichtlich geschehen. Dass sie mit Chad zusammengestoßen war, war tatsächlich Zufall gewesen. Doch als sie sich bei ihm entschuldigen wollte, fingen in ihrem Kopf die Alarmglocken an zu schrillen. Sie wollte nicht, dass er sie für unbeholfen hielt. Das war eine Eigenschaft, die nicht sofort unwiderrufliche Abneigung auslöste. Eine weitere ungerechtfertigte Beschuldigung dafür schon.

Immerhin hätte sie ein wenig einfallsreicher sein können. Ihn zu verdächtigen, gemein zu Kindern zu sein, war mehr als lächerlich. Es zeigte nur, dass sie seine Nähe so aus der Fassung gebracht hatte, dass sie nicht mehr klar denken konnte.

Kaum vorstellbar, dass sich eine peinliche Situation wie diese wiederholen oder gar übertreffen ließ. Doch als er bei dem vereitelten Raubüberfall in Gefahr geriet, verließ sie der gesunde Menschenverstand vollkommen. Sie war sich nicht einmal sicher, was sie schlimmer fand: Angst um ihn zu empfinden oder sich deswegen wie ein Trottel aufzuführen.

Zu allem Überfluss musste sie am Abend auch noch mit ihm am Tisch sitzen und essen, während ihre Wangen alle paar Minuten rot aufglühten, weil sie nicht aufhören konnte, an ihr törichtes Benehmen zu denken. Doch es gab keine Rettung, zumindest nicht an diesem Abend. Die Stadt war klein und hatte nur ein Hotel mit einem Restaurant, in dem nur noch ein Tisch frei war. Außerdem wurde der Speiseraum bald geschlossen – der Koch war bereits nach Hause gegangen –, und so konnte sie sich nicht unter einem Vorwand entschuldigen und später essen, ebenso wenig wie er.

Zumindest blieb ihnen beim Essen Amandas übliches elegisches Klagelied erspart. Da sie den Überfall komplett verschlafen hatte, konnte sie sich auch nicht aufregen. Erst später, als sie nicht mehr weit von der nächsten Stadt entfernt waren, hatte sie davon erfahren und war deswegen halbwegs guter Laune. Gute Laune bei Amanda hieß allerdings, dass sie mit jedem Mann flirtete, der ihr unter die Augen kam.

Marian fand das Essen fade und bekam es kaum hinunter. In ihr tobten die widersprüchlichsten Gefühle, und zwar so heftig, dass sie Kopfschmerzen bekam. Es war eine Sache zu ahnen, was passieren könnte, aber eine andere, hier zu sitzen und Amanda dabei zu beobachten, wie sie Chad bezirzte. Selbst den armen Will brachte Amandas Lächeln völlig aus der Fassung. Marian drehte sich fast der Magen um.

Die Kopfschmerzen boten einen guten Vorwand, sich zurückzuziehen. Dann ging sie eben hungrig schlafen. Sie konnte von Glück reden, wenn sie überhaupt schlafen würde.

Außer Ella Mae bekam niemand mit, dass sie sich entschuldigte und ging, so perfekt funktionierte ihre Tarnung. Obwohl das Licht im Flur bereits erloschen war, fand sie den Weg zu dem Zimmer, das sie sich mit ihrer Schwester und dem Dienstmädchen teilte. Sie fühlte sich so erbärmlich, dass sie auch dort kein Licht machte. Sie löste ihren Haarknoten, warf die Brille auf den nächsten Tisch, ließ das Kleid zu Boden sinken und kroch unter die Bettdecke, um sich ihrem Elend zu ergeben.

Einen Vorteil hatte der Strudel widerstreitender Gefühle: Er erschöpfte sie mehr, als sie gedacht hätte, und so fiel sie bald in tiefen Schlaf. Sie hatte keine Ahnung, wie lange sie geschlafen hatte, sie wusste nur, dass sie aus dem Tiefschlaf kam, als eine überraschte Stimme sie hochschrecken ließ.

»Was zum …?«

Seit Beginn ihrer Reise hatte Marian sich daran gewöhnt, von Amanda geweckt zu werden, die keinerlei Rücksicht auf Zimmergenossinnen nahm, wenn sie zu Bett ging. Doch in diesem Fall war es nicht Amanda. Marian kannte die tiefe Stimme und war selbst so überrascht, dass sie kreischte: »Zur Hölle! Raus aus meinem Zimmer!«

Chad hatte sich bereits von dem Schock erholt. »Das ist *mein* Zimmer«, erwiderte er ruhig und schon wieder ziemlich trocken.

»Oh.« Schon wieder kalt erwischt. Das wurde langsam zur Gewohnheit. »Dann muss ich mich entschuldigen.«

»Keine Ursache«, erwiderte Chad.

»Dann nehm' ich's zurück«, spie sie aus und fügte steif hinzu: »Gute Nacht.«

Während der kurzen Unterhaltung waren ihr zwei Dinge aufgefallen. Erstens, Chad hatte die Decke zurückgezogen, bevor er bemerkt hatte, dass jemand darunter lag, und zweitens, es war dunkel im Zimmer. Er hatte also genau wie sie die Lampe nicht entzündet, um ins Bett zu gehen. Das bedeutete, dass sie verschwinden konnte, ohne dass er sie sich genauer ansehen konnte, und vielleicht sogar, ohne dass sie auf dem Weg hinaus stolperte.

Es war ein guter Plan, den sie unverzüglich in die Tat umsetzen wollte. Mit einem allerdings hatte sie nicht gerechnet, nämlich dass er in dem Moment, als sie loswollte, eines der Streichhölzer anrieb, die neben der Öllampe lagen. Hoffentlich blickte er auf die Lampe, die er damit anzünden wollte, und nicht auf sie. Sie versuchte nicht, es herauszubekommen, sondern stürzte sofort los, aus dem Bett und zur Tür hinaus, wo sie mit Will Candles zusammenprallte.

Sie stieß ihn zur Seite und murmelte »Tut mir Leid«, ohne innezuhalten. Ob Wangen noch heißer glühen konnten als ihre? Selbst als sie ein paar Schritte weiter endlich hinter der richtigen Tür in Sicherheit war, kühlten sie nicht ab. Das einzig Gute war, dass der Raum leer war. Sie musste den anderen also nicht erklären, warum sie in Unterwäsche auf dem Hotelflur herumrannte.

Kapitel 9

Einen Augenblick später schlenderte Will ins Zimmer herein und klopfte seine Kleider ab. Sein verbeulter breitkrempiger Hut saß schief auf seinem Kopf. »War das die, von der ich denke, dass sie's war, Sie verdammter Glückspilz von einem Hurensohn?«

Chad saß auf der Kante des Bettes, das er sich mit dem Kutscher teilte. Seine Stirn war in sorgenvolle Falten gelegt. »Und wer bitte soll das sein?«

»Na wer wohl? Ein gut aussehender junger Kerl wie Sie gibt sich doch nicht mit der unscheinbaren ...«

»Augenblick mal. Sie hat sich im Zimmer geirrt. Deshalb ist sie davon wie vom Affen gebissen, als ich auftauchte. Haben Sie mal einen Blick auf sie geworfen?«

»Klar ... na ja, eigentlich nicht. Aber das war ein richtig nettes Figürchen unter dem knappen Leibchen und dem Rüschenschlüpfer«, meinte Will glucksend. »Und nur eine von den beiden hat so einen Körper.«

Chad stand auf, griff nach der Brille, die auf dem Tisch lag, und ließ sie vor Wills Augen einmal um die Finger drehen. »Die hat sie liegen lassen.«

Will lief rot an. »Tja, zur Hölle«, sagte er, »wahrscheinlich sehen unter den Klamotten alle Frauen gleich aus. Hätte trotzdem nie gedacht, dass so eine lange Mähne in so einen kleinen Knoten passt. Kaum zu glauben, was? Aber da wehten richtig lange goldblonde Haare an mir vorbei.«

Chad wusste nicht, was er glauben sollte. Sicher hatten ihm seine Augen einen Streich gespielt. Er hatte ihr Profil gesehen, als sie aus dem Bett schoss, zumindest teilweise, denn ihr Haar hatte einen Gutteil davon verdeckt. Und er hätte schwören können, dass ihn seine Ohren trogen, als er Marians Stimme zu hören vermeinte, während doch eigentlich Amanda aus dem Raum zischte.

Dann hatte er sich umgedreht, um ihr nachzusehen, und das Verwirrspiel ging weiter. Die langen blonden Locken, die um ihre Hüften tanzten, während sie davonrannte, die wie angegossen sitzenden gerüschten Kniehosen und das dünne weiße Leibchen, das sich wie eine zweite Haut um Brüste und Taille legte – dieser Frauenkörper war viel zu wohl geformt für die Brillenschlange. Es *musste* Amanda gewesen sein.

Als sie verschwunden war, hatte er schließlich die Lampe hochgedreht. Da entdeckte er die Brille auf dem Tisch und das braune Kleid, das Marian an diesem Tag getragen hatte, als Haufen Stoff auf dem Boden. Die Verwirrung kehrte zurück.

Es war die Brillenschlange gewesen, nur hatte sie nicht wie eine solche ausgesehen. Ihr Profil war dem ihrer Schwester so ähnlich gewesen, dass er einen Augenblick lang nicht gezweifelt hatte, dass sie es auch war. Wenn man die beiden bei Tageslicht anschaute, gab es nicht die geringste Ähnlichkeit zwischen ihnen – oder vielleicht doch? Vielleicht war sie ihm bislang auch nur noch nicht aufgefallen, denn an Marian gab es schlechterdings nichts, das einem auffallen konnte, außer dieser Brille, die ihre Augen entstellte.

Er hielt sich die Gläser vors Gesicht und schließlich näher an die Augen, zuckte zusammen und legte sie wieder auf den Tisch. Als er hindurchgesehen hatte, war alles verschwommen gewesen. Einen Augenblick lang empfand er Mitleid für das Mädchen. Sie musste fast blind sein, wenn sie so dicke Gläser benötigte. Allerdings war der Augenblick rasch vorbei. Sie war trotz allem ein übellauniges und streitlustiges Weibsstück, von dem jeder Mann, der bei Verstand war, die Finger lassen würde.

Das war ihm bis jetzt ziemlich gut gelungen, und er würde auch weiterhin einen Bogen um sie machen – nachdem er ihr die Brille zurückgegeben hatte. Im Grunde freute er sich auf den Moment, denn er wollte endlich klar sehen und einmal einen Blick auf sie werfen, wenn sie nicht diese Brille trug, die von ihren Zügen ablenkte.

Er traf Marian am anderen Morgen, als sie gerade aus ihrem Zimmer kam. Und verdammt, sie hatte schon wieder eine Brille auf der Nase. So sehr er sich auch bemühte, es gelang ihm nicht, über die Glupschaugen und die verkniffenen Lippen hinwegzusehen. Die Nase war die gleiche, wenn auch hochgereckt, auch die Wangen waren ebenso scharf umrissen wie bei Amanda, die Stirn konnte die gleiche sein, die Brauen waren anders, und beim Kinn war er sich nicht sicher.

Sie gab ihm keine Chance, seinen Blick zu vertiefen. Mit geröteten Wangen riss sie ihm das zusammengefaltete Kleid und die Brille aus der Hand, murmelte widerwillig ein Dankeschön und eilte an ihm vorbei, um vor der Abfahrt noch kurz zu frühstücken.

Es hatte ihn mehr als gereizt, ihr die Brille, die hoch auf ihrer Nase thronte, einfach schnell herunterzuziehen. Doch dann fehlte ihm der Mut. Oder nein, nicht fehlender Mut hinderte ihn daran – er hatte einfach keine Lust auf den Rüffel, der unweigerlich gefolgt wäre, und die beleidigenden Tiraden, die er sich hätte anhören müssen, bis er sie endlich bei Red abgeliefert hatte.

Außerdem hatte ihm Amanda gestern beim Abendessen endlich etwas Aufmerksamkeit geschenkt. Er hatte sich schon gefragt, ob sie sich überhaupt nicht für ihn interessierte. Sie hatte ihm nicht das geringste Signal gegeben, sondern ihn zumeist ignoriert, was eine ziemlich ungewöhnliche Erfahrung für ihn war. Doch seit gestern Abend lag es schon eher im Bereich des Möglichen, dass er sie besser kennen lernen würde – nachdem er sie nach Hause gebracht hatte.

Nur noch zwei Tage blieben ihnen bis Trenton, und einen weiteren würden sie brauchen, um auf die Ranch hinauszufahren. Bis dahin würde er wissen, woher bei Amanda der Wind wehte. Was ihre Schwester anging, so wünschte er sich, der Wind wäre so stark, dass er sie wegblasen würde.

Kapitel 10

Als sie nur noch eine Tagesreise von Trenton entfernt waren, begann Chad darüber nachzudenken, ob er bereit war, sich mit seinem Vater auszusprechen. In Trenton würde er ihm nicht mehr aus dem Weg gehen können. Er rang mit sich, ob er die jungen Damen allein mit Will in die Stadt schicken oder sie doch persönlich begleiten sollte.

Wenn er nicht mitkam, würde er sich vor ihnen rechtfertigen müssen, und der Gedanke daran machte ihm die Entscheidung einigermaßen leicht. Drei Monate weg von zu Hause waren außerdem sicher genug; Stuart hatte genug Zeit gehabt, um sich zu beruhigen. Es sollte jetzt möglich sein, diese Heiratsangelegenheit in Ruhe zu besprechen, ohne dass sie beide gleich wieder an die Decke gingen … Das hoffte er jedenfalls.

Noch ein Tag, dann würde Stuart wissen, dass er wieder in der Gegend war. Blieb abzuwarten, ob man mit ihm vernünftig reden konnte, wenn es um seine hochtrabenden Pläne ging, das größte Rinderimperium der Gegend zu gründen – auf Chads Kosten.

Die Damen wurden wieder in einem Hotel untergebracht und würden bald zum Abendessen gehen. Chad, der noch nicht hungrig war, hatte beschlossen, lieber den nächsten Saloon aufzusuchen. Die Sonne war bereits untergegangen, in wenigen Minuten würden die letzten Rottöne am Himmel erlöschen. Ein Sturm fegte über das Land, der aber bis zum Morgen weiterziehen würde, wenn alles gut ging. Chad konnte jetzt auf weitere Verzögerungen gut verzichten.

Fast hätte er Marian übersehen, die im Schatten der Veranda stand und auf die Sturmwolken blickte, die im Westen aufzogen. Sie wandte den Kopf, um zu sehen, wer hinter ihr war, und sah dann wieder geradeaus. Einen Augenblick lang stieg Groll in ihm auf, weil sie ihm so offen die kalte Schulter zeigte. Doch dann seufzte er im Stillen erleichtert auf, denn im Grunde legte er keinen Wert darauf, sich mit ihr zu unterhalten.

»Ist meine Tante eigentlich … nett?«

Er blieb oben an der Verandatreppe stehen und schob seinen Hut zurück. Die Frage klang nervös, nicht aggressiv wie sonst alles, was sie zu ihm sagte. Wenn es so gewesen wäre, hätte er so getan, als hätte er nichts gehört, und wäre weitergegangen. Was sie da von ihm wissen wollte, erschien ihm seltsam, schließlich war Red mit ihr verwandt und nicht mit ihm. »Was ist das für eine Frage?«

»Na ja, mein Vater hatte viele Macken, und sie ist seine Schwester«, erwiderte sie.

»Ihr Vater war also nicht … nett?«

»Das kommt darauf an, wen Sie fragen. Amanda würde sagen, er war der netteste Mensch der Welt.«

Sie wandte leicht den Kopf, aber nur so weit, dass sie ihn aus dem Augenwinkel sehen konnte. Damit sie ihn sofort wieder übersehen konnte, dachte er.

»Sie würden das nicht sagen?«

»Er war nicht gemein oder so. Doch, ich denke, ich könnte schon sagen, dass er insgesamt nett war. Aber mich interessiert jetzt meine Tante«, erinnerte sie ihn.

»Hatten Sie keinen Kontakt mehr zu ihr, seit sie in den Westen gegangen ist?«

Sie schüttelte den Kopf. »Nein, und ich kann mich kaum an sie erinnern.«

»Nun, sie ist ein echter Goldschatz. Ich weiß von niemandem, der sie kennt und nicht mag.«

»Wirklich?«

Sie klang wie ein verängstigtes kleines Mädchen, das um ein wenig Bestätigung heischte. Trotz seiner Abneigung gegen sie, die schon ziemlich groß war, musste er innerlich lächeln und erzählte ihr, was sie hören wollte. »Ja. Sie ist gutherzig und geradezu übertrieben großzügig. Sie würde Ihnen wahrscheinlich ihr letztes Hemd geben, wenn sie meint, dass Sie es brauchen. Ich wäre nicht überrascht, wenn sie jetzt genauso nervös wäre wie Sie vor der ersten Begegnung mit Ihnen. Sie hat selbst keine Kinder. Also, nicht dass man Sie als Kind betrachten könnte …«

Kurz blitzte vor seinem geistigen Auge das Bild des ansehnlichen Frauenkörpers auf, der aus seinem Zimmer stürmt. Nein, ein Kind war sie definitiv nicht mehr.

»Was ist mit ihrem Mann?«, fragte Marian. »Ich erinnere mich, dass Vater einmal erwähnte, sie sei gleich nach ihrer Heirat in den Westen gegangen.«

Chad fühlte sich einen Moment lang unbehaglich; es war nicht schön, der Überbringer schlechter Nachrichten zu sein. Außerdem wunderte er sich über die mangelnde Kommunikation in dieser Familie. Wie konnte es sein, dass sie nichts davon wusste? Red und ihr Bruder hätten in all den Jahren zumindest Kontakt halten müssen. Doch Red hatte, so lange er sie kannte, nie erwähnt, dass sie überhaupt Verwandte hatte. Das wiederum war wenig erstaunlich, denn viele kamen in den Westen, um ihre Vergangenheit hinter sich zu lassen. Um das Thema möglichst schnell abzuhaken, war er unverblümter, als es angebracht gewesen wäre. »Ihr Onkel starb letztes Jahr. Ihre Tante führt die Ranch seither allein.«

»Um Gottes willen, ich hatte ja keine Ahnung.«

Trotz ihrer Worte schien sie nicht sonderlich berührt, und so fragte er: »Sie haben ihn nicht gekannt?«

»Nein, ich kann mich nicht erinnern, ihn je getroffen zu haben. Einmal erwähnte jemand, dass …« Sie hielt inne und runzelte die Stirn, als durchforstete sie ihr Gedächtnis. »Ich denke, es war meine Mutter, die das sagte – dass Kathleen Frank Dunn nur geheiratet habe, um aus Haverhill wegzukommen. Ich erinnere mich, dass ich damals dachte, ihr Wunsch, mehr von der Welt zu sehen, muss ja schon sehr groß sein.«

Vielleicht war es ja auch der Wunsch, diesen Winkel der Welt hinter sich zu lassen, dachte Chad. Wahrscheinlich hatte es Streit zwischen Bruder und Schwester gegeben, das würde auch erklären, warum sie nicht Verbindung gehalten hatten. Und doch war sie ein Mitglied der Familie, und zwar das letzte verbliebene, sonst hätte Red jetzt nicht die Vormundschaft für seine Töchter übernommen. »Nun, Sie werden jede Menge Zeit haben, sie darüber auszufragen«, sagte Chad. »Wir werden morgen Abend in Trenton sein und übermorgen spätabends auf der Ranch.«

Als ihm bewusst wurde, dass er da stand und sich ganz normal mit der Brillenschlange unterhielt, färbten sich seine Wangen rötlich. Doch inzwischen war es stockdunkel. Er konnte Marian zwar noch erkennen, weil sich seine Augen ans Dunkel gewöhnt hatten, doch nicht mehr klar sehen; es war also nicht schwer zu vergessen, dass sie die streitlustige Schwester mit der wilden Fantasie war.

Einen Moment später fing es an zu regnen wie aus Eimern, während Nebel die Veranda heraufkroch und die beiden ins Haus zurück fliehen ließ. Tja, das war's wohl mit dem gemütlichen Glas Bier im Saloon, dachte Chad.

In dem kleinen, hell erleuchteten Foyer sah er gerade noch, wie Marian ihre Brille hochschob, bevor sie ohne ein weiteres Wort davonstolzierte. So viel zu einer normalen Unterhaltung. Ihre Kratzbürstigkeit hatte wieder die Oberhand gewonnen. Nicht einmal eine gute Nacht hatte sie ihm gewünscht.

Kapitel 11

Als Chad am späten Nachmittag des nächsten Tages in Trenton einritt, versuchte er, die Stadt durch die Augen eines Fremden zu betrachten, so wie Amanda sie sehen würde. Sie war einigermaßen groß, größer als die Orte, durch die die Damen auf ihrer Reise bislang gekommen waren. Seit sein Vater sich in der Gegend niedergelassen hatte, war sie beträchtlich gewachsen.

Die ursprüngliche Hauptstraße war sehr viel länger geworden. Zwei Häuserblocks waren auf der rechten Seite dazugekommen, drei auf der linken, an die sich zwei weitere anschlossen. Und die Stadt wuchs immer weiter, obwohl es keinen Hinweis darauf gab, dass die Eisenbahn jemals hier vorbeiführen würde. Doch immerhin gab es eine Postkutschenlinie, die die Stadt mit Waco im Norden und Houston im Süden verband. Viele, die eigentlich auf der Durchreise gewesen waren, hatten sich, statt ihre Fahrt fortzusetzen, in Trenton niedergelassen, weil es ihnen gefallen hatte.

Mit verantwortlich für das Wachstum war die Kinkaid-Ranch, obwohl sie rund zehn Meilen westlich der Stadt lag. Stuart hätte auf der Ranch seinen eigenen Laden aufmachen können, um die Bedürfnisse seiner zahlreichen Angestellten zu befriedigen, doch er zog es vor, die Stadt zu fördern. Auch im Osten siedelten zahlreiche Farmer, und eine Tagesreise entfernt Richtung Norden lag eine Sägemühle.

Gerade, breite Straßen mit Schatten spendenden

Bäumen, die, vor langer Zeit gepflanzt, inzwischen zu stattlicher Größe herangewachsen waren – es gab nicht viel, das die Stadt nicht bot. Drei Hotels, vier Pensionen, zwei Restaurants zusätzlich zu den Speisezimmern der Hotels, die für jedermann zugänglich waren, ein Gemischtwarenladen sowie zahlreiche Geschäfte, die sich auf bestimmte Produkte spezialisiert hatten, wie Schuhe, Waffen, Sattel, Möbel, Schmuck, ja sogar mehrere Bekleidungsläden. Drei Ärzte hatten sich niedergelassen, zwei Anwälte, ein Zahnarzt, zwei Zimmerleute und andere Menschen mit den unterschiedlichsten Berufen. Es gab vier Saloons, von denen zwei einen Tanzsaal hatten, ein Theater und ein paar Bordelle am Stadtrand.

Trenton war eine ruhige Stadt. Stuart verurteilte Rabaukentum bei seinen Männern, ebenso die Saloonbesitzer, und auch wenn die Cowboys am Wochenende ordentlich über die Stränge schlugen, so wurden sie doch im Allgemeinen nicht gewalttätig. Die meisten von ihnen waren sogar am Sonntag in einer der beiden Kirchen der Stadt anzutreffen.

Gelegentlich kam es zu Schießereien auf den Straßen, doch meistens gelang es dem Sheriff, die Streithähne zu beschwichtigen. Bedauerlich, dass er im nächsten Monat zurücktreten wollte. Viele Jahre lang hatte er in Trenton für Ruhe und Ordnung gesorgt und war viermal wiedergewählt worden.

Chad hatte damit gerechnet, dass es einen Tumult geben würde, wenn er in die Stadt einritt. Sicher hatte sich längst herumgesprochen, dass er sich mit seinem Vater zerstritten hatte und fortgegangen war. Reds Cowboys hatten aufgeschnappt, dass Stuart nicht nur einen, sondern gleich drei Fährtensucher angeheuert hatte, um ihn zu finden. Natürlich hatte keiner von ihnen herausgefunden, wo er sich versteckt hielt.

Er war also überrascht, ja geradezu beunruhigt, als die Concord-Kutsche, die viel größer war als die kleineren Gefährte, die normalerweise durch die Stadt kamen, mehr Aufsehen erregte als er. Erst als sie vor dem Albany-Hotel vorfuhren, bemerkte schließlich jemand, dass er nebenher ritt. Da wurde er dann doch endlich mit den erwarteten Grüßen und Kommentaren empfangen, während von allen Seiten Leute auf die Eingangstreppe des Hotels zuströmten.

»Bist du das, Chad?«

»Wo warst du?«

»Weiß dein Vater, dass du zurück bist, Junge?«

»Wo hast du dich versteckt?«

»Der schnuckelige Käfer soll eine Woche lang geweint haben, nachdem du abgehauen warst.«

»Heißt das jetzt, du heiratest?«

»Sind wir zur Party eingeladen?«

»Wo hast du gesteckt?«

Statt zu antworten, band Chad sein Pferd am Geländer vor dem Hotel an und ging zur Kutsche, um die Tür zu öffnen. Als Erste kletterte Amanda heraus, woraufhin die Menge sofort verstummte. Das war ihm klar gewesen. In Trenton kamen nicht oft so hübsche Mädchen vorbei. Es war, als schnappten alle einmal nach Luft, bevor es ihnen die Sprache verschlug.

Normalerweise ließ Amanda jeden Abend, wenn die Fahrt zu Ende war, ein oder zwei Beschwerden hören. Er konnte es ihr nicht verdenken; ein zartes Geschöpf wie sie musste diese Art zu reisen sehr anstrengen. Doch angesichts des großen Publikums schwieg sie heute ausnahmsweise und lächelte sogar. Viele der Männer, die sie anstarrten, verliebten sich wahrscheinlich in diesen paar Momenten, in denen sie anmutig ins Hotel schritt.

Chad begleitete sie, allerdings nur, um nicht erneut mit Fragen bombardiert zu werden, die zweifellos kommen würden, sobald Amanda außer Sichtweite war. Zumindest redete er sich ein, dass das der Grund war, warum er sie am Arm nahm und hineinführte. Es hatte nichts damit zu tun, dass er gleich unmissverständlich sein Revier abstecken wollte. Andererseits hatte er gesehen, dass sogar Spencer Evans auf die Veranda seines Saloons herausgetreten war, um den Trubel zu beobachten. Chad hoffte, dass er dort bleiben würde. Er hatte schon genug um die Ohren, ohne dass ihm sein Erzfeind über den Weg lief.

Spencer und er waren im selben Jahr geboren und kannten sich schon ihr ganzes Leben lang. Eine kurze Zeit, einen halben Sommer lang immerhin, hatten sie sich sogar einigermaßen verstanden – in ihrem jugendlichen Alter hatten sie nicht begriffen, dass sie viel zu verschieden waren, um Freunde zu werden.

Konkurrenzdenken machte der aufkeimenden Freundschaft dann ein Ende. Chad hielt es zuerst für ganz natürlich, schließlich waren sie gleich alt und fast gleich groß. Alsbald konkurrierten sie bei allem und jedem. Schule, Fischen, Jagen, Schießen, Pferderennen, was auch immer es war, einer versuchte, den anderen zu überflügeln. Spencer erwies sich bald als schlechter Verlierer und war meist derjenige, der die ersten Raufereien anzettelte.

Es dauerte nicht lange, da brauchten sie keine Ausrede mehr, um sich zu prügeln. Der Konkurrenzkampf zwischen ihnen wurde jetzt nur noch mit den Fäusten ausgetragen. Sie demolierten damals so häufig das Klassenzimmer, dass die Stadtoberen beschlossen, den Unterricht in der Kirche abzuhalten, in der Hoffnung, sie würde auf die Jungen eine beruhigende Wirkung haben. Das war nicht der Fall, immerhin trugen sie ihre Kämpfe forthin draußen auf dem Kirchhof aus.

Zu dieser Zeit wäre es immer noch möglich gewesen, dass sie doch noch eines Tages Freunde wurden und zusammen über ihre jugendlichen Eskapaden lachten. Doch dann kamen sie in das Alter, in dem Mädchen interessant wurden.

Wilma Jones war die Erste, auf die beide ein Auge warfen. Sechs Schlägereien später, und nachdem Spencer eines späten Abends die Hausfassade der Jones' hundertfach mit »Ich liebe dich, Wilma« verziert hatte, zog die Familie samt Wilma in den Osten zurück.

Agatha Winston war das zweite Mädchen, das ihnen gefiel, und zwar wieder zur gleichen Zeit. Sie waren damals sechzehn, und langsam wurden ihre Schlägereien blutig. Aggie geriet einmal versehentlich zwischen sie und trug eine gebrochene Nase davon. Chad hatte voller Schuldbewusstsein angenommen, dass es seine Faust gewesen war, doch sicher war er nie gewesen. Aggie hatte anschließend mit keinem von beiden je wieder ein Wort gesprochen, bis heute nicht, obwohl sie verheiratet war und drei Kinder hatte.

Der Höhepunkt aber war Clare Johnson gewesen. Sie war ein wenig spätreif, oder sie hatten sie bis dahin nicht wahrgenommen, weil sie ein paar Jahre jünger war. Clare war ein ausnehmend liebes Mädchen, das in der Schule gern jüngeren Kindern half und später einmal Lehrerin werden wollte.

Chad erwischte es kurz nach seinem siebzehnten Geburtstag; zum ersten – und bislang letzten – Mal war er wirklich an einem Mädchen interessiert. Er lud sie zum

Picknick ein und zum Fischen, tanzte auf dem Richtfest für den neuen Stall der Wilkes' jeden Tanz mit ihr und war sicher, dass er der Erste war, der ihr einen Kuss stahl, so sehr glühten ihre Wangen danach. Nicht im Traum hätte er daran gedacht, mehr von ihr zu verlangen. Sie war ein nettes Mädchen, eines, dem man behutsam den Hof machte, um es anschließend zu heiraten.

Diesmal versuchte er, die Sache geheim zu halten. Er nahm sie nicht an Orte mit, wo Spencer ihnen begegnen könnte – der war viel zu aufgeblasen, um auf Richtfeste zu gehen, deshalb war Chad sicher, dass er von der Party nichts wusste. Doch Spencer umwarb Clare ebenfalls insgeheim, und Chad erfuhr erst davon, als es bereits zu spät war.

Der verdammte Hurensohn verführte Clare und prahlte anschließend damit – und auf diese Weise erfuhr Chad, dass er das Rennen verloren hatte. Spencer machte sich keine Gedanken darüber, dass seine Angeberei Clares Leben zerstörte, oder es war ihm egal. Hauptsache, er hatte bekommen, was er wollte.

Danach eskalierten die Schlägereien. Chad und Spencer konnten sich nicht mehr im selben Raum aufhalten, ohne sich gegenseitig umbringen zu wollen. Und dieser traurige Zustand hielt an, bis Spencers Vater, Tom Evans, es leid war, ständig die Schäden zu bezahlen, die sein Sohn angerichtet hatte, und ihn zu Verwandten in den Osten schickte, damit er dort die Schule zu Ende brachte. Die Stadt stieß gleichsam kollektiv einen Seufzer der Erleichterung aus – bis einigen nach ein paar Monaten langweilig wurde. Es war doch durchaus unterhaltsam gewesen, Chad und Spencer dabei zu beobachten, wie sie sich jedes Mal, wenn sie sich begegneten, an die Gurgel wollten.

Als Spencer Evans nach dem Tod seines Vaters zurückkehrte, um den Not-Here-Saloon zu übernehmen, waren die Stadtbewohner hin und her gerissen zwischen Furcht und Erwartung. Doch es war viel Zeit vergangen, aus den Jungs waren Männer geworden, und zum Glück besaß Trenton inzwischen zwei Saloons. Chad bemühte sich in der Tat, Spencer aus dem Weg zu gehen, was ihm nicht immer gelang. Es kam immer noch hin und wieder zu Händeln zwischen ihnen, die jedoch harmlos waren im Vergleich zu dem, was sich in ihrer Jugend abgespielt hatte.

Clare lebte immer noch in Trenton. Sie hatte im Eisenwarenladen ihres Vaters geholfen, doch als er starb, hatte sie das Geschäft verkauft. Inzwischen arbeitete sie in Spencers Saloon und war zuständig für die Unterhaltung der Gäste, und das nicht nur auf der Bühne. Immer wenn Chad jetzt an sie dachte, kochte seine Verachtung für Spencer wieder hoch.

Doch Amanda würde höchstens eine Nacht in der Stadt bleiben, und Reds Ranch lag einen guten Tagesritt entfernt. Spencer würde also kaum Gelegenheit haben, sie näher zu beschnüffeln. Außerdem würde Red es niemals zulassen, dass ein Verführer kleiner Mädchen ihre unschuldige Nichte umschwänzelte.

Kapitel 12

»Sie haben die Kutsche abfahren lassen? Aber das war unsere Kutsche!«

Chad schob den Hut in den Nacken, hob die Augen zum morgendlichen Himmel und zählte bis zehn. Es sah so aus, als würde Amanda heute seine ganze Geduld in Anspruch nehmen. Zum Glück hatte er jede Menge davon.

Er sah wieder auf die Damen, die oben an der Eingangstreppe des Hotels standen. Amanda starrte ihn ungläubig an. Marian musterte gleichgültig ihre Fingernägel, was er irgendwie eigenartig fand, und das Dienstmädchen blickte gelangweilt drein wie immer.

Er hatte drei Pferde für sie mitgebracht. Fast eine halbe Stunde hatte er sich den Mund fusselig geredet, bis er im Stall endlich welche bekommen hatte, die für Damen geeignet waren. Wahrscheinlich hätte er ihnen vorher sagen sollen, dass sie den Rest der Strecke im Sattel zurücklegen mussten. Er hatte es nicht für nötig gehalten. Jeder ritt dort hinaus.

Als er sich wieder im Griff hatte, erklärte er Amanda: »Es war nicht *Ihre* Kutsche. Dass Sie sie so lange benutzen konnten, liegt einzig und allein daran, dass ich den Mann von der Transportgesellschaft gezwungen habe, sie Ihnen so lange zu überlassen, denn schließlich waren Sie und die Kutsche von einem ihrer Fahrer sitzen gelassen worden. Ich musste ihm drohen, dass ich ihm das Genick breche, wenn er nicht mitmacht. Aber diese

Kutsche ist viel zu breit für die schmale Straße, die zur Ranch führt. Außerdem ist Will schon bei Tagesanbruch losgefahren und damit längst über alle Berge.«

Amanda blieb stur. »Ich werde nicht reiten. Sie müssen uns eben eine andere Kutsche mieten.«

Zum Teufel, die konnte ganz schön zickig sein. Nur gut, dass sie so hübsch war, das machte die paar lästigen Eigenschaften wieder wett.

Er seufzte. »Pferde kann man mieten. Pferdefuhrwerke kann man mieten. Aber es würde mich schon sehr wundern, wenn es in dieser Stadt Kutschen gäbe. Trenton ist nicht groß genug, als dass man hier welche bräuchte. Die Leute gehen zu Fuß. Außerdem macht der Weg zur Ranch hinaus einen ziemlich großen Bogen um eine Erhöhung. Mit Pferden können wir den direkten Weg nehmen und sind vor Einbruch der Dunkelheit da.«

»Dann müssen Sie ja nichts weiter tun, als uns ein Fuhrwerk zu mieten, oder?«, erwiderte Amanda.

Seine Erklärung war doch vernünftig gewesen. Wollte sie allen Ernstes am Straßenrand kampieren? Oder war sie nur dickköpfig? Manche Frauen weigerten sich aus unerfindlichen Gründen nachzugeben, wenn sie sich einmal etwas in den Kopf gesetzt hatten, selbst wenn sie eines Besseren belehrt worden waren.

»Das habe ich bereits, für Ihre Koffer. Der Fahrer wird gleich hier sein, um sie aufzuladen. Morgen wird er sie dann abliefern.«

»Wo liegt dann das Problem? Ich werde mit dem Fuhrwerk fahren.«

»Sie verstehen nicht ganz«, entgegnete Chad. »Das bedeutet einen zusätzlichen Tag …«

»*Sie* verstehen nicht ganz«, unterbrach sie ihn. »Ich werde nicht auf ein Pferd steigen, nicht heute, nicht morgen und nicht irgendwann. Sollte kein anderes Transportmittel zur Verfügung stehen, werde ich eben hier bleiben.«

»Diese Schlacht werden Sie nicht gewinnen, Mr Kinkaid«, warf Marian ein. In ihren Worten schwang leichte Ironie, doch ob sie auf Kosten ihrer Schwester ging oder auf seine, war nicht zu sagen. »Sie hat Angst vor Pferden.«

»Habe ich nicht!« Amanda schnellte zu ihrer Schwester herum. »Ich sehe nur nicht ein, dass ich mich der Quälerei aussetzen soll, wer weiß wie lange im Sattel zu sein.«

»Die Fahrt auf dem Fuhrwerk wird Ihnen auch nicht gefallen«, gab Chad zurück. »Fuhrwerke sind nicht dafür gedacht, bequem zu sein. Ebenso wenig wie das Schlafen auf dem Boden.«

»Auf dem Boden? Seien Sie nicht albern. Ich werde natürlich im Fuhrwerk schlafen.«

»Aber das wäre voll geladen mit …«

»Dann muss es eben abgeladen werden«, unterbrach ihn Amanda erneut, in einem Ton, der jeden Widerspruch erstickte.

»Es ist nicht groß genug für Sie drei.«

»Na und?«

Ungläubig blickte er sie an. Hatte er das richtig verstanden? Sie wollte tatsächlich ein Gefährt für sich allein? Wo er herkam, war das anders. Was für ein Geschwister taugte, war auch für das andere gut. Würde er die ganze Geschichte mit der Brillenschlange noch einmal durchkauen müssen, wenn er diesem Unsinn jetzt zustimmte, und noch einen Wagen besorgen müssen?

Da hörte er Marian lachen, und zwar über ihn. Sein Gesichtsausdruck auf Amandas Antwort hin hätte wahrscheinlich eine Kuh zum Kichern gebracht. Wäre er ein weniger geduldiger Mensch gewesen, dann wäre er in diesem Augenblick wahrscheinlich geplatzt. Doch aus unerfindlichen Gründen nahm er es ihr nicht übel. Er hörte ihr Lachen zum ersten Mal, und es klang sehr angenehm, geradezu ansteckend. Auch wenn er nicht mitlachte, dämpfte doch der Impuls einzustimmen seinen Ärger ein wenig.

Sie musste seine Gedanken gelesen haben, denn sie sagte: »Wie gut, dass es mir nichts ausmacht, auf dem Boden zu schlafen – oder auf ein Pferd zu steigen.«

»Du bist auch noch nie geritten«, sagte Amanda bockig.

»Nein, aber im Gegensatz zu dir bin ich bereit, Neues auszuprobieren. Kann doch nicht so schwer sein, im Schritt neben einem Fuhrwerk herzuzockeln.«

Marian versuchte, Amanda durch die Blume darauf hinzuweisen, dass ihre Sturheit sie viel zu viel Zeit kostete. Allerdings ging ihre Bemerkung ins Leere. Auf den Wangen der liebreizenden Blondine zeigte sich nicht einmal ein Hauch von verlegenem Rosa.

Da tauchte hinter der nächsten Straßenecke das heiß diskutierte Fuhrwerk auf.

Marian begann erneut zu lachen. »O mein Gott, Maultiere«, keuchte sie glucksend. »Da wäre ich ja zu Fuß schneller bei Tante Kathleen.«

Jetzt lief Amanda doch noch rot an – allerdings vor Wut, als sie das Transportmittel sah, auf dem sie so hartnäckig bestanden hatte. Und die Wut ließ sie sogleich an Chad aus. »Soll das ein Witz sein? Sie glauben doch nicht, dass ich mich hinter Maultiere setze?«

»Das war Ihre Idee, nicht meine. Ich habe ein wunderbares Pferd für Sie …«

»… das Sie gleich gegen die Maultiere eintauschen können. Und es ist mir egal, wie lange es dauert. Wenn ich keine Kutsche bekomme, will ich wenigstens einen Wagen, der von Pferden gezogen wird.«

Während Chad erneut bis zehn zählte, erschien Spencer. Er hatte sich fein gemacht und trug seinen Sonntagsanzug, obwohl er gar nicht in die Kirche wollte. Das konnte nur eines bedeuten: Er wollte die jungen Damen abpassen, bevor sie die Stadt verließen, und mit dem galanten Benehmen beeindrucken, das er in den paar Jahren seiner Schulzeit im Osten gelernt hatte.

»Morgen, Ladys.« Spencer lüftete seinen Hut. »Ich habe ganz zufällig mitbekommen, dass Sie vielleicht meine Hilfe benötigen könnten – falls Sie eine Kutsche brauchen.«

Er hatte zwar *Ladys* gesagt, aber Augen hatte er nur für Amanda. Und ihrem Lächeln nach zu urteilen, war sie schwer beeindruckt von ihm. Die Frauen wurden immer schrecklich albern, wenn Spencer Evans in der Nähe war, offenbar weil sie seine jungenhafte Erscheinung besonders anziehend fanden: dunkelbraunes Haar und smaragdgrüne Augen, gepaart mit dem Auftreten eines erfolgreichen Geschäftsmannes.

»In der Tat, Sir. Und Sie sind …?«

»Spencer Evans, stets zu Diensten.«

»Man hat uns gesagt, es gebe keine Kutschen in dieser Stadt.«

»Gewisse Leute sind eben nicht ganz auf dem Laufenden«, erwiderte Spencer.

»Das heißt, Sie haben eine Kutsche, die wir mieten könnten?«, hakte Amanda nach.

»Brandneu, erst letzten Monat geliefert«, bestätigte er mit unverhohlenem Vergnügen. »Aber von Mieten kann gar nicht die Rede sein; sie steht Ihnen selbstverständlich frei zur Verfügung.«

Chad wandte sich ab, um diesmal bis hundert zu zählen. Die Seitenhiebe der beiden waren ihm nicht entgangen. Das Letzte, was er wollte, war, vor Amandas Augen eine Rauferei anzufangen. Aber wenn er auch nur zwei Worte zu Spencer sagte, würde wahrscheinlich genau das passieren. Ihre gehässigen Sprüche konnte er ignorieren, die von Spencer nicht.

Aber sie warteten gar nicht auf seine Reaktion, da sie vollauf damit beschäftigt waren, die Einzelheiten zu besprechen. Keine Frage, worauf das hinauslaufen würde. Es war nicht nur ein großzügiges Angebot von Spencer, um sich bei Amanda einzuschmeicheln; natürlich wollte er sich Gelegenheit verschaffen, sie näher kennen zu lernen.

»Ich komme dann morgen Nachmittag vorbei, um Sie abzuholen …«, schlug Spencer gerade vor.

»Gib dir keine Mühe«, fiel ihm Chad ins Wort. Er konnte sich nicht länger heraushalten. »Es wird sich schon jemand finden, der sie zurückbringt.«

»Das macht mir keine Mühe. Ich freue mich schon auf Reds wunderbare Kochkünste.«

Spencer hatte seine Hausaufgaben gemacht. Er wusste, wer die Laton-Schwestern waren und wohin sie wollten. Wahrscheinlich hatte er am Abend zuvor Will Candles ausgequetscht. Chad hatte eigentlich erwartet, dass er gleich im Speisesaal des Hotels auftauchte, um sie kennen zu lernen. Vielleicht war er ja sogar da gewesen und hatte sie nur verpasst. Die Ladys hatten sich nicht lange beim Essen aufgehalten und waren früh zu Bett gegangen. Wenn Spencer sich gestern ebenso viel Zeit zum Herausputzen genommen hatte wie heute, war er zu spät dran gewesen.

Es dauerte eine weitere Stunde, bis sie schließlich losfuhren. Chad musste noch ein paar Laken für die Nacht kaufen und ein paar Sachen fürs Abendessen. Einen Moment zähneknirschenden Unmuts gab es noch, als Spencer mit seiner »brandneuen« Kutsche auftauchte und Amanda zugeben musste, dass sie gar nicht fahren konnte. Erst machte sie so einen Aufstand, und dann wusste sie nicht einmal, wie man so ein Ding lenkte?

Dieses Geständnis brachte sogar Spencer aus der Fassung, und zwar so lange, dass er keine Zeit mehr hatte, sich als Fahrer anzudienen. Das Dienstmädchen schaltete sich ein und sagte, dass sie eine Kutsche fahren könne. Spencer hätte es mit Sicherheit angeboten, wenn er nicht einen Moment zu lange sprachlos gewesen wäre. Und Chad hätte ihm vermutlich die Nase dafür eingeschlagen. Sein Geduldsfaden war endgültig gerissen. Aber das geschah immer, wenn er auf Spencer Evans traf.

Kapitel 13

Sie kampierten neben einem Wasserloch. Das Wasser schmeckte nicht gerade gut, aber das war nicht wichtig, da Chad einen Vorrat an Trinkwasser mitgenommen hatte. Er hatte auch das Abendessen zubereitet. Marian hatte zwar angeboten zu kochen, doch wenn sie kochte wie Red – und das konnte durchaus sein, schließlich stammten sie aus derselben Gegend –, aß er lieber Wurzeln, und so hatte er abgewunken. Außerdem traute er Marian zu, dass sie in ihrer Ungeschicklichkeit das ganze Lager abfackelte. Je weiter sie vom Feuer wegblieb, desto besser.

Während die Hitze zunahm, legte sich seine Erregung. Es war reine Zeitverschwendung, neben dem Fuhrwerk herzureiten, aber was sollte es, auf einen Tag mehr oder weniger kam es jetzt nicht mehr an. Amanda hatte großmütig beschlossen, in der Kutsche zu schlafen; es war zwar nur ein Zweisitzer, aber sie war klein genug, um sich auf die gepolsterte Sitzbank zu legen, wenn auch nur mit angezogenen Beinen. Die Polsterung hatte sie überzeugt, und er war heilfroh, dass er das Fuhrwerk nicht für sie abladen musste.

Chad hatte fast damit gerechnet, dass Spencer am Abend unter dem fadenscheinigen Vorwand auftauchte, sich nach dem Wohlbefinden der Ladys erkundigen zu wollen. Das jedenfalls hätte Chad getan, wenn er mehr von einer Frau erfahren wollte, für die er sich interessierte. Doch dann fiel ihm wieder ein, dass Spencer ja ein Stadtmensch war. Trenton lag zwar mitten im texanischen Niemandsland, dennoch bot es seinen Einwohnern Schutz und Bequemlichkeit; wer hingegen auf einer Ranch lebte, war daran gewöhnt, gelegentlich draußen in der Prärie zu nächtigen.

Außerdem hatte Spencer seinen Vorrat an fadenscheinigen Ausreden bereits aufgebraucht. Er freue sich auf Reds Kochkünste, hatte er gesagt – Chad schnaubte innerlich. Der Bastard hatte doch gar keine Ahnung. Falls Red jemals in ihrem Leben etwas gekocht hatte, war es garantiert angebrannt. Aus genau diesem Grund, für den sie sich auch keineswegs schämte, hatte sie eine Köchin eingestellt, die nicht nur ihre Jungs versorgte, sondern auch sie selbst.

Ella Mae, das Dienstmädchen, räumte nach dem Abendessen netterweise auf. Sie war ein paar Jahre älter als die Schwestern und ziemlich still. Ihr braunes Haar trug sie locker zurückgesteckt, lange nicht so streng wie Marian, und sie hatte grüne Augen. Unauffällig ging sie ihren Pflichten nach. Es war nicht viel Anziehendes an ihr außer dem humorvollen Zug um ihre Augen, der nie aus ihrem Gesicht wich. Marian sprach mit ihr, als wäre sie eine Freundin. Amanda behandelte sie mit mehr Respekt als jeden anderen Mitmenschen. Keine von beiden betrachtete sie als Dienstmädchen. Wenn sie etwas tun sollte, gaben sie ihr keine Anordnungen, sondern baten darum. Vermutlich war sie schon so lange bei ihnen, dass sie fast zur Familie gehörte.

Die Schwestern hingegen verhielten sich nicht wirklich so, als wären sie verwandt, was natürlich in den besten Familien vorkam. Wenn sie überhaupt miteinander redeten, fanden sie kein freundliches Wort. Er mutmaßte, dass sie auf der Reise einen Streit angefangen hatten, der noch nicht beigelegt war. Das würde erklären, warum Amanda so gereizt und die Brillenschlange so widerborstig war.

Amanda war vom Lagerfeuer aufgestanden, um sich schlafen zu legen. Chad beobachtete sie verstohlen, wie sie die Decken durchwühlte, die er für sie gekauft hatte, bis sie schließlich eine fand, die ihr zusagte. Ella Mae hatte ihr einen Eimer Wasser gebracht. Sie wusch sich den Staub des Tages von Gesicht und Hals, dann nahm sie den Eimer und zog sich hinter den Wagen zurück, um vor Blicken geschützt zu sein.

Er fand sie mit jedem Tag reizvoller, hoffte aber, dass er sich nicht in sie verliebte – zumindest vorerst noch nicht. Von ihrer Seite kam keinerlei Ermunterung, außer hin und wieder einem Lächeln, das sie aber auch anderen schenkte, so dass er immer noch nicht wusste, ob er überhaupt Chancen bei ihr hatte.

Normalerweise gab es jede Menge Hinweise, kleine unauffällige Andeutungen, mit denen eine Frau einem Mann zu verstehen gab, dass er ihr gefiel. Chad hatte sich bei Frauen nie geirrt, jedenfalls bislang nicht. Natürlich hatte er ihr sein Interesse auch noch nicht offen gezeigt. Er hatte beschlossen zu warten, bevor er den ersten Schritt wagte. Vielleicht hielt sie einfach ihre Gefühle eisern unter Verschluss, bis er selbst Andeutungen machte.

Als Amanda außer Sicht war, blickte er zum Feuer zurück und stellte überrascht fest, dass er mit der Brillenschlange allein war. Die Flammen spiegelten sich in den Gläsern ihrer Brille, zwei detailgetreu abgebildete Miniaturlagerfeuer. Es sah sehr merkwürdig aus – andererseits sah sie immer merkwürdig aus mit dieser Brille.

Sie wirkte müde heute, obwohl sie dann doch nicht

geritten war, weil die Kutsche genügend Platz für beide geboten hatte. Er konnte nicht umhin, ihren Pragmatismus zu bewundern; obwohl auch sie offenbar noch nie auf einem Pferd gesessen hatte, wäre sie ohne weiteres bereit gewesen, den Tag im Sattel zu verbringen. Kurz hatte er überlegt, ob er ihr das Reiten beibringen sollte, wenn sie erst einmal auf der Ranch waren, doch dann schalt er sich, dass er so etwas überhaupt in Erwägung zog. Je mehr Abstand er zu ihr hielt, desto besser für ihn.

Er hatte Kaffee gekocht – so wie er es immer tat, wenn er lange Nächte über Herden wachte, die zum Markt getrieben wurden. Viel hatte er nicht gemacht, da er nur an sich gedacht hatte. Doch Marian hatte sich einen Becher eingegossen, als er nicht hingesehen hatte, und neben das Feuer gestellt, damit er warm blieb.

Er wandte den Blick ab, denn er wollte sich nicht unbedingt mit ihr unterhalten, wenn es sich vermeiden ließ. Aus dem Augenwinkel sah er, wie sie nach dem Becher griff, ihn verfehlte und stattdessen fast ins Feuer langte.

Kopfschüttelnd blickte er sie an. »Sie müssen sich unbedingt einen neuen Augenarzt suchen«, sagte er. »In Trenton gibt es zufällig einen.«

Ihre Augen wanderten zu ihm, dann zurück zu dem Becher, den sie inzwischen in den Händen hielt. »Mit meinen Augen ist nichts«, widersprach sie entrüstet.

»Sie sind blind wie ein Maulwurf.«

»Wie freundlich von Ihnen«, erwiderte sie mit einem Schnauben.

»Für ›freundliche‹ Bemerkungen sind Sie zuständig, Missy. Ich stelle nur fest, was offensichtlich ist.«

»Und darin irren Sie sich gewaltig.«

»Ach ja? Wie viele Finger halte ich hoch?« Als sie

nicht antwortete, fügte er hinzu: »So, damit ist der Fall ja wohl abgeschlossen.«

Geschlagen – wie er meinte – senkte sie den Kopf, um dann triumphierend herauszuposaunen: »Drei!«

»Sie haben geraten«, murmelte er.

»Sie können nicht zugeben, dass Sie sich geirrt haben.«

»Wann waren Sie zum letzten Mal beim Augenarzt? Nach diesen altertümlichen Gläsern zu urteilen, muss das in Ihrer Kindheit gewesen sein. Was kann es denn schaden, sich mal wieder untersuchen zu lassen?«

Er fand, er war eine große Hilfe, doch im schwachen Schein des Lagerfeuers sah er, wie ihre Wangen zu glühen begannen. Und nach ihrer Antwort zu urteilen, hatte er einen wunden Punkt getroffen.

»Meine Augen gehen Sie überhaupt nichts an«, zischte sie. »Und Sie müssen aufhören, mit mir zu reden, bevor sie es merkt und …«

Verstört, als hätte sie etwas gesagt, das sie nicht hätte sagen sollen, brach sie ab. Chad stützte sich mit dem Ellbogen auf das zusammengerollte Bettzeug, das in seinem Rücken lag, und trug einen Ausdruck gelinder Überraschung zur Schau. »Sie? Wer sie?«, wollte er wissen.

»Unwichtig.«

»Dann lassen Sie uns auf Ihre Augen zurückkommen.«

»Sie hören wohl nicht richtig zu, oder?«

»Aber sicher. Ich habe etwas in der Richtung gehört, dass ich nicht mehr mit Ihnen reden soll, aber da Sie nicht bereit sind, das weiter auszuführen, kann es wohl nicht so wichtig sein.«

»Glauben Sie mir, Mr Kinkaid, diese Nuss wollen Sie nicht wirklich knacken.«

Er hob eine Augenbraue. Hatte sie irgendeinen schweren Kummer? Oder wollte sie ihm nur wieder mal eine ihrer absurden Beleidigungen an den Kopf werfen? »Na, Schätzchen, jetzt haben Sie mich aber mächtig neugierig gemacht ...«, erwiderte er in breitem Texanisch.

»Was Sie nicht sagen.«

Einen Mann in Rage zu bringen war eines ihrer besonderen Talente. Steif setzte er sich auf, stocherte mit einem Stock im Feuer herum, um es anzufachen, und legte noch ein paar Scheite auf, damit es über Nacht nicht ausging.

»Danke«, glaubte er sie sagen hören, obwohl er sich nicht vorstellen konnte, wofür sie ihm danken sollte.

Sie war drauf und dran, es ihm zu erklären, als er sagte: »Sie hätten sich nicht hersetzen müssen.«

»Mir ist zufällig eiskalt, und zwar schon seit einer Stunde. Ich weiß auch nicht recht, warum. Aber ich wollte mich vor dem Schlafengehen noch einmal am Feuer aufwärmen. Sie hätten ja auch weggehen können; oder Sie hätten zumindest darauf achten können, dass nicht jeder mitbekommt, wie wir uns unterhalten.«

»Ich bin doch kein Idiot. Mein Bett ist direkt hier am Feuer, das heißt, ich liege bereits drin. Warum hören Sie nicht endlich auf, um den heißen Brei herumzureden, und sagen mir, was los ist?«

»Sie würden es nicht verstehen.«

»Wahrscheinlich doch, aber da es Ihnen anscheinend zu peinlich ist, es zu erklären ...«

»Es ist mir nicht peinlich«, unterbrach sie ihn. »Ich wollte Ihnen nur vieles ersparen ...«

Da sie nicht weitersprach, fing er an zu raten. »Wie zum Beispiel Verwirrung? Ärger? Gut gemacht, Lady, davon haben Sie mir wirklich schon jede Menge erspart.«

Sein Sarkasmus ließ ihre Wangen erneut feuerrot aufglühen; wahrscheinlich hätte sie mit ihrem Gesicht glatt eine Scheune anzünden können. Doch gleichzeitig hatte er sie damit so in Wut versetzt, dass sie alle Vorsätze über Bord warf. »Also gut, ich erklär's Ihnen. Unsere Unterhaltung könnte Amanda auf falsche Gedanken bringen. Wenn sie nur den leisesten Verdacht hegt, dass Sie mir gefallen – was natürlich nicht der Fall ist –, wird sie mit allen Mitteln versuchen, Sie für sich zu gewinnen. Nicht weil Sie ihr gefallen – ob das so ist, weiß ich nicht –, sondern weil sie mir eins auswischen will.«

Diesmal war er wirklich überrascht. So etwas Albernes hatte er noch nie gehört, andererseits hätte er damit rechnen können, dass sie sich so etwas Absurdes ausdachte, bei ihrer blühenden Fantasie. »Ah, verstehe. Wenn ich also Ihre Schwester für mich gewinnen will, muss ich nur so tun, als wollte ich was von Ihnen. Klingt ziemlich einfach. Muss ich mir merken.«

Sie blickte ihn einen Moment lang an, bevor sie sprach. »Wissen Sie, ich glaube, ich erfriere lieber, als dass ich dieses Gespräch fortsetze. Sie sind gewarnt und handeln jetzt auf eigene Gefahr.«

Er lächelte. »Das tue ich sowieso immer, Schätzchen.«

Kapitel 14

»Kommst du freiwillig mit, oder muss ich dir erst eins überbraten?«

Die Frage war schroff, aber ganz leise gezischt. Marian wunderte sich, dass sie überhaupt etwas gehört hatte, denn das Flüstern war aus einiger Entfernung gekommen und hatte nicht ihr gegolten. Doch nach der nervenaufreibenden Unterhaltung mit Chad nach dem Essen hatte sie nicht schlafen können.

Sie war richtig wütend geworden, als sie gesehen hatte, dass ihn ihre Erklärung in geradezu euphorische Stimmung versetzt hatte. Als würde er tatsächlich darüber nachdenken, diesen Trick anzuwenden, um Amandas Aufmerksamkeit zu gewinnen. Am liebsten hätte sie ihn getreten. Jedenfalls hatte sie nicht mehr die geringste Lust gehabt, sich noch länger mit ihm zu unterhalten.

Und so lag sie immer noch wach und geißelte sich im Geiste dafür, dass sie zum ersten Mal die Wahrheit über Amanda offenbart hatte. Sie hatte Chad für klüger gehalten. Er hätte längst wissen müssen, dass man um Amanda am besten einen weiten Bogen schlug.

Sie lag auf dem harten Boden unter dem Fuhrwerk und teilte sich mit Ella Mae eine Decke. Jedes noch so leise Geräusch weckte ihre Aufmerksamkeit, so auch dieses beunruhigende Geflüster.

Seltsam nur, dass sie nicht gehört hatte, wie sich der Fremde ihrem Lager genähert hatte. Ohne den geringsten Laut zu verursachen, war er bis zum Lagerfeuer vorgedrungen, wo Chad schlief, hatte sich über ihn gebeugt und ihm etwas zugeraunt.

Sie konnte ihn von ihrem Platz aus deutlich sehen. Er war sehr groß und ebenso breit und brachte bestimmt mindestens hundertdreißig Kilo auf die Waage. Er sah wild aus, sehr unzivilisiert, und seine Kleider und sein Bärenfellmantel starrten vor Schmutz. Die langen graubraunen Haare sahen verfilzt aus, als hätten sie seit zehn Jahren keinen Kamm mehr gesehen. Ein Gestank stieg ihr in die Nase, den eindeutig er mitgebracht hatte.

Chad musste inzwischen wach sein, allerdings hatte er sich noch nicht gerührt und keinen Hinweis darauf gegeben, dass er die Frage gehört hatte. Der Koloss wurde langsam ungeduldig und tippte ihm mit der Rückseite seiner Pistole hart gegen die Brust.

»Hast du gehört, Junge?«

»Wenn nicht«, erwiderte Chad trocken, »hätte ich dich auf jeden Fall gerochen ... *Junge.*«

Der Kerl lachte glucksend. »Du kennst mich. Ich hab schon öfter für deinen Pa gearbeitet. Du weißt, dass ich niemand wehtue, wenn's nicht sein muss. Aber du kommst jetzt mit. Bringt mir fünfhundert Mäuse und 'nen hübschen warmen Winter, und warme Winter sind mir lieber in meinem Alter.«

»Ich halte den Preis, wenn du dich verziehst mitsamt deinem Gestank.«

»Da wird leider nichts draus, weil ich deinem Pa mein Wort gegeben hab, dass ich dich vor morgen früh heimbring. Muss mein Wort halten, Junge, das verstehst du doch. Ist eine Frage des Vertrauens, und das brauch ich, wenn ich neue Jobs haben will.«

»Leider zwecklos. Er weiß, wo er mich findet. Soll er doch zu mir kommen.«

»Schätze, genau das will er nicht«, erwiderte der Koloss. »Eine Frage des Stolzes, weißt du. Schließlich bist du derjenige, der ausgebüchst ist, nicht er.«

»Du hast doch keine Ahnung, Leroy«, sagte Chad verächtlich.

»Ich brauch auch keine Ahnung zu haben, dafür werd ich nicht bezahlt. Kommst du jetzt mit?«

Chad seufzte. »Ich würde ja, aber hier sind ein paar Frauen, die ich nicht im Stich lassen kann. Und sie werden nicht deinetwegen ein paar Stunden vor dem Ziel noch mal einen Umweg von zehn Meilen machen. Du kannst meinem Pa sagen, dass ich irgendwann nächste Woche vorbeikomme.«

Leroy schüttelte den Kopf. »Dafür bekomm ich keine fünfhundert, Junge.«

»Aber auch kein Loch in die Brust, *Junge*«, gab Chad zurück.

Eine Waffe wurde entsichert. In der Stille der Nacht klang das Klicken unverhältnismäßig laut. Chad sprang auf die Beine. Der große Kerl lachte erneut, als brächte ihn die Aussicht, gleich erschossen zu werden, nicht im Geringsten aus der Fassung.

In liebenswürdigem Ton fuhr er fort: »Dein Pa hat nicht gesagt, dass ich dich in einem Stück zurückbringen soll. Du willst mich doch nicht im Ernst umlegen. Sechs Kugeln, wenn du überhaupt so viele hast, können mich nicht aufhalten. Ich hab schon Schlimmeres mitgemacht, hab's überlebt und drüber gelacht. Komm mit und erspar uns beiden einen Haufen Ärger.«

Während die beiden im Plauderton über Tod und Blutvergießen redeten, schlich Marian sich heimlich an sie heran. Sie sprachen so laut, dass sie sie nicht hörten, und wenn sie schwiegen, verharrte sie sofort regungslos.

Sie nahm einen dicken Ast, eher ein Holzscheit, das schwer genug war, um ernsthaften Schaden anzurichten; ob sie es diesem Kerl namens Leroy wirklich überziehen konnte, war natürlich eine andere Frage.

Raufereien mit ihrer Schwester waren eine Sache. Sie wurden zwar manchmal brutal, aber das war nie beabsichtigt. Dies hier war etwas ganz anderes. Sie wollte jemanden angreifen, den sie gar nicht kannte, und zwar um ihn so zu verletzen, dass er keine Bedrohung mehr darstellte. Sie war nicht sicher, ob sie es tun konnte. Andererseits hatte sie wohl kaum eine andere Wahl.

Noch ein Schritt, und sie war nahe genug. Ihre Handflächen begannen vor Nervosität zu schwitzen. Sie hob den behelfsmäßigen Schlagstock mit den spitzen Ästen über die rechte Schulter, um Schwung zu holen, und machte den letzten Schritt.

Da krachte ein Zweig unter ihrem nackten Fuß.

Sofort wandten sich die Männer in ihre Richtung und richteten ihre Waffen auf sie. Die Augen vor Angst weit aufgerissen, erstarrte sie.

Leroy begann als Erster zu lachen. Natürlich – sie hatte keine Zeit gehabt, sich anzuziehen. Sie stand in Rüschenunterwäsche da und hielt sich ein Holzscheit über die eine Schulter, während ihr das Haar lose über die andere fiel. So witzig war das jetzt auch wieder nicht, jedenfalls brauchten Leroy nicht gleich die Tränen in die Augen steigen.

»Was zum Teufel hast du damit vor, Mädchen?«, brachte er heraus. »So was benutz ich als Zahnstocher.«

Kapitel 15

Marian hätte nicht dort stehen sollen. Die Probleme, die der Präriеläufer in ihr Lager gebracht hatte, waren nicht ihre, sondern allein die von Chad. Er hatte die Situation auch ohne ihre Hilfe im Griff. Doch davon hatte Marian nichts geahnt, als sie beschloss, ihn zu »retten«.

Und jetzt wurde ihr tapferer Versuch auch noch belacht. Am schlimmsten aber fand sie diese schamlose Übertreibung; Leroy hatte sich wahrscheinlich im Leben noch nicht die Zähne geputzt, geschweige denn ein Holzscheit als Zahnstocher benutzt. Er hatte das nur gesagt, um zu veranschaulichen, wie wenig bedrohlich sie für ihn aussah. Sie ließ den Stock direkt auf seinen Kopf sausen, doch er packte ihn geschickt, entwand ihn ihr ohne weiteres Federlesen und schleuderte ihn in Richtung Feuer.

An diesem Punkt wäre sie fast beleidigt gewesen, aber ganz umsonst war ihr Auftritt dann doch nicht. Chad hatte den Augenblick genutzt, in dem Leroy abgelenkt war. Sein Gelächter brach jäh ab, als er zu Boden stürzte, nachdem Chad ihm den Griff seines Colts auf den Hinterkopf geschlagen hatte. Für einen Moment war er besinnungslos. Chad verlor keine Zeit und fesselte ihn sofort, falls er früher als erwartet wieder zu Bewusstsein kam.

Gefesselt, geknebelt und ohne Waffen – unter dem riesigen Bärenfellmantel hatte sich ein regelrechtes Arsenal verborgen – war Leroy keine Bedrohung mehr. Und Marian hatte schon viel zu lange zugesehen. Am liebsten hätte sie Chad gefragt, was los war, doch es ging sie nichts an. Schlagartig wurde ihr bewusst, dass sie immer noch in der Unterwäsche dastand.

Sie wandte sich zum Gehen und hoffte, dass er sie nicht aufhielt. Doch nein, so einfach machte er es ihr nicht. »Einen Moment, Amanda.«

Zum zweiten Mal erstarrte sie, diesmal als sie bemerkte, dass sie keine Brille trug. Sie hatte ganz vergessen, sie aufzusetzen. Wie dumm von ihr. Jetzt hielt er sie für Amanda.

Chad berührte sie sanft an der Schulter. »Das war sehr tapfer, wenn auch töricht, was Sie da versucht haben.«

Er war ihr viel zu nahe. Als sie ihn ansah, fühlte sie sich alles andere als tapfer und töricht. Sie war schon viel zu lange geblieben, hätte sich sofort wieder von ihm entfernen müssen. Auch er war nur halb angezogen; er trug lediglich seine Hosen, und die Haare waren vom Schlafen ganz zerzaust. Beim Verhandeln mit Leroy war er ein wenig ins Schwitzen geraten, und seine Haut schimmerte leicht im Schein des Feuers. Chad Kinkaid mit nacktem Oberkörper war entschieden zu sexy.

Doch er dachte, sie wäre Amanda …

Sie sollte ihn sofort berichtigen – aber nein, das wäre noch törichter. Es würde ihm nicht schaden, wenn er noch eine Weile in dem Glauben blieb. Jedenfalls wäre es besser, als wenn er herausfände, dass sie Zwillinge waren, falls er das nicht längst bemerkt hatte. Schließlich waren sie jetzt schon lange genug zusammen unterwegs. Andererseits, selbst Menschen, die wussten, dass sie Zwillingsschwestern waren, vergaßen es meist rasch wieder. Marians Tarnung war einfach perfekt.

Doch in diesem Moment glaubte er wirklich, sie wäre Amanda – und sie wollte ihn nicht brüskieren.

Er drehte sie ganz zu sich herum und hob mit einem Finger ihr Kinn. »Trotzdem danke. Es hätte böse enden können, wenn Sie ihn nicht abgelenkt hätten.«

Seine Dankbarkeit machte sie verlegen. »Wer oder was ist er?«, fragte sie mit gesenktem Blick.

»Büffeljäger, Kopfgeldjäger, Indianerjäger, Prärieläufer, was immer Sie sich vorstellen können, er hat's wahrscheinlich schon getan. Aber der Westen wird zu zahm für ihn – oder er wird langsam zu alt, um so wie früher in der Wildnis zu leben. Jetzt erledigt er nur noch besondere Jobs, die gut bezahlt sind.«

»Und Sie kennen ihn?«

»Nur flüchtig. Er schaut immer mal bei meinem Vater auf der Ranch vorbei, um zu sehen, ob es Arbeit für ihn gibt, die nichts mit der normalen Rancharbeit zu tun hat.«

»Diesmal hatte er wohl Glück; Ihr Vater muss also jemanden bezahlen, der Sie holt, wenn er will, dass Sie ihn besuchen?«

Chad lächelte. Sie wünschte, er hätte es nicht getan. Er war ihr viel zu nah, und dieses Lächeln …

»So einfach ist es nicht«, sagte er sanft, zu sanft.

Er würde sie küssen. Sie wusste es, und sie wusste, dass sie auf der Stelle Reißaus nehmen sollte, denn er würde nicht sie, sondern Amanda küssen. Doch sie stand da wie angewurzelt. Und in ihrem tiefsten Innern sehnte sie sich nach diesem Kuss, ganz gleich, wem er galt.

Gelegenheiten wie diese hatte sie sonst nie, was natürlich an ihr selbst lag. Doch sie hatte ihr eigenes Leben so lange auf Eis gelegt, bis Amanda unter der Haube war, wobei es im Moment so aussah, als würde das nie geschehen. Marian war alt genug für die Ehe, und sie wollte heiraten, wünschte sich einen Mann, der ihr ganz allein gehörte. Doch bis Amanda verheiratet und weggezogen war, wagte sie nicht daran zu denken, eigene Ziele zu verfolgen.

Auch wenn es schäbig war, Chad in dem Glauben zu lassen, dass sie jemand anderes war, fand sie doch die Versuchung zu groß, nichts zu sagen, sich seinem Kuss hinzugeben und zu ignorieren, dass er in Wirklichkeit Amanda galt. Außerdem blieb keine Zeit mehr, sich noch länger darüber den Kopf zu zermartern …

Es lohnte sich. Dieser Gedanke durchfuhr sie, als sein Mund sich auf ihren legte und ihre Sinne verwirrte. Berauschende Gefühle, die ihr Blut in Wallung und ihr Herz zum Rasen brachten, zitternde Erregung. Als er sie an sich zog, fürchtete sie, ohnmächtig zu werden. An ihn gepresst, spürte sie ihn ganz, roch und schmeckte ihn, und all das war viel zu viel auf einmal.

Sie hatte keine Ahnung, wie lange er sie so hielt. Sie war versunken in ihrer Gefühlswelt, so dass die Zeit ihre Bedeutung verloren hatte. Ob der Kuss die ganze Nacht dauerte oder nur ein paar Sekunden – sie hätte vermutlich keinen Unterschied bemerkt. Als er sich schließlich zurücklehnte, sah er jedenfalls längst nicht so durcheinander aus wie sie.

Sie konnte kaum klar denken. Er lächelte leicht und streichelte ihre Wange. »Du solltest jetzt schlafen gehen«, sagte er. »Wir reden morgen früh darüber.«

Alarmiert riss sie die Augen auf. »Nein, nein, darüber wird auf keinen Fall geredet. Es ist überhaupt nicht passiert, jedenfalls hätte es nicht passieren dürfen; du wirst mich also nicht darauf ansprechen – niemals.«

Er grinste sie an, als wäre er nicht im Mindesten überrascht über diesen vermeintlichen Anfall von Anstand. »Wenn du meinst, Schätzchen. Solange wir beide wissen, dass es anders war.«

Er wandte sich dem Feuer und seiner Lagerstätte zu, die er daneben eingerichtet hatte. Während er ihr den Rücken zuwandte, lief sie zurück zum Wagen. Ella Mae war durch das Rumoren aufgewacht und hatte den Kuss beobachtet. Sie lag auf der Seite, auf einen Ellbogen gestützt. Als Marian sich neben sie auf ihre Bettstatt unter dem Wagen fallen ließ, verdrehte sie die Augen.

»Wissen Sie, was Sie da tun?«, fragte sie.

»Nein.«

»Das war nicht richtig von Ihnen.«

»Ich weiß.«

»Sie hätten ihm die Wahrheit sagen ... und zeigen sollen. Jedenfalls wenn Sie ihn selber haben wollen.«

Ella Mae hielt mit ihrer Meinung niemals hinter dem Berg. Obwohl sie Dienstmädchen war, stammte sie keineswegs aus niederen gesellschaftlichen Verhältnissen. Ihre Familie gehörte zwar zur Arbeiterschicht, war aber nicht arm. Dass sie sich nun ihren Lebensunterhalt bei Fremden verdienen musste, hatte einen anderen Grund. Sie war verstoßen worden, als sie schwanger wurde, ohne dass es einen Ehemann gab. Am Ende hatte sie das Kind verloren, das sie heute noch in stillen Momenten betrauerte. Seither war sie allein.

Sie tat ihre Arbeit, und zwar äußerst gewissenhaft, aber es war ihr einerlei, ob sie die Stelle behielt oder nicht, denn sie wusste, dass sie jederzeit eine neue finden würde. Deshalb wurde sie auch weniger wie eine Bedienstete als vielmehr wie eine Gleichgestellte behandelt und von beiden Schwestern gleichermaßen geschätzt. Marian betrachtete sie als Freundin. Selbst

Amanda, die vorher fünf Dienstmädchen in die Flucht geschlagen hatte, hätte niemals ein hartes Wort an sie gerichtet. Ella Mae hätte das nicht hingenommen, sondern wäre aufgestanden und gegangen, und Amanda wusste das. Sie wollte nicht riskieren, die Frau zu verlieren, die perfekt mit ihrem Haar umzugehen verstand und dafür sorgte, dass ihre Garderobe immer einwandfrei war.

Doch manchmal war Ella Mae einfach zu direkt – wie jetzt zum Beispiel. Marian hatte keine Lust, über ihre Gefühle für Chad zu reden. Sie hatten ohnehin keine Zukunft, und so war es besser, sie mit niemandem zu teilen, auch nicht mit einer Freundin.

Doch Ella Mae blieb hartnäckig. »Wollen Sie ihn denn?«

Sie hätte es abstreiten können, doch das hätte wenig Sinn gehabt. Vor Amanda konnte sie ihre sehnsüchtigen Blicke vielleicht verbergen, aber Ella Mae war öfter mit ihr zusammen als ihre Schwester und hatte schon mehr als einmal die Augenbraue gehoben, wenn sie sie dabei ertappt hatte.

»Ich glaube schon«, gab sie zu.

»Dann sagen Sie's ihm.«

»Das geht nicht. Du weißt, wie eifersüchtig sie werden kann. Und er will sie.«

»Er kennt sie gar nicht. Ebenso wenig, wie er Sie kennt. Sie sollten ihm die Chance geben, Sie kennen zu lernen.«

»Hör auf damit. Du weißt genau, was passiert, wenn ein Mann sich für mich interessiert. Zuerst wickelt Amanda ihn um den Finger, dann lässt sie ihn endlos zappeln – und mir reibt sie es ständig unter die Nase.«

»Die, mit denen sie das gemacht hat, waren kleine

Jungs. Sie machen sich jetzt schon seit Jahren hässlich. Sie haben noch nie einem Mann eine Chance gegeben. Die können unmöglich alle so leichtgläubig sein, dass sie auf die Masche Ihrer Schwester hereinfallen.«

»Vielleicht nicht«, erwiderte Marian. »Aber ich will nicht schuld daran sein, dass noch einmal ein Mann so verletzt wird. Ich kann warten.«

»Warten ist einfach – und bringt gar nichts«, wandte Ella Mae ein.

»Ich hab's nicht eilig.«

»Wirklich nicht? Sie riskieren, den zu verlieren, den Sie wirklich wollen.«

Marian seufzte. »Ich kann ihn gar nicht verlieren. Er hat seine Wahl längst getroffen.«

»Ebenso wie Amanda. Sie hat keinerlei Interesse an ihm gezeigt. Sie ist nur höflich zu ihm.«

Marian musste grinsen. »Deshalb kann ich ja warten. Er ist anders als die anderen. Bis jetzt hat er sich noch nicht zum Narren gemacht. Ich denke, er will erst einmal sehen, ob sich die Mühe bei ihr lohnt.«

»Oder er wartet, bis er nicht mehr für unser Überleben sorgen muss.«

Marian verzog empört das Gesicht. »Ja, klar, du musst mich natürlich gleich widerlegen. Du bist wirklich eine große Hilfe.«

Ella Mae schüttelte lachend den Kopf. »Mari, Sie machen das Leben viel zu kompliziert. Er hat den ersten Schritt getan. Er hat Amanda geküsst – zumindest glaubt er das. Denken Sie darüber nach, wenn Sie nicht schlafen können.«

Kapitel 16

Marian plagten schreckliche Schuldgefühle. Sie wachte damit auf, wurde schier davon erdrückt und konnte sie nicht mehr abschütteln. Ihre Tarnung war schon schlimm genug, aber immerhin hatte sie einen guten Grund dafür: Sie wollte andere vor Amandas boshaften Machenschaften schützen. Doch so zu tun, als wäre sie Amanda …

Als sie noch Kinder waren, hatte Amanda sich oft als Marian ausgegeben, um andere gegen sie aufzubringen. Amanda hielt es für einen wunderbaren Scherz, wobei sie am Ende immer die Einzige war, die ihn lustig fand. Marian hatte es nur einmal versucht, bei ihrem Vater, weil sie sich so nach der Zuneigung gesehnt hatte, die er nur Amanda schenkte. Doch er hatte sich nicht täuschen lassen und sofort bemerkt, dass sie nicht sein Liebling war. Die Schelte, die darauf folgte, war so erniedrigend gewesen, dass sie es nie wieder versucht hatte.

Es war nicht angenehm, die gleichen Gesichtszüge zu haben wie jemand, den man hasste. Es war auch nicht lustig, sich immer nur über die Gefühle anderer Gedanken zu machen und nie über die eigenen. Es war einfach die Hölle, eine Schwester wie Amanda zu haben.

Marian hielt sich an diesem Morgen vom Lagerfeuer fern, wo Chad ein einfaches Frühstück zubereitete, bevor sie die letzte Etappe ihrer Reise antraten. Sie wollte lieber hungern, als ihm zu nahe zu kommen, so sehr fürchtete sie, er würde ihre Maskerade durchschauen.

Sie begnügte sich mit einem Becher Kaffee vom Fahrer, der am Abend zuvor auf der anderen Seite des Wagens ein eigenes Feuer angezündet hatte. Als er gestern gefragt wurde, warum er das tue, erklärte er, dass er damit mögliche Räuber täuschen wolle; selbst wenn er allein unterwegs sei, schüre er immer zwei Feuer und schlafe dann etwas abseits davon.

Der Prärieläufer war in das Fuhrwerk geklettert, ohne dass es jemand bemerkt hatte. Er musste das Bewusstsein wiedererlangt haben, denn es war undenkbar, dass Chad einen Mann von dieser Statur heben konnte, selbst wenn ihm der Fahrer geholfen hätte. Dabei war er so lautlos gewesen, dass er nicht einmal die Frauen geweckt hatte, die direkt unter dem Fuhrwerk schliefen.

Marian entdeckte seine gefesselten Füße, als sie um den Wagen herumging. Chad wollte Leroy offenbar nicht zurücklassen, legte aber Wert darauf, dass die anderen ihn nicht zu sehen bekamen. Wahrscheinlich, um sich Fragen zu ersparen.

Sie behielt Chad im Auge, denn sie fürchtete sich vor dem Moment, in dem Amanda auftauchte. Sie war nicht sicher, ob er trotz ihrer Warnung den Mund halten würde. Und wenn er etwas sagte, würde Amanda auf keinen Fall darüber hinweggehen. Sobald etwas ihre Neugier weckte, bohrte sie so lange, bis sie eine Erklärung bekam.

Amanda erschien als Letzte. Es wäre zu schön gewesen, wenn sie ausgerechnet an diesem Morgen keinen Hunger gehabt hätte. Sie ging direkt auf das Lagerfeuer zu, nahm ihren gefüllten Teller, ohne sich zu bedanken, und übersah Chad wie sonst auch.

Marian war letzte Nacht enttäuscht gewesen, als sie gehört hatte, dass Chads Vater eine Ranch besaß. Das bedeutete, dass er doch nicht ganz mittellos war, wie sie zuerst gedacht hatten, und dass folglich Amanda doch noch Interesse für ihn entwickeln könnte. Doch die hatte nichts davon mitbekommen, weil sie Tumult und Gefahr wieder einmal verschlafen hatte. Mit ein wenig Glück würde sie diesmal noch eine Weile im Unklaren bleiben.

Ella Mae saß ebenfalls noch am Feuer, und Amanda fing an, sich mit ihr zu unterhalten. Marian musste nicht verstehen, was sie sagte, um zu wissen, dass sie sich über die Unannehmlichkeiten des Schlafens »in der Wildnis« beklagte – nun, da sie ein offenes Ohr gefunden hatte. Nicht dass Ella Mae interessierte, was sie sagte. Wie Marian hatte sie längst gelernt, auf Durchzug zu schalten.

Chad jedoch hörte zu und runzelte nach ein paar Minuten die Stirn. Marian hätte alles gegeben, um zu wissen, warum.

Es konnte auch sein, dass Amanda gedankenlos seine Kochkünste beleidigt hatte. Vielleicht wurde er gerade zum ersten Mal Ziel einer ihrer Schmähreden – normalerweise bekam er immer nur deren Ende mit, wenn ihr bereits die Luft ausgegangen war und sie die gröbsten Beleidigungen schon ausgestoßen hatte. Andererseits war das ziemlich wahrscheinlich, denn obwohl er direkt neben ihr saß, behandelte sie ihn, als wäre er Luft.

Sicher hatte er erwartet, dass von nun an alles anders wäre zwischen ihnen. Eine logische Folgerung nach einem Kuss, der nicht abgewehrt worden war. Mit diesem Kuss hatte er sein Interesse deutlich bekundet. Indem sie ihn erwiderte, tat sie dasselbe. Von der Frau, die er geküsst zu haben glaubte, nun die kalte Schulter gezeigt zu bekommen, war wie ein Schlag ins Gesicht – den ihm eigentlich Marian gestern hätte verpassen sollen, statt der Versuchung zu erliegen.

Als Amanda fertig war mit dem Essen, schob sie ihren Teller achtlos Richtung Feuer und ging zum Wagen zurück, um sich auf die Weiterfahrt vorzubereiten. Sichtlich irritiert stand Chad auf, um ihr nachzugehen. Marian hielt den Atem an, während sie die beiden beobachtete, darauf wartete, dass er Amanda packte und zu sich drehte, um eine Erklärung von ihr zu fordern – nur wofür? Für ihr mangelndes Interesse? Da hatte sich ja nichts geändert.

Marians Schuldgefühle verstärkten sich. Sie hätte ihn beiseite nehmen und sich offenbaren sollen. Er würde sie dafür verachten, andererseits hatte sie schon alles Mögliche dafür getan, dass er sie verachtete, so gesehen brauchte ihr das jetzt eigentlich nichts mehr auszumachen.

Sie trat einen Schritt auf ihn zu, doch da hielt er inne. Auch sie blieb stehen. Fast fünf Sekunden lang starrte er auf Amandas Rücken, dann wandte er sich schwungvoll um, ein Schulterzucken andeutend. Ein Schulterzucken? Nein, das musste sie missverstanden haben. Bedeutete ihm ein gestohlener Kuss mitten in der Nacht wirklich so wenig? Vielleicht küsste er ja alle schönen Frauen, die ihm über den Weg liefen.

Marian bekam wieder Luft, aber jetzt furchte sich ihre Stirn.

Kapitel 17

Amanda verhielt sich zu verwirrend, als dass er sich weiter mit ihr beschäftigen wollte. Diesen Beschluss fasste Chad an diesem Morgen – nun, jedenfalls beinahe. Aber es war tatsächlich so, als vereinte sie zwei verschiedene Frauen in sich; nachts zeigte sie die eine, die weich und willig war, am Tag die andere, eine echte Furie.

Die Kratzbürstigkeit musste in ihrer Familie liegen. Aber das konnte auch nicht sein. Red war alles andere als kratzbürstig, und sie war mit den Laton-Schwestern blutsverwandt.

Die Verwirrung, die in seinem Kopf herrschte, hatte er sich selbst zuzuschreiben. Er hätte sich bis zum Ende der Reise beherrschen sollen, um herauszufinden, woher bei Amanda der Wind wehte.

Er wusste aus Erfahrung, dass sich die Gemüter leicht erhitzen konnten, wenn man etwas tat, das man nicht wirklich tun wollte, und er hatte oft genug mitbekommen, dass sie nicht nach Texas hatte kommen wollen und die ganze Reise schrecklich fand. Ihre Ausbrüche von Kratzbürstigkeit waren im Grunde mehr als verständlich, zumindest konnte man sie nachvollziehen. Sobald die Reise zu Ende war, wäre sie vermutlich wie ausgewechselt.

Aber sie war so verdammt schön gewesen letzte Nacht, er hatte sich den Kuss einfach nicht verkneifen können. Und sie hatte versucht, ihn zu retten! Das berührte ihn, niemals hätte er das von ihr erwartet. Sie war immer so reserviert und gleichgültig gewesen, vor allem ihm gegenüber.

Doch letzte Nacht war sie in seinen Armen dahingeschmolzen. Er war überrascht und entzückt gewesen, hatte gespürt, wie sein Verlangen wuchs. Plötzlich aber hatte ihn das Gefühl beschlichen, dass etwas nicht richtig war. Einen Augenblick lang hatte er sich tatsächlich gefragt, warum er sie küsste.

Mit dem Kuss selbst hatte das nichts zu tun, der war wunderbar süß gewesen. Es hatte auch nichts damit zu tun, wie schnell sie sich hingegeben hatte. Es hatte nur mit ihr selbst zu tun. Sie ergab einfach keinen Sinn, war verwirrend, mal eiskalt, mal feurig, als ob sie zwei verschiedene Frauen wäre. Unmöglich. Der Schein des Lagerfeuers war nicht besonders hell gewesen, aber sie mussten schon Zwillinge sein, damit ihm solch ein Fehler unterlief …

Die Erkenntnis traf ihn nicht unerwartet. Er hatte es geahnt, aber nicht wahrhaben wollen. Auch Geschwister konnten einander sehr ähnlich sehen, doch mit so vielen übereinstimmenden Zügen konnten sie nur Zwillinge sein. Natürlich. Nur dass die eine blind wie ein Maulwurf und maßlos aggressiv war. Die hätte er niemals geküsst.

Sie waren also Zwillinge. Das änderte nichts und erklärte auch nicht die Verwirrung, die Amanda bei ihm auslöste. Vielleicht lag es wirklich an ihm. Vielleicht war er gar nicht so scharf auf sie, wie er dachte.

Das war wahrscheinlich das eigentliche Problem. Er müsste doch scharf auf sie sein, aber war er es wirklich? Oder erinnerte ihn Amanda viel zu sehr an Luella, hinter deren reizvoller Fassade sich leider nichts gefunden hatte, das ihm gefallen hätte? Ein weiterer Grund, warum er bis zum Ende der Reise hatte warten wollen, um ihr den Hof zu machen: Er wollte ihr Zeit geben, sich zu entspannen oder zu erholen – je nachdem, wie sie selbst es sah –, bis sie sich eingelebt hatte und wieder sie selbst war.

Chad rechnete damit, dass sich ihr Verhalten in den nächsten paar Tagen drastisch verändern würde. Es gab nichts mehr, worüber sie sich hätte beklagen können. Reds Haus war zwar im Stil des Westens eingerichtet, aber bestens ausgestattet. Und sie hatte eine der besten Köchinnen der Gegend. Sobald Amandas Wehwehchen verheilt und sie von Heim und Familie umgeben war, würde sich herausstellen, wie sie wirklich war.

Ihre schlimmsten Seiten hatte er ja bereits kennen gelernt – es mussten die schlimmsten gewesen sein, denn so etwas hatte er noch nie erlebt. Er freute sich auf ihre Schokoladenseite.

Gegen Mittag fuhr die Kutsche auf der Twisting-Barb-Ranch ein, das Fuhrwerk mit dem Gepäck und Leroy folgte rund eine halbe Stunde später. Die Sache mit Leroy würde Chad erklären müssen, aber die Erklärung lag auf der Hand: Sie hätten ihn niemals in der Prärie zurücklassen können; es gab keine Siedlungen, die er ohne Pferd hätte erreichen können, und die Straße war so wenig befahren, dass er vermutlich nie rechtzeitig gefunden worden wäre, wenn sie ihn gefesselt liegen gelassen hätten.

Doch nun, da sie auf der Ranch angekommen waren, schien Chad nicht mehr mit Schwierigkeiten von Leroys Seite zu rechnen. Er ließ ihn sogar mit einem Begleiter zum Ort ihrer Begegnung zurückkehren, um sein

Pferd zu suchen – Chad hatte sich am Morgen nicht gerade große Mühe gegeben, es zu finden. Außerdem hatte er aus Leroys Waffe die Kugeln entfernt, die konnte er also auch wieder zurückhaben.

Sein Vater musste senil oder sehr verzweifelt sein, dass er jemanden wie Leroy auf die Suche nach ihm schickte. Vor allem, wenn er bereits wusste, dass Chad auf dem Weg nach Twisting Barb war. Stuart hätte leicht selbst zu Reds Ranch reiten können. Vermutlich hatte er genau das getan. Als Chad dann nicht wie erwartet vor Sonnenuntergang aufgetaucht war, hatte er Leroy losgeschickt, um herauszufinden, warum.

Doch das würde bedeuten, dass Leroy zur Gefolgschaft seines Vaters gehörte, und er konnte sich nicht vorstellen, dass Stuart diesen stinkenden Kojoten in seiner Nähe ertrug. Stuart hatte immer mindestens vier bewaffnete Männer um sich, wenn er die Ranch verließ, Männer, die mit allem und jedem fertig wurden. Aber sie waren allesamt sauber und gut erzogen, und sie verehrten Stuart, weil er sie fürstlich bezahlte.

Red trat auf die Veranda, um sie willkommen zu heißen. Sie sah verdammt nervös aus. Lag das daran, dass sie ihre Nichten nicht mehr gesehen hatte, seit sie gekrabbelt waren? Oder daran, dass Stuart aufgetaucht war und sie zur Schnecke gemacht hatte, weil sein Sohn für sie arbeitete?

Chad hatte nicht erwartet, seinen Vater so bald zu sehen, und war nicht darauf vorbereitet. Er hatte gedacht, dass er ihn vielleicht am nächsten Tag besuchen würde, da Stuart nun ohnehin wusste, dass er wieder in der Gegend war. Indem er bei seiner Heimkehr in die Stadt geritten war, hatte er dafür gesorgt, dass sein Vater davon erfuhr. Er wusste, dass sich sofort jemand zur Kinkaid-

Ranch aufmachen würde, um die Neuigkeit zu überbringen.

Ein paar Cowboys waren hinzugerannt, als sie die Kutsche sahen, und halfen den Schwestern und ihrem Mädchen heraus. Die Brillenschlange war als Erste auf der Veranda.

Chad war gerade im Begriff, aus dem Sattel zu steigen, als er Red sagen hörte: »Welche von beiden bist du?«

»Marian.«

Red schien sich etwas zu entspannen, als sie sah, dass Marian ebenso nervös war wie sie, und schloss ihre Nichte in die Arme. »Willkommen, Mari. So habe ich dich immer genannt, weißt du. Erinnerst du dich daran?«

»Nein, aber meine Mutter hat mich auch immer Mari genannt«, erwiderte Marian mit einem zaghaften Lächeln.

»Das mit eurem Vater tut mir Leid.«

»Ja, es ist wirklich traurig.«

»Ihr sollt wissen, dass ich mich freue, euch hier so lange ein Heim zu bieten, wie ihr möchtet.«

»Danke ...«

»Das ist es?«, funkte Amanda dazwischen, während sie die Stufen hinaufstieg. »Ein Ranchhaus, und dann noch so ein kleines? Hier soll ich leben?«

Red lief sofort rot an, und Chad zuckte zusammen. Sie war schon nervös genug, es war mehr als unhöflich von Amanda, sie jetzt auch noch mit ihrer kalten Boshaftigkeit zu übergießen.

»Ich weiß«, räumte Red ein, »es ist nicht so groß wie euer Haus in Haverhill, aber hier draußen gibt es nicht viele Häuser, die schöner wären. Mein Mann hat viel Arbeit hineingesteckt ...«

»Bei weitem nicht genug«, unterbrach Amanda sie erneut. »Aber ich weiß gar nicht, warum ich etwas Besseres erwartet habe; schließlich waren alle Städte, durch die wir kamen, entsetzlich primitiv.«

Chad hatte genug gehört. Vor lauter Wut war er drauf und dran, es sich mit Amanda zu verscherzen und ihr zu sagen, sie solle den Mund halten. Doch da griff Marian ein.

»Könntest du vielleicht einmal für fünf Sekunden aufhören, unhöflich zu sein, verehrtes Schwesterlein?«, sagte sie mit einem verkniffenen kleinen Lächeln. »Oder übersteigt das deine Fähigkeiten?«

Amanda schnappte nach Luft und hob die Hand, um Marian die schnippische Bemerkung mit einer Ohrfeige heimzuzahlen. Chad sprang vor, um sie aufzuhalten, aber er stand nicht nahe genug. Es wäre auch nicht nötig gewesen. Marian hatte offenbar damit gerechnet und war gewappnet. Sie schubste Amanda leicht, die stolperte und die Stufen hinunter in den Staub fiel.

Kapitel 18

Das Geschrei war riesig. Chad war so gut erzogen, Amanda wieder auf die Beine zu helfen. Sie bedankte sich nicht, aber daran hatte er sich inzwischen gewöhnt. Stattdessen begann sie, ihre Schwester mit wüsten Beschimpfungen zu überhäufen, während sie sich Staub und Schmutz vom Rock klopfte.

Marian blieb gänzlich unbeeindruckt von Amandas Schmähtirade. Red blickte Amanda voller Besorgnis an, doch die Brillenschlange hängte sich einfach bei ihr ein und schob sie behutsam ins Haus. Chad beschloss, dass dies auch für ihn der beste Ort wäre, und folgte ihnen.

Als er die Schwelle überschritt, erkannte er das Haus kaum wieder. Red musste ihre sämtlichen Sachen durchwühlt haben und außerdem losgezogen sein, um Neues zu ergattern. Überall standen zarte Nippfiguren herum, sie hatte die zweckmäßigen Vorhänge durch elegante Gardinen ersetzt und neue Teppiche auf dem Fußboden ausgelegt. Die Geweihe über dem Kaminsims im großen Zimmer waren durch einen gerahmten Spiegel ersetzt worden, und neue Bilder hingen an den Wänden. Eines davon hatte er in Doc Wiltons Praxis schon einmal gesehen, und er fragte sich, wie viel sie dafür wohl hingelegt hatte.

Red hatte versucht, das Haus im Stil des Ostens umzugestalten, damit die Mädchen eine gewohnte Umgebung vorfanden. Es hatte ihm vorher besser gefallen, als man nicht ständig über den ganzen Krimskrams zu stolpern drohte. Das zeigte, wie nervös sie tatsächlich war.

Er war so versunken in diese neue Pracht, dass er den Mann gar nicht bemerkte, der auf dem Sofa saß, die Arme lässig über die Rückenlehne ausgebreitet, als gehörte ihm das Haus. Nein, eigentlich war es unmöglich, diesen schwarzhaarigen blauäugigen Texaner nicht zu bemerken. Chad hatte ihn absichtlich übersehen.

Auch Red wusste, was sich gehörte, und begleitete Marian zu ihm, um sie einander offiziell vorzustellen. »Einer meiner Nachbarn, Stuart Kinkaid. Ihm gehört die größte Ranch in der Gegend, vielleicht sogar im ganzen Bundesstaat.«

»Ich arbeite daran«, erwiderte Stuart grinsend, während er aufstand und Marians Hand nahm, um sie kräftig zu schütteln. »Freut mich, Sie kennen zu lernen, Miss Laton.«

»Ganz meinerseits, Mr Kinkaid.«

»Ihre Tante hat mir alles über Sie erzählt, auch, dass Sie einige Schwierigkeiten hatten, hierher zu kommen.«

»So?«

»Chad hat ein paar Telegramme geschickt«, erklärte Red.

»Ich werde wohl nächste Woche ein Barbecue veranstalten müssen«, fuhr Stuart fort. »Als Einstandsparty für euch Mädchen.«

»Wie … rustikal«, bemerkte Amanda trocken, während sie im Hereinkommen die Tür so fest anstieß, dass sie gegen die Wand knallte. »Ich würde gerne ein Bad nehmen, Tante Kathleen. Ein heißes. Habt ihr denn hier überhaupt fließendes Wasser? Heißes Wasser?«

Red errötete erneut. »Wenn Sie uns bitte entschuldigen, Stuart, ich werde den Mädchen ihre Zimmer oben zeigen, damit sie sich einrichten können. Sie sind natürlich eingeladen, zum Abendessen zu bleiben.«

Es entstand eine verlegene Stille, während Red die jungen Frauen zur Treppe führte. Vater und Sohn sahen sich an, sagten aber kein Wort.

Chad hatte seinen Pa vermisst, obwohl er das nie zugeben würde. Aber, verdammt, es tat gut, ihn wiederzusehen. Chad war groß, doch sein Vater überragte ihn noch um ein paar Zentimeter. Trotz seiner zweiundfünfzig Jahre war sein Haar immer noch so kohlrabenschwarz wie Chads; wie sein Sohn trug auch Stuart einen Oberlippenbart, doch damit endete die Ähnlichkeit bereits. Er hatte breitere Schultern, längere Beine, außerdem war er bärbeißig und eigensinnig ... Nun, so gesehen, hatten sie vielleicht mehr gemein, als Chad zugeben wollte.

Er hoffte auf eine Versöhnung. Genügend Zeit war sicherlich vergangen. Sicher war er sich indessen nicht. Sie waren beide stur und konnten leicht wieder aus der Haut fahren.

Die Kinkaids trugen Streit, wenn möglich, nicht in der Öffentlichkeit aus, denn die erfuhr meist ohnehin früh genug davon. Das lag zumeist daran, dass sie irgendwann laut wurden. Während die Frauen im Raum gewesen waren, hatten die Männer Ruhe bewahrt. Doch sobald sie draußen waren, fing Stuart mit Vorwürfen an.

»Hier hast du dich also verkrochen?«

Chad hob eine Augenbraue. »Wieso verkrochen? Red brauchte Hilfe, sonst wäre ich weitergezogen. Ich hoffe, du hast sie nicht fertig gemacht, weil sie mich hier wohnen ließ, ohne dir Bescheid zu sagen.«

»Natürlich nicht«, erwiderte Stuart. »Ich mag Red. Das Mädchen hat Mumm. Sie hat den Laden hier weitergeführt, nachdem Frank gestorben ist.« Er räusperte sich, bevor er weitersprach. Er hatte bemerkt, dass er die

Sache falsch anging. In milderem Ton brummte er: »Nach dem, was ich gestern Abend mitbekommen habe, braucht sie immer noch Hilfe. Ich kann ein paar von meinen Vorarbeitern herüberschicken.«

»Meinst du, ich komme nicht allein zurecht?«

»Such bitte keinen Streit. Wir wissen beide, dass es nichts gibt, womit du nicht allein zurechtkämst.«

Mit einem kurzen Nicken ging Chad zu dem kalten Kamin, blickte in den neuen Spiegel, der darüber hing, allerdings nicht, um sich, sondern um seinen Vater zu sehen. Dieses Wiedersehen verlief bislang besser, als er erwartet hatte. Freilich hatten sie den eigentlichen Grund für ihren Zwist noch nicht angesprochen.

»Dir ist einer deiner Männer abhanden gekommen«, bemerkte Chad.

»Tatsächlich?«

»Ja, er wird bald mit dem Gepäck zusammen eintreffen und muss nur noch losgebunden werden.«

Stuart lachte. »Tut mir Leid. Ich wurde gestern etwas ungeduldig.«

»Dachte ich mir. Was zum Teufel hat Leroy in deinem Gefolge verloren? Das passt nicht zu dir.«

Stuart zuckte mit den Schultern. »Er hing die ganze Woche bei uns herum, weil er Arbeit suchte – und ein paar der Männer wurden langsam nervös. Ich dachte, ich schicke ihn auf die Suche nach dir, damit er beschäftigt ist; ich bin davon ausgegangen, dass du längst da bist, bevor er dich findet. Wäre nie auf die Idee gekommen, dass du mit schwerem Gepäck reist und einen Tag länger brauchst.«

»Ich auch nicht, aber eine der Ladys weigerte sich, das übliche Transportmittel zu nehmen.«

»Die laute?«

Chad verzog das Gesicht. Natürlich hatte Stuart das ganze Gezeter draußen mitbekommen. Wahrscheinlich hatte man Amanda sogar in der Baracke noch gehört.

Ohne zu wissen warum, begann Chad sie zu rechtfertigen. »Sie hatte vom ersten Tag an diesen Tick; wollte nicht hierher kommen, hasst das Reisen. Aber jetzt, wo die Fahrt zu Ende ist, dürfte sich ihr Verhalten bessern.«

»Mach dir nichts vor, Junge. Das ist ein zickiges Biest, wie ich noch nie eins gesehen habe. Wahrscheinlich verzogen über beide Ohren. Ziemlich hübsches Ding andererseits. Willst du was von ihr?«

»Mal sehen«, gab Chad zu.

»Was Ernstes?«

»Noch nicht.«

»Gut.« Stuart gab ein Grunzen von sich. »Biester bleiben im Allgemeinen Biester.«

Chad rollte die Augen. »Ich hab dir doch erklärt, warum sie so zickig war. Außerdem geht dich das nichts an – und überhaupt, seit wann kennst du dich so gut mit Biestern aus?«

»Seit ich zwei Monate mit Luellas Mutter verbracht habe«, brummte Stuart.

Chad brach in Gelächter aus, er konnte nicht anders. Luellas leerer Blick hatte den Zustand in ihrem Kopf anschaulich wiedergegeben; doch ihre Mutter kannte er nur schnatternd und plappernd, und er hatte sie nur wenige Male getroffen.

Nach einer Weile grinste Stuart, wenn auch nur für einen Moment. Solange zwischen ihnen noch nichts geklärt war, würde er sich nicht entspannen. Stattdessen kam er zum Punkt. »Bist du bereit heimzukommen, Junge?«

»Bist du bereit zuzugeben, dass es dich zur Hölle nichts angeht, wen ich mir zur Frau nehme?«

»Können wir wenigstens darüber reden?«

»Das haben wir bereits. Ich habe geredet, und du hast nicht zugehört«, erinnerte ihn Chad.

»Du hast Luella überhaupt keine Chance gegeben«, wandte Stuart rasch ein.

»Ich habe nur fünf Minuten gebraucht, um zu wissen, dass ich nichts von ihr will.«

»Aber sie ist wunderschön!«, gab Stuart zu bedenken.

»Dann heirate du sie.«

»Zum Teufel, nein.«

»Warum nicht? Wenn sie doch so wunderschön ist.«

»Sie ist zu jung für mich«, brummte Stuart.

»Und zu dumm für mich. Können wir uns jetzt endlich darauf einigen, dass wir sie beide nicht in der Familie haben wollen, und das Thema ein für alle Mal beenden? Oder ist sie immer noch auf der Ranch?«, fügte er stirnrunzelnd hinzu. »Wenn du jetzt sagst, dass sie immer noch ...«

»Ist sie nicht«, unterbrach ihn Stuart beschwichtigend. »Seit letztem Monat nicht mehr. Sie wollte nicht ewig auf dich warten; die Aussicht, dich zu heiraten, gefiel ihr zwar schon, aber ihr Pa war beleidigt, weil du abgehauen bist, und kam, um seine Weibsbilder abzuholen. Und das keine Minute zu früh. Ihre Mutter hat mich in den Wahnsinn getrieben.«

Chad grinste. »Das heißt, ich kann in Ruhe heimkommen, sobald ich den Laden hier wieder zum Laufen gebracht habe.«

»Ich habe dir gesagt, ich schicke ein paar ...«

»Ich werde beenden, was ich begonnen habe«, fiel ihm Chad ins Wort.

Stuart legte die Stirn in Falten. »Ich hoffe, du willst nicht hier bleiben, um der Zicke den Hof zu machen.«

Chad missfiel, dass sein Vater Amanda so nannte, obwohl er sie kaum gesehen hatte. »Lass uns eine Sache klarstellen. Es wäre schön, wenn meine zukünftige Braut deine Zustimmung bekäme, aber es ist nicht im Geringsten notwendig.«

»Wenn du eine Frau mitbringst, die unter meinem Dach leben soll«, grollte Stuart streitlustig, »dann habe ich wohl ein Wörtchen mitzureden.«

»Wer sagt, dass wir unter deinem Dach leben würden?«, gab Chad zurück. »Das könnten wir durchaus, ich könnte meiner Braut aber auch ein eigenes Haus bauen, damit du nichts mehr mit ihr zu tun haben musst.«

Stuart überlegte einen Moment, dann grinste er. »Das könnte funktionieren. Das könnte prima funktionieren. Also gut, Junge, wenn du schon mein Reich nicht verdoppeln willst, dann schenk mir wenigstens einen Haufen Enkel, die es vielleicht tun.«

»Wenn es so weit ist. Aber bis dahin will ich nicht mehr gedrängt werden und keine Bräute mehr aufmarschieren sehen. Abgemacht?«

Mit einem breiten Grinsen schlug Stuart ihm auf den Rücken. »Verdammt, schön, dass du wieder daheim bist.«

Chad hatte sehr wohl bemerkt, dass Stuart ihm ausgewichen war. Sein Vater hielt sich immer gern ein Hintertürchen offen. Aber das war in Ordnung. Es war schön, wieder daheim zu sein – und sich mit dem Vater versöhnt zu haben.

Kapitel 19

Red war schon wieder auf dem Weg nach unten, um nach ihren anderen Gästen zu sehen, als der Lärm begann. Sie machte kehrt, doch als sie das Zimmer ihrer Nichten erreichte, trat gerade das Dienstmädchen heraus.

Als sie Red sah, schüttelte sie den Kopf. »Am besten mischt man sich nicht ein, Ma'am«, warnte sie. »Das ist schon lange fällig. Sie werden hinterher besser zu ertragen sein.«

Red biss sich auf die Lippe. Es war nicht zu überhören, worauf Ella Mae anspielte.

»Aber sie werden sich doch nicht … wehtun?«

»Nicht mehr als zwei Katzen auf der Straße. Sie können nicht richtig kämpfen. Ein paar Kratzer und blaue Flecken, jede Menge Herumgerolle. Es ist nicht das erste Mal, Ma'am.«

»Verstehe.«

Mehr fiel Red nicht ein, obwohl sie überhaupt nichts verstand. Das waren doch keine Kinder mehr, die sich da hinter der Tür prügelten, sondern erwachsene Frauen. Seit dem Vorfall vorhin auf der Veranda war zwar klar gewesen, dass ihre Nichten, zumindest eine davon, ein Problem werden würden; aber welche Ausmaße dieses Problem haben würde, das schwante ihr erst jetzt.

Es war alles die Schuld ihres Bruders. Sie hatte gewusst, dass Mortimer als Vater ebenso eine Fehlbesetzung gewesen war wie als Bruder. Schon als sie Kinder gewesen waren, hatte er ihr die Zwillingsschwester vorgezogen, und zwar in einem Maße, das nicht normal war. Sie war seine ständige Begleiterin gewesen, während Red ebenso gut nicht hätte existieren können, so wenig Aufmerksamkeit schenkten ihr die beiden – es sei denn, sie wollten ihr wieder einmal unter die Nase reiben, dass sie niemals dazugehören würde zu ihrem kleinen Kreis. Damit war sie aufgewachsen, dafür hatte sie ihn gehasst, und genau dasselbe hatte sich wiederholt, als seine Töchter geboren wurden.

Vor allem aus diesem Grund hatte sie Haverhill verlassen und Frank Dunn geheiratet, der vorhatte, im Westen eine Ranch aufzubauen. Sie hatte ihn nicht geliebt, er war ein Mittel zum Zweck gewesen. Sie hatte gehofft, dass sie im Westen endlich weit genug von ihrem Bruder entfernt war, um Frieden und Glück zu finden. Und genau so war es gekommen. Sie hatte keinen weiteren Kontakt mehr zu Mortimer und seiner Familie gehabt und auch keinen mehr gewollt.

Sie hatte Frank benutzt. Anders konnte man es leider nicht ausdrücken. Doch sie hatte versucht, es wieder gutzumachen, indem sie ihm eine gute Frau war. Er musste sich nicht beklagen und war ihr auch nicht böse, dass sie ihm keine Kinder schenkte. Genau genommen konnte er das auch gar nicht, nachdem ihm ein Arzt gesagt hatte, dass es an ihm lag, nicht an ihr. Danach fühlte er sich ein wenig schuldig, aber so war eben das Leben, und das, das sie geteilt hatten, war ein gutes gewesen, bis zu seinem Tod.

Nun ja, vielleicht weniger gut als angenehm. Dass ein anderer Mann ihr Herz zum Rasen brachte, davon ahnte niemand etwas.

Und ihr Herz war ganz schön ins Rasen gekommen,

als Stuart am Vorabend plötzlich aufgetaucht war und sich kurzerhand zum Essen eingeladen hatte. Sie hatte den Abend überstanden, ohne sich zum Narren zu machen, wenigstens nicht in größerem Stil.

Sie hatte ein paar Mal gekichert, was sie sonst selten tat. Und sie war noch schüchterner gewesen als sonst. Seit ihrer Kindheit war sie nicht mehr so oft rot geworden. Aber schließlich war sie auch noch nie mit Stuart allein gewesen. Immer wenn sie ihn bisher gesehen hatte, waren andere dabei gewesen.

Mit etwas anderem hatte sie auch gestern Abend nicht gerechnet, als sie ihn und seine Männer zum Essen einlud, während sie auf Chad warteten. Sie wusste nicht, dass seine Leute nie mit ihm gemeinsam aßen; erst als sie ins Esszimmer kam, stellte sie fest, dass er allein am Tisch saß – und sie begann, sich wie ein Schulmädchen zu benehmen.

Doch Stuart nahm vermutlich an, dass sie sich aus schlechtem Gewissen so merkwürdig verhielt, schließlich hatte sie seinen Sohn drei Monate lang bei sich wohnen lassen, ohne ihn davon in Kenntnis zu setzen, und das, obwohl die ganze Gegend wusste, dass er Chad suchte. Immerhin hatte er sie nicht darauf angesprochen. Und als sie ihm erklärt hatte, warum Chad bei ihr geblieben war, hatte er sich nicht im Geringsten enttäuscht von ihr gezeigt. Ganz im Gegenteil; er hatte sie sogar gescholten, dass sie sich nicht an ihn gewandt hatte, als sie Hilfe brauchte.

Als klar wurde, dass Chad an diesem Abend nicht mehr erscheinen würde, bot sie Stuart an, über Nacht zu bleiben. Die Männer wurden in der Schlafbaracke untergebracht, doch der größte Rancher im Umkreis konnte schließlich nicht mit in die Gemeinschaftsunterkunft. Natürlich bekam sie kein Auge zu bei der Vorstellung, dass er auf der anderen Seite des Flures schlief. Beim Frühstück hatte sie sich nicht blicken lassen und ihn erst wiedergesehen, als das Dienstmädchen kam, um zu sagen, dass die Nichten da seien.

Und was waren die für eine Überraschung!

Sie waren Zwillinge, wobei das den meisten Leuten nicht auf den ersten Blick aufgefallen wäre. Red erinnerte sich, dass sie als Kinder praktisch gleich ausgesehen hatten und man sich schwer getan hatte, sie auseinander zu halten. Das hatte sich geändert.

Die arme Marian hatte sich erst einmal vorstellen müssen, nachdem Red sie zunächst für das Dienstmädchen gehalten hatte. Nach einem genaueren Blick hatte sie ihren Irrtum gleichwohl rasch bemerkt. Das Mädchen sah so seltsam aus mit dieser Brille – was für ein furchtbares Pech, dass sie sie tragen musste.

Amanda war erwartungsgemäß hübsch. Schon als die beiden noch kleine Mädchen waren, war klar gewesen, dass sie dereinst zu Schönheiten heranwachsen würden, und bei Amanda war genau das geschehen. Auch ihr Benehmen war wie zu erwarten. So verhielten sich Menschen, die als Kind über alle Maßen verzogen worden waren.

Es war geradezu unheimlich, wie sehr sie Reds Schwester glich. Genau deshalb war sie von zu Hause weggegangen. Sie hatte nicht zusehen wollen, wie ihr Bruder seine Töchter so entzweite, wie er seine Schwestern entzweit hatte.

Sie hatte es zwar nicht miterlebt, doch anscheinend war es so gekommen, wie sie befürchtet hatte. Das Wenige, das sie bis jetzt gesehen hatte, sagte alles. Amanda war ein verzogenes kleines Miststück und Marian ein unscheinbares graues Mäuschen – oder auch nicht. Mäuse legten sich im Allgemeinen nicht mit Katzen an.

Unten hielt sich Stuart den Bauch vor Lachen, seit sie zum dritten Mal lautes Krachen über sich gehört hatten. Beim ersten Mal waren sie überrascht gewesen, beim zweiten Mal neugierig, aber beim dritten Mal war klar, dass sich da oben eine Schlägerei abspielte, und seither löste jedes laute Geräusch von oben eine neuerliche Lachsalve bei ihm aus.

Chad wusste, warum sich Stuart so amüsierte. Das Mädchen, das sein Vater für ihn ausgesucht hatte, war zwar nicht besonders helle, aber hübsch und schweigsam. Ganz im Gegensatz zu der, für die er sich interessierte und die über ihren Köpfen Kleinholz aus der Einrichtung machte und kreischen konnte, dass sich die Balken bogen.

»Mir tut's nur um die Hässliche Leid«, meinte Stuart, als er wieder zu Atem kam.

»Na klar«, erwiderte Chad trocken, fügte dann aber hinzu: »Außerdem ist Marian nicht hässlich, sondern nur blind wie ein Maulwurf.«

»Wie auch immer, sie wird nicht lange durchhalten. Die andere ist bösartig. Das hab ich schon gesehen, als sie hier hereingeplatzt ist.«

»Liegt es nur daran, dass ich ein Auge auf Amanda geworfen habe, dass du sie in einem fort beleidigst?«, fragte Chad stirnrunzelnd.

»Ach, tue ich das?«, gab Stuart mit Unschuldsmiene zurück.

Chad warf seinem Vater einen verächtlichen Blick zu, was ihn nur aufs Neue zum Lachen brachte. Auch wenn Stuart ihn wahrscheinlich nur auf den Arm nehmen wollte, so machte er sich doch langsam Sorgen um die Brillenschlange. Er mochte sie nicht, aber er wollte auch nicht, dass sie verletzt wurde.

Ohne weiter nachzudenken ging er auf die Treppe zu.

»Gehört 'ne Menge Mut dazu, zwei kämpfende Frauen zu trennen«, rief Stuart ihm nach. »Ich hab schon gesehen, wie sich zwei auf den Mann stürzten, der es versucht hat. Hätten ihm fast die Augen ausgekratzt.«

Sollte ihn das vielleicht aufhalten? Zumal Stuart erneut loslachte? Was sein Vater nicht vermochte, gelang Red, die die Treppe herunterkam und ihm den Weg verstellte.

»Misch dich nicht ein«, sagte sie mit einem Blick auf seinen entschlossenen Gesichtsausdruck. »Ich hab gerade erfahren, dass das wohl ihr normaler Umgangston ist.«

»Wer hat dir das erzählt?«

»Ihr Dienstmädchen. Sie steht Wache vor ihrer Zimmertür. Scheint zu glauben, dass sie beide besser gelaunt sind, sobald sie auf diese Art Dampf abgelassen haben.«

Red wirkte immer noch ganz benommen. Chad legte fürsorglich einen Arm um sie. Es musste hart sein für sie und ganz anders, als sie es erwartet hatte.

Er versuchte, die Sache für sie in ein besseres Licht zu rücken. »Wahrscheinlich hat das Dienstmädchen Recht. Es war eine verdammt schwere Reise für sie, Eisenbahnräuber, Postkutschenräuber, ein Prärieläufer, der mitten in der Nacht aufkreuzt und mich mit vorgehaltener Waffe zur Heimkehr zwingen will. Es kam eins zum anderen, seit ihr Schiff angelegt hat; und schließlich kommen sie aus einem kleinen Nest im fernen Osten, wo nicht viel los ist. Das könnte viele dazu bringen, aus der Haut zu fahren.«

Sie blickte ihn neugierig an. »Du musst sie nicht entschuldigen.«

»Ich weiß. Ich versuche nur, es mir schönzureden«, erwiderte er.

Sie warf ihm einen ärgerlichen Blick zu, woraufhin er leicht errötete. Er sollte sie aufmuntern, nicht sich selbst.

In dem Moment bemerkten sie, dass sich der Lärm über ihnen gelegt hatte. Jetzt redeten die Mädchen miteinander, man verstand nicht, worüber, aber immerhin war klar, dass keine von ihnen zu Tode gekommen war.

»Tu dir selbst einen Gefallen, Red«, sagte Chad ernsthaft. »Sieh zu, dass sie beide möglichst bald heiraten, damit du sie loswirst. Das ist mein Rat.«

»Willst du mir da vielleicht behilflich sein?«, entgegnete sie grinsend.

»Wenn sie nur ein wenig Dampf ablassen musste, um sich anschließend wie die Lady zu benehmen, die sie sein sollte, wäre das schon möglich.«

»Sie? Schon gut, ich kann mir denken, welche.« Red bedachte ihn mit einem traurigen Blick und seufzte. »Hoffen wir, dass du Recht hast.«

Er konnte sich nicht erklären, warum Red auf einmal so niedergeschlagen dreinschaute, beschloss aber, dass er es lieber nicht genauer wissen wollte. Wahrscheinlich war es die Enttäuschung, die sie bei dem Wiedersehen mit ihren Nichten empfunden hatte. Und die konnte man ihr schwerlich verdenken.

Kapitel 20

Zu Hause in Haverhill hatte sich Marian nie Gedanken über die Geräusche gemacht, die Amanda und sie verursachten, wenn sie sich schlugen. Sie legten beide Wert darauf, diese Form der persönlichen Auseinandersetzung geheim zu halten. Und da sie bislang niemand darauf angesprochen hatte, ging sie davon aus, dass es noch nie jemand mitbekommen hatte.

An diesem Tag aber war es unmöglich, etwas geheim zu halten. Um ein Haar hätte das Ganze schon auf der Veranda, vor aller Augen, angefangen. Amanda hatte dann doch noch Vernunft angenommen und gewartet, bis sie beide allein waren.

Zum Glück hatten sie getrennte Schlafzimmer bekommen. Amanda war allerdings nicht in ihrem geblieben, nachdem ihre Tante es ihr gezeigt hatte, sondern gleich mit in Marians gekommen. Marian wusste, was kommen würde, und konnte sich wappnen. Auch Ella Mae wusste es und versuchte sogar, es noch zu verhindern, indem sie das Zimmer nicht verließ, als Kathleen hinausging. Doch Amanda schickte sie weg. Kaum hatte sich die Tür hinter ihr geschlossen, stürzte sie sich auf Marian.

Es wurde einer ihrer schlimmeren Kämpfe. Am Ende hatten sie beide büschelweise Haare der anderen in der Hand, Haut unter den Fingernägeln, Bissspuren und jede Menge blaue Flecken. Erstaunlicherweise hatten ihre Gesichter nichts abbekommen; andererseits war es so etwas wie ein ungeschriebenes Gesetz zwischen ihnen, dass das Gesicht tabu war. Überall sonst konnte man Kampfspuren verbergen, allein das Gesicht würde alles verraten über ihre unwürdigen Rangeleien. Außerdem – da sie sich wie ein Ei dem anderen glichen, würden sie sich also gewissermaßen selbst schlagen, wenn sie die andere trafen.

Es gab keinen Sieger, wie fast immer. Ihre Kämpfe endeten, wenn sie beide müde wurden. Da sie körperlich ungefähr in der gleichen Verfassung waren, verließ sie etwa zur gleichen Zeit die Kraft. Auch diesmal war es nicht anders. Bald verlegten sie sich auf verbale Hiebe, wie meistens.

»Du hättest wenigstens warten können, bis unsere Tante dich ein wenig besser kennt, bevor du ihr zeigst, was du für eine Beißzange sein kannst«, sagte Marian, während sie sich auf ihr Bett zog.

Amanda ging auf den nächsten Spiegel zu, um ihr Gesicht zu untersuchen. »Warum?«, gab sie zurück. »Ich habe nicht die Absicht, hier zu bleiben, bis ich sie kennen gelernt habe.«

»Und wohin willst du?«

»Nach Hause selbstverständlich.«

»Mit einem Bräutigam im Schlepptau? Glaubst du wirklich, du findest hier so schnell einen?«

»Dumme Kuh«, schnaubte Amanda und schnellte herum. »Hier draußen gibt es nicht einen, der mich verdienen würde.«

»Das heißt, du gibst deinen Erbanspruch auf«, folgerte Marian.

»Du kannst manchmal ganz schön schwer von Begriff sein, Mari. Nein, ich habe nicht die weite Reise hierher gemacht, um alles aufzugeben. Tante Kathleen wird mich bald mit größtem Vergnügen heimschicken, und zwar mitsamt ihrer Einwilligung in meine Heirat – mit wem auch immer.«

»Du willst dich hier also besonders schlimm aufführen?«

»Wenn ich muss«, erwiderte Amanda strahlend.

Marian schüttelte den Kopf. Es hätte sie nicht überraschen dürfen. Amanda tat normalerweise nichts ohne Hintergedanken. »Ich würde dich ja lieber heute als morgen ziehen sehen, aber ich glaube, du machst dir was vor. Es gibt Menschen, die ihre Verpflichtungen ernst nehmen, Mandy.«

»Nenn mich nicht so. Amanda klingt viel eleganter als dieser kindische Name.«

»Der deshalb viel besser zu dir passt.«

»So wie zu dir diese kindische Maskerade, die verbergen soll, dass wir Zwillinge sind?«

Marian lächelte, während Amanda vor Wut die Lippen kräuselte. Nach vielen Jahren hatte sie endlich den Panzer, den sie brauchte, um die Beleidigungen ihrer Schwester von sich abprallen zu lassen. Um Gleichgültigkeit heucheln zu können. Und um sich angemessen wehren zu können. Solange niemand sonst beteiligt war und sie allein waren, ließ sie sich nicht mehr einschüchtern. Nur wenn die Gefahr bestand, dass Amanda ein Auge auf jemanden warf, gab Marian klein bei.

»Soll ich dir lieber wieder Konkurrenz bieten?«, erwiderte sie mit gespielter Überraschung. »Kannst du es nicht mehr ertragen, ständig im Mittelpunkt zu stehen? Das hättest du schon längst einmal sagen können …«

»Ach, sei doch still.«

Marian hätte sich jetzt ein wenig besser fühlen können, nachdem sie die mündliche Runde gewonnen hatte. Nachdem Amanda erbost hinausgerauscht war, legte sie sich hin, um auf das versprochene Bad zu warten. Doch ein Gedanke kreiste unablässig in ihrem Kopf: Hatte Amanda mitbekommen, wie Stuart Kinkaid vorgestellt wurde?

Wenn ja, würde sie Chad sofort von der »Angestelltenliste« streichen und in die »Wird mal einen Haufen erben«-Liste eintragen. Dann würde sie alles tun, um ihn zu betören und um den Finger zu wickeln, und schließlich würde sie ihn samt seiner Gefühle an die kurze Leine nehmen und ihn nie wieder loslassen. Nicht weil sie ihn wollte, sondern einfach nur, weil sie es konnte. Weil es sie über alle Maßen erregte, Männer zu manipulieren. Darauf verstand sie sich wirklich hervorragend.

Dass dies noch längst nicht alles war, worüber sie sich Sorgen machen musste, erfuhr sie, als sie später die Treppe hinunterging. Der Streit mit ihrer Schwester war nicht unbemerkt geblieben. Als Erstes fragte ihre Tante sie, ob es ihr gut gehe. Sie hätte auch ihren Allgemeinzustand nach der Reise meinen können, doch dafür klang sie zu besorgt. Gleich darauf stellte ihr Chad diskret die gleiche Frage, und auch er sah besorgt aus.

Es war ihr so peinlich, dass sie am liebsten die Treppe hochgeflohen wäre, um nie wieder herunterzukommen. Doch dann kam Chads Vater von draußen herein, musterte sie von oben bis unten und sagte: »Ja, hol mich doch der Teufel. Sie haben gewonnen? Gut, gut, Mädchen.«

Er spielte darauf an, dass man keine blauen Flecken sah, erkannte sie zutiefst beschämt. Sie hatte keine Ahnung, woher sie den Nerv hatte zu antworten: »Keine von uns hat gewonnen.«

»Das ist schade«, brummte er und fügte rau hinzu: »Das nächste Mal gewinnen Sie. Damit sich die blauen Flecken auch lohnen.«

Sie lachte. Leicht hysterisch, aber immerhin. Und spürte, wie mit dem Lachen ihre Beschämung dahinschmolz.

Kapitel 21

Marian wurde langsam bewusst, dass man in Texas die Dinge anders betrachtete als im Osten. Zu Hause zum Beispiel hätten sie die Dienstboten für das wenig damenhafte Benehmen, das man von vermeintlich gut erzogenen jungen Ladys nicht erwarten durfte, verachtet – das war auch der Hauptgrund, warum sie so beschämt war, als sie auf ihre Rauferei mit Amanda angesprochen worden war. Ihre Altersgenossen im Osten wären entsetzt gewesen. Ihr Vater hätte sie mit Verachtung gestraft und Amanda umhätschelt, bis sie sich besser fühlte. Deshalb hatten sie beide stets versucht, ihre Händel nicht in der Öffentlichkeit auszutragen, was zum Teil eine harte Geduldsprobe gewesen war.

Aber hier draußen war alles anders. Auf der Reise hatte sie zweimal gesehen, wie sich Männer auf der Straße prügelten. Einmal war gerade eine Schießerei beendet worden. Aber es gab in dieser Gegend auch so viele Halunken, dass man sich nicht wundern musste, wenn anständige Leute in ihre primitivsten Instinkte zurückfielen. Wenn man hier Streit hatte, trug man ihn mit Fäusten oder Waffen aus. Jedenfalls die Männer. Aber anscheinend durften es auch die Frauen, ohne dass sich allzu viele Augenbrauen hoben.

Das alles ging Marian im Kopf herum, während sie Chad und seinem Vater zuhörte, wie sie die letzten Neuigkeiten austauschten – schließlich hatten sie sich mehrere Monate nicht gesehen. Kathleen beteiligte sich ebenfalls an dem Gespräch über Viehdiebe, einen kleinen Banküberfall, der nur vierzig Meilen entfernt stattgefunden hatte, eine Schießerei zwischen zwei von Stuarts Cowboys – sie hatten beide überlebt, waren aber anschließend gefeuert worden – und einen Pferdedieb, der sich am Galgen wiederfand, bevor er einen Richter gesehen hatte.

Es überraschte sie, dass ihre Tante solche Vorfälle nicht im Geringsten zu schockieren schienen. Aber Kathleen war in vielerlei Hinsicht eine Überraschung. Sie war nicht so alt, wie Marian erwartet hatte. Zumindest sah sie nicht so aus. Ihr Haar, das zu einem einfachen Zopf geflochten war, leuchtete immer noch flammend rot wie bei einem jungen Mädchen. Ihre weiße Bluse und der braune Rock waren schlicht und ohne jeden Zierrat. Sie trug keinen Schmuck, nicht einmal ihren alten Ehering, der sie als Witwe gekennzeichnet hätte. Aber sie hatte ein wundervolles Lächeln. Brauchte man mit solch einem Lächeln noch elegante Spitzen und Rüschen?

Mit ihrer sonnengebräunten Haut und der einfachen Kleidung konnte man sie nicht direkt als schick bezeichnen, und doch war sie eine attraktive Frau, die vor Gesundheit strotzte und überdies einen wohlgeformten Körper besaß. Sie war witzig, direkt und gelassen – Amanda war noch nicht aufgetaucht, um die Gemüter zu erhitzen –, und es war die reine Freude, sich in ihrer Gesellschaft aufzuhalten. Marian stellte mit Erleichterung fest, dass sie sie bereits ins Herz geschlossen hatte.

Überraschenderweise erhitzten sich die Gemüter dann ohne Amandas Zutun. Spencer Evans kam wie angekündigt, um seine Kutsche abzuholen, und zwar so spät am Abend, dass Kathleen sich genötigt fühlte, ihn zum Essen einzuladen und für die Nacht aufzunehmen. Sie hatte allerdings kein Zimmer mehr frei, da Stuart ebenfalls noch eine Nacht bleiben würde und die Schwestern samt Dienstmädchen je eines besetzten.

»Die Baracke tut's für mich auch, Red«, sagte Spencer und machte es sich auf einem der Sofas bequem.

Marian nahm es ihm übel, dass er ihre Tante Red nannte. Später erkannte sie, dass es ihr Spitzname sein musste, weil sie hörte, wie Chad sie ebenfalls so ansprach. Und dennoch – sie hatte Spencer mit seiner Strahlemann-Attitüde von Anfang an nicht gemocht, weil es ganz offensichtlich war, dass Chad ihn nicht mochte.

Aber Kathleen war eine fantastische Gastgeberin, obwohl sie Spencer nicht besonders gut kannte. Stuart behandelte ihn wie einen alten Freund – allerdings fand Marian bald heraus, dass er jeden so behandelte, sofern man ihm keinen Grund gab, es nicht zu tun. Chad und Spencer wechselten kaum ein Wort, was wahrscheinlich ein Glück war. Die Spannung zwischen den beiden war beinahe greifbar.

Normalerweise fand Marian es recht angenehm, nicht bemerkt zu werden. Doch wie Spencer sie ignorierte, empfand sie als verletzend. Es war, als würde er sie überhaupt nicht sehen. Die meisten Männer blickten sie kurz an, bevor sie die Augen schnell wieder abwandten, doch er gab sich offensichtlich größte Mühe, noch nicht einmal in ihre Richtung zu schauen.

Zum Glück hatte Kathleen gar nicht erst versucht, sie vorzustellen, nachdem Spencer gleich erklärt hatte, dass er ihre Nichte gestern schon kennen gelernt habe. Nichte, hatte er gesagt, statt Nichten. Kathleen hatte wahrscheinlich angenommen, dass er die meinte, die anwesend war. Marian aber hegte keinen Zweifel daran, dass er die meinte, deren Erscheinen er bereits sehnlichst erwartete.

Amanda ließ sich indes Zeit – so lange, dass Kathleen das Abendessen nicht länger hinauszögern konnte. Schon dreimal hatte die Köchin ihre Tochter Rita hereingeschickt, die mit dem Kopf Richtung Esszimmer deutete und dabei die Augen verdrehte. Kathleen war ohnehin schon ganz durcheinander – sie hatte sonst nie so viele Gäste und musste in der Regel niemanden warten lassen, während schon die verführerischsten Düfte durchs Haus zogen –, und so drängte sie schließlich alle ins Esszimmer.

Wie erwartet, zumindest für Marian, erschien Amanda in dem Moment, als alle Platz genommen hatten. Große Auftritte waren ihre Stärke, außerdem liebte sie es, andere auf sich warten zu lassen. Sie fand, dass sie das Warten wert war. Die meisten Männer dachten das leider auch, und die anwesenden machten keine Ausnahme.

Es war indes nicht zu leugnen, dass Amanda heute Abend außergewöhnlich schön aussah. Ihr Haar war frisch gewaschen und kunstvoll hochgesteckt. Ella Mae hatte viel Zeit gehabt, eines ihrer schönsten Kleider zu bügeln. Außerdem hatte sie fast den ganzen Nachmittag geschlafen.

Sie strahlte über das ganze Gesicht, als sie hereinkam. »Es tut mir Leid, dass ich Sie habe warten lassen, Gentlemen. Aber Sie werden verstehen, dass ich nach dieser schrecklichen Reise etwas Ruhe brauchte.«

Die Augen aufgerissen und die Münder offen, sprangen Spencer und Chad gleichzeitig auf. Selbst Stuart fiel die Kinnlade herunter, während er die Vision bestaunte.

Nur Marian bemerkte, dass ihre Tante absichtlich aus der Begrüßung ausgeschlossen worden war – nun, Kathleen selbst hatte es sicher auch bemerkt.

Am Esstisch fuhr Amanda fort, Hof zu halten. Sie war in Höchstform und versprühte ihren Charme nur so; bedeuten konnte das nur eines: Sie wollte alle anwesenden Männer in ihren Bann schlagen, Chads Vater eingeschlossen. Vermutlich fand sie die Vorstellung amüsant, dass sich vielleicht bald Vater und Sohn um sie stritten.

In dieser Hinsicht aber erlebte sie eine Überraschung. Stuart hatte sich sicherlich einen Moment lang von ihrer Schönheit blenden lassen, aber schnell wurde deutlich, dass ihn das Essen weit mehr interessierte als diese Göre, die seine Tochter hätte sein können.

Marian saß nahe genug bei ihm, um hören zu können, wie er Kathleen zuflüsterte: »Wären Sie mir sehr böse, Red, wenn ich Ihre Köchin mitnehme?«

»O ja, verdammt, das wäre ich.«

Sein Stirnrunzeln war zweifellos nicht ernst gemeint. »Gestern Abend dachte ich noch, ich habe einfach Glück gehabt. Aber heute, na ja, ich kann's nicht länger verschweigen, das ist das beste Futter, das ich je zwischen die Kauleisten bekommen habe. Sicher, dass Sie böse würden?«

»Sie können einem armen Mädchen doch nicht einfach die Köchin wegnehmen, vor allem wenn das Mädchen überhaupt nicht kochen kann.«

Er lachte. »Dann muss ich wohl einfach öfter mal den Weg hierher finden, schätze ich. Hoffe, Sie haben nichts gegen meine Gesellschaft.«

»Nicht im Geringsten. Sie sind jederzeit willkommen.«

Als Marian sah, wie ihre Tante errötete, war ihr endgültig klar, dass sie Stuart liebte. Sie konnte nicht sagen, ob er es wusste oder nicht. Die Zeichen waren subtil, aber sie waren da. Kathleen lief rot an, obwohl es keinen Grund dafür gab, und warf ihm versteckte Blicke zu, wenn sie dachte, dass es niemand bemerkte.

Marian hoffte inständig, dass sie selbst sich, was Chad anging, nicht genauso unmissverständlich benahm. Wahrscheinlich tat sie das, aber da ihr ohnehin niemand Aufmerksamkeit schenkte, fiel es außer Ella Mae niemandem auf. Sie wurde ziemlich oft grundlos rot, zum Beispiel als sie am Tisch plötzlich feststellte, dass sie direkt neben Chad saß. Ihre Knie stießen aneinander. Ihre Ellbogen berührten sich. Marian flüsterte jedes Mal eine Entschuldigung, auch wenn es nicht ihr Fehler gewesen war. Er schien sie nicht zu hören, anscheinend war er viel zu beschäftigt damit, jedes Wort aufzufangen, das Amandas Mund verließ. Sie trat ihm auf den Fuß, ganz fest, aber er bemerkte nicht einmal das.

Als der Nachtisch serviert wurde, sagte er beiläufig zu ihr: »Wenn ich nicht wüsste, dass Sie zwei linke Hände und Füße haben, hätte ich gedacht, Sie wollten mich verhauen … Aber das ist doch, zum Teufel, kein Grund, rot zu werden! Ich hab nur Spaß gemacht.«

Männer pflegten üblicherweise keine Späße mit ihr zu machen. Sie war nicht der Typ, mit dem man gern spaßte. Ganz abgesehen davon wollte sie ihn tatsächlich am liebsten verhauen, denn es bestand kein Zweifel mehr daran, dass er sich wegen Amanda zum Narren machen würde.

Amanda enthob sie einer Antwort, als sie bemerkte, dass Chads Aufmerksamkeit einen Moment abgeglitten war. Ihre nächste Bemerkung richtete sie an ihn, um sie zurückzugewinnen, so wie sie es in solchen Fällen immer tat. Ganz zur Verärgerung Spencers allerdings, denn er versuchte natürlich, seinerseits ihre Aufmerksamkeit auf sich zu lenken. Ihn hatte Amanda bereits mit Haut und Haaren erobert.

Spencer hatte ihr von seinem Saloon erzählt. Marian fand den Namen so merkwürdig, dass sie Kathleen darauf ansprach, die zu ihrer Linken saß. »Habe ich das richtig verstanden? Sein Laden heißt tatsächlich Not-Here-Saloon?«

»Ja.«

»Findest du den Namen nicht auch seltsam?«

»Nicht mehr als andere. Wenn es um solche Namen geht, dann gilt hier draußen: je ausgefallener, desto besser.«

»Jetzt da du es sagst«, fuhr Marian fort, »ich glaube, ich habe auf der Fahrt hierher ein paar Schilder gesehen, die so seltsam waren, dass ich zum Teil gar nicht begriff, was sich dahinter verbergen sollte.«

Kathleen nickte. »Der Saloon hieß früher No-Tea-Here-Saloon. Aussagekräftig und ungewöhnlich gleichermaßen. Ich denke, der alte Evans wollte seine Gäste gleich von vorneherein aufklären, was für ein Etablissement sie da betraten. Im Laufe der Jahre sind ein paar Buchstaben auf dem Schild verblasst, das E und das A von ›Tea‹, und als zufällig ein Maler in die Stadt kam, bekam er den Auftrag, ein neues Schild zu malen. Leider hatte er ein paar Drinks zu viel intus, bevor er sich an die Arbeit machte. Als Mr Evans sich das Ergebnis anschaute, war er längst aus der Stadt verschwunden. Evans beschloss, es trotzdem aufzuhängen, zumindest bis er einen neuen Maler finden würde.«

»Wozu es nie kam«, schlussfolgerte Marian.

»Oh, es kamen immer wieder Maler durch die Stadt,

einer hat sich sogar niedergelassen und ist immer noch dort. Doch inzwischen hatten sich die Leute längst an ›Not Here‹ gewöhnt. Es gibt sogar einen Grabstein auf dem Friedhof, auf dem steht: ›Andy starb *Nicht Hier*, sondern dort‹. Jedenfalls waren sich bald alle einig, dass es eine Schande wäre, den Namen danach wieder zu ändern.«

»Ja«, sagte Marian lächelnd, »und dadurch wurde er unsterblich, nicht?«

»Nicht, dass diesen Andy irgendjemand gekannt hätte«, warf Chad ein. »Er war nur ein armes Schwein auf der Durchreise, der zufällig in dem Saloon starb, kurz nachdem das neue Schild aufgehängt worden war. Zu der Zeit wurde Evans schwer aufgezogen wegen seinem Schild, und der Steinmetz stieß mit dieser rätselhaften Inschrift in dasselbe Horn.«

Wieder einmal stieg Marian die Farbe ins Gesicht. Er hatte lieber ihr zugehört als Amanda? Im Grunde war das nicht wirklich überraschend, wenn man es sich einmal recht überlegte. Amanda schlug die Männer rasch in ihren Bann – allerdings tat sie das mit ihrer Schönheit, nicht etwa mit einer interessanten Persönlichkeit oder kurzweiligen Kommentaren. Sich mit ihr zu unterhalten wurde meist schnell langweilig, denn ihre Themen kreisten überwiegend um sie selbst.

Kapitel 22

Marian begrüßte den neuen Tag mit einem wohligen Gefühl von Optimismus. Die Sonne strahlte, und der Duft von ofenwarmem Gebäck drang von unten herauf. Sie mochte das Haus, in dem sie von nun an leben sollte, und auch ihr Zimmer. Es war einigermaßen groß, und durch mehrere Fenster blies ein sanfter Wind. Da es ein Eckzimmer war, sah sie auf der einen Seite auf Schlafbaracke, Stall und Garten hinter dem Haus, und auf der anderen bot sich eine unverstellte Aussicht, so weit das Auge reichte.

Vielleicht sollte sie wieder mit dem Malen anfangen, sofern sie in Trenton dafür das Zubehör bekam. Sicher war irgendwo Platz für eine Staffelei, und Licht gab es hier genug. Sie hatte diesen angenehmen Zeitvertreib vor einigen Jahren aufgegeben, nachdem sie ihr bestes Bild zu Hause im Salon hatte aufhängen wollen und ihr Vater sie deswegen ausgelacht hatte. Im Chor mit Amanda hatte er ihr jegliches Talent abgesprochen. Seither hatte sie keinen Pinsel mehr in die Hand genommen.

Doch jetzt konnte sich nur noch ihre Schwester über ihre Bemühungen lustig machen, und das, wie sie hoffte, nicht mehr allzu lange. Entweder Amanda bekam, was sie wollte, und durfte mit Kathleens Segen heimfahren, um zu heiraten, wen immer sie begehrte, oder sie akzeptierte hier den erstbesten Heiratsantrag und nahm den neuen Ehemann gleich mit. Das eine oder das andere würde bald geschehen, daran hatte Marian keinen Zweifel, denn Amanda zauderte niemals, wenn sie einmal ein Ziel ins Auge gefasst hatte. Und das war ein Punkt, der entscheidend zu Marians guter Laune beitrug.

Bald würde sie endlich ihre Maskerade beenden und ein ganz normales Leben führen können, und das war Grund genug, um sich zu freuen! Sie war es leid, sich verstellen zu müssen, leid, alle Männer zu verprellen. Zu Hause gab es keinen in Frage kommenden Mann mehr, den sie nicht für immer in die Flucht geschlagen hatte. Doch hier konnte sie von vorne anfangen. Je eher Amanda verschwand, desto besser.

Hier gab es bisher nur einen Mann, der sie hasste, und sie hoffte, dass es dabei blieb. Bedauerlich war nur, dass es ausgerechnet der war, der als Einziger jemals ihren Puls hatte schneller werden lassen. Dennoch war er die Hauptursache für ihren Optimismus. Vielleicht würde er begreifen, wenn er die ganze Wahrheit erfuhr. Vielleicht konnten sie noch einmal von vorne beginnen, wenn sie endlich ihre Maske abgelegt hatte – es sei denn, Amanda beschloss, ihn als Mittel zum Zweck einzusetzen, um heimzukommen.

Seine Faszination für Amanda war wohl doch nicht so nachhaltig, wie es zuerst schien. Die meisten Männer waren fasziniert von ihr, bis sie ihr wahres Wesen offenbarte. Chad schien ihrem Zauber noch nicht vollständig erlegen zu sein, sonst hätte er sich nicht gestern Abend beim Essen zweimal ihr zugewandt. Vielleicht war sie ja doch nicht so erfolgreich gewesen bei dem Versuch, ihn dazu zu bringen, sie zu hassen.

Es war nicht mehr als Wunschdenken, was sich in Marians Kopf regte, während sie sich anzog, um nach unten zu gehen. Und doch war ihr Optimismus ungebrochen.

Sie konnte sich gar nicht erinnern, wann sie zuletzt so gut gelaunt gewesen war.

Sie hatte sich offenbar mehr Sorgen über ihren Empfang hier gemacht, als ihr bewusst war. Kathleen war Mortimers Schwester und hätte durchaus so sein können wie er. Aber sie war es nicht. Nicht im Mindesten. Das herzliche Willkommen, das ihr bereitet worden war, hatte all ihren Ängsten die Nahrung genommen.

Das große Esszimmer war leer, als sie es betrat, woraufhin sie in die Küche ging, wo sie allerdings nur Consuela, die Köchin, antraf. Consuela war eine große, kräftige Frau, die augenscheinlich gern aß, was sie kochte, mexikanischer Herkunft, aber geboren und aufgewachsen in Texas; sie sprach denselben gedehnten Akzent, den Marian seit ihrer Ankunft hier überall gehört hatte.

Consuela drückte ihr kommentarlos einen voll gefüllten Teller in die Hand; es war so viel, dass sie es unmöglich auf einmal essen konnte. Dennoch setzte sie sich an den Arbeitstisch und griff beherzt zu.

»Bin ich zu spät?«

Die Köchin zuckte die Achseln. »Kommt darauf an, was Sie wollen. Wenn Sie mit Red essen wollen, müssen Sie im Morgengrauen aufstehen. Man fängt hier früh an zu arbeiten, und das ist eine Ranch, wo *viel* gearbeitet wird. Aber es gibt keine festen Essenszeiten. Ich gebe Red was, wenn sie aufsteht, wenn sie mittags nach Hause kommt – falls sie kommt. Und dann wieder nach Sonnenuntergang. Es steht aber jederzeit was zu essen bereit, Sie können also immer kommen und sich bedienen, wenn Sie Hunger haben.«

Consuela wirkte ein bisschen verlegen, als sie mit ihrer Erklärung fertig war. Marian dachte, dass sie wahrscheinlich nicht daran gewöhnt war, viel zu reden, oder dass sonst selten jemand in die Küche kam, außer Red oder ihrer Tochter Rita.

Marian lächelte. »Danke. Ich werde versuchen, früher aufzustehen, dann kann ich mit meiner Tante frühstücken. Ich glaube, das würde mir am meisten gefallen.«

Consuela erwiderte das Lächeln. Marian hatte das Gefühl, als hätte sie genau das Richtige gesagt und wäre gerade als echtes Mitglied in den Haushalt aufgenommen worden.

Amanda schlief natürlich noch. Zwölf Stunden im Bett waren normal für sie, ob schlafend oder nicht. »Schönheitsschlaf« nannte sie das. Marian nahm an, dass Stuart sich früh auf den Heimweg gemacht hatte und dass Spencer entweder schon weg war oder lange schlief, so wie er es als Wirt eines Saloons sicher gewöhnt war.

Chad war offensichtlich schon wieder bei der Arbeit – worin auch immer diese Arbeit bestand, die er für Kathleen übernommen hatte –, so dass sie heute nicht damit rechnete, ihn zu sehen.

Nach dem Frühstück ging sie hinaus. Es war schon ziemlich heiß, aber es war eine trockene Hitze, und noch wehte ein angenehmes Lüftchen.

Eine Staubwolke am Horizont verriet, dass jemand auf die Ranch zuritt. Sie hoffte, es wäre Kathleen, doch als das Pferd näher kam, sah sie, dass es einer der Cowboys war. Sie wollte ihn am Stall abpassen, doch er ritt direkt zur Baracke. Gleichwohl bemerkte er sie im Vorbeireiten, lüftete zum Gruß den Hut und schenkte ihr sogar ein freundliches Lächeln.

Das Lächeln ermutigte sie, auf ihn zuzugehen und sich vorzustellen, bevor er in der Baracke verschwand. Normalerweise war sie nicht so kühn, aber schließlich würde sie von nun an hier leben und wollte sich nicht gleich von Anfang an von den anderen Bewohnern der Ranch absondern.

»Guten Morgen«, rief sie dem Cowboy zu, während er aus dem Sattel stieg. »Ich bin Marian Laton.«

Er blickte in ihre Richtung, wartete aber, bis sie ihn erreicht hatte. »Lonny Judson, Ma'am. Ich bin Reds Vorarbeiter – oder werde es bald sein. Chad hat mich eingewiesen.«

Er war ein gut aussehender junger Mann Mitte zwanzig mit blonden Haaren und grünen Augen und trug einen kurz geschorenen Vollbart, der etwas dunkler war als sein Haupthaar. Wahrscheinlich dachte er, der Bart ließe ihn älter wirken und das könnte hilfreich sein bei dem Job, in den er eingearbeitet wurde. Marian fand nicht, dass er damit älter aussah, aber das war wahrscheinlich auch nicht nötig, denn die paar Cowboys, die sie gestern bei ihrer Ankunft gesehen hatte, waren alle noch jünger gewesen, etwa in ihrem Alter.

»Freut mich, Sie kennen zu lernen, Lonny. Wissen Sie, ob meine Tante heute zum Mittagessen hereinkommt?«

»Eher nicht, Ma'am. Ein paar Rinder sind heute Nacht verloren gegangen. Sie hat den ganzen Morgen das Gelände nach ihnen durchkämmt.«

Marian war enttäuscht. Sie hatte sich auf ein schönes, ausführliches Gespräch mit Kathleen gefreut, um sie besser kennen zu lernen. »Kommt das öfter vor, dass Rinder einfach auf und davon spazieren?«

»Ja, Ma'am, aber normalerweise gehen sie nicht weit – es sei denn, jemand hilft etwas nach.«

»Was heißt das, jemand hilft nach?«

»Na ja, in dem er sie wegtreibt.«

»Wegtreibt? Wozu das denn?«

Er lachte. »Tut mir Leid. Ich rede nicht oft mit Leuten aus dem Osten. Viehdiebstahl kommt immer wieder vor, und häufig ändern die Diebe sogar das Brandzeichen. Es gibt sogar Männer, die mit gestohlenem Vieh eine eigene Ranch aufgemacht haben. Heute aber werden die meisten Tiere gestohlen, um schnellen Profit zu machen, sie werden nach Süden getrieben und über die Grenze nach Mexiko verkauft.«

Marian runzelte die Stirn. »Werden Rinder meiner Tante öfter gestohlen?«

»Nein, ihre Herde ist zu klein, um für Viehdiebe interessant zu sein, anders als die von Kinkaid. Sie merkt es sofort, wenn auch nur eine einzige Kuh fehlt, und macht sich sofort auf die Suche nach ihr. Auf großen Ranches wie der von Chads Vater gibt es viel zu viel Vieh, als dass man merken würde, ob hier oder da mal hundert weg sind, deshalb konzentrieren sich die Viehdiebe darauf.«

»Aber illegal ist es schon, oder?«

Er grinste sie an. »Ja, Ma'am, aber es wird längst nicht so streng verfolgt wie Pferdediebstahl. Es kommt alles auf den Rancher an. Red unternimmt nichts, wenn sie glaubt, dass ein Tier gestohlen wurde, um eine hungernde Familie zu ernähren. Wenn sie aber echte Viehdiebe erwischt, bringt sie sie ohne viel Federlesen zum Sheriff. Auf Viehdiebstahl steht nicht die Todesstrafe, aber es kann einen Mann schon eine ganze Weil hinter Gitter bringen. Die meisten Viehdiebe sind entweder arme Schweine oder abgeklärte Outlaws.«

»Vielen Dank für die Informationen, Mr Judson, das war wirklich nett von Ihnen.«

»Nur ›Lonny‹, bitte. Wir sind hier draußen nicht so förmlich.«

»Dann also Lonny. Ich mache mir trotzdem ein bisschen Sorgen, wenn meine Tante nichts zu Mittag bekommt. Glauben Sie …«

»Wir essen draußen was«, unterbrach er sie. »Sie kommt schon noch mal für einen Happen herein vor Sonnenuntergang. Kein Grund zur Sorge. Aber wenn Sie mit zu ihr raus kommen möchten, kann ich ein Pferd für Sie satteln.«

»Nein, ich … äh, ich möchte schon, doch, aber ich kann noch nicht reiten.«

»Carl ist schon weg mit dem Futterkarren, sonst hätten Sie mit ihm fahren können. Aber Sie könnten auch einfach bei mir mit aufsitzen. Die Herde ist heute nicht so weit weg.«

Marian strahlte. »Danke, das würde ich sehr gern.«

Er wurde rot. »Ich brauche nur ein paar Minuten zum Umziehen. Bin vorhin in den Fluss gefallen, als ich am anderen Ufer nach Spuren von vermissten Tieren suchen wollte. Wenn jetzt nicht Wind aufgekommen wäre, hätte ich mich einfach von der Sonne trocknen lassen.« Er sah auf in den wolkenlosen, weiten blauen Himmel. »Sie müssen nicht den ganzen Tag draußen bleiben. Carl kommt zurück, sobald er das Mittagessen abgeliefert hat, dann können Sie mit ihm fahren.«

»Das ist sehr freundlich.«

Er nickte. »Am besten holen Sie sich einen Hut mit einer breiten Krempe und ziehen was Langärmliges an. Ich will nicht schuld sein, wenn Sie sich einen Sonnenbrand holen.«

»Lange Ärmel sind kein Problem, aber ich glaube nicht, dass meine Hauben die Art von Krempe haben, die Sie meinen. Würde auch ein Sonnenschirm genügen?«

Er grinste wieder. »Wahrscheinlich schon, es kann allerdings gut sein, dass die Jungs, wenn sie das sehen, so lachen müssen, dass sie nicht mehr arbeiten können. Ladys, die mit Sonnenschirm herumreiten, bekommt man hier nicht oft zu sehen. Aber eine der Frauen im Haus hat bestimmt einen passenden Hut, den Sie sich ausleihen können. Ich hole Sie in fünf Minuten vor dem Haus ab.«

Marian nickte und eilte los, um sich um ihren Sonnenschutz zu kümmern. Consuela hatte den richtigen Hut, sie hatte ihn an einem Haken an der Hintertür zur Küche hängen sehen. Er war ein paar Nummern zu groß, aber für heute würde es schon gehen.

Sie freute sich auf den Ausflug und war sogar ein wenig aufgeregt, als sie in aller Eile ihre Bluse wechselte, denn vielleicht würde sie Chad draußen treffen. Es wäre eine schöne Ablenkung, zumal sie ohnehin noch nicht wusste, wie sie sich die Zeit vertreiben sollte, solange sie nicht herausgefunden hatte, was sie auf einer Ranch tun konnte. Auch darüber wollte sie mit ihrer Tante reden.

Kapitel 23

Die Herde weidete ganz in der Nähe, sie mussten kaum eine Meile weit reiten. Morgen konnte das schon wieder anders aussehen. Lonny erklärte Marian, dass die Herden weit herum getrieben wurden, von einem Wasserloch zum nächsten, bis zum Fluss und wieder zurück. Es war ein Glück, dass sie ausgerechnet heute so nahe war, denn Marian musste seitwärts hinter Lonny sitzen, und die Position war nervenaufreibend wackelig.

Sie hatte nicht bedacht, dass ihr langer Rock ein Hindernis sein würde, und Lonny ebenso wenig. Aber sie wollte keinesfalls deswegen daheim bleiben, das wäre eine zu große Enttäuschung gewesen, also überwand sie sich.

Als die Herde in Sichtweite kam, war Marian überrascht. Sie hatte immer wieder gehört, dass Kathleens Viehbestand klein war im Vergleich zu anderen. Doch über das Weideland verstreut graste eine gewaltige Anzahl von Tieren.

Mitten unter ihnen stand ein seltsames Vieh, das ihre Aufmerksamkeit auf sich zog. »Was ist das denn?«, fragte sie.

Lonny wusste nicht gleich, was sie meinte, und so deutete sie mit dem Finger. Er lachte. »Das ist Sally. Wir haben hier unten nicht viele Büffel; es sind nicht viele Herden übrig geblieben. Sally kam eines Tages mitten im Winter daher, hatte sich wahrscheinlich verirrt, und beschloss zu bleiben. Die Rinder dulden sie, weil sie keine Schwierigkeiten macht. Das alte Mädchen ist schon so lange hier, dass es wahrscheinlich glaubt, es wäre eins von ihnen.«

Marian konnte die Augen nicht von der Büffelkuh wenden. Sie war fast zweimal so groß wie die Rinder. Und hässlich. Anders konnte man es nicht beschreiben. Nun, auf eine erhabene Weise hässlich. Jedenfalls hatte sie so etwas noch nie im Leben gesehen, und …

Es ging viel zu schnell. Eben noch war sie ruhig dahingeritten, jetzt wurde sie durch den Staub gezerrt. Sie hätte ihre Hand nicht von Lonnys Rücken nehmen sollen, um auf den Büffel zu zeigen. Sie hätte besser aufpassen und sehen müssen, dass sie gleich einen kleinen Graben überqueren würden.

Der Graben war eigentlich nicht breit, doch das Pferd hatte das wohl anders gesehen und beschlossen, darüber zu springen – und Marian bei der Gelegenheit abgeworfen. Immerhin hatte sie im Fallen noch Lonnys Arm packen können, was allerdings nicht verhinderte, dass sie im Dreck landete. Aber er war schnell genug, ihren Unterarm zu ergreifen und festzuhalten, so dass sie zwar nicht mehr auf dem Pferd saß, aber auch nicht am Boden lag. Sie wurde ein paar Meter weit mitgeschleift, bis er das Pferd zum Halten gebracht hatte, das im Kreis lief, weil es von ihrem und Lonnys Gewicht – er beugte sich herunter, um sie zu halten – zur Seite gezogen wurde.

Marian blickte nach hinten, die Beine weit von sich gestreckt. Als das Pferd schließlich stand, ließ er sie vorsichtig zu Boden, bis sie saß. Für ihn war das die einfachste Lösung, sie aber hatte noch keineswegs das Gefühl, in Sicherheit zu sein. Um aufzuspringen aber war sie noch viel zu benommen. Ihr Arm fühlte sich an, als wäre er aus dem Gelenk gerissen worden. Der riesige Hut war nach vorne gerutscht und hatte ihre Brille verschoben, die ganz schief auf ihrer Nasenspitze saß. Sie hustete wegen des Staubes, den sie mit ihren Stiefeln aufgewirbelt hatte.

»Das war verdammt knapp«, sagte Lonny beim Absteigen, als hätte er sie vor dem Sturz bewahrt.

Er hatte zwar verhindert, dass sie auf dem Boden aufgeschlagen war, aber heruntergefallen war sie trotzdem und hatte Todesängste ausgestanden. Besondere Dankbarkeit empfand sie deshalb in diesem Moment nicht. »Vielleicht sollten Sie das Pferd erschießen«, grummelte sie. »Es hat uns beide abgeworfen. Wahrscheinlich findet es das komisch.«

Auf ihrer anderen Seite brach plötzlich Gelächter aus, das sie unglücklicherweise erkannte, und sofort spürte sie, wie ihr die Hitze ins Gesicht stieg. »Ich wollte eigentlich fragen, ob alles in Ordnung ist«, sagte Chad und streckte die Hand aus, um ihr aufzuhelfen. »Aber wenn Sie schon wieder so reden können, erübrigt sich wohl die Frage.«

Marian ergriff die Hand nicht, jedenfalls nicht gleich. Er war aus dem Nichts aufgetaucht – na ja, sie hatte vage wahrgenommen, dass ein Pferd auf sie zukam. Das hieß, er hatte gesehen, wie sie gestürzt war, sie hatte sich also endgültig blamiert. Dabei hatte er sie vorher schon für über alle Maßen unbeholfen gehalten. Diesen Eindruck hätte sie nicht auch noch auf diese Weise bekräftigen müssen.

Sie nahm sich einen Augenblick Zeit, um ihre Brille zurechtzurücken und den Hut wieder richtig aufzusetzen, bevor sie seine Hand nahm – und auf die Beine gelupft wurde. Gut, dass sie ihm die Linke gegeben hatte, denn der rechte Arm schmerzte immer noch so, dass sie laut aufgeschrien hätte, wenn so stark daran gezogen worden wäre. Zu allem Überfluss verrutschte der Hut erneut, diesmal nach hinten. Dabei verfing er sich in ihrem streng gebundenen Haarknoten und lockerte ihn ein wenig, so dass sich ein paar Strähnen lösten.

In diesem Moment war sie endgültig kurz davor, loszuschreien, und als sie Chad ansah, der immer noch höchst amüsiert dreinblickte, musste sie alles geben, um sich zurückzuhalten.

»Ich habe Ihren Büffel ein wenig zu lange bewundert«, sagte sie knapp, um sich zu entschuldigen.

Er schob seinen Hut zurück. »Sally ist nicht mein Büffel. Sie ist Reds Büffel. Ihre Tante hat ihr erlaubt, hier zu bleiben. Wäre ich damals schon hier gewesen, hätte ich sie wahrscheinlich zum Abendessen mit nach Hause gebracht.«

Lonny kicherte. »Zum Essen ist sie viel zu hässlich«, gab Marian zurück.

Jetzt brachen beide Männer in Gelächter aus. »Sie müssen nicht hübsch sein, damit man sie essen kann«, erklärte Lonny. »Aber Viehzüchter mögen lieber Rind. Büffelfleisch ist zu zäh. Außerdem hat Chad nur Spaß gemacht. Ihm ist Sally ebenso lieb wie Red. Er meint, wenn das alte Mädchen so lange überlebt hat, dann verdient sie es auch, in Ruhe ihren Lebensabend zu verbringen.«

Marian fand diese Haltung ziemlich bewunderungswürdig, war aber nicht in der Stimmung, das zuzugeben. Sie war immer noch wütend auf Chad, weil er sie ausgelacht hatte.

Chad wandte sich an Lonny. »Was macht sie hier draußen?«

»Sie wollte Red besuchen. Ist sie schon wieder da?«

»Nein, aber du weißt ja, wie sie ist. Sie wird nicht aufgeben, bis sie die Tiere gefunden hat. Hast du ihr denn nicht dabei geholfen?«

Lonny wurde rot bei dem Blick, den Chad ihm zuwarf. »Ich musste mich umziehen, weil mein Gaul im Fluss vor einem vorbeischwimmenden Ast gescheut und mich abgeworfen hat. Ich mach jetzt noch eine Runde.«

Unversehens fand sich Marian allein mit Chad. Es waren ein paar Cowboys in der Nähe, ein paar waren mit Rindern zugange, andere saßen um ein Lagerfeuer, aber keiner von ihnen war nahe genug, um ihr das Gefühl zu nehmen, mit ihm allein zu sein.

Sie war immer noch völlig durcheinander, aber längst nicht mehr wegen des Sturzes. »Was machen die?«, fragte sie, damit Chad den Blick von ihr abwandte.

Er sah in die Richtung, in die sie genickt hatte. »Sie brennen ein paar neue Kälber.«

»Darf ich zusehen?«

»Wenn Sie der Gestank nicht stört.«

Sie kräuselte die Nase. Dass es beim Einbrennen von Brandzeichen zwangsläufig nach versengtem Kuhfell und -fleisch stinken würde, hatte sie nicht bedacht. »Hm, lieber nicht. Vielleicht sollte ich zur Ranch zurückkehren, wenn meine Tante nicht hier ist. Kommt der Koch mit dem Karren bald? Lonny meinte, ich könnte mit ihm zurückfahren.«

»Carl ist schon wieder weg. Er kam heute früh, machte uns einen Topf Chili und fuhr dann weiter, um bei einem der Farmer in der Umgebung frischen Käse zu besorgen.«

Sie legte die Stirn in Falten und blickte in Richtung Ranch. »Ich könnte auch zu Fuß zurückgehen. So weit ist es nicht.«

Er hob eine seiner schwarzen Augenbrauen. »Sie würden also lieber eine Meile zu Fuß gehen, als mich zu fragen, ob ich Sie zurückbringe?«

Die Antwort musste eindeutig Ja lauten, aber Marian sagte nichts, weil sie ihnen beiden die Peinlichkeit ersparen wollte. Immerhin hatte sie einen Vorwand, um allzu engen körperlichen Kontakt mit ihm zu vermeiden, denn den könnte sie auf keinen Fall ertragen. Ihm so nahe zu sein hätte sie an ihren nächtlichen Kuss erinnert … »Ich möchte jetzt lieber nicht mehr auf ein Pferd steigen«, gab sie zu.

Besänftigt grinste er. »Zu zweit reiten ist schon schwer genug, wenn man die Zügel in der Hand hat, aber seitwärts sitzen, und das auch noch hinter dem Reiter, ist, als ob man es auf einen Sturz anlegt. Das haben Sie ja selbst herausgefunden. Um zu erkennen, dass Pferde gar nicht so gefährlich sind, wie Sie vielleicht jetzt denken, müssen Sie gleich wieder aufsteigen. Ich nehme Sie vorne mit. Aus meinen Armen können Sie nicht fallen.«

Er wartete nicht, bis sie wieder protestierte, sondern stieg in den Sattel, lenkte sein Pferd näher an sie heran und streckte ihr die Hand entgegen. Auf den Lippen kauend, starrte sie darauf. Sie hatte den Mut, wieder aufzusteigen, das war nicht das Problem. Aber sie fürchtete, dass ihr vielleicht die Sinne schwanden … Dass sie sich am Ende doch überwand und aufstieg, lag vor allem an der Vorstellung, wie sie einsam durch die Prärie marschierte, zwischen Kakteen und Buschwerk hindurch, während er hinter ihr herritt und sie wegen ihrer vermeintlichen Feigheit auslachte.

Er setzte sie zwischen den Sattelknauf und sich, und da war nicht viel Platz. Sie spürte viel zu viel von ihm – sein Bein, auf dem ihre Oberschenkel ruhten, seine Brust und seine Arme, die sich um sie schlossen.

»Entspannen Sie sich«, sagte er amüsiert, weil sie sich steif machte wie ein Brett. »Ich beiße nicht. Außerdem wird es nicht lange dauern.«

Er ließ das Pferd gleich angaloppieren, aber die weiche, fließende Bewegung unter ihr schüttelte sie kaum durch. Sie konnte ohnehin nur an eines denken, und das war er. Ihr Herz raste, doch nicht wegen des Reitens. Sie wusste, dass sie nicht wieder fallen würde.

Seine Arme schlossen sie sicher ein, der eine stützte ihren Rücken, der andere schützte sie vorne. Er hielt sie ganz eng, vermutlich um ihr ein Gefühl der Sicherheit zu geben. Als er einmal die Zügel schnalzen ließ, streifte er mit seinem Arm ihre Brüste. Fast hätte sie laut nach Luft geschnappt, und sie hoffte inniglich, dass er nicht bemerkt hatte, was passiert war und wie er ihren Gefühlshaushalt durcheinander gebracht hatte.

»Wie gefällt es Ihnen hier, nachdem Sie sich eingerichtet haben?«, fragte er.

Sie war dankbar für die Ablenkung. »Es gefällt mir sehr, ehrlich gesagt«, gab sie zu. »Es gibt nicht viel an diesem Teil des Landes, das mir nicht gefällt.«

»Wirklich?«

Sie hörte Erstaunen in seiner Stimme, und das überraschte sie nicht. Er hatte immer wieder mitbekommen, wie Amanda sich beklagt hatte, und wahrscheinlich angenommen, dass sie ebenso empfand und nur nicht so viele Worte darum machte.

»Ja«, bekräftigte sie. »Die Leute sind so freundlich, na ja, abgesehen von dem gewissen Hang fürs Ungesetzliche, den manche wohl haben. Die Landschaft ist überwältigend. Diese endlose Weite ist so ganz anders als der Osten, und die Sonnenuntergänge sind einfach atemberaubend.«

»Okay, ich glaub's Ihnen«, sagte er lachend. »Ich nehme an, Sie kommen gut aus mit Red?«

»Wie auch nicht? Sie ist genau so wunderbar, wie Sie gesagt haben. Sie hat mir vom ersten Moment an das Gefühl gegeben, hier zu Hause zu sein; es ist, als hätte ich schon immer bei ihr gelebt.«

Chad hatte sie so erfolgreich abgelenkt, dass sie auf der Ranch angekommen waren, bevor sie es überhaupt bemerkte. Statt jedoch abzusteigen, legte er einen Arm um ihre Taille, um sie vom Pferd zu heben. Obwohl er sich dabei weit herunterbeugte, glitt sein Arm schließlich über ihre Brust nach oben, bevor ihre Füße wieder auf festem Boden standen. Sie hielt den Atem an, und ihr Puls begann wieder zu rasen, während in ihrem Kopf ein Gedanke den anderen jagte und es in ihrem Bauch zu wirbeln begann …

Doch dann stand sie plötzlich wieder mit beiden Beinen auf der Erde, direkt neben der Veranda. »Sie sehen furchtbar albern aus mit diesem Hut«, meinte Chad.

Das war genau das, was sie brauchte, um wieder zu Sinn und Verstand zu kommen. »Danke, dass Sie mich darauf hinweisen«, entgegnete sie empört. »Ich hätte ja einen Sonnenschirm genommen, aber Lonny meinte, damit würde ich auch albern aussehen. Wobei er sich anders ausgedrückt hat. Er hat es netter gesagt.«

»Hab doch nur Spaß gemacht«, beschwichtigte Chad sie.

»Sicher«, erwiderte sie und riss sich den Hut vom Kopf.

Sie versuchte, sein Gelächter zu ignorieren, während sie mit steifen Schritten ins Haus stolzierte. Aber es kam noch schlimmer, denn um ein Haar wäre sie dort mit Spencer und Amanda zusammengestoßen, die gerade aus dem Esszimmer traten.

Sie rannte die Treppe hinauf, um ihnen nicht zu begegnen, dennoch hörte sie, wie Amanda schmollend sagte: »Müssen Sie denn jetzt schon gehen?«

»Ich bin schon viel länger geblieben, als ich sollte, Schätzchen. Aber ich wollte nicht gehen, ohne Sie noch mal gesehen zu haben.«

Marian blieb oben an der Treppe stehen, um zu beobachten, wie die beiden Arm in Arm durch die Vordertür hinausgingen. Ihr Verhalten wirkte viel zu vertraut dafür, dass sie sich erst so kurz kannten, andererseits setzte sich Amanda gerne über Förmlichkeiten hinweg, wenn sie es auf einen Mann abgesehen hatte. Und Spencer war der ideale Kandidat für sie. Er war gut aussehend, immer wohl gelaunt und außerdem Grundbesitzer. Dass er Verwandte im Osten hatte, würde es aus Amandas Sicht noch leichter machen, ihn zu heiraten und mit nach Hause zu nehmen, falls ihr erster Plan scheiterte und sie ihre Tante nicht so zur Verzweiflung treiben konnte, dass sie sie mitsamt ihrem Segen nach Haverhill zurückschickte.

So wie er sich gestern Abend ihrer Schwester gegenüber verhalten hatte, stand fest, dass er sich für sie interessierte. Und heute war er extra lange geblieben, nur um sie noch einmal zu sehen. Jetzt musste er seinem Pferd ordentlich die Sporen geben, wenn er vor Einbruch der Nacht wieder in der Stadt sein wollte, und die Kutsche konnte er nicht mitnehmen. So viel zu seinem Vorwand, er wolle nur die Kutsche holen. Aber das Wichtigste war, dass Amanda ihn offensichtlich mochte. Wenn sie jetzt auch noch daran dachte, ihn zu heiraten …

Kapitel 24

Marian saß in einem der Schaukelstühle auf der breiten Veranda und bestaunte einen der außergewöhnlichsten Sonnenuntergänge, den sie je gesehen hatte. Auf der Reise hierher hatte sie schon ein paar schöne erlebt, aber nichts war vergleichbar mit dem spektakulären Schauspiel, das heute geboten wurde. Der Himmel verfärbte sich zunächst rosa, dann orange, bis er am ganzen Horizont schließlich in Blutrot getaucht war. Und die Sonne war beim Untergehen größer, als sie es je zuvor gesehen hatte.

Sie wusste, dass ihre Tante jetzt zu Hause war und sie zu ihr hineingehen sollte, aber sie wollte nicht einen Augenblick dieser Farbenpracht verpassen. Und so war sie froh, als sich die Tür öffnete und Kathleen zu ihr heraustrat.

»Da bist du ja«, sagte sie und setzte sich in den Schaukelstuhl neben ihr.

»Darf ich dich Tante Kathleen nennen?«, fragte Marian zögernd. »Ich weiß, deine Freunde sagen Red zu dir, aber Tante Red klingt irgendwie seltsam.«

»Liebes, du kannst mich nennen, wie du willst. Wir sind hier draußen nicht so förmlich.«

»Das ist mir auch schon aufgefallen. Aber es gefällt mir. Ich bin doch nicht zu spät zum Abendessen, oder?«

»Nein, nein. Falls es überhaupt noch etwas gibt, wird es spät werden«, erwiderte Kathleen mit einem Seufzer.

Sie hatte die Stirn in Falten gelegt, als sie durch die

Tür getreten war, und sah müde und abgeschlagen aus. Als sie Marian entdeckte, schüttelte sie diesen Ausdruck ab und begrüßte sie mit einem Lächeln, doch jetzt war die Müdigkeit in ihr Gesicht zurückgekehrt.

Marian traute sich kaum, sie nach dem Grund dafür zu fragen, schließlich wusste sie, was ihre Schwester sich vorgenommen hatte. »Stimmt was nicht?«

»Nein …«, wollte Kathleen abwehren, seufzte aber dann erneut. »Oder doch, ja. Consuela hat mir gerade in den Ohren gelegen. Ich fürchte, sie ist auf deine Schwester nicht gut zu sprechen. Mein Dienstmädchen weigert sich, ihr Zimmer sauber zu machen oder sonst irgendwas für sie zu tun. Ich habe eine halbe Stunde gebraucht, um sie zu beruhigen, und fast genauso lange, um Consuela zu überreden, Amanda ein Gedeck aufs Zimmer zu bringen, da sie heute offensichtlich nicht mit uns essen will. Deshalb wird es spät mit dem Abendessen.«

Marian lehnte sich in ihrem Stuhl zurück und seufzte ebenfalls leise. »Normalerweise gebe ich keine Erklärungen ab, aber du gehörst zur Familie, außerdem bist du unser Vormund, deshalb hast du das Recht, bestimmte Dinge über uns zu erfahren. Erstens, Amanda und ich, wir mögen uns nicht. Wir haben uns nie gemocht und werden uns auch nie mögen. Nach unserer Auseinandersetzung gestern wirst du dir das sowieso gedacht haben. Sie macht mir das Leben schwer, seit ich denken kann.«

»Weil sie Mortimers Liebling war.«

»Ja, und weil sie mir das regelmäßig unter die Nase reibt. Aber woher weißt du …?«, setzte Marian an, besann sich dann aber. »Was soll's. Du warst ja noch da, als wir klein waren, und hast es wahrscheinlich miterlebt.«

»Liebes, das war der Hauptgrund dafür, dass ich mich

so schnell wie möglich abgesetzt habe. Ich wollte nicht zusehen, wie ihr beide mit denselben bitteren Gefühlen aufwachst wie meine Schwester und ich.«

»Du hast eine Schwester?«, fragte Marian überrascht.

»Ich hatte eine«, korrigierte Kathleen. »Sie starb, als wir vierzehn waren. Sie war mein Zwilling – und Mortimers Liebling. Er war nur zwei Jahre älter als wir. Wir hätten uns alle drei sehr nahe stehen sollen. Aber keiner von den beiden war offenbar in der Lage, Gefühle mit mehr als einer anderen Person zu teilen. Sie taten sich schon früh zusammen, waren unzertrennlich, machten alles zu zweit und schlossen mich aus. Und rieben es mir permanent unter die Nase – so wie du es auch kennst. Keiner von beiden war besonders nett zu mir.«

»Das tut mir Leid.«

»Nein, mir muss es Leid tun, weil ich von Anfang an befürchtet hatte, dass du mit Mortimer dasselbe erlebst, und offenbar war das dann auch der Fall. Es lag sicher nicht an dir. Ich hoffe nur, du hast nie den Fehler bei dir gesucht.«

»Nein – na ja, vielleicht doch, als Kind, ein oder zwei Jahre lang«, gab Marian zu. »Meine Mutter hat mir geholfen, darüber hinwegzukommen. Sie war immer für mich da, bis sie starb. Ich erinnere mich, dass sie einmal von großen und kleinen Herzen sprach und dass nicht jeder mit einem großen gesegnet sei, in dem Platz genug für viele ist. Aber sie versicherte mir, meines sei groß, und das sei wichtig.«

Kathleen lächelte. »Ich mochte deine Mutter. Sie war eine gute Frau. Aber ich empfand Mitleid für sie, weil sie einen Mann geheiratet hatte, der sie nicht liebte.«

»Warum hat er sie denn geheiratet?«

Kathleen zuckte die Schultern. »Ich habe nie gefragt.

Wahrscheinlich aus dem Grund, aus dem die meisten wohlhabenden Männer heiraten: um Kinder zu bekommen, denen sie ihr Vermögen vererben können. Deine Mutter war nur wenig enttäuscht, dass er sich nicht als idealer Ehemann entpuppte. Soweit ich es beurteilen konnte, kam sie recht gut mit ihm aus. Ich glaube nicht, dass sie die große Liebe erwartete. Viele Frauen finden es wichtiger, dass ihr Mann ein guter Versorger ist, und das war er.«

»Hast du auf die große Liebe gewartet?«

Kathleen lachte. »Liebes, ich habe überhaupt nichts vom Leben erwartet. Mein Vater kannte nur sein Geschäft. Es kam selten vor, dass er einmal Zeit mit der Familie verbrachte. Er überließ die Erziehung seiner Kinder vollständig seiner Frau, und wenn ich ehrlich bin, muss ich sagen, dass sie dem nicht gewachsen war. Wenn man einen Schuldigen suchen will dafür, wie Mortimer geworden ist, dann ist sie das. Sie hat ihm beigebracht, dass er niemanden braucht, um erfolgreich zu sein, außer vielleicht einen, mit dem er seine Triumphe teilen kann. Ich denke, sie wollte selbst dieser eine sein. Sie hat ihn vergöttert. Aber in der Hinsicht hat er sie enttäuscht.«

»Aber werden nicht die meisten Jungen so erzogen? Dass sie überall erfolgreich sein können, wenn sie nur hart genug dafür arbeiten?«

»Ja, das stimmt«, pflichtete Kathleen bei. »Und wenn sie nur darauf Wert gelegt hätte, wäre er vielleicht ganz anders geworden. Aber sie hat ihn außerdem verhätschelt, mit Samthandschuhen angefasst und glauben lassen, dass er nie etwas falsch macht.«

»So wie er es dann mit meiner Schwester gemacht hat.«

»Und mit meiner.« Kathleen nickte.

»Ich bin immer noch ein wenig überrascht, dass ich nie etwas von ihr gehört habe. In all den Jahren wurde sie nicht mit einer Silbe erwähnt.«

»Mich überrascht das, ehrlich gesagt, überhaupt nicht. Nach ihrem Tod hat Mortimer sie aus seinem Kopf verbannt. Vielleicht hätten wir uns danach näher kommen können ... aber nein, wenn er einmal jemandem seine Zuneigung entzogen hatte, blieb es dabei.«

»Ich denke, Amanda hat etwas Ähnliches getan, als Vater starb. Ich dachte erst, sie stünde unter Schock, aber es war etwas anderes. Sie hat alle Erinnerungen an ihn ausgelöscht, damit es ihr nicht mehr nahe geht, dass er weg ist.«

»Sei nicht traurig deswegen.«

Marian zwinkerte. »Sehe ich traurig aus?«

»Für einen kurzen Moment, ja. Aber das musst du nicht sein. Mortimer liebte eigentlich nur sich selbst. Solche Menschen werden nicht betrauert. Vielleicht erweckte er den Eindruck, dass er meine Schwester und deine liebte, aber nachdem ich viele Jahre darüber nachgedacht habe, sind mir Zweifel gekommen. Sie waren mehr so etwas wie Haustiere für ihn, die er hegen und pflegen musste, damit sie ihn bei Laune hielten. Natürlich könnte ich auch völlig falsch liegen.« Wieder zuckte sie mit den Schultern.

»Ist dir nie aufgefallen, wie sehr sich das alles gleicht?«

»Was?«

»Die Zwillingspärchen. Du und deine Schwester. Ich und Amanda. Vielleicht wollte er nur seine Zuneigung nicht auf zwei Menschen aufteilen, die exakt gleich aussehen.«

»Es tut mir ja Leid, dass ich dir das sagen muss, Liebes, aber du siehst nicht exakt wie deine Schwester aus.«

Marian starrte Kathleen an, die selber zusammenzuckte, weil sie so unverblümt gewesen war, und fing an zu lachen.

Kathleen seufzte erleichtert. »Freut mich, dass du das lustig findest. Tut mir Leid. Es ist mir so rausgerutscht …«

»Schon in Ordnung.« Marian grinste. »Ich wollte es dir sowieso erzählen, bevor die Rede auf meinen Vater kam. Weißt du, ich brauche die gar nicht«, erklärte sie und schob sich gewohnheitsgemäß die Brille die Nase hoch.

Kathleen runzelte die Stirn. »Nein? Warum trägst du sie dann?«

»Um mein Leben wenigstens einigermaßen erträglich zu machen. Weißt du, Amanda ist sehr eifersüchtig. Sie würde mich als Konkurrenz nicht dulden, schon gar nicht, wenn es um Männer geht. Deshalb schien es mir am besten, die Tatsache zu verschleiern, dass wir uns gleichen.«

»Aber das ist doch albern. Sie würde höchstens ein paar Verehrer an dich verlieren. Sie kann doch nicht erwarten, dass ihr alle Männer, die ihr über den Weg laufen, aus der Hand fressen. So groß ist ihre Hand doch gar nicht.«

Marian lachte wieder und war selbst überrascht, dass sie das alles so erheiternd fand. Aber der Blickwinkel ihrer Tante war einfach erfrischend. Und es war schön, einmal mit jemand anderem über ihr Problem zu sprechen als immer nur mit Ella Mae.

»Na ja, das ist nur ein Punkt. Sie …«

»Mist«, fiel ihr Chad ins Wort, der um die Ecke kam und sie auf der Veranda sitzen sah. »Sagt mir jetzt nicht, ich hätte das Abendessen verpasst.«

Kathleen stand auf. »Nein, nein. Du meine Güte, ich habe gar nicht gemerkt, dass es schon so spät ist. Ich habe mich so nett mit meiner Nichte unterhalten, dass die Zeit nur so verflogen ist. Kommt rein, Kinder. Consuela ist heute so schlecht gelaunt, dass man ihr Essen besser nicht kalt werden lässt.«

Marian folgte ihrer Tante nicht sofort ins Haus. Sie brauchte einen Moment, um die Fassung wiederzugewinnen, denn beim Klang von Chads Stimme hatten ihre sämtlichen Sinne angefangen, erregt Alarm zu schlagen. Hatte er von dem Gespräch etwas mitbekommen, bevor er um die Hausecke getreten war?

Bestimmt nicht. Sie hatten sich leise unterhalten. Und obwohl er an der Tür stand und darauf wartete, dass sie vor ihm hineinging, war sein Gesichtsausdruck neutral. Oder vielleicht doch nicht?

Grinsend sagte er: »Wo ist der Hut?«

Kapitel 25

Das Essen verlief sehr harmonisch an diesem Abend, obwohl die Speisen kalt waren. Kathleen war das etwas peinlich, schließlich war ihre Köchin dafür berühmt, die Gerichte immer dampfend heiß auf den Tisch zu bringen, ganz gleich, wie spät die Gäste erschienen. Aber es war auch kein Versehen: Consuela wollte den Hausbewohnern auf diese Weise mitteilen, dass sie verstimmt war.

Die Verursacherin ihres Unmuts bekam davon allerdings nichts mit, da sie durch Abwesenheit glänzte. Marian aber war ziemlich sicher, dass der Teller, den Amanda aufs Zimmer gebracht bekommen hatte, noch viel kälter gewesen war. Die Köchin des Hauses zu beleidigen war dumm von ihrer Schwester. Freilich war ihre Auswahl an möglichen Opfern innerhalb des Hauses begrenzt, da Kathleen nur zwei Hausangestellte hatte.

Da Consuela eine hervorragende Köchin war, schmeckte das Essen aber auch kalt. Und weil sie nur zu dritt waren, verlief die Unterhaltung am Tisch sehr entspannt. Kathleen war gesprächig und erzählte ein wenig von dem, was sie den Tag über getan hatte. Es waren überwiegend Dinge, die man nicht unbedingt von einer Frau erwarten würde. Sie musste entscheiden, welche Kühe für die Zucht verwendet und welche zum Markt getrieben wurden, mutterlose Kälber füttern oder Ausreißer einfangen.

»Ich würde gerne helfen«, bot Marian an. »Vorausgesetzt, du bist der Meinung, ich könnte hilfreich sein. Mir macht harte Arbeit nichts aus.«

Kathleen blickte ein wenig skeptisch drein. »Für eine Lady gibt es hier nichts wirklich Geeignetes zu tun. Hast du nicht einen Zeitvertreib, den du gerne pflegen würdest? Lesen, Sticken oder so was?«

»Ich habe früher gemalt«, sagte Marian ein wenig schüchtern, verunsichert durch den Spott ihrer Familie. »Ich dachte, ich könnte mal schauen, ob ich in Trenton das Zubehör dafür bekomme.« Als Kathleen lächelte, fügte sie zweifelnd hinzu: »Keine gute Idee?«

»Doch, doch, im Gegenteil. Wir haben mehr gemeinsam, als ich dachte. Ich habe auch einmal gemalt. Meine alten Sachen sind hier noch irgendwo. Jetzt habe ich keine Zeit mehr dafür, aber ich würde mich sehr freuen, wenn du den ganzen Kram aus der Mottenkiste holst und was Sinnvolles damit anfängst.«

»Das wäre großartig. Danke. Ich würde auch gern reiten lernen. Und dann würde ich gern ab und zu mitkommen, wenn du hinausreitest, um nach deinem Vieh zu sehen.«

»Du bist noch nie geritten?«

»Nicht bis heute, und heute, das war nicht besonders … erfolgreich. Du hast ja bestimmt davon gehört. Vater hatte zwei geschlossene Kutschen und eine offene für den Sommer, aber keine Reitpferde, deshalb hatten Amanda und ich nie Gelegenheit, es zu lernen.«

»Nun, da müssen wir unbedingt Abhilfe schaffen«, beschloss Kathleen und sah Chad an. »Würdest du es ihr beibringen?«

Chad legte die Gabel hin, sagte aber einen Moment lang nichts. Dann grinste er mit einem Blick auf Marian. »Klar, ist mir ein Vergnügen. Solange Sie mir nicht die

Schuld geben, wenn Sie beim Üben ein paar Mal runterfallen.«

Marian starrte ihn an. Kathleen lachte. »Er macht nur Spaß. Du musst dich schon sehr anstrengen, vom Pferd zu fallen, wenn du es unter Kontrolle hast, und so viel Engagement wirst du sicher nicht an den Tag legen.«

Als Chad ebenfalls lachte, bemerkte Marian, dass Kathleen sie auf den Arm nahm. Sie grinste, um zu zeigen, dass es ihr nichts ausmachte. Sie war es nicht gewöhnt, geneckt zu werden – aber sie gewöhnte sich gern daran.

Sie war immer noch verlegen, aber nicht wegen der Neckerei, sondern wegen Chads Zögern. Er hatte im Grunde keine Lust, ihr das Reiten beizubringen. Das war ganz offensichtlich, und sie konnte es ihm nicht verdenken. Es war ihr wirklich gelungen, ihn zu verprellen.

Aber anscheinend wollte er Kathleen gegenüber nicht offen Nein sagen. Marian verstand das. Sie hätte es wahrscheinlich genauso schwierig gefunden. Kathleen war einfach zu nett, sie gehörte zu einer Art von Menschen, die man nicht gern enttäuschte.

Auch Marian wollte nicht, dass Chad ihr das Reiten beibrachte, wenn auch aus anderen Gründen. Es fiel ihr zunehmend schwerer, in seiner Gegenwart so zu tun, als wäre er ihr gleichgültig.

Vor Kathleen aber würde sie ihn nicht brüskieren, indem sie sein Angebot ablehnte. Das konnte sie immer noch tun, wenn sie allein waren, zweifellos zu seiner Erleichterung.

Sie hatten das halbe Essen schon hinter sich, als Chad sich plötzlich umsah. »Kommt Amanda heute gar nicht?«, fragte er überrascht.

Marian hätte fast losgelacht. Sie hatte das Gefühl, als

hätte er Amandas Abwesenheit in diesem Moment erst bemerkt. Wenn das stimmte, war es ein deutlicher Hinweis darauf, dass er tatsächlich noch nicht hoffnungslos verloren war.

»Sie hat sich den größten Teil des Tages in ihrem Zimmer ausgeruht«, erwiderte Kathleen, »und wollte auch dort essen. Das arme Ding muss ja von der Reise völlig erschöpft sein, dass sie so viel Ruhe braucht.«

Marian blieb fast die Luft weg. Das arme Ding? Sie fragte sich, wie lange Kathleen wohl brauchen würde, um zu erkennen, dass Amanda alles andere als ein »armes Ding« war. Sie wünschte, sie hätte vorhin mehr über ihre Schwester sagen können. Kathleen verdiente es, gewarnt zu werden, bevor Amanda ihre Absicht wahr machte und durch Zickigkeit erreichte, dass sie sie mitsamt einem Freibrief für die Heirat nach Hause schickte.

Marian hoffte, Chad würde gleich nach dem Essen gehen, damit sie noch ein wenig Zeit mit ihrer Tante verbringen konnte. Es war noch früh am Abend. Sie würden ihr Gespräch zu Ende führen können. Doch dann begleitete Kathleen sie auf die Veranda, wartete, bis beide saßen, um dann gähnend zu verkünden, dass sie heute früh schlafen gehe.

Marian hätte es ihr nachtun sollen, aber damit hätte sie Chad einmal mehr vor den Kopf gestoßen. Außerdem hätte es feige gewirkt, und sie legte keinen Wert darauf, den schlechten Eindruck, den sie ihm bislang von sich vermittelt hatte, noch zu verstärken.

Dennoch fühlte sie sich mehr als unbehaglich, als die Tür zufiel und Kathleens Schritte im Haus verklangen. Sie hoffte, er erwartete keine Konversation. Sicher nicht. Sie konnten sich ja gar nicht leiden, warum also sollten sie sich unterhalten? Aber wenn sie sich nicht leiden konnten, warum sollten sie dann überhaupt Zeit miteinander verbringen? Warum war *er* eigentlich immer noch da?

Durch zwei Fenster fiel das spärliche Licht der Lampen im großen Zimmer, die noch nicht gelöscht worden waren; die Veranda war also nur schwach erleuchtet. Sie versuchte, nicht in Chads Richtung zu sehen. Was nicht einfach war. Als sie es einmal doch tat, sah sie, dass er sie anstarrte – vielmehr ihre Lippen. Wahrscheinlich war er ganz in Gedanken versunken und bemerkte es gar nicht. Dennoch verursachte ihr die Vorstellung, dass er sie anblickte, eine Gänsehaut.

»Wofür steht ›Chad‹ eigentlich?«, fragte sie aus reiner Nervosität.

»Was meinen Sie?«

»Es ist doch bestimmt eine Abkürzung, oder?«

»Nein, Schätzchen, länger wird das nicht.«

Sie hörte leisen Spott in seiner Stimme, und das ärgerte sie. Es war ein verständlicher Irrtum. Der Name stand normalerweise nicht für sich. Außerdem sollte sie ihn dafür zurechtweisen, dass er sie immer mit »Schätzchen« ansprach, nur hatte sie inzwischen mitbekommen, dass diese Anrede hier ziemlich gebräuchlich war. Es war ebenso wenig ein Kosename wie »Missy« oder »Ma'am«. Es hatte nichts weiter zu bedeuten.

»Danke für die Aufklärung«, sagte sie ein wenig steif.

»Gern geschehen.«

Sie hatte das Gefühl, als hätte er jetzt den Hut gelüftet, wenn er ihn nicht gerade in der Hand gehalten hätte. Am liebsten hätte sie ihm das Ding vom Kopf gefegt. Er konnte sie immer wieder zur Weißglut treiben – oder nein, im Grunde war sie mehr wütend auf ihre Gefühle ihm gegenüber, ihre Nervosität, ihre Sehnsucht nach ihm, obwohl sie wusste, dass sie ihn nicht haben konnte.

»Übrigens«, fuhr sie fort. »Sie müssen mir nicht das Reiten beibringen. Ich schaffe es schon …«

»Ich habe gesagt, dass ich das übernehme«, unterbrach er sie.

Sie bot ihm ein Hintertürchen. Merkte er das denn nicht? »Ja, aber meine Tante hätte Sie nicht dazu drängen sollen.«

»Es ist keine große Sache«, erwiderte er, wobei sich Ungeduld in seine Stimme schlich.

»Sie haben schon genug getan«, erklärte sie, und auch ihr Tonfall wurde schärfer angesichts seiner Dickköpfigkeit. »Und ich bin sicher, Sie haben wichtigere Dinge zu tun, als Ihre Zeit mit mir zu verschwenden.«

»Ich sagte, ich bringe es Ihnen bei«, beharrte er, inzwischen schon ziemlich laut.

»Aber Sie müssen nicht!«, zischte sie.

»Ich bring's Ihnen bei!«

»Gut, dann machen Sie das eben!«

Sie sprang auf die Beine und wollte ihn ohne ein weiteres Wort sitzen lassen. Was für ein sturer, widerborstiger Kerl! Und wie er einen zur Verzweiflung bringen konnte! Aber er schoss im selben Moment hoch, wahrscheinlich mit derselben Absicht.

Statt auseinander zu stieben, prallten sie zusammen. Seine Hände packten ihre Schultern, damit sie nicht stürzte, dann hielt er sie auf Armlänge von sich. Wieder fiel sein Blick auf ihre Lippen, wo er einen langen Augenblick verweilte. Dann zog er sie abrupt an sich.

Und küsste sie. *Sie.* Diesmal war es kein Versehen. Ihre Brille saß, wo sie hingehörte, ihre Frisur war so streng wie immer, und sie trug eines ihrer faden Kleider, die aussahen, als hätten sie schon bessere Zeiten erlebt.

Es kam so unerwartet, dass sie wie angewurzelt dastand und zuließ, wie sich sein Mund hitzig auf ihren legte. Aber das dauerte nicht lange. Der Kuss war so leidenschaftlich, dass sie nicht kalt bleiben konnte, zumal ihre Gefühle durch die Wut bereits in Wallung geraten waren. Sie ersetzte nur eine Leidenschaft durch eine andere, und der Übergang war reibungslos …

Dann schob er sie einigermaßen abrupt wieder von sich. »Du warst das in der Nacht, als Leroy uns aufspürte«, stellte er vorwurfsvoll fest. »Du hast dich für deine Schwester ausgegeben.«

Marian erstarrte. Er wusste, dass sie Zwillinge waren. Aber ihre Tarnung war doch perfekt! »Wer hat dir gesagt, dass wir Zwillinge sind?«

»Das musste mir niemand sagen. Ich trage schließlich *keine* Brille.«

Deshalb hatte er sie also geküsst! Er wollte diesen Kuss mit dem anderen vergleichen, weil er damals nicht sicher gewesen war, dass sie es war. Das war nicht unbedingt schmeichelhaft, aber sie war auch nicht die Schwester, der man schmeichelte. Doch sie hätte wissen müssen, dass er sie nicht einfach so küsste, weil er es wollte.

Sie war stärker enttäuscht, als sie zugeben wollte. »Ich gebe mich niemals freiwillig für meine Schwester aus. Amanda liebt solche kleinen Tricks. Ich nicht.«

Er sah auf einmal sehr beschämt aus, wenn man seine dunkle Gesichtsfarbe so deuten konnte. Offenbar hatte es ihm außerdem die Sprache verschlagen. »Ich … das …«, setzte er an, doch dann schloss er den Mund wieder.

Marian erkannte, dass er verwirrt war, weil sie nicht

klein beigegeben hatte. Sie wollte auf keinen Fall, dass er ihre Gefühle erriet, solange er noch Absichten in Bezug auf Amanda hatte. »Sie müssen sich nicht rechtfertigen«, sagte sie. »Mir ist sehr wohl klar, dass es ein Irrtum war.« Sie öffnete die Tür, um zu gehen, bevor der Kloß in ihrer Kehle zu dick zu werden drohte, und fügte knapp hinzu: »Das darf nie wieder passieren.«

Sie hörte einen dumpfen Schlag gegen die geschlossene Tür. Es war irgendwie tröstlich, sich vorzustellen, dass er vielleicht seinen Hut dagegen geschleudert hatte. Hoffentlich hatte er ihn ordentlich verbeult – das geschähe ihm nur recht!

Kapitel 26

Eine Stunde vor Sonnenaufgang schreckte Marian aus dem Schlaf. Eine Tür war zugeschlagen, und jetzt zeterte ihre Schwester auf dem Flur herum.

Zu Hause hätte sich Marian im Bett umgedreht und versucht, mit dem Kissen über den Ohren weiterzuschlafen. Aber dies war ein neues Zuhause. Die Menschen hier kannten Amandas zahlreiche Tricks noch nicht. Und so kletterte sie mit einem entnervten Seufzer aus dem Bett und langte, ohne Licht zu machen, nach ihrem Kleid.

»Ich brauche ein anderes Zimmer!«, schrie Amanda durch den Flur. »Das, was man mir zugewiesen hat, ist unerträglich. Dieses Haus ist nicht nur primitiv wie eine alte Blockhütte, sondern auch noch heiß wie ein Backofen!«

Kathleen war anscheinend schon da, um herauszufinden, was es mit dem Lärm auf sich hatte. Nicht laut, aber klar und deutlich sagte sie: »Es gibt kein anderes Zimmer.«

»Besorg mir eins! Sonst schlafe ich auf der Veranda, und alle deine Nachbarn sehen es.«

»Abgesehen davon, dass mein Mann und ich auch gelegentlich draußen schliefen, wenn es sehr heiß war, haben wir gar keine Nachbarn, die nah genug wären, um irgendwas mitzubekommen.«

»Ich soll also auf der Veranda schlafen? So gedenkst du deine Pflichten als Vormund zu erfüllen?«

Nachdem Marian endlich im Dunkeln ihr Kleid ertastet hatte, trat sie auf den schmalen Flur hinaus und sah gerade noch, wie Kathleen einen hochroten Kopf bekam. Sie hatte eine Lampe mitgebracht. Die Hände in die Hüften gestemmt, stand Amanda in ihrer dünnen Unterwäsche da, aufgeblasen vor gespielter Wut.

»Ich würde dir sofort mein Zimmer geben, aber das würde auch nichts ändern«, fuhr Kathleen fort. Sie versuchte weiterhin, ihre Stimme nicht zu heben. »Du hast dich nur noch nicht an das warme Klima hier gewöhnt. Ich kann mich gut erinnern, wie es für mich war, als ich die ersten Monate hier war. Wir kamen im Frühling an und bauten noch im ersten Sommer. Es war entsetzlich. Aber im nächsten Jahr war die Hitze schon nicht mehr so schlimm. Wir hatten uns daran gewöhnt.«

»Warum erzählst du mir das?«, wollte Amanda wissen. »Dir ist hoffentlich klar, dass mich das überhaupt nicht interessiert?«

Marian seufzte abermals entnervt. Im Grunde hätte sie längst immun gegen etwas sein müssen, das sie schon so oft miterlebt hatte. Aber sie war es nicht, zumindest nicht, wenn Dritte betroffen waren.

Sie verschränkte die Arme vor der Brust und fragte ihre Schwester trocken: »Bist du bis jetzt wach geblieben, Schwesterlein, damit du das ganze Haus vor Sonnenaufgang aus dem Bett holen kannst? Aber natürlich, du hast ja gestern fast den ganzen Tag geschlafen, da kann das nicht so schwer gewesen sein.«

»Ich kann in dieser entsetzlichen Hitze nicht schlafen!«

»Selbstverständlich kannst du das. Ich konnte es auch ohne Probleme. Es war gestern Abend noch nicht einmal besonders heiß.«

»Und woher willst du das wissen?«, schrie Amanda. »Du hast doch geschlafen!«

Nachdem sie erreicht hatte, was sie wollte, nämlich Kathleen aus dem Schlaf zu holen und dafür zu sorgen, dass sie ein schlechtes Gewissen hatte, verschwand Amanda in ihrem Schlafzimmer, jedoch nicht, ohne die Tür zuzuwerfen. Kathleen ließ die Schultern sinken, ob erleichtert oder niedergeschlagen, war schwer zu sagen. Marian legte einen Arm um sie und drängte sie sanft zur Treppe.

»Es wird sowieso bald hell«, sagte sie. »Da hat es keinen Sinn, wieder ins Bett zu gehen. Komm, wir machen uns einen Kaffee und beenden das Gespräch, das wir gestern Abend begonnen haben.«

Kathleen nickte. »Ich bin nicht besonders gut im Kaffeekochen«, gestand sie.

»Ich habe auch keine Ahnung davon, aber ich habe Chad mal dabei zugesehen. Wir werden schon etwas hinbekommen, das man einigermaßen trinken kann.«

Man konnte es nicht trinken. Sie mussten beide lachen über das erbärmliche Ergebnis ihrer Bemühungen, was zumindest in Kathleen ein wenig von der Spannung löste. Marian wusste, dass Consuela ohnehin bald auftauchen würde, und so kam sie ohne Umschweife auf das Thema zu sprechen. »Was du da oben erlebt hast, war zum größten Teil gespielt«, begann sie.

»Sie war in Schweiß gebadet«, widersprach Kathleen. »Und ich weiß wirklich noch, wie schlecht es mir in den ersten Monaten in dieser ungewohnten Hitze ging.«

»Das war Wasser«, klärte Marian sie auf. »Auf Schläfen, Stirn, Nacken und Brust. Hättest du genauer hingesehen, wäre dir aufgefallen, dass sie nicht da nass war, wo man normalerweise schwitzt. Der Auftritt war eigens für dich gedacht.«

»Wozu?«

»Sie will, dass du sie heimschickst, und zwar mit deiner Einwilligung, dass sie den Mann heiraten darf, den sie sich aussucht.«

Kathleen legte die Stirn in Falten. »Das kann ich nicht. Ich habe nicht darum gebeten, die Verantwortung zu übernehmen, aber man hat sie mir nun einmal übertragen. Ich muss dafür sorgen, dass ihr nicht Mitgiftjägern oder Kerlen mit sonstigen fragwürdigen Motiven zum Opfer fallt.«

»Ich weiß das, Kathleen. Aber Amanda ist es egal. Sie ist sehr egozentrisch.«

»Wie mein Bruder …«

»Genau. Und sie wird ziemlich ungemütlich werden, wenn es nicht nach ihrem Willen läuft. Sie wollte nicht hierher kommen. Sie will nach Hause. Und es passt ihr überhaupt nicht, dass sie jetzt eine Einwilligung zum Heiraten braucht, wo sie doch immer damit gerechnet hat, dass unser Vater sie ehelichen lässt, wen sie will.«

»Hätte er das wirklich getan?«

»Wahrscheinlich schon«, erwiderte Marian. »Na ja, es wäre nicht schwer für ihn gewesen, denn er fand alle ihre Verehrer einigermaßen akzeptabel. Es macht sie außerdem wütend, dass sie nicht an ihr Erbe kann, solange sie nicht verheiratet ist. Um das zu erreichen, wäre sie auf der Stelle vor den Altar getreten, wenn sie nicht deine Zustimmung gebraucht hätte. Sie kann es einfach nicht ertragen, wenn sie etwas nicht bekommt.«

»Das Problem liegt also darin, dass ich zu ihrer Wahl meinen Segen geben muss, so wie es im Testament eures Vaters steht? Schade, dass ihr nicht ein paar ihrer Verehrer hierher gefolgt sind, so dass ich sie hätte kennen lernen können. Andererseits habe ich den Verdacht, dass das, was mein Bruder annehmbar findet, für mich nicht unbedingt auch annehmbar sein muss.«

»Das ist ziemlich wahrscheinlich. Das Einzige, was ihn jemals an Heiratskandidaten interessierte, war deren Vermögen. Dasselbe gilt für meine Schwester übrigens auch; sie schaut einen Mann nur an, wenn er genug Geld auf der Bank hat. Ein paar ihrer Verehrer wären ihr bis ans Ende der Welt gefolgt, um sie für sich zu gewinnen. Sie versteht es glänzend, Männer zappeln zu lassen – und ihr wahres Ich vor ihnen zu verschleiern.«

»Kommt dann vielleicht doch noch einer hierher?«, fragte Kathleen. »Das wäre eine Lösung.«

»Nein. Einer wollte mitkommen, aber den hat sie im letzten Moment tief verletzt. Außerdem sind wir gleich nach der Beerdigung aufgebrochen, so dass die anderen gar nichts mitbekamen.«

»Na, wir haben hier auch gute Männer, unter denen sie wählen kann. Ein paar davon sind sogar ziemlich reich«, erwiderte Kathleen. »Mir fallen spontan mindestens vier ein, die ich gutheißen würde. Einen davon kennt sie schon.«

»Chad?«

»Ja. Er gilt als wahrscheinlich bester Fang in diesem Teil des Landes.«

Es war nicht leicht für Marian, über Chad und Amanda als mögliches Paar zu reden. Sie versuchte, unvoreingenommen zu bleiben und ihre eigenen Gefühle hintanzustellen. »Sie war nicht unbedingt nett zu ihm, weil sie zuerst dachte, er wäre einer von deinen Cowboys und damit unter ihrem Niveau. Das heißt aber nicht, dass er ihr nicht längst erlegen ist, wie die meisten Männer. Nachdem sie jetzt weiß, dass er mehr ist als ein einfacher Cowboy, könnte sie ihn vielleicht sogar als Notnagel in Betracht ziehen.«

Kathleen lachte leise. »Chad wäre sicher nicht besonders begeistert, wenn er wüsste, dass ihn jemand als ›Notnagel‹ bezeichnet.«

Marian spürte, wie ihr die Hitze in die Wangen stieg. »Sag ihm das bitte nicht. Es ist ja nicht meine Meinung. Aber Amanda wird keinen Mann von hier wollen, wenn sie es darauf anlegt, dich dazu zu bringen, sie heimzuschicken, wo sie dann tun kann, was sie will. Aber wenn sie damit keinen Erfolg hat, könnte es schon sein, dass sie am Ende doch einen Mann aus der Gegend nimmt, nur um es hinter sich zu bringen.«

»Um es hinter sich zu bringen?«, echote Kathleen.

»Wenn sie hier jemanden heiratet, wird sie ihm das Leben so lange zur Hölle machen, bis er mit ihr nach Haverhill geht. Sie bleibt hier keinen Moment länger, als sie muss.«

»Ich sag's nicht gerne, Liebes, aber es kommt nicht oft vor, dass ein Mann seiner Frau zuliebe seine Heimat aufgibt. Ich habe zu Hause ein halbes Dutzend Heiratsanträge ausgeschlagen, weil ich auf einen Mann wartete, der aus Haverhill weg wollte; die anderen hätten nie daran gedacht wegzugehen, das wusste ich. Frauen haben in dieser Hinsicht nicht wirklich eine Wahl.«

»Du weißt das, und ich weiß es auch. Aber Amanda hat ihre eigenen Vorstellungen. Und dass sie nicht bekommt, was sie will, ist darin nicht vorgesehen.«

»Ja, aber damit kam sie nur durch, solange mein Bruder sie gewähren ließ. Ein Ehemann lässt sich so etwas normalerweise nicht gefallen.«

»Ich kann nur hoffen, dass du Recht hast, Tante Kathleen. Trotzdem täte mir der Mann von hier Leid, der sie bekommt. Im Grunde täte mir *jeder* Mann Leid, den sie heiratet, ganz gleich wo. Es ist bedauerlich, aber ich glaube nicht, dass sie eine gute Ehefrau wird. Es ist ihr nicht gegeben, einen anderen Menschen glücklich zu machen. Dazu ist sie viel zu selbstsüchtig.«

»Das ist schade. Klingt, als würde ich einem Mann keinen Gefallen tun, wenn ich ihm erlaube, Amanda zur Frau zu nehmen.«

Marian stöhnte innerlich auf. Diesen Eindruck hatte sie nicht vermitteln wollen. Sie sehnte Amandas Hochzeit ebenso herbei wie diese. »Es sei denn, er weiß, was ihn erwartet, und will sie trotzdem«, gab Marian zu bedenken.

»Da hast du wohl Recht«, stimmte Kathleen widerstrebend zu.

Marian seufzte. »Ich habe dir das alles nicht erzählt, um dir deine Aufgabe zu erschweren, sondern nur, um dich vorzuwarnen. Nicht dass du dich wider besseres Wissen zu etwas drängen lässt.«

»Ich verstehe das, Liebes, und ich weiß es zu schätzen.« Kathleen lachte leise. »Wenn ich es nicht besser wüsste, würde ich denken, Mortimer will sich auf diese Weise dafür rächen, dass ich mich seinem Einfluss entzogen habe. Er hatte was gegen mich und hat mir ständig unter die Nase gerieben, dass ich zu nichts zu gebrauchen sei.«

»Ich bin sicher, er ist nicht absichtlich gestorben, bevor Amanda unter der Haube war, nur um dich zu ärgern.«

Kathleen grinste. »Ich weiß.«

Auch Marian lächelte, weil sie verstanden hatte, dass ihre Tante nur versuchte, die Stimmung etwas zu heben.

Und doch schickte sie noch eine Warnung hinterher. »Wenn du immer im Kopf behältst, dass das, was du bis jetzt mit Amanda erlebt hast, noch harmlos ist, wird dich das, was noch kommt, nicht so hart treffen.«

»Aber was ist mit dir? Macht es dir denn nichts aus, dass du bis zu deiner Heirat auf dein Erbe warten musst?«

»Ich habe, ehrlich gesagt, noch nicht viel darüber nachgedacht, zumal ich nicht so früh damit gerechnet habe. Ich denke, ich betrachte das Heiraten nicht als Form der Befreiung wie Amanda.«

»Du hängst auch nicht so sehr an zu Hause wie sie, nicht?«

»Nein, es würde mir nichts ausmachen, Haverhill nie wiederzusehen. Hier in Texas gefällt es mir übrigens ziemlich gut. Ich wäre bestimmt ein guter Pionier gewesen.«

Kathleen grinste. »Ich weiß, was du meinst. Ich mochte Texas von dem Moment an, als ich von Bord ging. Es freut mich, dass die kleinen Zwischenfälle auf dem Weg hierher deine Meinung nicht geändert haben.«

Marian erwiderte das Grinsen. »Eisenbahn- und Postkutschenüberfälle würde ich nicht unbedingt als kleine Zwischenfälle bezeichnen, aber im Rückblick war das alles sicherlich eher aufregend als beängstigend; etwas, das ich zu Hause ganz bestimmt nie erlebt hätte.«

»Es ist ein Jammer, dass deine Schwester das anders sieht.« Kathleen schüttelte den Kopf. »Erstaunlich, wie unterschiedlich ihr beide seid.«

»Eigentlich nicht. Sie ist das Ergebnis von Vaters Nachsicht, ich bin das Ergebnis seiner Gleichgültigkeit.«

»Das tut mir Leid – oder nein, im Grunde bist du die Glücklichere von euch beiden. Sicher kam dir das in deiner Kindheit nicht so vor, aber inzwischen ist es dir bestimmt klar geworden.«

Nun, bislang war Marian alles andere als glücklich. Aber bald würde sie es sein – es sei denn, sie musste zusehen, wie Amanda den »Notnagel« Chad heiratete. Ihrer Tante zuliebe aber nickte sie. Sie hatte Kathleen genügend Stoff zum Nachdenken geliefert. Die Warnung war notwendig gewesen – über ihre eigene erbärmliche Lage zu reden nicht.

Kapitel 27

Am späten Vormittag schlenderte Marian zum Stall hinüber. Sie wollte den ersten Cowboy, der ihr über den Weg lief, bitten, ihr das Reiten beizubringen. Wenn Chad dann kam, um mit ihr die erste Unterrichtsstunde auszumachen, konnte sie hoffentlich dankend ablehnen und erklären, dass sie es bereits konnte.

Sie freute sich auf das Reiten, war fast ein wenig ungeduldig. Das hatte auch damit zu tun, dass sie auf der Ranch so abgeschottet lebte. Spencers Kutsche stand zwar vermutlich noch im Stall, da er viel zu spät aufgebrochen war, um sie in die Stadt mit zurück zu nehmen, aber sie hätte sie nicht benutzen können, selbst wenn sie gewusst hätte, wie man anspannte und damit fuhr. Zu Fuß irgendwohin gehen kam auch nicht in Frage, denn es gab nichts in der Nähe, das man zu Fuß hätte erreichen können.

Anders als für ihre Schwester stand für Marian längst fest, dass Texas ihre neue Heimat war, und sie war glücklich damit. An Haverhill vermisste sie nichts. Sie hatte dort nichts als böse Erinnerungen zurückgelassen, und so empfand sie nicht das mindeste Bedürfnis, dorthin oder an einen anderen Ort im Osten zurückzukehren. Außerdem gefiel ihr dieser Teil des Landes, trotz der sengenden Hitze.

Die Weite, die wilde, ungezähmte Natur, durch die man tagelang reisen konnte, ohne durch eine menschliche Ansiedlung zu kommen. Die Freundlichkeit der

Menschen – abgesehen von dem Hang zur Illegalität, den manche wohl hatten. Es konnte Angst einflößend sein, dieses Land, aber es war auch belebend. Man wusste nie, was als Nächstes passieren würde. Hier wohnten die Menschen nicht einfach; sie mussten sich anpassen, litten Entbehrungen, aber sie halfen sich gegenseitig. Sie lebten, um zu überleben.

Ja, hier würde sie bleiben. Und wenn sie schon an einem Ort gelandet war, der einen guten Tagesritt von der nächsten Stadt entfernt lag, dann wollte sie auch die Dinge erlernen, die für alle anderen hier draußen zum Alltag gehörten. Und das Reiten stand ganz oben auf ihrer Liste.

Sie hatte sich sogar eines dieser seltsam aussehenden Beinkleider von ihrer Tante geborgt, genauer gesagt eine spezielle Reithose für Frauen. Es war ein weit geschnittenes, locker fallendes Gewand aus Rohleder, das aussah wie ein Rock, solange sie stand. Sobald sie aber einen Westernsattel bestieg, wurde sichtbar, dass der vermeintliche Rock aus zwei weiten Hosenbeinen bestand.

Enttäuscht stellte sie fest, dass der Stall leer war, zumindest fand sie keine Menschenseele dort. Vier Pferde standen in den Boxen – zwei davon gehörten Spencer – und ein paar weitere auf der Koppel, die sich an den Stall anschloss. Marian beschloss, sich mit den Tieren ein wenig anzufreunden, wenn sie schon einmal da war, und versuchte, leise eines zu sich zu rufen, um es zu streicheln. Aber es schwang nur den Schweif und ignorierte sie. Sie versuchte es bei einem anderen, wurde aber wieder missachtet.

In eine Box gehen wollte sie nicht, da es dort recht eng war. Als Kind hatte sie einmal beobachtet, wie auf der Straße ein Pferd wild geworden war, und die Bilder standen ihr noch klar und deutlich vor Augen. Sich aufbäumend, ausschlagend und um sich beißend, hatte das Tier damals fünf Männer verletzt, die versuchten, es unter Kontrolle zu bekommen, bis der wutentbrannte Eigentümer es schließlich erschoss. Sie hatte jemanden sagen hören, dass der Kerl dumm sei, dass das Tier nur so aufmüpfig sei, weil er es so schlecht behandelt habe. Die Tiere hier sahen keineswegs aus, als würden sie misshandelt, aber so eine Erinnerung ließ sich nur schwer verdrängen.

»Nächstes Mal müssen Sie was Süßes mitbringen, wenn Sie seine Aufmerksamkeit erregen wollen.«

Marian wandte sich zum Stalleingang um. Sie hatte gar nicht gehört, dass jemand gekommen war. Im hellen Gegenlicht des Tages war er nicht mehr als eine dunkle Silhouette in der offenen Tür. Den Hut tief in die Stirn gezogen, saß er regungslos auf seinem Pferd. Aber sie kannte die Stimme, sie kannte sie sehr gut. Schon begann ihr Herz zu hämmern.

»Ich habe mich nur vorgestellt«, erklärte sie.

Er lachte leise und ließ sein Pferd ein paar Schritte weitergehen, bis das Gegenlicht seine Züge zu erkennen gab. »Das ist eine gute Idee, nur ohne Geschenk interessiert die das wenig – wie Sie bestimmt bemerkt haben.«

Sie grinste. »Ja, sie haben mir zu verstehen gegeben, dass ich eigentlich gar nicht da bin.«

»Ein Leckerbissen oder zwei, und sie merken sich den Klang Ihrer Stimme und sind jedes Mal putzmunter, wenn sie sie hören. Deshalb sollte man sich möglichst nur eines aussuchen, wenn man nicht ständig die Taschen voller Leckereien haben will. Beschränken Sie sich auf das, das Sie vorerst reiten werden.«

»Und welches ist das?«

»Keines von diesen hier. Auf der Koppel steht eine

Stute, die lammfromm ist und somit genau das Richtige für einen Anfänger. Sind Sie bereit?«

Darin bestand eigentlich kein Zweifel, wenn man bedachte, wo er sie gefunden hatte. Und sie würde jetzt auch nicht noch einmal einen Streit mit ihm anfangen. »Wenn Sie gerade Zeit haben«, erwiderte sie.

Chad nickte und stieg ab. »Ich denke, Red hat bestimmt einen alten Sattel da, der kleiner ist als die für die Cowboys.« Er verschwand in der Sattelkammer und kam mit lauter Reitzubehör auf dem Arm wieder heraus. »Mitkommen«, sagte er und ging auf eine Seitentür zu, die direkt auf die Koppel führte.

Es war eine geteilte Tür, deren obere Hälfte bereits offen gestanden hatte. Marian trat zur Seite, als er einen Strick um den Hals eines der Pferde legte und es in eine Box führte. Als die anderen beiden Tiere zu folgen versuchten, ließ er das eine durch und schloss dann die untere Türhälfte wieder vor dem letzten Tier – der Stute. Marian folgerte daraus, dass ihre erste Reitstunde auf der Koppel stattfinden würde.

Die Stute, mit der sie sich vertraut machen sollte, war kein hübsches Tier. Ihr Fell war fleckig grau, und Schweif und Mähne waren wohl einstmals weiß gewesen, aber jetzt von gräulichem Gelb. Sie war etwas kleiner als die anderen beiden Pferde und somit bestens geeignet – wenn man fiel, fiel man wenigstens nicht so tief.

Nach einer Weile kam Chad zurück und hob die Sachen auf, die er auf den Boden gelegt hatte. »Passen Sie gut auf«, sagte er, ohne sie anzusehen. »Falls Sie das mal selber machen müssen. Es ist nicht sehr wahrscheinlich, denn normalerweise ist mindestens ein Mann da, der sich um Stall und Pferde kümmert.«

»Wo ist er denn heute?«

»Er ist krank, zumindest war er das heute Morgen, als wir hinausritten. Deshalb bin ich zurückgekommen.«

Sie hätte wissen müssen, dass er nicht ihretwegen zurückgekommen war. Vermutlich war er nicht eben begeistert gewesen, als er sie im Stall vorgefunden hatte, vielleicht hatte er sogar gedacht, sie wartete auf ihn. Wie peinlich! Aber jetzt machte er in keiner Weise den Eindruck, als wäre ihm etwas lästig, sondern erklärte ausführlich, was er gerade tat.

Als er fertig war, entfernte er zu ihrer Überraschung wortlos alles wieder, was er dem Pferd übergestreift und angeschnallt hatte, und legte es auf den Boden. »Jetzt Sie.«

Ein Test. Damit hatte sie nicht gerechnet. Natürlich hatte sie überhaupt nicht aufgepasst, woran jedoch er schuld war, schließlich hatte er sie zum Zuschauen viel zu nah bei sich stehen lassen. Ihn schien es anscheinend nicht aus dem Gleichgewicht zu bringen, ihr so nah zu sein; umgekehrt aber war das sehr wohl der Fall.

Den Kuss vom Vorabend hatte sie erfolgreich verdrängt. Andernfalls hätte sie in dieser Nacht kein Auge zugetan. Und heute Morgen hatte sie dank ihrer Schwester andere Dinge im Kopf gehabt. Doch jetzt, da sie direkt neben ihm stand, so nah, dass sie sogar seinen Geruch wahrnahm, konnte sie an nichts anderes mehr denken.

Er hatte zum Essen gestern Abend etwas Wein getrunken. Nicht viel, aber es gab ja Menschen, die schon eine geringe Menge Alkohol kühner oder auch dümmer machte. Marian selbst mied Alkohol in jeglicher Form, weil er dazu führte, dass sie sich albern benahm. Auch Amanda trank nie, da sie es nicht ertrug, die Kontrolle über sich zu verlieren. Doch Marian hatte allzu oft miterlebt, wie Amandas Galane laut, widerlich und zum Teil so aufdringlich wurden, dass sie sie vor aller Augen zu küssen versuchten – und das nur, weil sie zuvor dem Alkohol tüchtig zugesprochen hatten.

Sie glaubte nicht, dass Chad zu dieser Sorte Mensch gehörte, dennoch war der Wein sicherlich nicht ganz unschuldig daran gewesen, dass er auf die tollkühne Idee kam, einen Kussvergleich anzustellen. Sie wünschte, er wäre nicht so dreist gewesen. Er hatte sie nur prüfen wollen und dabei nicht bedacht, dass er damit vielleicht Hoffnungen bei ihr nährte, um sie sogleich wieder zu zerschmettern.

Aber er hatte ihre Tarnung durchschaut! Das hatte noch nie jemand geschafft. Natürlich wusste er nicht, dass es eine Tarnung war, denn er glaubte ja, dass sie die Brille wirklich brauchte. Nichtsdestotrotz hatte er entdeckt, dass Amanda und sie Zwillinge waren. Nachdem er das wusste, war es keineswegs verwunderlich, wenn er sich fragte, welche von beiden er wohl in der Nacht am Lagerfeuer geküsst hatte, zumal Amanda ihn am anderen Morgen vollkommen missachtet hatte.

Sicherlich hätte er Marian einfach fragen können. Er hätte fragen *müssen*, statt es mit Hilfe eines Kussvergleiches herauszufinden. Vielleicht hätte sie es sogar zugegeben. Es gab keinen Grund mehr, es abzustreiten, nachdem er wusste, dass sie Zwillinge waren. Er hatte Recht gehabt – aber was, wenn er sich geirrt hätte? Hatte er auch nur einen Gedanken daran verschwendet, was er ihr damit angetan hätte? Und ihr dann auch noch vorzuwerfen, sie gebe sich für Amanda aus – als wäre das ihre Absicht gewesen!

Vermutlich wusste er jetzt gar nicht mehr, was er denken sollte. Vielleicht war er auch nur erleichtert, dass er sich nicht geirrt und auch beim ersten Mal die falsche Schwester geküsst hatte. Zum Glück hatten sie beide beschlossen, sich die Peinlichkeit zu ersparen, diesen Kuss nochmals zu erwähnen. Und im Grunde hatte er sich heute bislang so verhalten, als hätte er tatsächlich nie stattgefunden.

Das war auch in Ordnung so – andererseits *hatte* es den Kuss gegeben, und er war so wundervoll, so unglaublich erregend gewesen, ihr erster echter Kuss, der erste, der wirklich ihr gegolten hatte. Nur zum Vergleich, ja, und doch war es ihr Kuss gewesen. Beide Küsse waren wunderbar gewesen, doch gestern Abend war die Leidenschaft noch größer gewesen.

Und an diese Leidenschaft musste sie jetzt wieder denken. Sie schmolz dahin in den berauschenden Gefühlen, die er stets in ihr weckte, wenn er in ihrer Nähe war, und so war es kein Wunder, dass sie sich nicht auf ihre Aufgabe konzentrieren konnte. Sie erwischte sich dabei, wie sie auf seine Lippen starrte, auf die Hände, die sie an ihn gezogen hatten, auf seinen Nacken, in dem sich sein Haar kringelte, auf seinen Oberkörper, dessen Muskeln sich unter dem Hemd spannten, wenn er sich bewegte – alles Dinge, die sie nicht hätte sehen dürfen. Aber sie konnte einfach nicht anders als hinsehen.

Der Test. Was kam zuerst? Die Satteldecke. Sie hob sie auf, schüttelte sie zweimal aus und legte sie der Stute auf den Rücken. Während sie übertrieben ausführlich alle Falten glatt strich, versuchte sie, ihren Atem zu beruhigen, der ziemlich ungleichmäßig gegangen war.

»Sie geht nicht zu ihrer ersten Party«, hörte sie ihn mit unüberhörbarer Ungeduld hinter ihr sagen. »Es muss nicht perfekt sein.«

Marian nickte, wandte ihr errötetes Gesicht ab und

bückte sich nach dem Sattel. Er war schwerer, als er aussah, aber mit ein wenig Anstrengung gelang es ihr, ihn hochzuheben. Allerdings bezweifelte sie, ob sie ihn der Stute auf den Rücken hieven konnte.

Er musste ihre Gedanken gelesen haben, denn er sagte: »Holen Sie ein wenig Schwung, dann geht's besser.«

Sie versuchte es und schleuderte den Sattel über den Rücken des Tieres hinweg. Chad lachte leise. Er ging um die Stute herum, um den Sattel zu holen, den er ihr dann auf einem Arm reichte. »Zumindest wissen Sie jetzt, dass Sie ihn heben können«, sagte er immer noch leicht belustigt. »Versuchen Sie, ihn das nächste Mal nicht loszulassen, damit er nicht auf der anderen Seite herunterfällt. Und erschlagen Sie das Tier nicht damit. Pferde mögen Sättel grundsätzlich nicht, aber sie mögen es noch weniger, wenn man sie ihnen überwirft.«

Machte er Spaß? Wahrscheinlich nicht. Außerdem ließ er es sie sogar wiederholen, obwohl er bereits eingeräumt hatte, dass sie es vermutlich nie allein würde tun müssen. Dieser Teil des Unterrichts war also nur »für den Fall der Fälle« gedacht. Oder wollte er ihr auf diese Weise heimzahlen, dass er ihren Lehrer spielen musste? Diese Variante erschien ihr am ehesten einleuchtend. Sie straffte den Rücken, wild entschlossen, die Stute zu satteln, und wenn es sie das Leben kosten sollte.

Sie benötigte noch zwei weitere Versuche. Als der Sattel schließlich dort lag, wo er hingehörte, strahlte sie vor Stolz. Chads Lächeln war nicht gespielt, und sie verfluchte sich im Stillen, ihm so niederträchtige Motive unterstellt zu haben.

Ihr Atem ging jetzt sehr angestrengt, und ihre Bemühungen hatten sie ins Schwitzen gebracht. Doch das alles war nicht der Grund dafür, dass sie zu zittern begann, als er sie berührte, um sie zum Sattel zu drehen, dessen Gurt noch festgezogen werden musste.

Er musste spüren, wie sie bebte. Er musste ihren schweren Atem hören, vielleicht sogar das Schlagen ihres Herzens, so laut war es.

Den Atem anhaltend, zog er seine Hand zurück, als hätte er sich an ihr verbrannt. »Tun Sie das nicht«, sagte er scharf.

Als ob ich was dagegen tun könnte, wollte sie zischen. Stattdessen trat sie ein paar Schritte weg von ihm und machte einige tiefe Atemzüge. Doch es half nichts. Irgendetwas in ihr war entfesselt worden, das jetzt nicht mehr zu bändigen war.

Dann hörte sie seine ärgerliche Stimme. »Verdammt, unverhohlener könnte eine Aufforderung wohl nicht sein. Sehe ich vielleicht aus, als wäre ich aus Stein?« Damit zog er sie mit sich in den Stall.

Kapitel 28

Der Unterricht war noch nicht zu Ende, dachte Marian. Er fing gerade erst an. Und er hatte mit Pferden nichts mehr zu tun. Doch davon ahnte sie noch nichts, als Chad sie in den kühlen Stall zog.

Einen Augenblick lang konnte sie nichts sehen, denn als sie von der grellen Sonne in das schattige Innere trat, wirkte der Stall viel dunkler, als er in Wirklichkeit war. Doch mit der Zeit gewöhnten sich ihre Augen an das gedämpfte Licht, und sie fand sich in einer leeren Box auf einem Heuballen liegend wieder, Chad halb neben, halb über ihr, mit seinem Mund jegliche Proteste erstickend, ohne dass sie freilich je daran gedacht hätte, sich zu wehren.

Sie war viel zu benommen. Es war alles so schnell gegangen! Und sie begriff nicht einmal so recht, wie es gekommen war. Was er vorhin gesagt hatte, ergab in ihren Ohren keinen Sinn. Ebenso wenig, dass er sie jetzt küsste.

Sie hatten sich doch darauf geeinigt, dass der Kuss gestern Abend ein Fehler gewesen war, zumindest hatte sie gedacht, dass sie sich darin einig waren. Und diesmal hatte er nichts getrunken. Damit gingen ihr die Gründe aus, warum er sie küssen wollte.

Und dabei blieb es nicht. Zunächst bemerkte sie es gar nicht, weil sein Kuss sie vollends gefangen nahm. Seine Hand lag auf ihrer Brust, und die Wärme, die sie ausstrahlte, ließ keinen Zweifel daran, dass sie auf nackter

Haut lag. Ihre Bluse war aufgeknöpft und ihr Leibchen heruntergezogen!

Dass sie halb nackt war, erfüllte sie mit Panik. Für einen kurzen Moment konnte sie den Kuss unterbrechen. »Was, wenn jemand hereinkommt?«, brachte sie atemlos heraus.

»Würde dir das was ausmachen? Mir nicht.«

Darüber musste sie nachdenken, aber wie sollte sie denken, solange er ihre Brust streichelte? Andererseits, wenn er jetzt aufhörte, würde sie vermutlich sofort anfangen zu heulen ... Zu dieser Tageszeit war es sehr unwahrscheinlich, dass jemand in den Stall kam. Und wenn tatsächlich jemand kam, würde sie sich dann Gedanken machen.

Sie überließ sich wieder seinem Mund. Als wortlose Zustimmung schlang sie ihre Arme um seinen Nacken. Sein Kuss wurde gieriger, und seine Zunge wagte sich weiter vor. Erneut setzte ihr Verstand aus, und sie verlor sich in einem wogenden Rausch von Gefühlen, die alles, was sie bislang erlebt hatte, weit überstiegen.

Seine Berührungen wurden jetzt kühner und etwas grober, während sein Atem ebenso stockend ging wie ihrer. Sie hatte das Gefühl, dass er in seiner Leidenschaft ebenso aufging wie sie in ihrer, hoffte allerdings, dass er mehr Kontrolle über sich hatte als sie.

Sein Mund wanderte tiefer, und seine Zunge leckte an ihrem Hals. Es kitzelte und brachte ihr Blut in Wallung, so dass sie sich am liebsten ganz um ihn geschlungen hätte. Dann ging er noch tiefer und umfasste mit seinen Lippen ihre Brust. Sie wusste, dass sein Mund nicht so heiß sein konnte, und doch fühlte sie sich an dieser Stelle wie versengt und fürchtete, er würde versuchen, den ganzen Hügel zu verschlingen. Dazu waren ihre

Brüste zu groß, dennoch machte er den Eindruck, als würde er so schnell nicht aufgeben.

Die Empfindungen wanderten tiefer. Vage bekam sie mit, wie er mit ihrem Beinkleid kämpfte, und begriff, dass er ausziehen wollte. Als er nicht weiterkam, versuchte er einen anderen Weg.

»Man sollte Frauen per Gesetz verbieten, Hosen zu tragen«, schimpfte er, als er auch von unten nicht weit kam.

Am liebsten hätte sie losgelacht. Es überraschte sie selbst, dass sie seinem Drängen nachgab. »Willst du wirklich, dass ich mich nackt ausziehe, in einem Pferdestall auf einem Heuballen?«, fragte sie in gespielter Prüderie.

»Benutz deine Fantasie. Ich weiß, dass du sie hast. Stell dir einfach vor, du würdest auf Seide liegen.«

»Heißt das ja?«

Jetzt brach er in schallendes Gelächter aus. Er rollte sich herum und zog sie mit sich, bis sie rittlings auf ihm saß, in Reichweite seiner Hände. Ohne weitere Umstände entledigte er sie ihrer Bluse, die er neben sie auf dem Heu ausbreitete. Ihr Leibchen zog er ihr über den Kopf und ergänzte damit das Laken, das er auf dem Heu improvisierte.

Beim Ausziehen des Leibchens löste sich ihre Brille, die sie reflexartig wieder an ihren Platz rückte. Er griff danach, doch auch die Reaktion darauf war ihr bereits zum Reflex geworden: Sie lehnte sich zurück, um sich seinem Griff zu entziehen.

»Nimm sie ab«, sagte er schlicht.

»Nein.«

Er runzelte die Stirn, ließ sich aber durch ihre Brüste wieder ablenken. Jetzt bedeckte er beide mit seinen

Händen und begann sie zu kneten. Ihr Kopf sank zurück, und ihr entfuhr ein Stöhnen, das sie nicht unterdrücken konnte. Tief in ihrer Mitte spürte sie, wie sich erneut Wärme ausbreitete, während sich ihre Beine um seinen Leib schlossen.

»Steh auf, aber bleib, wo du bist«, befahl er mit einer Stimme, die etwas heiserer war als sonst.

Sie wollte sich der Berührung seiner Hände nicht entziehen, fand aber keinen Grund, ihm seinen Wunsch zu verweigern. Allerdings war sie nicht sicher, ob sie überhaupt aufstehen konnte, weil sie so zitterte. Es gelang ihr schließlich, doch als sie ihm von oben herab zusah, wie er sein Hemd aufknöpfte, gaben ihre Knie beinahe nach.

»Mach dein Haar auf«, gebot er als Nächstes.

Sie gehorchte sofort, zog ein paar Nadeln heraus und schüttelte den Kopf, woraufhin sich eine üppige goldene Kaskade über Rücken und Schultern bis zur Taille ergoss.

»Ich wusste, dass es so lang ist – und so schön. Knoten sind ab jetzt für dich verboten. Wenn ich dich noch einmal mit einem erwische, klaue ich dir alle Haarnadeln.«

Sie grinste bei der Vorstellung, wie er sich in ihr Zimmer schlich, um Haarnadeln zu stehlen. Na ja, wenn sie zufällig gerade auch dort wäre …

»Mach dieses Ding auf, damit ich es entfernen kann.«

Sie hielt den Atem an, denn während er das sagte, öffnete er selbst seine Hosen. Es dauerte eine ganze Weile, bis sie begriff, dass er mit »Ding« ihren Rock meinte. Mit zitternden Fingern nestelte sie daran herum. In dem Moment, als er sah, dass sie fertig war, zog er den Rock herunter.

Dann setzte er sich auf und streifte sein Hemd ab, um es hastig an das notdürftige Laken anzulegen. Er presste seine Wange an ihren Bauch und schlang die Arme um sie. Seine Hände glitten ihren Rücken hinauf und langsam wieder herunter, über ihre Hüften, dann noch tiefer, ihren Schlüpfer mit sich ziehend.

Obwohl sich in der Enge der geschlossenen Box kein Lüftchen regte, überlief sie ein kalter Schauder, doch nur für einen kurzen Moment. Sein Atem blies heiß über ihren Bauch, seine Brust wärmte ihre Schenkel. Behutsam hob er eines ihrer Beine, um die restlichen Kleidungsstücke wegzunehmen. Ihre Hände legten sich auf seinen Kopf und fuhren sanft durch sein Haar. Es war weich wie das eines Babys, und die Berührung ließ sie abermals erschaudern. Ihr wurde bewusst, dass sie genau das hatte tun wollen, seit sie ihn zum ersten Mal gesehen hatte.

Als er ihr anderes Bein hob, verlor sie das Gleichgewicht und glitt an ihm entlang abwärts, bis sie mit den Knien auf dem Boden aufkam, ihn wiederum mit den Schenkeln umschließend. Er legte eine Hand auf ihren Hinterkopf und zog ihren Mund an seinen. Während des Kusses gelang es ihm auch noch irgendwie, ihr die Stiefel auszuziehen.

Dann spürte sie, wie sie auf das improvisierte Laken gelegt wurde. »Ist doch Seide, oder?«, fragte er, auf sie herabgrinsend.

Hätte sie in diesem Moment sprechen können, dann hätte sie selbstverständlich zugestimmt. Er sah so gut aus mit diesem Grinsen, so wunderbar jungenhaft, dass es in ihrem Bauch plötzlich warm zu wirbeln begann und sie fast in Ohnmacht fiel. Er musste gespürt haben, was sie empfand, denn aus seinem Gesicht sprach plötzlich solche Wollust, dass sie den Atem anhielt.

Sein Mund lag wieder auf ihrem, und seine Hände erkundeten unendlich sanft auf ihrer nackten Haut die

Gefilde, die zuvor verborgen gewesen waren. Sie hielt ihn nicht auf, sondern gab sich der Lust hin, die seine Berührung auslöste, versuchte, sich jeden einzelnen Augenblick einzuprägen, jede neue Empfindung, um sie nie wieder zu vergessen. Doch es geschah alles so schnell, sie war so gefesselt von der Leidenschaft, die er in ihr weckte, dass sie sich später wahrscheinlich an nichts erinnern konnte, außer vielleicht an die Hitze, das Verlangen und das Gefühl des Erstaunens, dass all das tatsächlich passierte.

Dann unterbrach er seinen Kuss, um sie anzusehen, während er seine Hand über ihren Körper gleiten ließ. Sein Blick war voller Ehrfurcht – oder bildete sie sich das nur ein? Nein, er schien überwältigt vom Anblick ihrer nackten Gestalt, vielleicht auch nur überrascht, denn die Kleider, die sie normalerweise trug, ließen nicht ahnen, dass sie so wohlgeformt war. Wie auch immer – sie war überrascht, dass es sie nicht verlegen machte, wie er sie ansah. Oder wenigstens nur ein bisschen.

Seine Hand glitt weiter ihren Schenkel hinab, dann auf der Innenseite wieder hinauf, bis dahin, wo sich ihre Beine trafen. Sie schnappte nach Luft, woraufhin er ihren Mund erneut mit seinem schloss. Doch es war nicht dieser erste Seufzer, den er ersticken wollte, sondern die vielen, die er noch erwartete, sobald er mit seinen Fingern in sie drang. Ihre Nerven spannten sich in lustvollem Schock, und sie bog sich ihm entgegen, wie in einem Krampf. Sein Körper schob sich näher, wie um ihr Zucken aufzunehmen, dann lag er auf ihr, und ehe sie noch begriff, wie ihr geschah, war er in ihr.

Der Schmerz war scharf, aber so schnell vorbei, dass sie ihn sofort wieder vergaß. Ihn in sich zu spüren, so tief in sich, machte ohnehin alles wett, denn solche Lust hätte sie sich niemals vorstellen können. Eine ganze Weile tat er nichts, um ihr Zeit zu geben, Zeit, die sie nicht brauchte. Als er schließlich begann, sich in ihr zu bewegen, war sie mehr als bereit. Und doch versuchte er immer noch, sie zu schonen. Mit einem Arm hielt er sie im Nacken, mit der anderen Hand strich er ihr über Wange, Ohr und durchs Haar, um ihr am Ende die Brille von der Nase zu nehmen.

Sie war ziemlich sicher, dass es geplant gewesen war. Seine Überraschung mochte daher rühren, dass er die Brille widerstandslos hatte nehmen können. Doch nein, er starrte ihr ins Gesicht. Keiner von beiden sagte ein Wort. Er wusste, dass sie Amandas Zwilling war, das hatte er zugegeben, und doch fühlte sie sich ohne die Brille nackter als ohne Kleidung.

»Kannst du mich ohne die überhaupt sehen?«, fragte er.

»Ja.«

»Gut, denn ich möchte, dass du siehst, wie ich es genieße.«

Seine Stimme war heiser, doch die Worte berührten sie auf erstaunliche Weise. Sie erinnerten sie daran, dass er immer noch tief in ihr war, und mit einem Mal waren Schüchternheit und Zurückhaltung verflogen.

Sie schlang ihre Arme um seinen Hals und erwiderte ebenso heiser: »Worauf wartest du dann noch?«

Sein Atem stockte, dann legte er einen Moment verwirrt die Stirn in Falten. »Amanda?«

Marian sagte nichts, sie war schon viel zu weit weg, um noch klar denken zu können. Immer und immer wieder stieß er tief in sie hinein und hob sie innerhalb weniger Augenblicke auf eine Woge der Verzückung, die alles übertraf, was sie bisher erlebt hatte, eine Lust, die noch andauerte, bis er kurz darauf seinerseits so weit war.

Dann waren sie beide still, während sich ihr Atem langsam normalisierte. Marian stieß alle Gedanken weit von sich, um so lange wie möglich zu genießen, was zweifellos ein einzigartiges Erlebnis bleiben würde, zumindest was ihn anging. Sie spürte, wie Wut in ihr aufstieg, und dass es Chad womöglich ebenso ging. Auch er schien es nicht eilig zu haben. Und doch war die Luft zwischen ihnen erfüllt von der Vorstellung, dass er sie für Amanda hielt. Geschlafen hatte er trotzdem mit ihr.

Chad lehnte sich zurück. Eine ganze Weile blickte er auf sie herab, und sie starrte unwillkürlich zurück. Doch bevor einer von beiden etwas sagen konnte, hörten sie vorne im Stall eine Stimme. »Bist du da, Chad? Die Pferde brauchen Futter – na, verdammt, sieht so aus, als müsste ich …«

Das Murmeln verstummte. Es war der kranke Cowboy, der sich Sorgen um die Tiere machte. Chad fluchte leise, als der Mann hinzufügte: »Oh, Lonny, hab dich erst gar nicht gesehen.«

Chad schnappte sich seine Sachen und schlüpfte schneller hinein, als er sie abgelegt hatte. »Zieh dich an, während ich die beiden ablenke«, flüsterte er. »Wir reden später.«

Reden? Sobald sie ihn wiedersah, würde sie ihn sofort erschießen – nachdem sie sich ein wenig Unterricht im Schießen hatte geben lassen.

Kapitel 29

Chad musste Lonny nicht fragen, ob er etwas gehört hatte. Dessen Grinsen war unmissverständlich. Chad sagte dem Cowboy, er solle wieder ins Bett gehen, und drängte die beiden Männer nach draußen. Zwischen Stall und Baracke blieben Lonny und er stehen.

»Was hast du da drin gemacht?«, fragte Chad.

»Dasselbe wie du – na ja, vielleicht nicht ganz.«

Lonnys Grinsen erweiterte sich zu einem leisen Lachen, das Chad überhaupt nicht passte. »Was immer du gehört hast, behalt es für dich, klar?«

»Klar«, erwiderte Lonny. »Aber ich muss schon sagen, du hast wirklich verdammtes Glück, du alter Hurensohn. Ich habe, glaub ich, noch nie so ein hübsches Mädchen gesehen wie diese Amanda.«

»Moment mal. Nicht dass es dich was angeht, aber das war Marian.«

»Nie im Leben. Marian ist viel zu zimperlich und zu …«

»… gouvernantenhaft?«

»Ja, jetzt, wo du es sagst. Übrigens habe ich gehört, wie du Amanda zu ihr gesagt hast.«

Chad seufzte. »Das war ein Irrtum. Für einen ganz kurzen Moment habe ich gezweifelt, aber ich wollte es eigentlich nicht laut sagen.«

»Du meinst, du kannst sie nicht auseinander halten? So dunkel war es da drin wirklich nicht, und die zwei sind sich ja wohl überhaupt nicht ähnlich.«

»Im Verhalten nicht, nein, und das hat mich ja auch so verwirrt. Aber im Aussehen sind sie identisch, Lonny. Sie sind Zwillinge.«

»Ja, klar«, erwiderte Lonny spöttisch.

In diesem Moment sauste Marian aus dem Stall, ohne sie zu bemerken. Ihr langes blondes Haar wallte um sie herum, die Manschetten ihrer Ärmel waren offen, und die Stiefeletten trug sie in den Händen. Sie sah sehr sexy aus, so zerzaust – und ein wenig wütend. Ja, auch wütend, zweifellos. Ihm war das Flackern in ihren Augen nicht entgangen, als er sie Amanda genannt hatte. Sie hatte es durchaus mitbekommen.

Verdammt! Er würde es ihr später erklären und sich dafür entschuldigen müssen. Ihre Kühnheit hatte ihn einfach umgehauen. Ebenso ihre Ungeduld. Das hatte er nicht von ihr erwartet. Solche Leidenschaftlichkeit hatte er überhaupt nicht von ihr erwartet.

»Ich bleibe dabei«, sagte Lonny. »Das war Amanda.«

»Hast du nicht zugehört? Sie sind Zwillinge!«

»Nie im Leben«, wiederholte Lonny.

Chad konnte ein Grinsen nicht unterdrücken. »Okay, ich verstehe deine Zweifel. Hab selber eine Weile gebraucht, bis ich's gemerkt hab. Diese lächerliche Brille, die ihre Augen so verzerrt, lenkt viel zu sehr ab, und kein vernünftiger Mensch schaut sie lange genug an, um zu erkennen, dass sie darunter ein wunderschönes Gesicht hat – das gleiche wie Amanda. Das Problem ist, manchmal muss man sich schon fragen, wen man gerade vor sich hat.«

Als er sie gestern Abend geküsst hatte, war er sicher gewesen, dass er dieselbe Frau auch in jener Nacht am Lagerfeuer geküsst hatte. Doch Marian hatte alles abgestritten und war sogar ziemlich beleidigt gewesen. Er war erleichtert gewesen, weil er geglaubt hatte, das Verwirrspiel wäre damit zu Ende. Doch nachdem Marian leugnete, war er nicht schlauer als zuvor.

Er hatte überhaupt kein Problem damit, dass Marian ihn damals vor Leroy zu retten versucht hatte; es musste so rasch und unüberlegt geschehen sein, dass sie einfach vergessen hatte, die Brille aufzusetzen – und es bestand kein Zweifel, dass sie ohne sie klar und deutlich sehen konnte. Was bedeutete, dass mit ihren Augen alles in Ordnung war. In Wirklichkeit sah sie wahrscheinlich durch die albernen Gläser überhaupt nichts, was wiederum ihre Ungeschicklichkeit erklären würde.

Dass es auch Amanda gewesen sein könnte, war ihm nie wirklich in den Sinn gekommen. Es hatte so ausgesehen, ja. Das ließ sich nicht abstreiten. Aber zu Amanda würde so eine selbstlose Tat irgendwie nicht passen. Es wäre das einzig Nette gewesen, das er an ihr wahrgenommen hätte. Ganz im Gegensatz zu Marian, der er so etwas ohne weiteres zutraute. Ja, sie hatte ihn mehr als einmal nach Kräften beleidigt, aber nach dem, was er inzwischen von ihr erfahren hatte, musste er sich darüber noch einmal Gedanken machen. Konnte es nicht sein, dass sie aus einem bestimmten Grund so kratzbürstig war? Es musste etwas mit ihrer Schwester und deren Eifersucht zu tun haben, die sie ihm bis jetzt nur andeutungsweise geschildert hatte.

Er verstand inzwischen, was Marian ihm zu erklären versucht hatte, zumindest einen Großteil davon. Dass sie sich hässlich machte, hatte für ihn zunächst keinen Sinn ergeben. Es war einfach nicht zu begreifen gewesen, dass Amanda eifersüchtig auf sie sein konnte. Aber sie waren Zwillinge. Die eine verbarg ihre Schönheit, die andere ließ sie strahlen.

Zum Glück gab es Wege, sie auseinander zu halten. Amandas Hände waren ständig in Bewegung, um alle Blicke auf ihr Gesicht und ihren Ausschnitt zu lenken. Wenn sie lächelte, wirkte es nie echt. Falls sie je Sinn für Humor gehabt hatte, dann war er in ihrem Gemeckere während der Reise ein für alle Mal untergegangen. Ob sie überhaupt in der Lage war, sich zustimmend zu irgendetwas auszudrücken, hatte sie bis jetzt noch nicht bewiesen. Sie hatte eine ganz andere Art, einen anderen Charakter als Marian, war voller Vorurteile und fürchterlich ungeduldig. Außerdem jammerte sie in einem fort. Wahrscheinlich war sie wirklich ein zickiges Biest, genau wie sein Vater gesagt hatte. Ihre Schönheit hatte ihn geblendet, aber der Vergleich mit Marian hatte ihm die Augen geöffnet.

Doch was Marians Verkleidung sollte, war ihm immer noch nicht klar. Warum wollte eine Frau, die so schön war wie Marian, diese Schönheit verbergen? Ihre Gefühle heute jedoch hatte sie nicht verbergen können, dieses mächtige Verlangen nach ihm, das er auf die primitivste Art und Weise erwidert hatte.

Seine Reaktion überraschte ihn immer noch. Im Allgemeinen hatte er seine niedersten Instinkte besser im Griff. Eigentlich hatte er noch nie im Leben so gänzlich die Beherrschung über sich verloren. Vielleicht hatte er auch nur das, was zwischen ihnen passierte, nicht aufhalten wollen. Das war wohl eher der Fall. Es war wie bei dem Kuss gestern Abend, er konnte einfach nicht anders. Und jedes Mal, wenn er sie geküsst hatte, hatte sie sich hingegeben und ihm auf diese Weise ohne Worte gesagt, dass sie ihn auch begehrte.

Kapitel 30

Marian nahm sich ihre Schwester zum Vorbild und verbrachte den Rest des Tages auf ihrem Zimmer. Um sich nicht von ihren Gedanken in den Wahnsinn treiben zu lassen, bat sie Rita, Kathleens Malutensilien für sie herauszusuchen. Rasch hatte sie alles beisammen und schleppte die Sachen auf ihr Zimmer.

Wenn Chad auftauchte, um wie versprochen mit »Amanda« zu reden, würde er kein Glück haben. Amanda schloss sich von jeher gern in ihrem Zimmer ein; sie betrachtete ihre Abwesenheit als Strafe für die anderen.

Marian verbarg sich aus ganz anderen Gründen. Sie wollte nicht zugegen sein, während Chad darauf wartete, dass ihre Schwester auftauchte, oder gar gebeten werden, sie herunterzuholen. Es würde sie nicht überraschen, wenn er das täte. Aber sie würde ihm nicht dabei helfen, seinen furchtbaren Irrtum aufzuklären, zumindest heute nicht.

Sie konnte immer noch nicht fassen, was er getan hatte. Guter Gott, sie war so selig gewesen, dass er wirklich sie wollte, sie und nicht Amanda. Aber sie hätte es besser wissen müssen. Er hatte Amanda von Anfang an gewollt, und daran würde sich auch nichts ändern, nur weil sie zufällig Amandas Zwilling war.

Wahrscheinlich hatte er den ganzen Tag heute gedacht, sie wäre Amanda, und das Schlimmste daran war, dass sie daran selbst die Schuld trug. Was sie ihm gestern

Abend erzählt hatte – dass Amanda gern Leute an der Nase herumführte, indem sie sich für Marian ausgab –, hatte er sicher noch gut in Erinnerung.

Vielleicht sollte sie Amanda sagen, dass Chad in dem Glauben lebte, mit ihr geschlafen zu haben. Aber dann würde sie sich die Häme ihrer Schwester über ihre verlorene Unschuld anhören müssen – ungeachtet der Tatsache, dass sie ihre eigene längst verloren hatte. Das konnte sie heute nicht auch noch ertragen. Außerdem verdiente Chad es nicht besser, als dass beide Schwestern seine Nähe mieden. Vielleicht passte er in Zukunft dann besser auf, mit wem er ins Heu stieg, der dumme Kerl.

Mehrere Stunden vergingen, bis sie sich beim Malen endlich so weit entspannt hatte, dass sie erkannte, was sie da auf die Leinwand brachte. Sie erschrak. Da hatte sie versucht, ihn aus dem Kopf zu verbannen, und doch war er immer noch da. Als sie wahrnahm, dass ihr Chads Gesicht entgegenblickte, schüttelte sie aus Abscheu über sich selbst den Kopf.

Er war freilich gut getroffen. Sie hatte ihr Talent trotz mangelnder Übung nicht verloren. Die Augen musste sie noch verbessern, nicht in der Form, aber in der Farbe. Das Kinn musste noch etwas herausgearbeitet werden, damit es energischer wirkte. Und die Haut hatte noch nicht den sonnengebräunten Ton, der sie in Wirklichkeit überzog. Vielleicht sollte sie auch noch seinen Hut hinzufügen, tief in die Stirn gezogen, so wie er ihn immer trug …

Was ging da nur in ihrem Kopf vor? Sie würde doch nicht *sein* Porträt vollenden! Sie entfernte die Leinwand und stellte sie hinter die Staffelei, um sie nicht mehr sehen zu müssen. Dann nahm sie eine neue zur Hand. Sie musste etwas sparsamer sein, zumindest so lange, bis sie Kathleens Malsachen wieder auffüllen konnte.

Sie hatte nur vier große Leinwände zur Verfügung, zwei mittlere und eine sehr kleine, und sie arbeitete zügig. Sie konnte ein Bild in einer Sitzung vollenden, wenn sie sich konzentrierte und sorgsam vorging, ihre Vorräte würden also nicht sehr lange reichen.

Sie beschloss, ein anderes Motiv zu malen, solange die Erinnerung noch einigermaßen frisch war, ein Motiv, an dem sie mehr Spaß haben würde. Anders als Amanda, falls sie jemals einen Blick darauf werfen würde.

Es war der Raubüberfall auf die Eisenbahn, genauer gesagt, Amandas verdattertes Gesicht, vom Schießpulver gepudert, nachdem auf sie geschossen worden war. Die Passagiere um sie herum waren verschwommen, denn so hatte Marian sie damals wahrgenommen. Die beiden Räuber waren ebenfalls abgebildet, den, der auf Amanda geschossen hatte, hatte sie am deutlichsten herausgearbeitet. Sie konnte nur die obere Hälfte seines Gesichtes darstellen, weil er ein Tuch umgebunden hatte. Doch seine Augen waren ziemlich klar zu erkennen; sie waren rund und leuchteten ungewöhnlich goldbraun.

Lange bevor sie fertig war, fing sie an zu lächeln, denn ihre Stimmung hatte sich deutlich gehoben. Der Raubüberfall damals war alles andere als belustigend gewesen, aber das Bild von Amanda mit ihrem vom Schießpulver geschwärzten Gesicht, wie vom Donner gerührt, war einfach köstlich. Vielleicht würde sie es ihr doch zeigen, wenn es fertig war.

Bei dem Gedanken musste sie grinsen, wobei sie wusste, dass sie es nie tun würde. Amanda würde das Bild zerstören, genau wie das letzte, das Marian von ihr gemalt hatte und das sie nicht eben vorteilhaft gezeigt hatte.

Als das Licht langsam nachließ, stellte Marian überrascht fest, dass es fast schon Abend geworden war. Beim Malen verlor sie immer jegliches Gefühl für Zeit. Gleich darauf klopfte es an der Tür.

»In einer Viertelstunde ist das Essen fertig«, hörte sie Rita rufen.

Sie hatte heute nicht vor hinunterzugehen, aber sie wollte ihre Tante abpassen, um es ihr zu sagen. Sie griff nach ihrer Brille. Beim Malen setzte sie sie natürlich ab; da sie immer allein, in völliger Abgeschiedenheit, arbeitete, fiel das auch niemandem auf.

Bevor sie die Tür erreicht hatte, klopfte es zum zweiten Mal. Sie nahm an, es wäre Rita, die sich vergewissern wollte, dass sie sie gehört hatte, doch als sie öffnete, stand Kathleen vor ihr.

»Ich habe gehört, du hast heute Nachmittag mit dem Malen angefangen«, sagte sie. »Darf ich mal sehen? Oder ist es dir lieber, wenn man deine Bilder erst anschaut, wenn sie ganz fertig sind?«

»Ach, mir ist das gleich«, erwiderte Marian mit einem schüchternen Lächeln und zog die Tür etwas weiter auf.

»Oh …«, machte Kathleen ehrlich überrascht, während sie auf die Staffelei zuging. »Ist sie wirklich in eine Schießerei geraten?«

»Sie wollte ihre Börse nicht kampflos hergeben.«

»Das war ziemlich … mutig von ihr.«

Marian grinste über das leichte Zögern ihrer Tante. »Nein, es war das Dümmste, was sie machen konnte, angesichts von vier Gangstern mit Revolvern in der Hand; sie hatte Glück, dass er ihr nur Angst einjagen wollte.«

»Oder sein Ziel verfehlte.«

»Oder das.«

Kathleen hielt sich die Hand vor den Mund, um ihre

Belustigung über Amandas verdutztes Gesicht zu verbergen. »Du bist sehr gut. So sieht sie wirklich aus, wenn man sich das Schießpulver wegdenkt …«

»Jetzt kann man ja lachen, nachdem die Gefahr vorbei ist. Ihre Miene war wirklich sehr lustig.«

Kathleen lachte leise. »Und ist es immer noch. Ich bin beeindruckt, Liebes. Ich habe fast das Gefühl, als wäre ich mittendrin … oje.«

»Was ist?«

»Ich habe mir gerade den Räuber angesehen, und ich glaube, ich kenne ihn. Gute Güte, er sieht aus wie John Bilks, der früher mal in der Gemischtwarenhandlung in der Stadt gearbeitet hat. Er wurde gefeuert, als herauskam, dass Geld in der Kasse fehlte. Der Ladeninhaber wollte ihn festnehmen lassen, aber man konnte ihm nicht nachweisen, dass er das Geld genommen hatte. Bald darauf zog er weg – und verlegte sich offenbar auf Eisenbahnüberfälle. Ich wette, der Sheriff würde dieses Bild zu gerne sehen.«

»Und ich wette, dass Amanda etwas dagegen hätte«, entgegnete Marian grinsend.

Kathleen blickte das Bild mit zusammengekniffenen Augen an. »Meinst du?« Sie lachten beide. Dann fuhr sie fort: »Vielleicht könntest du ein Extrabild machen, nur von John Bilks? Wir könnten es dem Sheriff bringen, wenn wir am Samstag in die Stadt gehen – dann kannst du dir auch neue Leinwände besorgen. Du bist offenbar schneller, als ich es je war. Kommst du mit den verbliebenen Leinwänden bis dahin aus?«

»Ja, ich …«

Marian kam nicht weiter. Kathleen war zur Seite getreten, um die Utensilien durchzusehen, die aus der Versenkung geholt worden waren, und hatte das halbfertige

Porträt von Chad entdeckt, das immer noch hinter der Staffelei lehnte.

»Großartig«, rief Kathleen aus, bevor sie sich wieder zu ihr umwandte. »Deine Begabung ist einfach erstaunlich. Das hast du aus dem Gedächtnis gemalt? Ja, sicher. Unglaublich – also, ich bin froh, dass er dir gefällt. Na, na, da musst du nicht gleich rot werden. Er gefällt praktisch jedem Mädchen in deinem Alter.«

Marian senkte den Blick.

»Das ist es nicht ... Es ist ... ich meine, niemand hat meine Bilder bis jetzt je gelobt. Mein Vater behauptete, ich hätte kein Talent und würde nur meine Zeit verschwenden ...«

»Mortimer war ein Bastard«, fiel ihr Kathleen ärgerlich ins Wort, »tut mir Leid, dass ich das sagen muss. Wenn er so etwas gesagt hat, liegt das zweifellos daran, dass Papas Liebling darin völlig unbegabt ist. Stimmt's?«

»Stimmt.«

»Dachte ich mir. Wahrscheinlich war er sauer, weil du sie da übertroffen hast. Aber das hättest du wissen können. Sieh dir doch dieses Bild an. Es lebt und atmet bereits, obwohl es noch gar nicht fertig ist.«

»Er hat eben ein interessantes Gesicht.«

Kathleen brach in Gelächter aus. »Aha, interessant! So könnte man es auch nennen. Jetzt komm, das Essen wartet. Gehen wir hinunter, bevor Consuela einen Suchtrupp losschickt.«

Marian rührte sich nicht. Sie hatten zu lange geplaudert, als dass sie jetzt noch mit Kopfschmerzen kommen konnte, wie sie es geplant hatte. Aber sie würde sich nicht mit Chad an einen Tisch setzen, nicht heute Abend, nicht bevor sich in ihr der Drang gelegt hatte, ihn auf der Stelle zu erschießen.

»Geh du nur vor, Tante Kathleen. Ich glaube, ich lege mich heute früh schlafen …«

»Ach, komm schon, du musst trotzdem was essen. Außerdem sind wir zwei allein. Chad hat sich bereits entschuldigt. Er hing heute Nachmittag eine ganze Zeit lang in der Küche herum, aus unerfindlichen Gründen, und Consuela hat ihn voll gestopft bis unter den Hutrand. Wenn sie einen Mann leiden sieht, muss sie ihn füttern, sie kann nicht anders.«

»Also gut, ich glaube, ich könnte ein paar Happen vertragen.«

Kapitel 31

Chad tauchte trotzdem zum Essen auf. Sie waren schon halb fertig, als er hereinkam, sich setzte und fragte, was es zum Nachtisch gebe. Kathleen zog ihn ein wenig auf – dass wohl selbst sein Pferd nicht solche Mengen verdrücke wie er. Spötteleien gingen hin und her, beide lachten, die Stimmung war gelöst. Doch dann wechselte er das Thema.

»Ist Amanda krank?«

»Nein, sie zieht es nur vor, nicht mit uns zusammen zu sein«, erwiderte Kathleen.

»Jetzt erzähl mir nicht, sie ruht sich immer noch von der Reise aus?«, fragte er.

»Kann schon sein. Sie hat sich noch nicht recht an die Hitze gewöhnt. Du kennst das ja und nimmst es kaum noch wahr, aber …«

»Ich nehme die Hitze sehr wohl wahr. Aber in letzter Zeit war es gar nicht so heiß, jedenfalls nicht so heiß, wie die Lady immer tut. Sie schmollt also immer noch, weil sie hier ist?«

Kathleen bekam einen Hustenanfall. Marian fielen fast die Augen aus dem Kopf. Sie konnte sich nicht erklären, warum er so unverblümt die Meinung sagte, denn bislang hatte er nie etwas Abfälliges über Amanda gesagt. Andererseits war er wahrscheinlich immer noch sauer auf ihre Schwester, weil er glaubte, dass sie ihm heute Morgen einen bösen Streich gespielt hatte.

Marian war überrascht, wie ruhig sie geblieben war, als

er sich zu ihnen gesetzt hatte. Während der kleinen Kabbelei mit Kathleen hatte er sich verhalten, als wäre an diesem Morgen nichts Ungewöhnliches geschehen – bis er auf Amanda kam. Da hatte sich sein Tonfall schlagartig geändert.

Ihre Wut schwelte immer noch unter der Oberfläche. Nicht dass sie ihn immer noch erschießen wollte. Ihr war klar, dass sie nicht fair zu ihm war. Schließlich war es von Anfang an kein Geheimnis für sie gewesen, dass er Amanda wollte.

»Bin bloß froh, dass ihr nicht auf mich gewartet habt«, sagte Amanda, die plötzlich im Türrahmen stand, in breitem, wenn auch schlecht imitiertem Texanisch. »Und nein, ich schmolle nicht mehr, Süßer«, fügte sie hinzu und starrte Chad an, während sie sich heftig Luft zufächelte. »Guter Gott, bist du immer noch sauer, weil unser kleines Stelldichein im Stall heute früh so unsanft unterbrochen wurde?«

Marian stockte der Atem. Wie um alles in der Welt hatte Amanda das herausbekommen? Und warum verstärkte sie Chads Verwirrung, indem sie so tat, als wäre es tatsächlich sie gewesen?

Chads Gesicht färbte sich dunkelrot, während Kathleen ihn mit großen Augen anstarrte. Amanda liebte es, Szenen wie diese zu inszenieren, wobei diese nicht geplant gewesen schien. Offenbar hatte sie Chads wenig schmeichelhafte Bemerkung über sie gehört und war nun fest entschlossen, sie ihm mit allen Mitteln heimzuzahlen. Marian lief ebenfalls rot an. Himmel, das bedeutete, dass Amanda weitaus mehr mitbekommen hatte als nur dieses Gespräch am Tisch. Sie musste an diesem Morgen im Stall gewesen sein! Anders hätte sie nie erfahren können, was dort geschehen war.

Aber es gab keinen Grund für sie, in den Stall zu gehen. Sie mochte Pferde nicht, und sie wusste auch nicht, wie man eine Kutsche lenkte, falls sie vorgehabt hätte, mit der zu türmen, die immer noch herumstand. Es gab nichts, was sie dorthin hätte locken können – außer Chad. Entweder hatte sie ihn zur Ranch zurückkommen sehen und beschlossen, sich mit ihm ein wenig zu amüsieren, um ihre Langeweile zu bekämpfen, oder … ja, das war am wahrscheinlichsten: Sie hatte sie von ihrem Fenster aus auf der Koppel beobachtet, und als sie sah, wie Chad Marian in den Stall zerrte, war sie neugierig geworden und ihnen nachgegangen, woraufhin sie sie mitten im Liebesspiel entdeckte und belauschte.

Sie musste es zum Totlachen finden, dass Chad sich vermeintlich geirrt hatte. Wahrscheinlich hatte sie sich den ganzen Tag diebisch darüber gefreut und ausgeheckt, wie sie ihr Wissen am besten einsetzen konnte, um Marian wehzutun. Denn diese kleine Szene galt nicht Chad. Amanda kümmerte es nicht im Geringsten, was in ihm vorging. Er diente ihr nur als Mittel zum Zweck, und als solches war er besonders geeignet, seit sie wusste, dass Marian ihn für sich wollte.

Es war typisch für Amanda. Sie wollte Marian nur wieder einmal vor Augen führen, dass die Männer immer sie bevorzugten. Außerdem wollte sie Kathleen schockieren, was sich perfekt in ihren Plan einfügte. Und sie wollte, dass Chad wusste, welch geringe Rolle er in dem Ganzen spielte. Er hatte den Pfad ihrer willfährigen Verehrer verlassen, und das musste er jetzt ausbaden.

Marian fühlte sich hundeelend. Sie hätte Chad zwar am liebsten erschossen, aber Amandas Rachsucht hatte er nun auch wieder nicht verdient. Und es hatte keinen Sinn, jetzt mit der Wahrheit herauszurücken. Amanda würde sie eine Lügnerin schimpfen, ebenso wie Chad, denn er war sich schließlich sicher gewesen, welche von beiden er in den Armen gehalten hatte.

Amanda war nur halb angezogen. Marian war nicht sofort aufgefallen, dass sich ihre Schwester wieder einmal ganz anschaulich über die Hitze beschwerte. Sie trug kein Mieder und wahrscheinlich auch keinen Schlüpfer, so schmal, wie ihr Rock herabfiel. Ihre Bluse war über das Maß des Anstandes hinaus aufgeknöpft. Der Stoff war so dünn, dass die Spitzen ihrer Brüste hindurchschimmerten, abgesehen davon, dass die tiefe V-Öffnung ihrer Bluse ohnehin nicht mehr viel verdeckte. Vermutlich war sie heruntergekommen, um sie mit ihrem Aufzug zu schockieren, doch Chad hatte ihr noch bessere Munition geliefert.

Hoffentlich, dachte Marian, merkte Kathleen, dass dies nur eine weitere Showeinlage für sie war. Doch ein Blick auf ihre Tante sagte Marian, dass sie sich gerade von dem ersten Schock erholt hatte und nun erneut rot anlief, als sie Amandas spärliche Bekleidung sah.

»Über deine … Aktivitäten reden wir später, nachdem du dich angezogen hast«, sagte sie streng.

Amanda hob eine goldene Augenbraue und drapierte sich lässig in den Türrahmen. »Ich habe so viel an, wie ich bei dieser Hitze ertragen kann. Außerdem – mehr als deine Einwilligung zu meiner Heirat verlange ich nicht von dir, Tantchen«, fügte sie mit einem verkniffenen kleinen Lächeln hinzu. »Mein Verhalten und meine Anziehgewohnheiten fallen nicht in deine Kompetenz, glaube also ja nicht, du kannst mir irgendetwas vorschreiben. Ich bin nur hier, weil es um Geld geht.«

»Du bist hier, weil dein Vater mir die Vormundschaft über dich übertragen hat.«

»Falls du es noch nicht bemerkt hast, ich bin kein Kind, das einen Vormund braucht.«

»Dann benimm dich bitte auch nicht wie eins. Oder ist das deine Art, mich darauf hinzuweisen, dass du dir einen Bräutigam ausgesucht hast?«

»Ausgesucht? Du meinst diesen Cowboy hier?« Amanda wandte sich Chad zu. »Heiraten hattest du heute Morgen nicht im Sinn, oder, Süßer?«

Chads Gesicht wechselte erneut die Farbe, wahrscheinlich weil Kathleen ihn mit tief gefurchter Stirn ansah. »Ich kann das erklären, Red. Es war eine Reitstunde, die etwas außer Kontrolle geraten ist.«

»Eine Reitstunde?« Amanda grinste. »So kann man's auch nennen.«

Chad ignorierte den Einwurf, obwohl das Rot auf seinen Wangen noch dunkler wurde. Zu Kathleen gewandt sagte er: »Ich werde für das, was ich getan habe, geradestehen.«

Kathleen seufzte. »Ich weiß, daran habe ich nicht einen Augenblick gezweifelt. Tut mir nur Leid, dass du es so tun musst.«

Amanda wollte gerade verkünden, dass sie mit Chad nichts mehr zu tun haben wolle, das wusste Marian. Sie hatte diese Situation aus purer Niedertracht herbeigeführt, um Chad dafür zu bestrafen, dass er sich von ihr abgewandt hatte. Er war ihr in die Falle gegangen und ließ auch noch zu, dass sie auf ihm herumtrampelte. Doch als Kathleen so viel Mitgefühl für ihn zeigte, überlegte sie es sich anders – zumindest für den Augenblick.

Marian hätte es schon oft vorgezogen, nicht zu wissen, wie Amandas Hirn funktionierte, und doch wusste sie es. Amanda hatte gerade unverhofft die Chance bekommen, ihrer aller Qualen weiter in die Länge zu ziehen.

Wenn Kathleen nicht begeistert davon war, dass Chad sie heiratete – und daran ließ ihr letzter Satz keinen Zweifel –, dann rückte es für sie wieder in den Bereich des Möglichen, zumindest vorübergehend, bis sich eine bessere Wahl bot. Der besondere Clou an der Sache war, dass sie Marian ganz nebenbei nachhaltig verletzen konnte.

Amanda gähnte, um ihr Desinteresse an dem Thema zu illustrieren, und schwenkte gelangweilt die Hand, damit auch ja kein Zweifel aufkam. »Ich werde darüber nachdenken.«

»Für mich sieht es eher so aus, als hättest du das längst getan«, gab Kathleen unverblümt zurück.

Statt zu antworten, lachte Amanda nur und schlenderte zur Treppe. Sie hatte erreicht, was sie wollte, und würde sich nun in der Abgeschiedenheit ihres Zimmers ins Fäustchen lachen.

Das Schweigen am Tisch war qualvoll. Als Marian es nicht länger ertragen konnte, verließ sie das Zimmer ebenfalls, eine Entschuldigung murmelnd.

Sie schaffte es gerade noch hinaus, bevor die Tränen kamen. Warum ließ sie sich immer wieder von Amandas Szenen aus der Fassung bringen? Sie sollte es doch besser wissen. In diesem Fall war es noch nicht einmal wirklich Amandas Fehler gewesen. Sie hatte nur getan, was sie immer tat, nämlich den Topf zum Überlaufen zu bringen. Am meisten erschütterte Marian die Tatsache, dass Chad diesmal betroffen war und dadurch für sie so unerreichbar wie nie zuvor.

Der Tod durch Erschießen wäre ein wahrhaft mildes Urteil für Chad gewesen, nun da ihm die lebenslange Ehe mit Amanda drohte.

Kapitel 32

Chad kam sich vor wie ein Kind, das mit den Fingern in der Keksdose erwischt worden war. Seine Verlegenheit ließ auch jetzt nicht nach, obwohl er mit Red allein im Esszimmer saß. Sie sah ihn kopfschüttelnd an, und ihr Blick sagte nichts anderes als: »Du hast mich sehr enttäuscht, Junge.« Er konnte es ihr nicht verdenken. Schließlich ging es um ihre Nichte. Ein klarer Fall von Vertrauensbruch.

Er stand noch unter Schock und musste sich die Folgen dessen, was gerade geschehen war, erst noch vor Augen führen. Er würde heiraten – aber die falsche Frau! Wie zum Teufel hatte er sich so in die Irre führen lassen können?

»Du hättest sie erst einmal besser kennen lernen sollen, bevor du sie … äh, zu heiraten beschließt.«

Die Enttäuschung klang immer noch deutlich aus Reds Stimme. Chad nickte. »Es wird dich vielleicht überraschen, aber ich bin ganz deiner Meinung.«

»Warum hast du dann nicht abgewartet, statt so etwas Unwiderrufliches zu tun?«

»Ich bin nicht sicher, ob ich wirklich die Wahl hatte. Oh, ich hätte machen können, dass ich fortkomme, aber irgendwie habe ich langsam den Eindruck, als hätte sie die ganze Geschichte von langer Hand geplant.«

»Dann war es also nicht deine Idee, dich im Heu mit ihr zu wälzen?«

Er hatte eigentlich gedacht, dass die Zeit der roten

Wangen längst hinter ihm lag, und doch konnte er ein erneutes Aufglühen nicht verhindern. »Ich bin jedenfalls nicht deswegen zurückgekommen heute Morgen. Ich traf sie im Stall und begann mit dem Reitunterricht, um den du mich gebeten hattest …«

»Moment mal, ich habe dich nicht darum gebeten, *sie* zu unterrichten«, unterbrach ihn Kathleen.

»Das ist genau der Punkt, es war nicht Amanda, also, na ja, anscheinend doch, aber sie hatte sich hergerichtet wie Marian. Und sie benahm sich auch wie Marian. Sie wollte sogar reiten lernen, obwohl ich weiß, dass sie Pferde hasst – und das hat mich dann letztlich davon überzeugt, dass sie Marian ist. In dem Fall haben mich sowohl meine Augen als auch mein gesunder Menschenverstand getrogen.«

»Nun, sie sind Zwillinge. Ich nehme an, es fällt keiner der beiden schwer, sich als die andere auszugeben«, gestand Kathleen.

Seine Lippen verzogen sich zu einer säuerlichen Schnute. »Das Problem ist, ich war so verdammt sicher, dass es Marian war. Es gab nur einen kurzen Moment, wo ich Zweifel hatte. Ihre Entschlossenheit warf mich um, und ich fragte sie, ob sie Amanda ist.«

»Ich schätze, sie hat das weder bestätigt noch dementiert …«

»Nein, aber sie wurde ganz schön wütend deswegen. Ich dachte, es lag daran, dass ich sie Amanda genannt hatte, aber anscheinend war sie sauer, weil ich ihren Trick durchschaut hatte.«

Kathleen seufzte. »Du hast also die richtige Schwester verführt; zumindest dachtest du das.«

»Red, ich will mich nicht für mein Handeln rechtfertigen, aber ich muss dir sagen, ich habe sie nicht verführt. Sie benahm sich wie eine rollige Katze. Da ich sie ja für die richtige hielt, gab ich mir keine große Mühe, mich zurückzuhalten. Das gebe ich zu. Und ich drücke mich auch nicht vor der Verantwortung. Ich hätte mich zusammenreißen und gehen müssen. Ich bin nicht gegangen. Aber ich hab's auch nicht angefangen.«

»Ist dir klar, dass das alles noch viel schlimmer macht?«

»Du weißt ja längst noch nicht alles. Ich kann Amanda überhaupt nicht ausstehen. Ich habe alle ihre schlechten Eigenschaften ignoriert, sie der Reise zugeschrieben und dachte, sobald sie hier zur Ruhe gekommen ist, wird sie bestimmt ganz anders sein. Sie hat mich angezogen, ja, sehr sogar. Schließlich ist sie trotz allem verdammt hübsch. Aber ich wollte ihr das erst hier sagen, denn ihr Benehmen auf der Reise fand ich unerträglich. Ich dachte allerdings, es würde besser mit ihr, nicht noch schlimmer.«

»Ich sage das nicht gerne, immerhin ist sie meine Nichte, aber nach allem, was ich gehört habe, wird sich das auch nicht ändern. Mein Bruder hat sie hoffnungslos verzogen.«

»Und Marian nicht?«

»Nein, Amanda war sein Liebling«, erklärte Kathleen. »Marian hat er überhaupt nicht zur Kenntnis genommen.«

»Ist das der Grund, warum sie versucht, möglichst unbemerkt durchs Leben zu kommen? Aus Gewohnheit?«

»Nein, ich denke, es hat damit zu tun, dass Amanda eifersüchtig auf sie werden könnte. Sie wollte mir das alles erklären, als wir über meinen Bruder sprachen, aber wir wurden unterbrochen.«

Chad legte nachdenklich die Stirn in Falten. »Jetzt

wo du es erwähnst … An dem Abend, bevor wir auf der Ranch ankamen, hat sie es auch mir zu erklären versucht. Ich musste es ihr erst aus der Nase ziehen, und dann hab ich es ihr doch nicht abgekauft, weil ich es nur wieder für eine ihrer absurden Gouvernantenideen hielt.«

»Aber dann kannst du mir immerhin erklären, warum Marian alles daransetzt, um nicht die Eifersucht ihrer Schwester zu wecken.«

Chad schnaubte wegen Kathleens Ungeduld. »Wollte ich gerade tun. Sie behauptete, wenn sie, Marian, sich für einen Mann interessiert, würde Amanda so eifersüchtig, dass sie alle ihre Reize einsetzt, um ihn ihr wegzuschnappen, nur um sie zu ärgern.«

»Nur um sie zu ärgern? Du meinst, nicht um ihn für sich zu bekommen?«

Chad schwieg. »Verdammter Mist«, fluchte er dann. »Du meinst, das könnte heute Morgen passiert sein?«

»War sie noch Jungfrau?«

Erneut wurde er rot. »Ja.«

»Dann glaube ich nicht, dass sie so weit gegangen wäre.«

»Und was ist mit ihrem Verhalten heute Abend? Sie hat nicht unbedingt den Eindruck gemacht, als wollte sie mich wirklich heiraten. Das passt irgendwie zusammen, Red.«

Kathleen schüttelte den Kopf. »Wenn sie ihre Unschuld schon anderswo verloren hätte, dann vielleicht. Aber sie hätte deine Zuneigung auch anders wieder auf sich lenken können, ohne gleich zum Äußersten zu gehen. Außerdem tat sie so, als wäre sie Marian. Wenn sie dich um den Finger wickeln wollte, würde sie es als Amanda tun.«

Er seufzte. »Wohl wahr. Aber trotzdem, sie mag mich doch nicht einmal.«

»Bist du dir da ganz sicher?«

»Na ja, abgesehen von ihrem Ich-bin-vor-Leidenschaft-überwältigt-Auftritt heute Morgen bin ich einigermaßen sicher.«

»Frauen zeigen ihre Gefühle nicht immer offen«, bemerkte Kathleen.

»Ich weiß, aber wenn das einzige Gefühl, das man überhaupt entgegengebracht bekommt, Abscheu ist, dann liegt die Schlussfolgerung ja wohl auf der Hand.«

»Wenn das so ist, bleibe ich bei meiner ersten Theorie.«

»Und die wäre?«

»Sie benutzt dich, um an ihr Erbe zu kommen.«

»Aber widersprichst du dir da nicht selbst, wenn du sagst, dass sie dafür nicht zum Äußersten gehen müsste, sondern mich einfach so um den Finger wickeln könnte?«

»Normalerweise schon, aber im Moment hat sie kein anderes Ziel, als heimzukommen, ob mit oder ohne Ehemann, und wenn ohne, dann wenigstens mit meinem Freibrief. Und den wird sie von mir nicht bekommen. Vielleicht hat sie am Ende doch noch genug Verstand zusammengekratzt, um das zu kapieren. Aber vermutlich kann sie es einfach nicht abwarten. Sie weiß, dass ich einer Heirat mit dir zustimmen würde. Über mögliche andere Kandidaten hier kann sie das nicht sagen. Dich zu heiraten wäre also die schnellste Fahrkarte nach Hause, und indem sie dich verführt hat, hat sie sich diese Heirat gesichert.«

Er verzog mürrisch das Gesicht. »Mich zu heiraten ist durchaus keine Fahrkarte.«

»Na ja, ich weiß das«, versicherte Kathleen. »Und du weißt es, aber man hat mich gewarnt, dass Amanda ziemlich ungemütlich werden kann, wenn ihr etwas verweigert wird. Wenn sie es auf die schmeichlerische Tour nicht bekommt, verlegt sie sich auf andere, weniger angenehme Methoden.«

»Mich ins Grab zu nörgeln, zum Beispiel?«, murmelte Chad.

Kathleen nickte. »Oder deinen guten Namen zu besudeln. Das würde ich ihr sehr wohl zutrauen, nach ihrem schockierenden Auftritt heute Abend.«

»Es gibt keinen Ausweg, nicht wahr?«

»Für einen ehrbaren Mann wie dich nicht.«

Er nickte und stand auf, um zu gehen. »Und wann werde ich in die Hölle geschickt?«

»Bei dem großen Barbecue, das dein Vater diesen Samstag gibt. Ich habe heute davon erfahren. Dort kann ich auch den Pastor fragen, wann er Zeit hat; oder ich fahre am Sonntag auf dem Heimweg bei ihm in der Stadt vorbei. Du musst deinem Vater ja auch Bescheid sagen.«

»O Gott.«

»Es tut mir furchtbar Leid, Chad, wirklich.«

»Und mir erst.«

Kapitel 33

Chad konnte nicht schlafen, aber das überraschte ihn nicht. Er sehnte sich nach einem Drink, doch Red hatte grundsätzlich keine harten Sachen im Haus. Wenn die Stadt nur nicht so weit weg gewesen wäre. Wenn er doch keinen Grund zum Trinken gehabt hätte. Wenn er nur die Uhr hätte zurückdrehen und den Tag noch einmal erleben können …

Auch jemand anderes konnte nicht schlafen. Chad stand an der Tür zur Baracke, starrte zum Haupthaus und überlegte, wem wohl das erleuchtete Fenster gehörte. Und obwohl er ziemlich lange dort stand, kam niemand zum Fenster, um ihm die Frage zu beantworten.

Das mulmige Gefühl in seinem Magen wollte nicht weichen. Er war in eine Falle getappt. Man hatte ihn benutzt. Leider half ihm die Tatsache, dass er es wusste, auch nicht weiter. Amanda wollte ihn nicht wirklich, außerdem hatte er geglaubt, mit einer anderen zu schlafen – und doch saß er bis zum Hals im Schlamassel. Weil sie Jungfrau gewesen war. Weil er, ob er es gewollt hatte oder nicht, ihr die Jungfräulichkeit genommen hatte und nicht zu der Sorte Mann gehörte, der so etwas gleichgültig war.

Wie zum Beispiel Spencer Evans, der Bastard. Er hatte dergleichen schon getan und würde es auch wieder tun. Er hatte keine Moral und scherte sich nicht im Geringsten darum, wenn bei seiner ewigen Suche nach Befriedigung andere auf der Strecke blieben. Jammerschade, dass

Amanda ihre Falle nicht für ihn ausgelegt hatte – aber er hätte sie schließlich auch nicht geheiratet.

Kurz nach Mitternacht gab Chad die Hoffnung auf Schlaf auf. Er hinterließ eine kurze Botschaft für Lonny mit Anweisungen für die nächsten paar Tage und ritt dann los, um doch noch den Drink zu bekommen, den er so dringend brauchte. Er musste ohnehin bei seinem Vater vorbeischauen, um ihm die schlechte Nachricht zu überbringen – noch ein Grund, um sich erst mal zu betrinken.

Der Mond wies ihm den Weg. Er war besonders groß heute und tauchte die Landschaft in weiches Grau. Gebraucht hätte er das Licht nicht, denn er ritt ohnehin blindlings drauflos – sein Kopf platzte schier vor reuevollen Gedanken, dass er sich nicht auf den Weg konzentrieren konnte. Aber er hatte ein kluges Pferd, das ihn sicher in die Stadt trug, wo er gegen vier Uhr früh ankam.

Das Not Here war schon geschlossen, aber O'Mally's Saloon hatte durchgehend geöffnet, ganz gleich, ob etwas los war oder nicht. Chad hätte Spencers Laden ohnehin nie betreten, selbst wenn er der einzige geöffnete gewesen wäre.

Als er ankam, torkelten gerade die letzten beiden Gäste aus dem O'Mally's. Archie, der Barmann, verzog sich wieder hinter seinen Groschenroman, nachdem er Chad eine Flasche und ein Glas hingeschoben hatte.

Das einzige Mädchen der Nachtschicht war Harry Sue. Den Spitznamen hatte sie, weil auf ihren Beinen üppiges dunkles Haar wucherte, das sich unter ihrem nur knielangen Rock nicht verbergen ließ. Obwohl es sicher nicht ihre Beine waren, die die Männer anzogen, musste sie diesen Fummel in der Bar tragen. Trotzdem war sie ein hübsches Ding und erbot sich sofort, Chad alle

Wünsche zu erfüllen. Er lehnte ab, und so ließ sie ihn in Ruhe.

Als der Morgen graute, hätte er längst völlig blau sein müssen – daran hatte er jedenfalls hart gearbeitet –, aber diesmal erreichte er den gewünschten Zustand nicht so schnell wie sonst. Vielleicht hatte ihm Archie auch eine verwässerte Flasche untergejubelt. Harry Sue war in seiner Nähe geblieben, falls er es sich anders überlegte und sie auf ihrem Zimmer oben doch noch näher besehen wollte. Da er sich aber nicht einmal mit ihr unterhalten hatte, war sie inzwischen auf einem der Tische eingeschlafen.

Ihre Ablösung würde wahrscheinlich bald auftauchen, ebenso ein paar Leute aus der Stadt, denn im O'Mally's bekam man von früh morgens bis zum Mittag Kaffee, zum Preis des billigsten Fusels allerdings. Chad legte keinen Wert darauf, hier gesehen zu werden, wollte aber auch nicht gehen, bevor nicht der Alkohol seine Wirkung gezeitigt hatte, damit er endlich nicht mehr denken musste.

Aber anscheinend war er ab jetzt überall vom Pech verfolgt, denn bei Sonnenaufgang trat plötzlich niemand anderes als Spencer Evans durch die Schwingtür. Zweifellos wollte er herausfinden, was sein Erzrivale hier wollte. Chad wusste, dass er sein Pferd besser in den Stall gestellt hätte, statt ihm nur den Sattel abzunehmen und es vor dem Saloon angebunden stehen zu lassen, wo es jeder sehen konnte. Aber er war nicht davon ausgegangen, dass er um diese Zeit noch hier sein würde.

Archie schreckte hoch, als er Spencer sah. Sein Gesicht zeigte Besorgnis, aber er sagte nichts. Die meisten Saloonbesitzer sahen zu, dass sie die beiden Streithähne vor die Tür setzten, bevor sie die Fäuste schwangen. Doch Archie gehörte das O'Mally's nicht, und so schreckte ihn eine Schlägerei nicht so sehr.

Es war absurd, dass der Nachtschwärmer Spencer um diese Zeit schon unterwegs war. Chad wäre nicht überrascht gewesen, wenn der gute Spence der halben Stadt einen Dollar oder zwei versprochen hätte, um es ihm zu melden, wenn Chad auftauchte. Ganz gleich, wo oder wie oft Chad erschien, Spencer tauchte ebenfalls auf, und das war verdächtig.

Diesmal tat Spencer nicht einmal so, als wäre er zufällig vorbeigekommen. Er lehnte sich neben Chad an die Theke, schob seinen Hut zurück und fragte rundheraus: »Was treibst du hier?«

Chad antwortete nicht, blickte nicht einmal in seine Richtung. Spencer murmelte etwas. »Ich würde auf diese Unterhaltung auch lieber verzichten«, sagte er lauter. »Aber was diese Lady angeht, werde ich nicht so tun, als wäre sie mir egal. Gehst du jetzt endlich weg von dort? Bist du auf dem Heimweg? Muss ich mir endlich keine Sorgen mehr machen, dass du ihr den Hof machst, während ich nicht dabei bin?«

»Hau ab, Spencer.«

»Dieser Saloon steht jedermann offen.«

»Dann such dir einen anderen Jedermann.«

»Du warst schon immer so witzig nach ein paar Gläsern. Sie hat dich abblitzen lassen, stimmt's? Ich wusste, dass du nicht nach ihrem Geschmack bist.« Spencer grinste. »Musst jetzt dein gebrochenes Herz ertränken, nicht wahr?«

Endlich sah Chad seinem Erzfeind ins Gesicht. Es war verrückt; endlich einmal hatte er Spencer ausgestochen, nur dass er die Frau, um die es ging, gar nicht wollte. Spencer hatte noch nie so offen gesagt, dass er dieselbe begehrte. Sonst hatte er sein Interesse immer möglichst geheim gehalten. Mit Tricks zum Ziel kommen, um der Schockwirkung willen – das war seine Art. Wie sehr sie sich doch ähnlich waren, Amanda und er. Es gab wohl kaum zwei Menschen, die besser zueinander passten. Wie schade, dass sie darauf nicht selber gekommen war – bevor sie beschlossen hatte, sein Leben zu zerstören.

Normalerweise hätte Chad Spencer jetzt ins Gesicht geschleudert, dass er gewonnen hatte. Nicht dass er oft gewann, wenn es um Frauen ging, um die sie sich stritten. Spencer war besser darin, Versprechungen zu machen, die er nie zu halten gedachte. Aber einmal hätte er es ihm gerne ins Gesicht gesagt. Wie du mir, so ich dir – genauso hätte Spencer gehandelt.

Aber er fühlte sich keineswegs als Sieger. Diesmal würden sie beide verlieren, Spencer und er, und er hatte keine Lust, zu erklären, warum. Schließlich war er nur hier, weil er sich die Sache aus dem Kopf saufen wollte.

»Ich sag's noch mal, Spence«, meinte er. »Verzieh dich.«

»Gib mir eine klare Antwort, dann geh ich. Sie ist also noch zu haben, oder?«

»Marian ist noch zu haben.«

»Wer zur Hölle ist Marian?«

Chad verdrehte die Augen, auch wenn er nicht überrascht war, dass Spencer nicht einmal den Namen kannte. Seit er Amanda zum ersten Mal gesehen hatte, hatte er nur noch Augen für sie gehabt. Vielleicht war ihm sogar entgangen, dass sie eine Schwester hatte, so fixiert war er auf sie gewesen, als sie einander vorgestellt wurden. Und selbst wenn er Marian doch bemerkt hatte, dann hatte er sicherlich den gleichen ersten Eindruck von ihr gewonnen wie Chad.

Also erklärte er nur kurz: »Die Brillenschlange.«

Spencer schnaubte. »Die ist mir egal. Willst du mich provozieren, oder genießt du meine Gesellschaft?«

Darauf gab Chad lieber keine Antwort, denn dann wäre eine Schlägerei nicht mehr zu verhindern gewesen. Nicht dass er sich davor hätte drücken wollen, aber er war einfach nicht darauf eingestellt, ebenso wenig wie er darauf eingestellt gewesen war, Spencer zu begegnen. Außerdem wäre es ziemlich dumm gewesen, sich in seinem Zustand mit Spencer zu schlagen, der völlig nüchtern war. Andererseits würde er in ein paar Tagen ohnehin von der Hochzeit erfahren, wenn Red mit dem Pfarrer gesprochen hatte. Es gab also keinen Grund, sich bedeckt zu halten.

»Ich sag dir was«, bot er großmütig an. »Lass dir eine Flasche Whiskey bringen und trink sie bis hierhin aus.« Er hielt seine Flasche hoch, um zu zeigen, dass sie nur noch zu einem Viertel voll war. »Dann überleg ich es mir noch mal, ob ich meine Sorgen mit dir teile.«

»Sorgen, eh?«, feixte Spencer sichtlich entspannter. »Schätze, das reicht mir als Antwort. Ich gehe lieber, dann kannst du deine Sorgen allein ertränken.«

Spencer war auf halbem Weg zur Tür, als er Chad murmeln hörte: »Auch gut.«

Stirnrunzelnd blieb er stehen und sah einen Moment lang aus, als kämpfte er mit sich. Dann marschierte er mit einer ärgerlichen Geste zurück zur Theke und schnarrte Archie an: »Gib mir eine Pulle von demselben Zeug, und wenn du irgendwem steckst, dass ich von O'Mally's minderwertigem Fusel getrunken habe, jag ich deinen Hintern so schnell aus der Stadt, dass du selber nicht hinterherkommst.«

Gleichgültig verfolgte Chad, wie Spencer die Flasche ansetzte, die Archie ihm zugeworfen hatte. Er setzte einmal ab, um zu prüfen, wie weit er war, seufzte, als er sah, dass sie immer noch halb voll war, und ließ noch ein wenig in sich hineinlaufen. Dann stellte er sie neben Chads Flasche, brummte, da immer noch ein paar Zentimeter fehlten, und füllte sich die fehlende Menge ein.

»So, du Hurensohn, dann lass mal hören«, knurrte er, als er fertig war.

»Ich bin beeindruckt«, bemerkte Chad. »Dass du immer noch sprechen kannst …«

»Soll ich es jetzt aus dir rausprügeln?«

»Da wir beide wissen, dass dir das nicht gelingen würde, trifft es sich gut, dass ich meinen Teil der Abmachung einhalten werde. Dein Glückstag! Oder auch nicht, denn was passiert ist, wird dir nicht gefallen, ebenso wenig wie mir. Aber es muss nicht gleich die ganze Stadt wissen, lass uns also rausgehen.«

Archie seufzte, zweifellos enttäuscht, weil er ausgeschlossen wurde, wandte sich aber wieder seinem Roman zu, als sie die Kneipe verließen. Chad ging mitten auf die Straße. Er wollte keine heimlichen Lauscher, falls er aufgrund des Whiskeys mehr sagte, als er vorhatte.

Spencer packte ihn ungeduldig am Arm. »Das ist weit genug. Jetzt red schon.«

Chad nickte. »Ich weiß nicht, ob du von dem Erbe weißt, das Amanda bekommt, sobald sie heiratet.«

»Ich glaube, das wurde mal erwähnt.«

»Nun, sie ist nicht bereit zu warten, jedenfalls nicht so lange, wie es normalerweise dauern würde, einen Ehemann zu finden.«

»Wenn du mir jetzt sagst, dass sie dich gebeten hat, ihr Mann zu werden, bringe ich dich um.«

»Nein, gebeten hat sie mich nicht.«

»Dein Glück.«

»Sie hat mich dazu gebracht, sie ins Heu zu legen, und dann dafür gesorgt, dass Red davon erfährt.«

Der Whiskey verzögerte Spencers Reaktion. Fünf Sekunden lang glotzte er nur, so dass Chad genügend Zeit hatte, dem ersten Haken auszuweichen. Aber Spencer war so in Rage, dass er einen zweiten Fehlschlag riskierte, und schlug Chad zu Boden. Während der auf dem Rücken lag, begann sich alles um ihn zu drehen.

»Pass auf, sonst kotz ich dich voll«, brachte er heraus.

Spencer sprang von ihm herunter und knurrte: »Ich fordere dich heraus. Heute, zwölf Uhr mittags.«

»Um zwölf schlafe ich noch, sei kein Idiot«, sagte Chad, während er vorsichtig aufstand. »Müsste ich wohl meine Sorgen ertränken, wenn ich Amanda wollte? Ich will sie doch gar nicht. Ich habe dir gesagt, dass sie mich gelinkt hat.«

»Lügner! Wie kann das sein, dass du sie nicht willst?«

»Vielleicht weil ich viel länger mit ihr zusammen war als du und sie von ihrer schlimmsten Seite kennen gelernt habe. Sie ist schön, ja, aber das kann den Rest nicht aufwiegen. Wenn man ihr die Zunge rausschneidet, wäre sie vielleicht erträglich.«

»Das ist nicht komisch.«

»War auch nicht so gemeint«, gab Chad zurück. »Sie ist ein verzogenes Gör, Spencer. Du kannst sie gerne haben, wenn es dir gelingt, sie zum Heiraten zu bewegen, bevor ich vor den Altar gezerrt werde.«

Spencer hörte einen Moment lang auf zu knurren. »Ist das dein Ernst?«

Chad nickte, bedauerte es aber sofort. Es drehte sich immer noch alles.

»Red wird dieses Wochenende mit dem Priester reden, entweder auf der Barbecueparty meines Vaters oder am Sonntag auf dem Heimweg«, sagte er. »Du hast also nicht viel Zeit. Ja, es ist mein Ernst. Dir ist sogar meine unendliche Dankbarkeit gewiss, wenn du das schaffst.«

Kapitel 34

Marian wachte mit geschwollenen Augen auf, vollständig angezogen und mit Schuhen an den Füßen. Sie vermutete, dass sie etwas geschlafen hatte, wenn auch nicht sehr lange. Sie hatte nicht mehr auf die Uhr gesehen, nachdem sie das letzte Bild unter das Bett geschoben und sich auf der Bettdecke zusammengerollt hatte.

Bei künstlichem Licht hatte sie noch nie gemalt, freilich auch noch nie mit Tränen in den Augen. Das Ergebnis befriedigte sie wenig: Chad, der auf einem Heuballen lag und sich das Hemd aufknöpfte. Sein Gesichtsausdruck war dabei so sinnlich, dass nicht schwer zu erraten war, was in seinem Kopf vorging – oder was er gleich tun würde.

Dieses Motiv würde sie niemals vergessen, auch wenn sie es nicht auf die Leinwand gebannt hätte. Es stimmte bis ins kleinste Detail, bis zu dem Muttermal auf seiner Schläfe und der kleinen halbmondförmigen Narbe oberhalb seines Bauchnabels. Es sah ihm so ähnlich, dass sie sofort Schmetterlinge im Bauch spürte, wenn sie es ansah. Doch da sie es ohnehin niemandem zeigen konnte, würde es wohl unter dem Bett bleiben müssen.

Das Beste wäre, wenn sie es zerstören würde, aber dazu konnte sie sich nicht durchringen. Sie würde es aufrollen, sobald es vollständig getrocknet war, und irgendwo verstecken, wo Rita und Ella Mae es beim Putzen nicht finden konnten.

Während sie noch in Gedanken versunken auf dem Bett saß, öffnete sich plötzlich ohne Vorwarnung die Tür. Amanda war die Einzige, die eintrat, ohne anzuklopfen, und tatsächlich, es war ihre Schwester, die dastand, lässig in den Türrahmen gelehnt. Wieder war sie nur halb bekleidet, diesmal jedoch mit Rock und Spitzenmieder. Auch diesmal hatte sie ihren Fächer dabei, wobei sie ihn im Augenblick nicht in Betrieb hatte.

Wie nicht anders zu erwarten, trug sie ihr wohl bekanntes, selbstgefälliges Grinsen im Gesicht. Weil sie diesmal nicht nur Triumph und Schadenfreude empfand, sondern auch über geheimes Wissen verfügte, war es sogar noch selbstgefälliger als sonst.

»Was willst du, Mandy?«

»Ach, nichts Besonderes«, erwiderte Amanda und ließ den Fächer an seinem Band kreisen.

»Dann mach bitte die Tür zu, wenn du draußen bist, danke.«

»Was? Keine Glückwünsche? Du kommst doch zur Hochzeit, oder?«

Amanda lachte nicht. Marian fragte sich, wie sie sich wohl beherrschte. Wahrscheinlich hatte sie eine Pointe in petto, die sie noch witziger fand.

Da Marian angezogen war und das Bett frisch gemacht wirkte – von ein paar wenigen Knittern auf der Decke abgesehen –, würde Amanda nicht davon ausgehen, dass sie gerade erst aufgestanden war; das hätte ihr zweifelsfrei gesagt, dass sie eine schlimme Nacht hinter sich hatte. Amanda hatte ihr den Todesstoß noch nicht versetzt, da war sie sich sicher, und diese Erkenntnis machte sie hellwach. Sie beschloss, ihrer Schwester das Maul zu stopfen, bevor sie anfing, richtig Gift zu versprühen.

»Deine Hochzeit würde ich doch niemals verpassen,

Mandy. Schließlich habe ich viele Jahre darauf gewartet, damit ich endlich ein normales Leben führen kann – in dem du nicht vorkommst.«

»Versprichst du, dass du nicht zu laut weinst, wenn ich auf den Altar zuschreite, wo *er* auf mich wartet?«

»Na ja, wenn man bedenkt, dass er sozusagen mit vorgehaltener Waffe dazu gezwungen wird, sind Tränen eigentlich unpassend. Andererseits hat er sich zu etwas zwingen lassen, das er sicherlich auch freiwillig getan hätte, wenn man ihm nur die Chance gelassen hätte. Schlechter Zeitpunkt, würde ich sagen. Deshalb denke ich schon, dass ich mich zurückhalten kann.«

Der beiläufige Tonfall hatte Marians ganze Willenskraft beansprucht, aber Amanda merkte nichts und zog eine beleidigte Schnute. »Tu doch nicht so, als würde es dir nichts ausmachen.«

»Wieder eine Frage des Zeitpunkts. Gestern früh hätte es mir etwas ausgemacht. Heute Morgen nicht mehr, tut mir Leid.«

»Lügnerin! Ich weiß genau, dass du ihn willst. Sonst hättest du dich nie im Stall zur Dirne gemacht.«

Amandas harte Worte brachten Marians Wangen zum Glühen. »Das sagt die Richtige! Du hast doch schon mindestens ein halbes Dutzend solcher Affären hinter dir. Zumindest musst du jetzt kein falsches Blut mehr aufs Laken schmieren, damit dein Mann dem Irrtum aufsitzt, dich als Erster berührt zu haben. Bravo, Schwesterherz, das war brillant, selbst für deine Verhältnisse.«

Die Glut wechselte das Gesicht. »Deshalb habe ich es nicht getan. Als ob mich kümmern würde, was mein Mann denkt«, spottete Amanda empört. »Der Mann, den ich heirate, wird dankbar sein, dass er mich zur Frau bekommt, ob jungfräulich oder nicht.«

»Darüber ließe sich streiten, schließlich wissen wir ja nun, wer es sein wird.«

»Allerdings.« Amanda fand zu ihrem Grinsen zurück. Es war ein triumphaler Sieg für sie, und das lag nicht einmal so sehr daran, dass sie einen Mann gefunden hatte, der sie ohne langwieriges Werben sofort heiraten würde; nein, es lag daran, dass sie den Mann bekommen hatte, den Marian wollte. Auf diese Weise konnte sie ihr mit einem Streich alles heimzahlen, was sie ihr je angetan hatte.

Wahrscheinlich würde Amanda vor nichts zurückschrecken, denn schließlich bekam sie dadurch endlich, was sie wollte. Und wenn sie Chad nicht auf mehr oder weniger nette Weise überreden konnte, sie nach Hause zu bringen, dann würde sie eben allein fahren. Er konnte ihr ja nachfolgen. Vermutlich würde er das sogar tun, schließlich wollte er sie ja wirklich. Doch wenn er ihr dann ein halbes Dutzend Mal vergeblich nachgejagt war, würde er aufgeben, so dass sie am Ende genau das hätte, was sie wollte – ihr Erbe und niemanden, dem sie Rechenschaft schuldet.

Marian stand vom Bett auf und ging zur Tür, um zur Klinke zu greifen; sie würde zumachen, ob ihre Schwester im Weg stand oder nicht.

Leider trat Amanda rasch zur Seite, ins Zimmer hinein statt auf den Flur hinaus.

»Verschwinde mit deinem Grinsen, Mandy, und lass mich zufrieden.«

Amanda begann, sich Luft zuzufächeln, obwohl eine leichte Brise durch die offenen Fenster wehte, und schlenderte lässig im Zimmer umher. »Was mich interessieren würde«, sagte sie, die Aufforderung zum Verschwinden vollständig übergehend, »warum bist du gestern Abend nicht mit der Wahrheit rausgerückt? Zu hochherzig, um ihn selber vor den Altar zu zwingen?«

»Nein. Ich habe anders als du einfach zu viel Respekt vor mir selbst, um …«

»Ich habe größten Respekt vor mir«, wiedersprach Amanda. »Du bist diejenige, die keinen hat – oder würdest du sonst so eine hässliche alte Jungfer aus dir machen?«

Die Röte wechselte erneut das Gesicht, diesmal allerdings aus Wut. »Da hast du absolut Recht, Mandy«, stimmte ihr Marian zu.

Sie riss sich die Brille von der Nase, nahm sie in beide Hände und brach sie in zwei Teile, um sie dann zu Boden zu werfen. Dann zog sie sich alle Nadeln aus dem Haar und schüttelte es, bis es locker herabfiel.

Amanda hatte nicht damit gerechnet, dass ihre Sticheleien so weit führen würden. Leicht schockiert stand sie einen Moment lang da und starrte ihr Spiegelbild an. »Du weißt, dass du nicht von jetzt auf dann wieder du selbst sein kannst«, sagte sie zögernd, aber mit aufkeimender Hoffnung. »Du hast diese Maske viel zu lange getragen.«

»Das stimmt. Und vielen Dank. Du hast mich daran erinnert, dass ich sie nicht mehr brauche, jetzt, wo dein Ehemann schon in den Startlöchern steht. Ich denke, ich kann mir jetzt in aller Ruhe auch einen suchen, meinst du nicht auch?«

»Nein, meine ich nicht«, kläffte Amanda zurück. »Und glaub ja nicht, ich wüsste nicht, was du vorhast. Du willst versuchen, ihn zurückzugewinnen, aber das wird nicht funktionieren, nicht solange du ihm nicht die Wahrheit sagst – warum zur Hölle hast du das nicht getan?«

»Weil er mir nicht geglaubt hätte. Du hast doch gehört, was er im Stall gesagt hat. Er dachte, du wärst es. Er wollte, dass du es bist. Und wenn er erst einmal die Wut über den vermeintlichen Betrug überwunden hat, wird er hellauf begeistert sein, dass er die Frau bekommt, die er von Anfang an wollte.«

»Ja, das wird er wohl«, schnurrte Amanda mit wiedergewonnenem Selbstvertrauen. »Es wird ihm nicht einmal was ausmachen, dass ich gelogen habe. Wahrscheinlich wird er mir sogar dafür dankbar sein – sofern er es jemals herausfindet. Wie schade, dass du ihn auch wolltest.«

»Ja, in der Tat, aber immerhin habe ich meinen Irrtum bemerkt, bevor es zu spät war. Ich kann dir eigentlich nur dankbar sein, dass du mir diesen Schlamassel erspart hast. Glaub mir, ich hätte nie gedacht, dass ich so etwas einmal zu dir sagen würde.«

Amanda zwinkerte und fragte dann mit gerunzelter Stirn: »Wovon redest du überhaupt? Was für ein Schlamassel?«

»Der Schlamassel, den ich durch meinen Irrtum verursacht habe. Ich war so dumm zu hoffen, dass er mich vielleicht mag. Ich wusste nicht, dass er glaubte, dich im Arm zu haben. Wenn du nicht mit dieser Lüge gekommen wärst, hätte ich nie etwas gemerkt.«

»Verdammt noch mal, Mari, wie kommst du nur auf die Idee, dass ich so blöd sein könnte? Ich weiß genau, was du vorhast, aber es wird nicht funktionieren. Du mochtest ihn immerhin genug, um zuzulassen, dass er dich im Stall nimmt. Tu nicht so, als wäre das jetzt nicht mehr so.«

»Ich mochte ihn, ja, aber ich hätte nie ›zugelassen, dass er mich nimmt‹, wie du es ausdrückst, wäre da nicht diese Leidenschaft gewesen, die ich zum ersten Mal empfunden habe und die einfach stärker war als ich. Es wäre mir lieber gewesen, wenn ich vorher gewusst hätte, wie seine Gefühle mir gegenüber sind; jetzt da ich es weiß, würde ich ihn noch nicht einmal dann nehmen, wenn du ihn aus irgendwelchen Gründen nicht heiraten solltest.«

»Das glaube ich dir nicht.«

»Dein Problem.«

Amandas Lippen verdünnten sich, ein Zeichen dafür, dass sie sich ihrer Sache nicht mehr so sicher war. Marian holte zum letzten Schlag aus.

»Weißt du, Mandy, es widerstrebt mir ja, das zu sagen, aber in dieser Hinsicht sind wir uns sehr ähnlich.«

Amanda schnaubte. »Höllisch ähnlich.«

»Ich weiß, mir fällt es auch schwer, das zu glauben.« Marian grinste. »Aber du vergisst, dass ich ebenso wie du niemals bereit wäre, als zweite Wahl für einen Mann herzuhalten. Würdest du bitte endlich verschwinden? Ich muss meine Garderobe durchsehen, ob ich etwas Passendes für mein ›neues‹ Ich finde. Vielleicht kannst du mir ja auch ein paar von deinen Kleidern ausleihen, bis ich in der Stadt eine Schneiderin gefunden habe. Du hast deine Sachen ja in letzter Zeit sowieso recht wenig getragen, wirst sie also sicher nicht vermissen.«

Kapitel 35

Amanda ließ die Tür krachend hinter sich ins Schloss fallen. Marian stellte überrascht fest, dass ihr nach Lächeln zumute war. Wenn sie in all den Jahren von ihrer Schwester etwas gelernt hatte, dann wie man einen guten Auftritt inszenierte, und der, den sie gerade abgeliefert hatte, wäre einem Profischauspieler würdig gewesen. Die Frage war nur: Hatte es etwas genützt? Wirklich ändern würde sich sicherlich nichts, abgesehen davon, dass Amanda sie von nun an nicht mehr mit ihrer Häme verfolgen würde.

Amanda wollte immer noch einen Ehemann, und zwar je eher, desto lieber. Marian hatte lediglich dafür gesorgt, dass sie nun einen Grund weniger hatte, Chad in dieser Rolle zu bevorzugen. Alle anderen Gründe hatten weiterhin Bestand – er war bereit, Kathleen akzeptierte ihn, und die Hochzeit würde bald stattfinden. Wenn keine Alternative auftauchte, bevor Kathleen den Hochzeitstermin festlegte, würde Amanda seine Frau werden.

Marian hob ihre Brille vom Boden auf. Eine ganze Weile starrte sie darauf. Natürlich konnte sie eine ihrer Ersatzbrillen aufsetzen. Aber ging es wirklich darum? Es war nicht wie zu Hause in Haverhill, wo sich Verehrer die Klinke in die Hand gaben, um Amanda zu sehen, obwohl einige von ihnen vielleicht lieber sie getroffen hätten.

Aber sie brauchte dringend eine neue Garderobe. Die faden Farben hatte sie nicht gewählt, weil sie ihr besonders gefielen, sondern weil sie ihrer »Tarnung« gedient hatten. Jetzt hatte sie genug von dieser Maskerade. Und wenn Amanda sich durch die wieder erwachte Konkurrenz bedroht fühlte – Pech für sie.

Sie zog das Kleid aus, in dem sie geschlafen hatte, und schlüpfte in eine weiße Bluse, die immerhin einigermaßen neutral war. Und was dazu? Sie überlegte – da fiel ihr der Reitrock ins Auge, den sie von ihrer Tante geliehen hatte, der, den sie gestern Morgen getragen hatte ...

Nein, sie würde nicht wieder weinen. Sie musste irgendwann aufhören, ihren Verlust zu betrauern, und das konnte sie auch sofort tun.

Sie konnte immer noch nicht reiten ... Nur von *ihm* würde sie es sich sicher nicht beibringen lassen. Außerdem wusste sie immerhin schon, wie man ein Pferd zum Reiten vorbereitete, und das war wahrscheinlich sowieso das Schwierigste. Es konnte doch nicht so kompliziert sein, auf ein Pferd zu steigen und oben zu bleiben, schließlich schaffte das praktisch jeder in diesem Teil des Landes. Sie war fest entschlossen, sich den Rest selbst beizubringen.

Sie zog den Reitrock an und strebte zur Tür. Genau in dem Moment tauchte Ella Mae auf und steckte nach einem kurzen Klopfen den Kopf durch die Tür.

»Zum Teufel, ja!«, rief sie aus, nachdem sie sofort gesehen hatte, dass Marians Verwandlung beabsichtigt war. »Das wurde aber auch Zeit.«

Marian gelang es, nicht rot zu werden. »Alle Gründe, die ich hatte, um mich zu verbergen, sind hinfällig.«

»Ich habe davon gehört«, sagte Ella Mae mit Verachtung in der Stimme. »Als ich gestern ihre Kleider zum Waschen abholte, konnte sie sich ihre Schadenfreude nicht verkneifen.« Zögernd fügte sie hinzu: »Wollen Sie darüber reden?«

»Nein.«

»Dachte ich mir. Wenn es Sie doch noch überkommt, wissen Sie ja, wo Sie mich finden. Soll ich Ihnen die Haare machen, oder wollen Sie sie lieber so wild tragen?«

»Eigentlich hätte ich Lust dazu, aber ich nehme an, das würde vielleicht dann doch zu weit führen.«

»Erst müssen ein paar Ponyfransen her«, gab Ella Mae zu bedenken. »Nicht zu kurz. Sie werden sie immer noch hochstecken können, so wie sie das auch hin und wieder macht.«

Marian nickte. »Ich möchte aber nicht so aussehen wie sie, ja? Diese Löckchen finde ich viel zu verspielt.«

Ella Mae brauchte nicht lange. Sie konnte wunderbare Frisuren zaubern, die der Trägerin immer sehr gut zu Gesicht standen, auch wenn sie nicht immer der neuesten Mode entsprachen. Statt Marians lange Locken wieder hochzustecken, fasste sie sie am Hinterkopf mit einem hellblauen Band zusammen. Ponyfransen schnitt sie nur ein paar, die bereits lagen, wie sie sollten; am Ende hatte sie einen kringeligen Flaum am Haaransatz, ein paar längere Locken, die sich an die Schläfen schmiegten, und im Ganzen ein völlig verwandeltes Aussehen.

»Ich würde jetzt direkt zu ihr gehen und mich zeigen«, schlug Ella Mae vor. »Aber das ist eben meine Ansicht. Sie sind viel zu nett, um ihr Spiel mitzuspielen.«

Marian grinste. Ella Mae hatte nie Zweifel gehabt, wen sie vor sich hatte.

»Sie läuft ja nicht weg, außerdem weiß sie schon, dass ich mein Versteckspiel aufgegeben habe. Im Übrigen habe ich jetzt ein Rendezvous mit einem Pferd.«

Marian rechnete damit, dass der Stall erneut verwaist war. Vielleicht war der Cowboy, der sich um die Pferde kümmerte, wieder da, vielleicht war er aber auch noch krank, dann lag er sicher im Bett. Aber sie hatte nicht auf die Uhr gesehen, bevor sie losgegangen war, und so wusste sie nicht genau, wie spät es war. Zwölf vielleicht, nach dem Stand der Sonne zu urteilen.

Kathleen war zu Mittag heimgekommen, vielleicht hatte sie auch schon Feierabend gemacht. Sie hatte ihr Pferd in eine Box gestellt, was darauf hindeutete, dass sie es heute nicht mehr brauchte. Während sie die Boxentür hinter sich zuzog, hörte sie Marian kommen und blickte ihr entgegen.

»Überrascht mich, dich hier draußen zu sehen«, bemerkte Kathleen ein wenig steif. »Immerhin bist du diesmal passend angezogen.«

»Ich bin Marian.«

»Klar«, schnaubte Kathleen.

Marian zuckte zusammen. Damit hatte sie nicht gerechnet. Es war schon sehr lange her, dass sie zuletzt jemanden überzeugen musste, dass sie der eine Zwilling war und nicht der andere.

Sie hatte auch vergessen, wie demütigend es war, wenn ihr nichts einfiel, womit sie sich als Marian legitimieren konnte, etwas, von dem nur sie und die andere Person wusste. Sie war oft genug in dieser verzweifelten Lage gewesen, wenn andere erbost darauf beharrten, dass sie Amanda wäre. Zum Glück hatte sie ein paar ungestörte Gespräche mit ihrer Tante geführt, aus denen sie genügend Beweise schöpfen konnte.

»Als du mir diesen Rock gabst, sagtest du, ich solle mich nicht daran stören, wenn die Cowboys mich deswegen aufzögen, und dass sie solche Röcke ›Weiberhose‹ nennen. Ich bin ziemlich sicher, dass wir dabei allein waren.«

Kathleen entspannte sich sichtlich. »Ja, außerdem standen wir so weit von der Tür entfernt, dass uns niemand belauscht haben kann. Du bist es also wirklich. Was für eine erstaunliche Verwandlung! Keine Brille mehr?«

»Ich hatte ja immer vor, sie abzulegen, sobald Amanda unter der Haube ist. Und nun ist sie ja so gut wie … verheiratet.«

Eigentlich hatte sie dieses Thema gar nicht so schnell zur Sprache bringen wollen. Zum Glück sagte Kathleen nur: »Ja, sieht wohl so aus«, und beließ es dabei.

Um ihre Tante rasch auf andere Gedanken zu bringen, fragte Marian: »Wie kommen wir denn in die Stadt? Ich kann immer noch nicht reiten.«

»Wenn ich allein bin, reite ich meist am Samstag los, erledige meine Einkäufe, bleibe über Nacht, gehe Sonntagmorgen in die Kirche, mache noch ein paar Besuche und breche gegen Mittag wieder nach Hause auf. Da ihr Mädchen nicht reiten könnt, werden wir ein wenig länger für den Weg brauchen. Ich habe noch einen alten Pferdewagen, mit dem ich früher Vorräte transportiert habe; andererseits hat Spencer immer noch niemanden geschickt, um seine Kutsche abzuholen, also können wir ebenso gut auch die benutzen. Aber diesmal kommt ein kleiner Umweg hinzu.«

»Ach ja?«

»Stuart hat überall verbreiten lassen, dass er an diesem Samstag seine Barbecueparty steigen lassen will. Ich denke, dass die ganze Stadt dort sein wird. Wir werden also zuerst auf der Kinkaid-Ranch vorbeischauen und dann Sonntag auf dem Rückweg in der Stadt halten. Trotzdem müssen wir Samstag früh bei Tagesanbruch los und werden wahrscheinlich erst spät am Nachmittag dort sein. Aber Stuarts Feste dauern meist bis spät in die Nacht.«

»Ich weiß, es macht große Umstände, und bis wieder solch ein Ausflug ansteht, kann ich reiten. Genau genommen«, fügte sie grinsend hinzu, »bin ich deswegen hier.«

Kathleen runzelte die Stirn. »Chad ist gar nicht da, um dir Unterricht zu geben. Er ist zu seinem Vater geritten. Wahrscheinlich wird er ein paar Tage weg sein. Ich denke nicht, dass er vor der Party noch einmal wiederkommt. Aber da ich für heute schon Feierabend gemacht habe, kann ich ja vielleicht den Job übernehmen, oder?«

Marian nickte erleichtert. Sie war zwar drauf und dran gewesen, sich das Reiten selbst beizubringen, aber die Aussicht war wenig verlockend gewesen.

Kathleen gab ihr Anweisungen, wie sie mit dem Tier umgehen musste, war aber ansonsten recht schweigsam, was Marian nicht überraschte. Sie hatte sehr viel um die Ohren, und das meiste hatte vermutlich mit Chad und Amanda zu tun.

Während der Stunde kämpfte Marian mit sich, ob sie ihrer Tante die Wahrheit sagen sollte. Vielleicht hätte Kathleen ihr geglaubt, vielleicht aber auch nicht. Immerhin hatte sie ihr schon viele andere sonderbare Geschichten über Amanda erzählt. Vielleicht war dieser letzte Auftritt ein wenig zu viel des Guten gewesen. Hinzu kam, dass Chad überzeugt war, mit Amanda geschlafen zu haben; er würde sich vermutlich weigern, wenn Kathleen von ihm verlangte, dass er *sie* statt Amanda heiratete. Außerdem wollte sie keinen Mann, der sie aus Zwang heiratete, und überhaupt wollte sie Chad sowieso nicht mehr.

Trotz allem war sie der Meinung, dass sie etwas unternehmen musste. Nicht um Chad einen Gefallen zu tun, sondern weil sie nicht daran schuld sein wollte, dass er ins Unglück rannte. Sie hätte abwenden können, was sich aus dem Vorfall im Stall ergeben hatte, aber sie hatte es nicht getan. Im Augenblick war er vielleicht begeistert davon, Amanda zu bekommen, aber sobald sie einmal verheiratet waren und sie darauf bestand, mit ihm nach Haverhill zurückzugehen, würde er das sicherlich nicht mehr sein.

Sie musste die Wahrheit sagen, ob ihr nun jemand glaubte oder nicht. Sie musste Kathleen davon überzeugen, dass sie Chad niemals heiraten würde, dass es nicht fair wäre, weil er schließlich in dem Glauben war, eine andere geliebt zu haben. Der Fehler lag bei ihr, und sie musste mit den Konsequenzen leben.

Lieber Gott, was für ein peinliches Thema. Immerhin bestand noch kein unmittelbarer Handlungsbedarf. Ein paar Tage hatte sie noch, um sich zu überlegen, wie sie es am besten anpackte. Vielleicht nach dem Barbecue. Vielleicht hatte sie auch Glück, und Amanda fand auf der Party einen, der besser zu ihr passte als Chad, so dass sie selbst beichten musste.

Von all diesen unliebsamen Gedanken ebenso abgelenkt wie Kathleen, war Marian mehr als überrascht, als sie sich plötzlich im Sattel auf dem Rücken der Stute wiederfand, die Zügel in der Hand, und ihre Tante sagen hörte: »Okay, Zeit für den Praxistest. Machen wir einen Ausritt.«

Kapitel 36

Das Klopfen an der Tür weckte Chad. Die langen Schatten an der Wand des Hotelzimmers verrieten, dass die Sonne gerade im Untergehen war. Er wälzte sich aus dem Bett, in dem er vollständig bekleidet gelegen hatte. Zum Ausziehen war er nicht mehr in der Lage gewesen, als er hineingekrochen war.

»Ich komm schon«, brummte er, doch das Klopfen hörte nicht auf.

Er glaubte zu ahnen, wer da draußen stand, meinte, den Klang des Klopfens wiederzuerkennen. Wütend stieß er die Tür auf und sah sich bestätigt. »Zur Hölle, kann ich denn in dieser Stadt nichts tun, ohne dass du gleich Bescheid weißt?«

»Nicht viel jedenfalls.« Stuart grinste und trat ins Zimmer.

Chad schloss die Tür hinter ihm und fuhr sich mit einer Hand übers Gesicht, um seine bleierne Müdigkeit abzustreifen. Ein schwerer Fehler – sofort meldete sich ein bohrender Schmerz hinter seinen Schläfen, der ihn daran erinnerte, warum er gestern in die Stadt gekommen war.

»Besonders gut siehst du nicht aus«, bemerkte Stuart, während er es sich auf dem einzigen Stuhl im Zimmer bequem machte.

»Hab ein wenig zu tief ins Glas geschaut gestern.«

»Ich weiß. Und jetzt möchte ich gern den Rest hören. Warum übrigens hast du nicht in unserem Stadthaus übernachtet? Ich halte das doch nicht nur pro forma.«

»Ich wollte einen guten Überblick über die Straße haben, und den hab ich von hier aus.«

»Wozu? Gibt es vielleicht sonst noch was, das ich nicht weiß?«

»Lass mich doch erst einmal wach werden, bevor du anfängst, mich zu löchern.«

»Also gut.« Stuart seufzte.

Chad ging zum Fenster. Die Dämmerung war so weit fortgeschritten, dass der Himmel schon fast schwarz war. In dem Stall an der Straße, wo Spencer sein Pferd untergestellt hatte, brannte Licht. Das Pferd war an diesem Tag nicht bewegt worden.

Er hatte so gehofft, dass er sich nach dem Gespräch mit Spencer nicht bei seinem Vater dafür rechtfertigen musste, was für ein verdammter Idiot er war. Aber er hätte wissen müssen, dass Stuart sofort davon erfuhr, wenn er in der Stadt war, um sich besinnungslos zu saufen. Spencer war nicht, wie er gehofft hatte, sofort zur Twisting-Barb-Ranch geritten. Vielleicht wollte er bis zur Party warten, um mit seiner Werbung um Amanda zu beginnen. Oder er wollte sie am Ende gar nicht mehr, nach alledem, was Chad ihm über sie erzählt hatte. Diese Möglichkeit war nicht auszuschließen.

Jedenfalls konnte er jetzt nicht mehr um den heißen Brei herumreden. Sein Vater saß da und wollte Antworten. »Ich werde heiraten.«

»Das Biest?« Stuart seufzte unwillig. »Dann bist du in die Stadt gekommen, um zu feiern? Hast du dir deshalb so die Kante gegeben?«

Chad verzog das Gesicht und schüttelte den Kopf. »Ganz falsch. Ich bin alles andere als glücklich.«

»Ach?«, fragte Stuart verwirrt zurück. Dann grinste er erleichtert. »Du bist also wieder zu Verstand gekommen, bevor es zu spät ist. Dann entschuldige dich bei ihr. Vielleicht hat sie Verständnis, wenn nicht, ihr Pech. Ist ja nicht so, als würden ihr nicht sowieso die meisten Typen der Gegend nachstellen …«

»Ich kann mich nicht entschuldigen, Pa. So wie die Dinge liegen, muss ich sie heiraten.«

Stuart setzte sich auf.

Sein Gesicht zeigte reine Wut. »Du musst? Was hast du getan?«

»Ich habe mich unendlich blöd benommen.«

»Das dachte ich mir schon, aber wie kommt's, dass du das selber so siehst? Ich dachte, sie gefällt dir.«

»Das war auch so – solange ich dachte, dass alles, was ich an ihr nicht mag, durch die Strapazen der Reise bedingt war. Aber sie hat sich auch nach dem Ende der Reise nicht verändert, jedenfalls nicht zum Besseren. Sie ist ein hinterhältiges, berechnendes Miststück.«

»Und ein Biest.«

»Auch das.«

»Was ist passiert, dass dir endlich die Schuppen von den Augen gefallen sind?«, fragte Stuart.

»Sie will mich benutzen, um an ihr Erbe zu kommen. Da sie wusste, dass Red mich als Bräutigam akzeptieren würde, war ich für sie das schnellste Mittel zum Zweck.«

»Wenn du mir jetzt erklärst«, grollte Stuart, »dass sie um deine Hand angehalten hat und du Ja gesagt hast, versohl ich dir höchstpersönlich den Hintern für diese Dummheit.«

Chad schnaubte. »Nein. Ich wünschte, sie wäre so direkt gewesen, aber sagte ich nicht bereits, dass sie hinterhältig ist? Sie hat mich dazu gebracht, mit ihr zu schlafen, und anschließend hat sie dafür gesorgt, dass Red es erfährt.«

»Das habe ich befürchtet.« Stuart seufzte wieder. »Aber dann darfst du nicht so hart sein mit dir, Junge. Von einem so hübschen Mädchen verführt zu werden, das könnte den Stärksten unter uns passieren.«

»Aber das Schlimmste kommt erst noch.«

»Gibt es überhaupt was Schlimmeres?«

Chad nickte. »Du hast es wahrscheinlich noch nicht bemerkt – ich habe selbst eine Weile gebraucht –, aber die beiden Schwestern sind Zwillinge.«

»Nein.«

»Doch. Ich dachte, ich wäre mit Marian zusammen. Amanda hat sich als sie ausgegeben, und sie war perfekt. Ich hätte nie was gemerkt, so sicher war ich, dass es Marian war – bis zum Abendessen gestern, als Amanda auftauchte, um Red alles brühwarm aufzutischen.«

Stuart schoss wütend von seinem Stuhl hoch. »Da ist doch was faul! Red würde dir doch nie die Verantwortung geben, wenn sie die ganze Wahrheit wüsste. Du musst zurück und ihr sagen …«

»Amanda war noch Jungfrau, Pa.«

»Hölle, Tod und Teufel!«

»Mein Gedanke. Aber es gibt einen Schimmer Hoffnung für mich. Wenn ich Glück habe, hilft mir Spencer aus der Patsche.«

»Warum hast du das nicht gleich gesagt? Seid ihr wieder Freunde?«

»Zur Hölle, nein.«

»Dann schlagt ihr euch wieder mal um dieselbe Frau?«, riet Stuart weiter.

»Nein, diesmal schlagen wir uns nicht drum, diesmal ist er dumm genug, sie zu wollen. Im Gegensatz zu mir.«

Stuart runzelte die Stirn. »Aber was ist da noch zu machen? Die Sache ist nun mal passiert.«

»Ja, aber er weiß davon, und er will sie trotzdem«, erwiderte Chad. »Er tauchte heute Morgen im O'Mally's auf und wollte nicht wieder verschwinden, bis ich ihm erzählt hab, warum ich hier bin. Wenn ich etwas nüchterner gewesen wäre, hätte ich's vielleicht für mich behalten. Aber vielleicht war es ein Glück, dass ich's nicht getan habe.«

»Aber wird Red nicht darauf bestehen, dass du das Mädchen heiratest?«, wandte Stuart ein.

»Red ist über die ganze Geschichte genauso unglücklich wie ich. Falls Spencer Amanda dazu bringen kann, sie zu heiraten, wird Red ihren Segen geben. Sie weiß, dass ich getäuscht wurde.«

»Verdammt, da bin ich aber erleichtert«, schloss Stuart mit einem Grinsen. »Dachte schon, ich müsste jetzt Holz bestellen, damit du dein eigenes Haus bauen kannst.«

Chad verdrehte die Augen. »Ich sagte, *falls* er sie dazu bringen kann. Garantiert ist das nicht, Pa. Es könnte genauso gut sein, dass Amanda Spencer in die Wüste schickt. Einen Bräutigam hat sie ja schon sicher. Und sie hat sich verdammt viel Mühe gegeben, mich zu bekommen.«

»Ja, aber es gibt Hoffnung. Das reicht mir für den Anfang schon.«

»Nur weil Spencer ein geübter Verführer ist und einer Frau genau das erzählt, was sie hören will, ob es nun stimmt oder nicht.«

Stuart lachte leise. »Klingt, als wären die zwei füreinander geschaffen.«

»So sehe ich das auch.«

Stuart wandte sich zum Gehen, obwohl er noch keineswegs die Absicht hatte. »Wie wär's, wenn ich was zu essen bestelle?«

»Wie wär's, wenn du allein isst? Lass mich wieder ins Bett gehen.«

»Du kannst doch nicht mehr müde sein«, protestierte Stuart. »Du hast den ganzen Tag geschlafen.«

»Nicht den ganzen Tag. Fast den ganzen Vormittag stand ich am Fenster und wartete darauf, dass Spencer irgendwas unternimmt. Aber er ist nicht weggeritten.«

Stuart runzelte wieder die Stirn. »Du meinst, Spencer gibt sich geschlagen?«

»Wenn du es so ausdrückst, muss ich sagen, nein. Spencer gibt sich niemals geschlagen. Vielleicht wartet er nur bis zu deiner Party, um sich an Amanda heranzumachen, weil sie da nicht ständig unter Reds Beobachtung steht.«

Stuarts Züge wurden weich. »Vielleicht nützt es ja etwas, wenn ich dafür sorge, dass Red beschäftigt ist.«

Kapitel 37

Die letzten Tage bis zur großen Party vergingen in geschäftiger Betriebsamkeit. Amanda mimte die Gelangweilte, denn schließlich handelte es sich ja nur um eine »Landeierparty«. Aber Marian wusste genau, dass sie ganz aufgeregt war, wenn auch bei weitem nicht so wie sie selbst. Zu Hause war sie ein paar Mal mit auf Bälle gegangen, aber hinter ihren dicken Gläsern hatte sie wenig Spaß daran gehabt. Dieses texanische Fest aber würde für sie den Moment der Wahrheit bringen.

Es blieb nicht mehr genügend Zeit, um neue Kleider schneidern zu lassen, wobei Ballroben auch nicht passend gewesen wären. Marian hatte natürlich niemals ernsthaft daran gedacht, von Amanda Sachen zu leihen, die ihr viel zu verspielt waren. Doch mit Reds Hilfe – sie steuerte ein paar weiße Spitzen bei – wirkte Ella Mae geradezu Wunder an einem von Marians alten beigefarbenen Gewändern. Sie trennte den hochgeschlossenen Kragen und die Ärmel heraus und säumte den Rock und das neue tief ausgeschnittene Mieder mit den Spitzen. Amandas Kleid war modischer, aber das von Marian hübscher, gerade weil es so einfach war.

Red hatte einen ihrer Männer mit dem Porträt von dem Zugräuber zum Sheriff geschickt, kaum dass Marian den Pinsel aus der Hand gelegt hatte. Sie hätten es zwar auch am Sonntag auf dem Weg persönlich vorbeibringen können, doch Red war der Meinung, dass so eine wichtige Mitteilung auf keinen Fall warten dürfte. Noch hatten sie nicht erfahren, ob das Bild bei der Auffindung des Täters eine Hilfe gewesen war, aber der Sheriff würde sicherlich auch zum Barbecue kommen, und dann konnten sie ihn fragen.

Fast alle auf der Twisting-Barb-Ranch waren lange vor Sonnenaufgang wach, um sich in Ruhe anzuziehen und vor dem Aufbruch noch ein schnelles Frühstück zu sich zu nehmen. Kurz nach zwölf trafen sie bereits auf der Kinkaid-Ranch ein. Die meisten Gäste aus der Stadt waren bereits da; manche waren schon am Vorabend hergeritten, um nichts zu verpassen.

Die Schwestern wussten, dass Stuarts Ranch groß war, und doch waren sie bass erstaunt, als sie mit eigenen Augen sahen, wie groß sie tatsächlich war. Das Haupthaus bestimmte das Bild. Groß wie eine Villa, wenn auch nicht so ausgestaltet, überragte es die umstehenden Gebäude. Das eigentliche Barbecue fand dahinter statt.

Improvisierte Tische aus langen Holzplanken waren aufgestellt. Es gab eine Bühne mit Tanzfläche, wo bereits Musiker spielten, wenn auch noch niemand tanzte. Unweit davon steckten ganze Tiere auf Spießen, die sich über Feuern drehten und hin und wieder mit Fleischsaft übergossen wurden. Ein ganzer Tross von Bediensteten huschte zwischen Haus und Tischen hin und her, wo sie immer mehr Speisen abstellten und sofort mit karierten Tüchern abdeckten. Es duftete herrlich.

Vor einem der Ställe fand ein Rodeo statt, und dort war auch der überwiegende Teil der Gäste zu finden. Die Luft war erfüllt von den anfeuernden Rufen und dem Gelächter der Zuschauer, die Wetten abschlossen, und alle schienen sich prächtig zu amüsieren – bis auf die Cowboys, die sich mit Mühe auf den buckelnden und ausschlagenden Pferden zu halten versuchten. Es sah ziemlich gefährlich aus; die Männer hielten meist nicht lange durch.

Marian beschloss, sich von diesem Ort fern zu halten. Diese Art von Vergnügen war ihr etwas zu rustikal. Sie hatte gehört, dass auch ein Pferderennen stattfinden sollte, vielleicht ein Wettschießen und ein Lassowettbewerb – also jede Menge Möglichkeiten für die Cowboys, sich in ihren Fertigkeiten, die sie sonst bei der Arbeit brauchten, miteinander zu messen.

Kathleen stellte die Mädchen vor. Amanda fand rasch Gefallen an der Veranstaltung, aber sie hatte bei solchen Menschenansammlungen von jeher alle überstrahlt, und so dauerte es nicht lange, bis sie der »Star der Party« war. Marian gönnte ihr das; zwar war sie endlich aus ihrem Schneckenhaus gekrochen, doch Amandas Selbstbewusstsein besaß sie nicht. Gleichwohl versetzte sie viele Leute in Erstaunen, die sie eine Woche zuvor in der Stadt hatten ankommen sehen. Aber Zwillinge waren immer eine Attraktion.

Der Gastgeber tauchte schließlich auf und brachte mit seinen Komplimenten Kathleens Wangen zum Glühen; anschließend übernahm er die Aufgabe des Vorstellens.

Spencer kam ebenfalls und sah wie immer schneidig aus in seinem schwarzen Gehrock und dem schmalen Band um den Kragen. Er brauchte nicht lange, um Amanda zu finden und sie in ein Gespräch zu verwickeln. Marian fragte sich, ob ihre Schwester ihm wohl erzählte, dass sie Chad heiraten würde. Wahrscheinlich nicht, denn sie wollte sich den Flirt mit ihm sicher nicht entgehen lassen.

Wie absurd es doch war, dachte Marian, dass sie immer gedacht hatte, nach dem Ablegen ihres »Schleiers« würde alles anders sein. In Wahrheit hatte sich nichts geändert. Sie war jetzt hübsch, ja. Doch auch das schien sie nicht anziehender zu machen oder diese Veranstaltung interessanter.

Amanda zog sie beiseite. »Halt dich gerade«, mahnte sie ungeduldig. »Du hast eine gute Figur, zeig sie. Und schau nicht immer nach unten, als ob du über die Ränder deiner albernen Brille schielen wolltest. Du hast sie nicht mehr auf der Nase.«

Amanda gab ihr Tipps, wie sie sich besser präsentieren konnte? Bevor bei Marian der Schock einsetzte, fügte Amanda hinzu: »Wie soll ich denn mit dir konkurrieren, wenn du immer noch versuchst, dich zu verstecken?«

»Ich verstecke mich nicht.«

»Natürlich tust du das«, widersprach Amanda. »Du hast es so lange getan, dass es tief in dir verwurzelt ist. Lass die echte Marian raus.«

Damit stolzierte sie davon und ließ Marian fassungslos zurück. Es war ein schwesterlicher Rat gewesen, sie wusste nur nicht, was sie damit anfangen sollte. Sie überlegte, welche hintergründigen Absichten Amanda wohl damit verfolgte, aber abgesehen von der Bemerkung über das Konkurrieren fiel ihr nichts auf. Und Konkurrentinnen waren sie ohnehin nicht. Amanda würde immer im Mittelpunkt stehen. Mit ihrer Lebendigkeit und ihrem Selbstvertrauen, das sie sich in vielen Jahren voller gesellschaftlicher Erfolge angeeignet hatte, wirkte sie natürlich besonders anziehend auf ihre Mitmenschen.

Marian schlenderte allein los. Ganz in ihre Enttäuschung versunken, fand sie sich plötzlich doch bei den Ställen wieder. Vielstimmiger Jubel brachte sie zu sich, gerade noch rechtzeitig, um zu sehen, wie Chad auf einem wild tobenden Pferd herumgewirbelt wurde.

Sie hielt den Atem an. Er hielt sich nur mit einer

Hand fest, den anderen Arm hatte er zur Seite ausgestreckt, vermutlich um das Gleichgewicht halten zu können. Das Pferd, ein besonders ungezähmtes Exemplar, tat sein Bestes, um ihn abzuwerfen, schlug aus, sprang mit allen Vieren in die Luft, und das mit geradezu bösartiger Entschlossenheit.

Marian kniff die Augen zu. Sie würde es nicht ertragen können, wenn Chad stürzte, wusste aber, dass es unweigerlich geschehen würde. Das Tier war zu wild und zu wütend. Sie horchte darauf, was die Umstehenden redeten. Man schien erbost zu sein, da es tatsächlich passierte, als hätten alle erwartet, dass Chad oben blieb.

»Er war unkonzentriert.«

»Wahrscheinlich ihretwegen, er hat zu ihr rübergesehen.«

»Verdammt schlechter Zeitpunkt, um plötzlich aufzutauchen.«

Marian blickte sich um, um zu sehen, wer gemeint war, doch die rund ein Dutzend Männer starrten geradewegs in ihre Richtung. Sie wurde rot und wandte sich zum Gehen.

»Na, das ist doch das Mädchen, das mit Baumstämmen wirft. Wie geht's, Ma'am?«

Marian stöhnte innerlich auf. Es war Leroy, der Prärieläufer. Sie hatte nicht damit gerechnet, ihn je wiederzusehen. Er hielt sie irrtümlich für Amanda – wobei er sich in gewisser Weise eigentlich nicht irrte, aber darüber wollte sie ihn lieber nicht aufklären.

Sie lächelte ihn an. »Kennen wir uns? Ich bin Marian Laton. Vielleicht meinen Sie meine Zwillingsschwester?«

Er hob zweifelnd eine Augenbraue. Es sah ziemlich lustig aus, wie dieser Riesenkerl versuchte, skeptisch dreinzublicken. »Zwillinge?«

»Lass sie in Ruhe, Leroy«, sagte Chad, trat neben sie und fuhr fort, sich den Staub von den Hosen zu klopfen.

Marian stellte erleichtert fest, dass er nur staubig war und weder Blutspuren noch Hufabdrücke aufwies. Und Leroy schien nicht beleidigt – zumindest nicht sehr.

»Du hast dir schon einen ganz schönen Befehlston angewöhnt, dafür dass dir der Laden noch gar nicht gehört.«

»Falls mein Vater dich nicht aufgefordert hat, von den Gästen fernzubleiben, war das ein Fehler.«

Leroy lachte leise. »Er hat's zufällig sogar getan. Aber als ich hörte, dass du beim Rodeo dein Glück versuchen willst, konnte ich nicht widerstehen. Hatte gehofft, dass mir das Pferd die Arbeit abnimmt, deine Schulden bei mir zu begleichen.«

»Wenn du was von mir willst, Leroy, brauchst du's nur zu sagen.«

»Ich denke immer noch drüber nach.«

»Man sagt, Baden regt das Gehirn an. Vielleicht versuchst du's mal damit?«, schlug Chad vor. »Pa hat im Südschuppen ein paar Badewannen für die Männer aufstellen lassen.«

»Ich weiß. Bin zufällig vorbeigekommen, aber als mich der Typ, der sich um die Wannen kümmert, sah, griff er sofort zu seinem Schießeisen. Meinte, er hätte keine Lust, alle Wannen noch mal mit frischem Wasser zu füllen, und es bräuchte ganz sicher alle, bis ich sauber wäre. Er sagte, ich soll mir zum Waschen lieber einen Bach suchen.«

»Ist nicht böse gemeint, Leroy, aber das wäre uns allen recht.«

Leroy grinste. »Für diesen Duft habe ich lange gearbeitet. Hat Jahre gedauert, bis er perfekt war. Konnte ganz nah an diesen Wildfang hier heran, weil er keinen Menschen gerochen hat. Wenn ich mal mit Jagen aufhöre, bade ich.«

Chad verdrehte die Augen. »Du bist uns hoffentlich nicht böse, wenn wir bis dahin deinem perfekten Duft aus dem Weg gehen?«

Leroy zuckte die Achseln. »Das tun die meisten.«

Chad nahm Marian am Arm und geleitete sie zurück zu den Büfetttischen. Fast die ganze Unterhaltung über hatte sie die Luft angehalten, freilich nicht wegen Leroys abscheulicher Körperausdünstungen. Ihre Nerven waren zum Zerreißen gespannt gewesen, weil Chad diesen Hünen von einem Kerl provoziert hatte, als hätte er nicht die geringste Angst vor ihm.

»Warum sind Sie gekommen, wenn Sie gar nicht zusehen wollten?«, fragte Chad ohne jeden Zusammenhang.

»Wie bitte?«

»Sie hatten die Augen fest geschlossen. Hatten Sie Angst, dass ich runterfalle?«

»Natürlich nicht«, widersprach sie steif. »Ich hatte nur Staub in den Augen. Außerdem war ich nicht dort, um Ihnen zuzusehen. Ich bin nur herumgewandert und war in Gedanken versunken.«

»Was Interessantes dabei?«

»Wie?«

»Bei Ihren Gedanken?«

Wollte er sie beleidigen, indem er andeutete, dass er ihre Gedanken im Allgemeinen für langweilig hielt? Vielleicht meinte er auch, sie wäre Amanda. Das war es! Ansonsten hätte er eine Bemerkung über ihr verändertes Äußeres gemacht. Die Frage konnte ein Versuch gewesen sein, mit seiner zukünftigen Braut zu flirten. Zweifellos hätte er von Amanda erwartet, dass sie ihm versicherte, *er* wäre natürlich Gegenstand ihrer Gedanken gewesen.

»Ich habe gehört, dass der Priester nicht kommt«, sagte Marian. »Seine Frau fühlt sich offenbar nicht wohl, und er wollte sie nicht allein zu Hause lassen.«

Chad seufzte enttäuscht. Weil sie seinen Flirtversuch abgewehrt hatte? Oder weil er es eilig hatte, seinen Hochzeitstermin festzulegen?

Sie sollte ihm die Augen öffnen, aber sie war viel zu sauer, dass er sie – wieder einmal – für Amanda hielt. Es machte sie außerdem wütend, dass sie um ihn gebangt hatte, und zwar nicht nur einmal, sondern gleich zweimal innerhalb von ein paar Minuten. Sie musste endlich aufhören, sich um ihn zu sorgen. Er war tabu für sie, ganz gleich, ob er nun Amanda heiratete oder nicht.

Kapitel 38

Chad lehnte an einem Baumstamm, den Hut in die Stirn gezogen, und nippte an einem warmen Whiskey. Ein Pärchen hatte sich mit vollen Tellern genähert, um sich zum Essen unter den Baum zu setzen, doch als ihn die beiden sahen, steuerten sie auf ein anderes schattiges Plätzchen zu. Ihm war nicht nach Gesellschaft, und wahrscheinlich sah man ihm das an.

Er war so durcheinander, dass er Kopfschmerzen davon hatte. Wenn er die Zwillinge ansah, wusste er sofort, welche welche war, und doch hatte er an jenem Tag im Stall solch einen fatalen Irrtum begangen, dass er doch wieder zweifelte, ob er die beiden wirklich jemals sicher auseinander halten konnte. Amanda flatterte herum, strahlend und beschwingt, Spencer im Schlepptau wie ein mutterloses Hündchen. Marian stand mit ein paar Frauen aus der Stadt zusammen, zurückhaltend, hin und wieder leise lachend und mit einer lächelnden Miene, die von echtem Humor zeugte.

Heute hatte er nicht den geringsten Zweifel daran, wer wer war. Auch Spencer schien sich sicher zu sein. Er war sofort zielsicher auf Amanda zugesteuert und hatte sie seither nicht mehr aus den Augen gelassen. Chad wusste nicht, ob Spencer bei Amanda Glück haben würde, er wusste nicht einmal, ob er überhaupt noch Absichten hatte. Aber sie fand ihn amüsant, und es machte ihr ganz offensichtlich Spaß, mit ihm zu flirten.

Von Chad hielt sich Amanda fern. Kluges Mädchen. Sie wusste genau, dass sie für die Falle, die sie ihm gestellt hatte, mehr als eine Tracht Prügel verdiente. Aber sie kannte ihn nicht gut genug, um zu wissen, dass er einer Frau niemals wehtun würde. Andererseits würde er nicht zögern, ihr ins Gesicht zu sagen, was er von ihr hielt und von ihrem hinterhältigen Plan, ihn vor den Altar zu zerren.

»Ich dachte, du nimmst mich auf den Arm, als du sagtest, die Laton-Schwestern sind Zwillinge«, meinte Lonny, der sich zu Chad unter den Baum gesellte. »Ich meine, ich weiß, dass Zwillinge normalerweise gleich aussehen, aber die beiden waren wie Tag und Nacht – bis heute. Wie zur Hölle hältst du sie auseinander?«

»Marian hat heute ein beiges Kleid an.«

»Ja, ich weiß. Ich hab ihr gesagt, wie hübsch sie aussieht, und sie ist sofort feuerrot angelaufen. Aber wenn sie jetzt das gleiche Kleid anhätten?«

»Dann muss man sich ansehen, wie sie sich geben. Marian ist schüchtern. Amanda ist alles andere als das.«

»Und wenn sie beide ruhig sind und schüchtern wirken?«, hakte Lonny nach.

»Dann hat man Pech.«

Lonny sah ihn fragend an, denn die Antwort hatte einem Knurren geglichen. Andererseits erübrigte sich jede weitere Erklärung. Er wusste, worauf Chad anspielte. Wenn eine der beiden vorgab, die andere zu sein, hatte man keine Chance.

Lonny legte nachdenklich die Stirn in Falten, bevor er weitersprach. »Es muss doch noch eine Möglichkeit geben. Ihre Eltern hatten bestimmt keine Probleme, sie auseinander zu halten.«

Chad zuckte die Schultern und leerte seinen Whiskey.

»Vermutlich nicht, aber Eltern haben den Vorteil, dass sie vom Tag ihrer Geburt an mit ihnen zusammen sind. Alle anderen müssen sich mit Raten begnügen – und liegen mal richtig, mal falsch.«

»Du klingst nicht besonders glücklich.«

»Wärst du das vielleicht, wenn sich die Frau, mit der du geschlafen hast, als die Falsche herausstellt?«

Lonny zwinkerte und sagte dann frohlockend: »Ich hab dir schon damals gesagt, es war Amanda!«

»Halt den Mund, Lonny«, fauchte Chad und ging davon …

… und direkt auf Marian zu. Er hatte keine Ahnung, was er zu ihr sagen würde, aber das Durcheinander in seinem Kopf trieb ihn langsam zur Verzweiflung. Tief in seinem Inneren hatte er immer noch das Gefühl, dass es an jenem Tag im Stall sie gewesen war. Sie zu lieben hatte sich so gut, so richtig angefühlt. Alle Tatsachen – und Amanda – sprachen dagegen, er wusste, dass er sich irrte, aber er konnte einfach nicht ertragen, dass es so war.

Er erreichte sie nicht mehr, bevor sie von einem der Männer aus der Stadt auf die Tanzfläche gezogen wurde. Es wirbelten noch ein paar weitere Pärchen über das Podest, darunter sein Vater mit Red. Auch Spencer war da, der das Tanzen als Vorwand gebrauchte, um Amanda im Arm halten zu können.

Chad sah den Zwillingen eine Zeit lang zu und gewann wieder etwas Ruhe. Man musste ihnen zusehen, wenn sie sich unbeobachtet fühlten, dann sah man all die kleinen Dinge, die sie voneinander unterschieden.

Aber das würde ihm leider auch nicht aus dem Schlamassel helfen. Das konnte nur Spencer. Doch selbst wenn Spencer Amanda dazu brachte, ihn zu heiraten, hatte Chad noch lange keine Chancen bei Marian. Man konnte nicht die eine Schwester flachlegen und anschließend die andere zur Frau wollen.

Lonny trat wieder zu ihm, diesmal zögernd. »Ich muss mich bei dir entschuldigen.«

»Angenommen«, erwiderte Chad geistesabwesend.

»Willst du nicht wissen, wofür?«

»Ich weiß, wofür, also halt jetzt endlich die Klappe.«

»Danke«, sagte Lonny mit einem Seufzer. »Du musst also die Falsche heiraten?«

»Sieht so aus.«

»Solltest du dann nicht mal ein Wörtchen mit Spencer reden?«

»Zur Hölle, nein. Ich war vielleicht so blöd und so blind, nicht zu merken, dass ich reingelegt werde, aber Spencer ist jetzt meine einzige Hoffnung. Er weiß, was passiert ist, und will Amanda trotzdem noch. Ich wünsche ihm alles Glück der Welt.«

»Mann, warum hast du nicht Bescheid gesagt, dass du jemanden suchst, der ihr den Kopf verdreht? Den Gefallen hätte ich dir doch gerne getan.«

Chad verdrehte die Augen. »In diesem Fall passt das alte Sprichwort nicht, denn ich wünsche sie tatsächlich meinem ärgsten Feind. Aber nicht einem Freund. Von dieser Frau lässt du besser die Finger. Außerdem hast du bald alle Hände voll zu tun. Ich werde nicht zu Red zurückkehren.«

»Wegen dieser Geschichte?«

»Nein, weil du jetzt so weit bist zu übernehmen.«

Lonnys Schultern strafften sich ein wenig vor Stolz. »Ich werde dich – oder Red – nicht enttäuschen.«

»Ich weiß.«

Das Musikstück war zu Ende. Lonny ging los, um sich für das nächste eine Tanzpartnerin zu suchen. Chad sah vom Rand aus weiter zu. Marian schien sich zu amüsieren. Die Männer standen Schlange, um mit ihr zu tanzen, und manche drängten sich sogar ungeduldig dazwischen, bevor der Tanz zu Ende war. Er würde sich nicht einreihen, denn er wollte ihr mit seinem miesepetrigen Gesicht nicht die Laune verderben. Weggehen konnte er aber ebenso wenig, und irgendwann war der Groll in ihm so groß, dass er sich doch vordrängte.

Marian hatte sich inzwischen auf den fliegenden Partnerwechsel eingestellt, und das kam ihm zugute. Auf diese Weise hatte sie keine Chance, ihn abzuweisen. Doch er spürte sofort, dass sie sich versteifte, wenn er auch nicht genau sagen konnte, warum. Aus Anspannung, aus Verärgerung, vielleicht auch aus reiner Abneigung.

»Entspannen Sie sich, ich werde Ihnen schon nicht auf die Füße treten«, sagte er.

»Sollten Sie nicht mit Amanda tanzen?«

»Sie hat bereits einen Partner.«

»Ich hatte auch einen.«

»Ja, aber Ihr Tanzpartner ist dafür bekannt, auf der Tanzfläche die Beherrschung zu verlieren, seine Partnerinnen herumzuschleudern und in die Luft zu werfen. Die Frauen, die ihn kennen, verstecken sich, wenn sie ihn kommen sehen. Das konnten Sie natürlich nicht wissen.« Sein Gesicht blieb völlig ausdruckslos.

Sie verengte die Augen. »Sie machen Witze, oder? Oder soll ich jetzt vielleicht dankbar sein, dass Sie mich gerettet haben?«

Er lächelte sie an. Sie grunzte, aber nur weil sie keine direkte Antwort bekommen hatte. Er sah sogar, wie sich kaum merklich ihre Mundwinkel hoben. Ein Lächeln wartete darauf auszubrechen.

»Bitte nicht totlachen«, fuhr er fort, immer noch mit ungerührter Miene.

Sie lachte los, und sofort war die Veränderung in ihr spürbar, sie war entspannt, und ihre Augen glitzerten. Gott, war sie schön, wenn sie ihre Deckung fallen ließ. Und der Tanzboden war so voll, dass er sie leicht ein wenig enger fassen konnte, ohne dass es auffiel. Ein schwerer Fehler. Sein Verlangen regte sich sofort, als er sie im Arm hielt und ihren Duft wahrnahm, und beinahe hätte er dem Drang nachgegeben, sie zu küssen. Doch dann endete die Musik, und ihre Schüchternheit kehrte zurück.

Sie trat einen Schritt zurück. »Danke. Das war sehr schön.«

Er sagte lieber nichts, weil er nicht wusste, was herauskäme, wenn er den Mund öffnete. Es gab auch gar keine Gelegenheit mehr, etwas zu sagen. Sie verließ das Podest, ohne zu ahnen, dass er kurz davor gewesen war, den Skandal des Abends zu provozieren.

Kapitel 39

Die vier Männer blieben nach dem Rodeo hinter dem Stall. Sie hatten nicht zugesehen, aber die Menge hatte so viel Lärm gemacht, dass niemand gehört hatte, wie sie hergeritten und ihre Pferde im Schutz des Stallgebäudes festgemacht hatten.

Zwei spielten mit Würfeln, zum Vorwand, falls jemand vorbeikam. Der dritte stand an der Ecke Schmiere. Und der vierte lehnte an der Wand und pflegte seinen Kater. Er hatte am Abend zuvor etwas zu tief ins Glas geschaut und nicht einmal mitbekommen, warum sie überhaupt hier waren.

»Verdammtes Glück, dass mein Vetter Bill die Putzstelle im Büro des Sheriffs angenommen hat, um an Informationen ranzukommen«, sagte Arnie Wilson und warf seinen Würfel. Seine Farm diente ihnen als Versteck, wenn sie in der Gegend waren. »Denke, er würde praktisch alles tun, um bei uns mitmachen zu dürfen.«

»Er ist zu jung«, erwiderte John Bilks, während er den Hügel hinauf auf die Partygäste spähte. »Außerdem lässt sich durch vier besser teilen als durch fünf.«

»Ja, aber er hat viel riskiert, als er das Bild vom Schreibtisch des Sheriffs geklaut hat«, wandte Arnie ein.

»Er hat uns einen großen Gefallen getan«, stimmte John zu. »Aber ich habe mich doch auch bei ihm bedankt, oder?«

»Es ist Wahnsinn, hierher zu kommen«, jammerte

Snake Donally, bevor er seinerseits würfelte. »Zu viele Leute, und die Hälfte davon würde dich wahrscheinlich sogar wiedererkennen, John.«

John zuckte mit den Schultern. »Sie konnten nie beweisen, dass ich das Geld genommen habe, und sie haben keine Ahnung, was ich inzwischen angestellt hab.«

»Dank meinem Vetter«, brummte Arnie.

»Ich bezweifle, dass dich jemand mit Hilfe des Bildes wiedererkannt hätte«, fügte Snake hinzu. »Billy sagte, es war sehr klein.«

»Billy hätte es mir bringen sollen, damit ich weiß, woran ich bin, statt es gleich zu vernichten.«

»Er meinte, es wäre besser, wenn es sonst niemand zu sehen bekäme«, verteidigte Arnie seinen Vetter.

»Er hat mich darauf erkannt.«

»Logisch. Er kennt dich gut, und er weiß, dass wir den Zug überfallen haben.«

»Aber wir haben nicht mal den Namen von dem Cowboy, der dem Sheriff das Bild gebracht hat«, gab Snake zu bedenken. »Was wollen wir also überhaupt hier?«

»Billy hing noch herum, als der Sheriff nach dem Bild suchte. Als er die Suche schließlich aufgab, hörte Billy ihn sagen, er muss Marian, eine der beiden Laton-Schwestern, bitten, ihm noch eins zu malen«, erklärte Arnie.

»Wie wär's, wenn du Snakes Frage beantwortest«, ließ sich Dakota Jack hören. Er hatte die Augen fest zugekniffen, was allerdings seine Kopfschmerzen nicht im Geringsten linderte. Er war der beste Schütze unter ihnen, jedenfalls wenn er nicht trank. »Ich hab ja selber erst dreimal gefragt. Also: was zur Hölle machen wir auf der Kinkaid-Ranch?«

»Wenn du endlich die Spinnweben aus deinem Hirn fegen würdest, hättest du inzwischen auch kapiert, dass John die Malerin entführen will.«

»Er soll warten, bis sie heimgeht«, schlug Snake vor. »Viel zu viele Menschen hier.«

»Deshalb wird auch niemand was mitbekommen«, hielt John dagegen. »Zu Hause, wo nicht so viele Leute um sie herum sind, fällt viel schneller auf, dass sie weg ist. Hier wird man nur denken, dass sie eben gerade woanders ist.«

»Jetzt weiß ich aber immer noch nicht, warum du sie entführen willst.«

»Um sie zu töten natürlich.«

Dakota Jack straffte sich etwas und öffnete die Augen. »Du kennst ja gar keine Gnade.«

»Geht nicht anders«, beharrte John. »Sie hat mich aus dem Gedächtnis so gut gemalt, dass man Fahndungsplakate daraus machen könnte. Ein zweites Mal darf sie das auf keinen Fall tun. Dann haben sie mich, und es wird nicht lange dauern, bis sie auch euch schnappen.«

Dakota Jack schwieg, allerdings nur, weil es in seinem Kopf wieder zu pochen begann.

»Sag mal«, meldete sich Snake wieder, »wie willst du sie überhaupt herlocken?«

»Das wirst du tun. Du siehst heute sauber genug aus, um als Partygast durchzugehen. Die Cowboys werden denken, du bist aus der Stadt, und die aus der Stadt werden dich für einen der Cowboys halten. Und du warst noch nie in Trenton, so dass es niemand wirklich besser weiß. Aber sieh zu, dass du die Richtige bringst. Billy sagt, sie hätte einen Zwilling. Wenn du die Falsche bringst, leg ich ersatzweise *dich* um.«

Marian wusste nicht recht, was sie glauben sollte, als sie erneut zum Stall hinunterging. Er sah verlassen aus. Das Pferderennen würde erst in rund einer Stunde beginnen, hatte man ihr gesagt. Die meisten Gäste waren beim Essen oder Tanzen. Ein junger Mann war auf sie zugekommen und hatte ihr gesagt, dass Mr Kinkaid sie im Stall treffen wolle. Er erwähnte irgendetwas von einem Wurf Welpen. Dann war er wieder in der Menge verschwunden, ehe sie Fragen stellen konnte.

Bevor sie sich auf den Weg machte, blickte sie sich nach Chad und seinem Vater um, sah aber keinen von beiden. Sie rechnete nicht damit, dass es Chad war, der im Stall auf sie wartete. Dann wäre sie geblieben, wo sie war. Andererseits trieb sie die Neugier.

Vielleicht wollte Stuart ihr einen Welpen schenken. Sie hatte nie ein Haustier gehabt, denn ihr Vater hatte keine Tiere im Haus geduldet. Ein paar Jahre lang war ein streunender Kater zu ihr ans Fenster gekommen. Sie hatte ihn sehr vermisst, als er eines Tages nicht mehr auftauchte.

Die Vorstellung, ein eigenes Tier zu haben, gefiel ihr. Sie glaubte nicht, dass Kathleen etwas dagegen haben würde. Vermutlich hatte Stuart ohnehin schon vorher mit ihr darüber gesprochen. Sie hoffte nur, dass Amanda ebenfalls einen der Welpen bekommen würde. Ansonsten wäre die Eifersucht ihrer Schwester wieder geweckt.

Der Stall war leer – jedenfalls von Menschen. Beide Ausgänge standen weit offen, und alle Boxen waren mit Pferden besetzt. Marian konnte sich nicht vorstellen, wo sich hier wohl eine Hündin niederlassen würde, um Junge zur Welt zu bringen. Bestimmt nicht in einer der Boxen, wo sie riskierte, zertrampelt zu werden.

»Mr Kinkaid?«

»Hier hinten.«

Die Stimme war fremd, aber sie klang auch etwas gedämpft, weil sie von draußen durch die rückwärtige Stallwand hereindrang. Marian ging in die Richtung und trat wieder in die Sonne hinaus, als ihr der Atem stockte, weil ihr plötzlich jemand einen Colt vors Gesicht hielt. Ein anderer schlug ihn sofort zur Seite, doch Zeit, Erleichterung zu empfinden, hatte sie keine, denn eine Hand drückte sich auf ihren Mund, und ein dicker Arm schlang sich um ihren Hals, so dass sie sich nicht mehr rühren konnte.

»Was sollte das?«, knurrte John Bilks.

Marian erkannte ihn sofort, als sie seine Augen sah. Die vier Zugräuber … Waren sie hier, um die Gäste auszurauben? Waren sie und Stuart ihnen nur als Erste in die Arme gelaufen? Stuart lag vielleicht verletzt oder gar tot irgendwo hinter ihr. Mit dem Arm um den Hals aber hatte sie keine Chance, sich umzusehen.

»Wenn du sie hier erschießt, hetzt du uns die ganze Meute da oben auf den Hals«, wurde John angeherrscht.

Auch den Kerl erkannte sie sofort wieder. Es war der Mann gewesen, der sie zum Stall gelockt hatte. Angst stieg in ihr auf und ließ ihre Knie weich werden. Sie waren ihretwegen hier! Wegen des Bildes. Das musste es sein.

»Ich weiß«, entgegnete John gereizt. »Ich wollte nur verhindern, dass sie schreit.«

»Also, ich weiß nicht«, sagte einer der anderen träge. »Wenn ich eine Frau wäre und mir jemand einen Colt ins Gesicht halten würde, würde ich trotzdem schreien.«

»Wie willst du sie zum Schweigen bringen, wenn du sie nicht erschießen willst?«, fragte der, der sie festhielt.

»Ich habe dir gesagt, Frauen werden nicht umgelegt«,

ließ sich eine weitere Stimme drohend vernehmen. »Sonst leg ich dich um.«

John wollte schon darauf antworten, überlegte es sich aber anders. Offenbar traute er dem, der zuletzt gesprochen hatte, nicht recht, worüber Marian sehr erleichtert war.

»Nachdem ich sie gesehen hab, bin ich geneigt zuzustimmen«, bemerkte der mit der trägen Stimme.

»Niemand hat gesagt, dass sie so hübsch ist«, pflichtete der bei, dessen Arm um ihren Hals lag. »Vielleicht solltest du ihr nur die Hand abschlagen, damit sie nicht mehr malen kann.«

»Sieh's doch ein, John. Du kannst nicht ein Verbrechen begehen und nachher wieder unbemerkt in der Menge verschwinden, jedenfalls nicht mit deinen Augen. Sie konnte dich malen, okay, aber jeder, den du mal ausgeraubt hast, würde dich sofort wiedererkennen. Also, was soll das Ganze?«

John verzweifelte offenbar langsam, weil sein Plan bei den anderen so wenig Anklang fand. »Es geht um das Fahndungsplakat«, brummte er. »Bis jetzt ist noch kein Bild drauf. Und so soll es auch bleiben.«

»Auf ein Pferd mit ihr, und dann nichts wie weg. Du kannst später immer noch überlegen, was du mit ihr machen willst.«

»Da kommt jemand!«

»Ich kümmere mich darum. Raus hier!«

»Wenn du schreist, muss ich dir das Genick brechen«, flüsterte ihr der Mann zu, der sie festhielt, während er sie zu einem Pferd schleppte. »Würde weder mich noch dich glücklich machen, nur John.«

Sie schrie nicht, als er die Hand von ihrem Mund nahm, um sie vor sich auf ein Pferd zu ziehen. Aber sie kämpfte schwer mit sich. Vielleicht bluffte er nur, damit sie still war. Und wenn sie sich nicht gegen diese Entführung wehrte, blickte sie dem Tod ins Auge, zumindest einer abgeschnittenen Hand. Der Gedanke half ihr bei der Entscheidung.

Sie öffnete den Mund, um sich die Seele aus dem Leib zu schreien, doch sie hatte schon zu lange gezögert. Die Hand verschloss ihre Lippen wieder, dann jagten sie im Galopp los und waren innerhalb weniger Augenblicke so weit weg, dass niemand mehr ihre Schreie hören würde.

Kapitel 40

Chad wachte prustend und hustend auf und konnte einen Moment lang nichts sehen. Als er sich bewegte, schoss ein Schmerz durch seinen Hinterkopf, und das erinnerte ihn an den Schlag, der ihn niedergestreckt hatte. Als er Leroy mit einem leeren Eimer in der Hand neben sich stehen sah, dämmerte ihm, was passiert sein musste. Der Prärieläufer hatte ihm Wasser ins Gesicht geschüttet, um ihn wieder zu Bewusstsein zu bringen.

»Ist das deine Methode, deine Schuld zu begleichen?«, grollte Chad. »Einem auflauern und dann …«

»Ich hab dich hier gefunden, nicht hier abgelegt«, rechtfertigte sich Leroy leicht beleidigt.

»Tut mir Leid«, murmelte Chad, während er sich aufsetzte und den Kopf rieb.

»Außerdem«, fuhr Leroy fort, »hab ich dich vorhin nur aufgezogen. Du hättest mich damals auch da draußen verrotten lassen können, hast es aber nicht getan. Schätze, wir sind quitt.«

»Hast du zufällig gesehen, wer seine Waffe über meinem Kopf zerbrochen hat?«

»Nein, aber wenn ich du wäre, würde ich jetzt den Mund halten und aufsitzen. Es gibt frische Spuren von vier Pferden, wobei eines davon doppelt beladen ist.«

»Das wird sie aufhalten.«

»Nicht wirklich«, sagte Leroy, während er zwischen den Zähnen pulte. »Ich hab deine Freundin lange vor dir hierher gehen sehen, und jetzt ist sie weg. Sie wiegt bestimmt nicht mehr als eine Staubwolke.«

Chad wurde bleich und schoss auf die Beine. Ein Stöhnen unterdrückend, hastete er zu seinem Pferd, das vorne im Stall stand. Dann griff er nach dem ersten Sattel, der ihm in die Finger kam. Es war nicht seiner.

»Begleitung gefällig?«, rief ihm Leroy nach.

»Nur wenn du abmarschbereit bist, nachdem ich meinem Vater gesagt habe, dass Marian entführt worden ist. Kannst du sehen, welche Richtung sie genommen haben?«

»Sie haben sich keine Mühe gegeben, ihre Spuren zu verwischen – noch nicht. Da sie mit dir nicht lange gefackelt haben, gehen sie wahrscheinlich davon aus, dass sie mindestens zwei Stunden Vorsprung haben.«

Chad verzog das Gesicht. Er hatte sich allzu leicht überrumpeln lassen. »Und? Ist das so? Wie lange war ich weg?«

»Eine knappe Stunde, würde ich sagen. Ich nahm an, dass ihr euch ein wenig vergnügt, das Mädchen und du, da wollte ich nicht gleich stören. Aber als du länger nicht wieder aufgetaucht bist, wurde ich dann doch neugierig.«

Chad wünschte, Leroys Neugier hätte sich früher eingestellt. Verdammt, warum war er selbst nicht neugieriger gewesen, dann hätte er Marian noch erwischt, bevor sie im Stall ankam. Er hatte keine Idee, warum sie entführt worden war. Wenn es nur ein Mann gewesen wäre, hätte man nicht unbedingt ein Verbrechen annehmen müssen. Aber vier? Dass sie ihm die Lichter ausgeblasen hatten, hieß, dass sie nicht erkannt werden wollten.

»Hast du eine zweite Waffe?«, fragte Chad. »Meine

sind oben im Haus, und ich will nicht noch mehr Zeit verschwenden, als sein muss.«

»Machst du Witze?«, antwortete Leroy mit einem leisen Lachen und schlug seinen Bärenfellmantel auf.

Sie ritten schnell, doch das taten auch die Männer, hinter denen sie her waren, und so gewannen sie kaum an Boden. Im Laufe des Tages wurde es Chad zunehmend mulmiger. Je länger sie brauchten, um Marian zu retten, desto mehr Zeit verging, in der ihr die schlimmsten Dinge zustoßen konnten. Dann fiel die Dunkelheit ein und hielt sie zusätzlich auf.

Leroy schlug vor, ein Lager aufzuschlagen und am Morgen die Spur wieder aufzunehmen, doch Chad wollte nicht ruhen, bevor er Marian gefunden hatte und wusste, dass es ihr gut ging. Dabei war ihm klar, dass das dumm war. Sie konnten der Fährte im Dunkeln nicht richtig folgen, schlimmstenfalls würden sie sie sogar verlieren. Doch sie hatten vor der Dunkelheit noch offenes Gelände erreicht, und er hoffte, dass ihnen ein verräterisches Lagerfeuer den Weg weisen würde.

Am Ende war es kein Lagerfeuer, das sie führte, sondern Licht in einem Fenster. Die Spur führte geradewegs zu einem Farmhaus, das mitten im Nirgendwo stand, viele Meilen entfernt von der nächsten Stadt. Abgesehen von dem erleuchteten Fenster wirkte das Gebäude verlassen. Die Schuppentüren waren zerborsten, bei der Veranda hing der Boden durch, und die Felder lagen brach. Es war zu bezweifeln, dass hier jemand wohnte, doch im Augenblick befand sich fraglos Marian dort.

Im Stall fanden sie die vier Pferde, die sie verfolgt hatten, neben einem alten Heuhaufen an einem Pfosten angebunden. Sie würden ihre Tiere ebenfalls dort lassen, um sich unbemerkt zum Haus zu schleichen. Keiner der beiden Männer sprach. Sie wussten auch so, was zu tun war.

Dann entdeckte Leroy ein weiteres Pferd. »Dieser Ort ist nicht verlassen«, sagte er leise. »Hier lebt jemand.«

Kaum hatte er das gesagt, begann sich der Heuhaufen zu regen. Die Männer sahen kurz hin, nahmen aber an, dass sich irgendein Tier unter dem Heu eingerichtet hatte, wobei es kein gefährliches sein konnte, da die Pferde nicht nervös geworden waren. Sie wandten sich schließlich ab und verließen den Stall. Ein gedämpftes Stöhnen jedoch ließ Chad noch einmal zurückschauen – gerade rechtzeitig, um zu sehen, wie dem Heuhaufen eine Gestalt entstieg. Das Licht im Schuppen war zu schwach, als dass er gleich hätte sehen können, um wen es sich handelte, doch dann fiel ihm hellgoldenes Haar ins Auge.

Er fluchte leise. Leroy sagte in beiläufigem Ton: »Sieht so aus, als hätten sie sie hier draußen gelassen, während sie was zu essen besorgen. Frage mich, warum?«

Chad stürzte zu Marian, die sich inzwischen aus dem Heu herausgearbeitet hatte. »Sind Sie in Ordnung?«, zischte er. »Antworten Sie!«

Sie konnte nichts sagen, bis er ihren Knebel gelockert hatte. »Mir geht's gut«, brachte sie schließlich heraus. »Denke ich.«

»Was zur Hölle soll das heißen?«, fragte er und begann sie zu schütteln.

»Ich kann meine Hände nicht spüren, weil sie so lange gefesselt waren.«

Seine Anspannung ließ ein wenig nach. Er befreite ihre Hände, dann ihre Füße. Es war ein Wunder, dass sie es geschafft hatte, sich auf die Knie zu hieven, um sich bemerkbar zu machen.

»Was sind das für Typen?«, fragte er, als sie wieder auf den Beinen war.

»Es sind die Männer, die unseren Zug ausgeraubt haben. Sie hatten von dem Bild erfahren, das ich von einem von ihnen gemalt habe. Sie wollten verhindern, dass ich weitere mache.«

»Aber wehgetan haben sie Ihnen nicht, oder?«

»Nein, noch nicht. Bilks wollte unbedingt. Die anderen waren, glaube ich, nicht so versessen darauf. Aber sie redeten davon, mir die Hand abzuschneiden.« Sie schauderte.

Er schloss sie kurz in die Arme. »Jetzt sind Sie in Sicherheit.«

»Ich weiß«, erwiderte sie mit einem Seufzer.

»Warum haben die Sie hier draußen gelassen?«, wollte Leroy wissen.

»Der Besitzer der Farm wollte nicht, dass seine Frau etwas mitbekommt. Sie wollten abwarten, bis sie ins Bett gegangen ist, bevor sie endgültig entscheiden, was sie mit mir machen.«

»Ich bringe Sie von hier weg – nachdem ich diese verdammten Hurensöhne abgeknallt habe«, sagte Chad. »Warten Sie hier.«

»Nein!« Sie krallte sich an ihm fest und begann zu zittern. »Nein, lassen Sie mich bitte nicht allein. Ich gehe mit.«

»Mari, es wird nicht lange dauern …«

»Nein! Sie haben ja keine Ahnung, wie das war! Ich musste mir die ganze Zeit anhören, wie die darüber sprachen, mich umzubringen! Wenn Sie nicht bei mir bleiben, gehe ich allein heim. Ich bleibe keine Minute länger hier.«

Leroy lachte leise in sich hinein. »Sie hat ihren Sinn

fürs Praktische wiedergefunden. Bring sie nur heim, ich kümmere mich alleine um diese Halunken.«

»Es sind vier Männer«, erinnerte ihn Chad.

Leroy grinste. »Kinderspiel. Ich freue mich schon darauf, ein paar Schädel einzuschlagen. Könnte mir vorstellen, dass auf den Haufen eine Belohnung ausgesetzt ist, oder?«

»Das ist mehr als wahrscheinlich. Die Eisenbahngesellschaft zahlt grundsätzlich eine Belohnung für jeden, der einen ihrer Züge aufgehalten hat, um Derartiges für die Zukunft zu unterbinden.«

»Dann überlass mir diese Kerle. Vielleicht bekomme ich die fünfhundert wieder rein, um die du mich gebracht hast.«

Chad verdrehte die Augen. »Bitte, sie gehören dir.«

Kapitel 41

Nach diesem schrecklichen Erlebnis wollte Marian auf schnellstem Weg und ohne weitere Verzögerung nach Hause. Doch Chad ging nicht darauf ein. Er brachte sie von der Farm und den dort lauernden Gefahren weg, aber dann hielt er unter einem einzeln stehenden Baum, unter dem sie die Nacht verbringen konnten.

Als sie sich beschwerte, dass sie keine Rast brauche, entgegnete er nur kurz: »Aber mein Pferd.«

Sie hatte nicht bedacht, dass das Tier schon einen halben Tag lang unermüdlich gelaufen war. Reumütig hörte sie sofort auf, sich zu beklagen.

Doch entspannen konnte sie sich nicht. Es wäre ihr lieber gewesen zu wissen, dass diese Männer unschädlich gemacht worden waren und ihr niemals mehr auflauern konnten. Vielleicht erwischte Leroy ja nicht alle. Vier gegen einen – nun ja, für Leroy war das wahrscheinlich ein fairer Kampf, vielleicht lag sogar ein leichter Vorteil auf seiner Seite. Vermutlich konnte sie sich durchaus entspannen – zumindest was diesen Punkt anging.

Denn sie würde die Nacht in der texanischen Wüste verbringen, allein mit Chad Kinkaid, und das war Grund genug, sich nicht zu entspannen.

»Meinen Sie, dass Leroy sie tötet?«, fragte sie ihn über das kleine Feuer hinweg, das er entzündet hatte.

»Wahrscheinlich wird er keinen von ihnen töten«, antwortete Chad. »Sie im Schlaf zu überraschen und mit dem Colt abzuknallen, das wäre zu einfach. Es braucht schon etwas mehr, um Banditen zu fangen und lebendig abzuliefern, und Leroy ist stolz auf das, was er kann. Außerdem kann es sein, dass es die Belohnung nur für ihre Ergreifung gibt und nicht, wenn sie tot sind.«

Marian konnte immer noch nicht glauben, dass er gekommen war, um sie zu retten. Es waren so viele Männer auf der Party gewesen, dass sich Chad für diese lästige Pflicht nicht freiwillig hätte melden müssen.

»Suchen noch andere nach mir?«

»Niemand weiß davon, außer meinem Vater und vermutlich Red inzwischen«, sagte er.

»Aha, dann hat Ihr Vater Sie geschickt.«

»Nein, er weiß von mir, was passiert ist.«

»Aber wie haben Sie es herausgefunden?«

»Ich habe bemerkt, wie Sie zum Stall gingen. Ich wurde einfach neugierig, denn schließlich war da unten zu der Zeit überhaupt nichts los. Einer von den Kerlen muss mir aufgelauert und mir eins über den Schädel gezogen haben, dass ich bewusstlos umfiel. Leroy fand mich etwas später, und wir reimten uns alles zusammen. Es war gar keine Zeit, um einen Trupp zusammenzustellen.«

Marian nickte. Es hätte ihr klar sein müssen, dass er nicht ihretwegen gekommen war. Er hätte es für jeden getan, denn er war eben dieser Typ Mann.

Sie saß da, eng zusammengekauert, die Arme um die angezogenen Beine geschlungen, das Kinn auf den Knien. Chad hatte ihr ein paar Streifen getrocknetes Rindfleisch gegeben, keine sättigende Mahlzeit, aber besser als nichts. Er hatte sich bereits dafür entschuldigt, dass er nicht besser ausgerüstet war, doch da er den Ausflug nicht geplant hatte, waren auch seine Vorräte entsprechend klein. Die zwei Decken, die er dabeihatte, würden nicht für sie beide reichen, es sei denn, sie schliefen auf dem nackten Boden. Ein unerfreulicher Gedanke, zumal das Feuer nur aus ein paar Zweigen bestand und nicht die ganze Nacht durch brennen würde. Sie brauchten also dringend etwas zum Zudecken.

Sie hatte vor allem geredet, um sich vom Zittern abzulenken. Es war nicht wirklich kalt, nur ein wenig kühl. Aber sie trug immer noch ihr ärmelloses Partykleid, und vermutlich setzte jetzt zusätzlich eine verspätete Reaktion auf ihre Entführung ein. Sie konnte nicht aufhören, mit den Zähnen zu klappern.

Irgendwann hörte Chad das Geräusch und sagte: »Kommen Sie her.«

»Wozu?«

Er sah sie ungeduldig an. »Wir brauchen ein paar Stunden Schlaf, damit wir früh wieder aufbrechen können. Wir haben nur eine Decke zum Draufliegen und eine zum Zudecken, und es wird noch kälter, bevor die Sonne aufgeht.«

Sich ganz nah aneinander legen, um sich gegenseitig zu wärmen ... Das war sein Vorschlag. Aber sie hatte solche Angst, ihm zu nahe zu kommen. Schon das Reiten mit ihm auf einem Pferd war schwierig gewesen. Und selbst wenn sie ihre Gefühle im Griff halten konnte, war es einfach im höchsten Maße ungehörig. Er gehörte ihrer Schwester – jedenfalls bald.

»Es ist nicht persönlich gemeint«, fügte er hinzu. »Nur gesunder Menschenverstand.«

So gesehen wäre sie dumm abzulehnen. Fror er vielleicht auch? Wahrscheinlich nicht. Er bot ihr nur großzügig die Wärme seines Körpers an.

Marian ging um das Feuer herum zu ihm und legte sich steif wie ein Brett neben ihn. Sie hörte ihn seufzen, ehe er sie an seine Seite zog. Ihr Kopf lag auf seinen Arm gebettet. Seine Hand bedeckte ihre, nachdem sie sie zögerlich auf seine Brust gelegt hatte. Wärme durchdrang die Hand und alsbald auch sie. Rasch schlief sie ein.

Doch dann begannen die Träume, Albträume, in denen sie ihre Entführung nochmals durchlebte, die ganze Angst, sie sah John Bilks, der eine Axt schärfte, und die Frau des Farmers. Die Frau entpuppte sich als Hexe und Kopf der Bande. Sie wollte, dass Marian beide Hände abgehackt würden.

In Panik fuhr sie aus dem Schlaf hoch, nach Luft schnappend und am ganzen Körper zitternd. Ihr Keuchen musste Chad geweckt haben.

»Was ist?«, fragte er und setzte sich neben ihr auf. »Schon gut, ich kann's mir denken.«

Er schlang seine Arme um sie und zog sie mit dem Rücken zu sich in seinen Schoß. Obwohl er ihr eine ganze Weile Rücken und Schultern rieb, hörte das Zittern nicht auf.

»Ich werde nicht zulassen, dass dir jemand wehtut, Mari«, sagte er beschwichtigend. »Ich schwöre, du bist in Sicherheit.«

»Ich weiß«, erwiderte sie. »Es war nur ein Traum.«

»Denk nicht mehr dran.«

»Ich werd's versuchen.«

Aber sie konnte nicht aufhören zu zittern. Es war zu viel geschehen an diesem Tag, das jetzt alles über sie hereinbrach. Seine Wärme hüllte sie ein. Das hätte doch helfen müssen. Aber dass sie zitterte, lag nicht an der Kälte. Auch nicht an ihm. Mit dem Traum war die Angst wiedergekehrt, die sie jetzt nicht wieder loslassen wollte.

Er fuhr fort, sie sanft zu streicheln, um sie zu beruhigen, doch es funktionierte nicht. Dann hörte sie ihn etwas sagen – »Ach, zur Hölle« –, und dann küsste er sie.

Das funktionierte. Es gab in ihren Gedanken keinen Platz mehr für die Angst, wenn er sie erfüllte. Sie hatte das Gefühl, dass genau das seine Absicht war – sie abzulenken. Doch genau wie an jenem Tag im Stall loderte sofort ihre Leidenschaft hoch, ebenso wie seine. Sein Kuss sollte vielleicht zunächst beruhigende Wirkung haben, doch es dauerte nicht lange, da war er alles andere als beruhigend.

Sein Mund teilte ihre Lippen und sog sie ein in Nähe und Vertrautheit. Sie hatte sich nach ihm gesehnt, nach seinem Geschmack, seinem Duft, und ihr Körper erkannte ihn sofort wieder und reagierte mit überbordendem Entzücken. Er legte sie auf die Decke zurück, ohne seinen innigen Kuss zu unterbrechen, und schob ein Bein über ihre Hüften. Als er seine Hand um ihre Brust schloss, entfachte er Hitzewellen tief in ihrer Mitte. Sie konnte nicht mehr denken, wollte nicht mehr denken. Sie hielt ihn einfach fest, und ihre einzige Angst in diesem Moment war, dass er zu Verstand kommen und aufhören würde.

Was er nicht tat. Stattdessen wurde sein Kuss noch heißer, als ob er ebenfalls fürchtete, dass sie ihn jeden Augenblick aufhalten konnte. Und das hätte sie auch tun sollen. Sie wusste es im tiefsten Innern, aber jedes Mal, wenn sich der Gedanke formte, verdrängte sie ihn sofort wieder. Währenddessen wanderte seine Hand weiter, über ihre Hüften, die Beine hinab. Selbst durch Rock und Unterröcke hindurch erregte sie seine Berührung.

Dann fand seine Hand die nackte Haut unter ihrem Rock, den er im Hinaufgleiten mitschob, bis er die Stelle erreicht hatte, an der ihre Beine ineinander gingen. Ihr

Puls raste vor Erwartung, während die Hitzewellen immer höher schlugen. Dann berührte er sie, genau dort, wo sie es erwartet hatte, und innerhalb weniger Momente brach diese unglaubliche Lust uber sie herein, die er ihr schon einmal geschenkt hatte. Sie konnte es nicht fassen – er musste sie nur berühren, und schon …

War ihm bewusst, was er getan hatte? Sie war sich nicht sicher, denn sein Kuss war wieder sanft und beschwichtigend, als er ihr den Rock glatt strich und sie zum Schlafen an sich zog. Ihr Puls beruhigte sich. Matte Trägheit übermannte sie, und sie schlief wie ein Baby.

Kapitel 42

Marian hätte schwören können, dass sie mit hochrotem Kopf aufwachte. Sie musste sofort an das denken, was letzte Nacht passiert war. Mit flammenden Wangen versuchte sie, ihren Blick vor Chad zu verbergen, der im Begriff war, sein Pferd zu bepacken.

Dennoch musste er die Röte bemerkt haben, denn nach ein paar Minuten sagte er: »Schau, du warst in einem Schockzustand. Ich versuchte zu helfen, aber dann habe ich wohl ein wenig die Beherrschung verloren. Ich weiß, dass du vermutlich lieber nicht darüber sprechen willst. Ich kann nur sagen, es tut mir Leid, Mari.«

Sie wusste nicht, ob sie Dankbarkeit oder Enttäuschung empfinden sollte. Andererseits hatte er Recht, es wäre viel zu peinlich, über das zu reden, was zwischen ihnen vorgefallen war. Er hatte also »ein wenig die Beherrschung verloren« … Sie hätte wissen müssen, dass es nicht mehr gewesen war. Jedenfalls für ihn.

Sie ritten schnell, um die Ranch bis zum Vormittag zu erreichen, doch als sie ankamen, stellten sie fest, dass Kathleen und Amanda noch gar nicht zurück waren. Wahrscheinlich dachten sie, dass Chad Marian zur Kinkaid-Ranch zurückbringen würde. Chad ritt allein los, um ihrer Tante Bescheid zu geben, dass sie zu Hause war, woraufhin Kathleen noch am selben Nachmittag aufbrach – ohne Amanda.

Marian fragte nicht nach ihr, wobei Kathleen ihr auch kaum eine Chance dazu ließ, so sehr bombardierte sie sie mit Fragen über das, was sie erlebt hatte. Sie nahm an, dass Amanda darauf wartete, dass Kathleen ihr das Fuhrwerk für den Rückweg schickte, nachdem Spencer seine Kutsche wieder mit in die Stadt genommen hatte.

Doch als sie ihre Geschichte beendet hatte, erzählte Kathleen ihre. »Deine Schwester nutzte das Tohuwabohu, das dein Verschwinden ausgelöst hat, um sich mit Spencer unbemerkt davonzuschleichen.«

»Davonzuschleichen? Wie lange war sie weg?«

»Sie ist immer noch weg.«

Marians Augen weiteten sich. »Über Nacht? Wohin sind sie denn?«

»Ich nehme an, in die Stadt, zum Heiraten. Zuerst dachte ich, sie hätte ihn beschwatzt, sie hierher zu bringen, aus welchen Gründen auch immer, aber die Spur der Kutsche führt Richtung Trenton. Ich werde morgen mit ein paar von den Jungs hinreiten, um ihr mitzuteilen, dass sie meinen Segen hat.«

Marian beschloss, ihre Tante in die Stadt zu begleiten. Sie hatte immer noch vor, etwas Zubehör für ihre Malerei zu besorgen, außerdem wäre es wohl passend, ihrer Schwester zur Hochzeit zu gratulieren. Sie war nicht überrascht, dass Amanda Chad wegen Spencer fallen gelassen hatte. Sie hatte Spencer von Beginn an bevorzugt, weil er als Strahlemann und Stadtmensch einfach besser zu ihr passte. Aber es hätte auch gereicht, wenn sie das einfach gesagt hätte. Sie hätte nicht gleich mit ihm durchbrennen müssen.

Als sie am nächsten Tag in die Stadt kamen, erwartete sie freilich eine weitere Überraschung. Es war längst Stadtgespräch, dass Amanda die Nacht im Saloon verbracht hatte – allerdings ohne Trauring am Finger. Marian konnte sich nicht vorstellen, was ihre Schwester wieder im Schilde führte, aber nach dem anstrengenden Ritt war sie viel zu erledigt, um sich darüber Gedanken zu machen. Sie beschloss, im Hotel zu bleiben und sich zu erholen, während Kathleen der Sache auf den Grund ging.

Chad fing Red ab, bevor sie den Saloon erreichte. Er war in die Stadt gekommen, um sich zu vergewissern, dass er aus dem Schneider war. Nachdem er gehört hatte, dass Amanda mit Spencer abgehauen war, wollte er auf Nummer sicher gehen, um sich endlich wieder entspannen zu können. Entsprechend zerknirscht war er denn auch, als er feststellte, dass sie keineswegs verheiratet waren. Anscheinend hatten sie es durchaus vorgehabt, hatten dann aber die Zeremonie verschoben, weil sie in Streit geraten waren. Nichtsdestotrotz hatte Amanda die Nacht im Saloon verbracht, und ob nun in Spencers Bett oder nicht, spielte dabei keine große Rolle.

Red packte die nackte Wut, als sie das hörte, und sie ging los, um Verstärkung zu holen. Bald bewegte sich ein eindrucksvoller Tross auf das Not Here zu. Der Sheriff forderte alle Gäste und Angestellten im Erdgeschoss auf, das Haus zu verlassen. Seine Deputys stellten sich vor der Tür auf, damit niemand hineinspähen konnte – wobei ohnehin jeder ahnte, was sich drinnen gleich abspielen würde. Ein paar von Reds Männern hatten den Auftrag, die übrigen Beteiligten zusammenzutreiben.

Chad lehnte sich zurück und verfolgte das Spektakel. Es war für ihn ebenso überraschend, wie es gleich für Spencer sein würde, dass Red Letzteren zu dessen eigener Hochzeit einladen würde. Er hätte gedacht, dass sie zumindest vorher mit ihm reden würde, ihn zu überzeugen versuchte, einmal zur Abwechslung etwas richtig zu machen. Aber offensichtlich war sie zu dem Schluss gekommen, dass das vergebliche Liebesmühe wäre – und dass die Sprache ihres Colts deutlicher wäre als viele Worte.

Und das stimmte auch. Spencer fragte nicht, warum sein Saloon umstellt war, als er, unter Stoßen und Schieben, nach unten geführt wurde. Doch als er Red neben dem Priester stehen sah, begann er zu lachen. »Das soll ja wohl ein Scherz sein!«

»Ich fürchte nein«, antwortete Red knapp.

Als Nächstes tauchte Amanda oben an der Treppe auf. Immerhin war sie zur Abwechslung einmal voll angezogen, wenn auch für die Tageszeit reichlich unpassend. In ihrem schwarzen, mit Rosa abgesetzten Kleid passte sie gleichwohl bestens in die Umgebung, denn auch Spencers Kellnerinnen trugen immer dieselben Kostüme, ganz gleich ob helllichter Tag oder mitten in der Nacht. Offenbar hatte sie sich bemüht, sich den Gepflogenheiten des Nachtlebens anzupassen.

Allerdings lachte sie nicht. Als sie Red sah und daneben einen Mann mit einer Bibel in der Hand, suchte sie sofort über den Flur das Weite in Richtung von Spencers Privaträumen. Doch der Fluchtweg war versperrt mit Reds Cowboys, die nur ablehnend die Köpfe schüttelten, als sie an ihnen vorbeiwollte. Mit einem empörten Schnaufen stolzierte sie steif die Treppe hinunter und direkt auf Red zu.

»Ich dachte, ich hätte dir klar gemacht, dass du mir nichts vorzuschreiben hast«, sagte Amanda hochmütig zu ihrer Tante. »Mir ist so, als hätte ich das erwähnt. Es gibt auch Zeugen, die es gehört haben. Also was hast du hier vor – außer dich zum Narren zu machen?«

Ein paar der Umstehenden schnappten nach Luft. Wenn bis dahin noch irgendjemand Mitleid mit

Amanda gehabt hatte, dann war es jetzt damit vorbei. Red biss aber nicht an, wurde nicht einmal rot. Sie wurde auch nicht wieder wütend. Es war vielleicht eine schwierige Entscheidung gewesen, aber nun, da sie sie getroffen hatte, besaß sie auch das Rückgrat, dazu zu stehen.

Sie klang einigermaßen gelassen, als sie antwortete. »Ich möchte mal was klarstellen, Schätzchen – einen Irrtum deinerseits. Indem mir dein Vater die Vormundschaft für dich übertrug, überließ er mir die Entscheidung darüber, wen du heiratest. Es lag in keiner Weise in seiner Absicht, dir diese Entscheidung zu überlassen. Wir hatten zwei Möglichkeiten, das Problem zu lösen. Du konntest dir Zeit nehmen, um dich nach einem geeigneten Ehemann umzusehen, dann hätten wir uns am Ende auf einen passenden Kandidaten geeinigt, oder ich hätte mich darum gekümmert und die Wahl für dich getroffen. Jedenfalls lag die Entscheidung in meiner Hand, und die Umstände zwangen mich, sie zu fällen, ohne weitere Überlegungen anzustellen. Immerhin habe ich deinen Wunsch berücksichtigt.«

»Hast du nicht!«, rief Amanda aus. »Hast du mich gefragt? Nein, hast du nicht! Dann hätte ich dir nämlich gesagt, dass kein Einziger von diesen Hinterwäldlern hier meinen Ansprüchen genügt. Geh nach Hause, Tante Kathleen. Hier wirst du nichts erreichen.«

Red wurde immer noch nicht wütend. In Chad regte sich ein Anflug von Verachtung. Spencer knirschte mit den Zähnen, weil Amanda ihn bei ihrer Bemerkung nicht ausgeschlossen hatte. Aber Red ließ nicht locker.

»Du kannst es so oft und so laut wiederholen, wie du willst, meinetwegen so lange, bis dir jemand einen Knebel in den Mund stopft«, erklärte sie ihrer Nichte. »Du hast klar und deutlich deinen Wunsch geäußert, indem du mit Spencer Evans in die Stadt fuhrst und direkt in sein Bett sprangst. Darüber gibt es nichts zu diskutieren. Nicht ein Einziger hier, mich eingeschlossen, zweifelt daran, dass du deine Wahl getroffen hast. Wir brauchen sie jetzt nur noch rechtskräftig zu machen.«

»Apropos rechtskräftig, du weißt, dass das nur funktioniert, wenn mindestens einer von uns einverstanden ist«, ließ sich Spencer vernehmen. »Sie will offenbar nicht, und ich auch nicht, das steht fest wie das Amen in der Kirche. Es war ganz nett mit ihr, aber jetzt können Sie sie wieder mit nach Hause nehmen. Sie macht mehr Schwierigkeiten, als sie wert ist.«

»Wie kannst du es wagen!« Amanda starrte Spencer an.

»Hat zufällig jemand einen Knebel? Es wäre mir eine Ehre«, fügte Spencer hinzu.

Amanda lief rot an vor Wut. Spencer schien ihr wirklich übel zu nehmen, dass sie ihn offenbar auch für einen Hinterwäldler hielt. Auf Spencers Seite ließen sich Kichern und Husten vernehmen, doch bald wandten sich alle wieder Red zu, um zu hören, was sie darauf zu erwidern hatte.

Wenn der Vater des Mädchens mit der Waffe in der Hand da gestanden hätte, hätte es nicht den geringsten Zweifel über die Lage der Dinge gegeben. Doch mit dem Begriff »Vormund«, der im Osten bekannt und üblich war, konnten die meisten Anwesenden nichts anfangen, da sie fast alle in Texas aufgewachsen waren. Hier hatte ein Mädchen entweder Eltern oder Verwandte, die sich um sie kümmerten, oder sie war eben auf sich gestellt.

Red war zwar verwandt mit ihr, aber sie war eine Frau, und nie hatte jemand davon gehört, dass eine Frau einen

Kerl zu einer Ehe zwang. »Sag ja, oder du bist ein toter Mann« – um solchen Drohungen den nötigen Nachdruck zu verleihen, brauchte es normalerweise schon einen Mann. Und Red war noch nicht einmal zornig!

»Ich werde für meine Nichte sprechen, Spencer.«

»Ich werde für mich selbst sprechen, danke«, posaunte Amanda.

»Das hast du bereits getan«, entgegnete Red. »Von dir ist keine weitere Antwort mehr erforderlich.«

»Nun, Gott sei Dank wird er dieser Farce nicht zustimmen«, sagte Amanda mit einem Nicken Richtung Spencer.

»O doch, das wird er«, widersprach Red im Brustton der Überzeugung, während sie die Waffe, die sie bislang zu Boden gehalten hatte, auf Spencers Brust richtete. »Entweder freiwillig – oder unter Schmerzensschreien.«

Spencer nahm sie nicht ernst und lachte sogar glucksend. »Sie werden nicht auf mich schießen, Red, das wissen Sie so gut wie ich.«

»O doch, ich werde schießen«, widersprach sie. »Allerdings würde ich versuchen, Sie nicht zu töten. Darauf haben Sie mein Wort. Aber auf ein paar Löcher in Ihrem räudigen Pelz käme es mir nicht an. Hoffen wir, dass der Schrot in Ihren Knochen keinen dauerhaften Schaden anrichtet.«

Sie sagte es allzu beiläufig. Spencer kannte sie nicht gut genug, um zu erkennen, ob sie bluffte. Dass sie es ernst meinte, konnte eigentlich nicht sein. Gleichwohl hing seine Antwort einzig und allein davon ab, ob er ihr glaubte oder nicht.

In Spencers Fall freilich gab es noch einen weiteren entscheidenden Faktor. Er war viel zu stolz auf seine Haut, als dass er sie durchlöchern lassen würde. Wie abwegig die Möglichkeit auch war, es reichte schon, dass sie überhaupt bestand, außerdem war eine Ehe ja auch nicht unbedingt für die Ewigkeit.

Dennoch ließ er alle fast fünf Minuten schmoren, bis er schließlich knurrte: »Bringen wir's hinter uns. Und ihr anderen könnt euch einen anderen Saloon suchen, denn ab heute gilt für euch ›Not Here‹ im engsten Wortsinne.«

Kapitel 43

Marian hatte das Gefühl, als schmerzte alles an ihr, vom Scheitel bis zur Sohle. Kathleen hatte sie gewarnt, dass sie nach dem langen Ritt in die Stadt vermutlich Muskelkater haben würde, aber Marian hatte sie nicht ernst genommen. Schließlich hatte sie in den letzten Tagen weite Strecken auf dem Pferderücken hinter sich gebracht, ohne Probleme zu haben. Aber es war etwas anderes, quer auf dem Schoß des Reiters zu sitzen als rittlings im Sattel und sich dabei auch noch selbst im Gleichgewicht halten zu müssen.

Wenn sie nicht hungrig geworden wäre, hätte sie den Rest des Tages auf ihrem Zimmer verbracht. Ella Mae war nicht da, um ihr etwas zu essen zu besorgen. Das Dienstmädchen hatte beschlossen, auf der Ranch zu bleiben, da sie nicht das Fuhrwerk genommen hatten und sie ebenfalls nicht reiten konnte.

Außerdem interessierte Marian brennend, was geschehen war. Kathleen war noch nicht wieder zurück im Hotel, zumindest war sie noch nicht aufs Zimmer gegangen. In Anbetracht der Tageszeit war sie wahrscheinlich beim Essen und ging davon aus, dass Marian schlief.

Das Zimmermädchen, das ihr Wasser zum Baden gebracht hatte, hatte ihre beiden Kleider mitgenommen und aufgebügelt wiedergebracht. Sie wählte das matt graue mit den weißen Streublümchen an Ärmeln und Saum. Leider konnte sie mit ihrem Haar ohne Ella Maes Hilfe kaum etwas anfangen. Die einzige Frisur, die ihr allein jemals gelungen war, war der feste Knoten; dank der gekürzten Ponyfransen sah er aber schon gar nicht mehr so streng aus. Außerdem wollte sie niemanden beeindrucken, sondern nur schnell etwas essen.

Als sie die Treppe überwunden hatte, waren ihre Bewegungen schon etwas flüssiger, aber immer noch ziemlich steif. Sie hoffte, ihre Tante im Speisesaal zu finden, aber sie hätte sich auch allein an einen Tisch gesetzt. Andererseits war ihre Neugier inzwischen mindestens so groß wie ihr Hunger.

Sie hatte Glück in beiderlei Hinsicht – oder auch nicht. Kathleen war tatsächlich da, aber sie war nicht allein. Chad saß bei ihr. Marian hatte nicht damit gerechnet und hätte sich fast wieder davongeschlichen. Wenn sie Chad jetzt zusehen musste, wie er an seinem gebrochenen Herzen litt, würde sie ihm ins Gesicht springen und die Augen auskratzen.

So anmutig, wie es ihre schmerzenden Muskeln ermöglichten, ließ sie sich auf den Stuhl sinken. Sie mied Chads Blick, obwohl sie spürte, dass seine Augen auf ihr ruhten.

Sie versuchte, ihn vorerst zu ignorieren, und fragte ihre Tante: »Und, hast du sie gefunden?«

»Ja.«

»Und?«

»Sie sind jetzt verheiratet«, erklärte Kathleen.

»Wirklich? Hat sie sich nicht gewehrt?«

»Natürlich hat sie das. Genau wie er. Aber ein paar Kugeln haben schon so manchem auf die Sprünge geholfen.«

»Du hast auf sie geschossen!«

Kathleen lachte leise über ihre Schlussfolgerung, ebenso Chad, woraufhin sie ihm sofort den Blick zuwandte. Er sah tatsächlich belustigt aus. Das passte alles nicht zusammen. Müsste er nicht verzweifelt sein, weil er Amanda an einen anderen verloren hatte? Aber verzweifelt wirkte er nicht, nicht ein bisschen. Andererseits konnte er vielleicht einfach nur besonders gut seine Gefühle verbergen.

Eines aber war offensichtlich. Er wusste immer noch nicht, dass nicht Amanda, sondern sie an jenem Tag bei ihm im Stall gewesen war. Darüber würde ihn Amanda auch sicherlich nie aufklären – selbst wenn sie eine Gelegenheit dazu hätte –, denn sie würde nie so ein Druckmittel aufgeben. Außerdem könnte sie dann keine Schadenfreude mehr zeigen, falls Marian sie doch angelogen hatte, als sie sagte, dass sie Chad nicht mehr wollte.

Doch jetzt war sie vom wichtigsten Punkt abgekommen: Amanda war verheiratet. Ob nun aus freien Stücken oder nicht, sie würde von nun an nicht mehr in ihrer Nähe sein, so dass sie endlich wirklich frei war. Eigentlich hatte sie damit gerechnet, dass dieser Tag ein Freudentag für sie wäre. Und im Grunde war er das auch. Es war nur zu schade, dass ihre Freude durch so viele andere Gefühle getrübt wurde.

»Es tut mir Leid, dass ich die Trauung verpasst habe«, sagte sie, wieder zu Kathleen gewandt.

»Du hast nicht viel verpasst. Es war nicht gerade eine Traumhochzeit.«

»Trotzdem, ich finde, ich hätte dabei sein müssen, statt ein paar schmerzende Muskeln zu pflegen«, beharrte Marian. »Immerhin ist sie meine Schwester.«

»Ich bezweifle ernsthaft, dass sie auf deine Anwesenheit Wert gelegt hätte, Liebes.«

Das stimmte. Sie hatte vergessen, dass Amanda zu dieser Heirat gezwungen worden war. Sie hätte es Marian sicher übel genommen, wenn sie der Zeremonie beigewohnt hätte.

Zum Glück kam nun die Bedienung und zählte auf, was sie an diesem Abend noch bestellen konnten, und so mussten sie nicht weiter über die Hochzeit reden. Leider tauchte dann das unglückselige Brautpaar höchstpersönlich auf.

»Stört's euch, wenn wir uns zu euch setzen?«, fragte Spencer, während er bereits neben Chad Platz nahm und vom Nachbartisch einen Stuhl für Amanda heranzog.

»Ja«, sagte Chad geradeheraus.

»So ein Pech«, erwiderte Spencer mit einem knappen Grinsen.

Chad lehnte sich zurück. »Solltet ihr jetzt nicht eure Hochzeitsnacht feiern? Ganz allein?«

»Die hatten wir doch gestern, schon vergessen? Darum ging es ja bei dieser Inszenierung heute, oder hab ich da irgendwas verpasst?«

Die Worte klangen bitter, doch der Tonfall nicht. Marian hatte das Gefühl, dass Spencer sich in seinem neuen Status durchaus wohl fühlte. Dass er zum Heiraten gezwungen werden musste, lag wahrscheinlich nur daran, dass Amanda ihn zur Weißglut gebracht hatte. Und das war eine ihrer leichtesten Übungen.

»Man erntet eben, was man sät ...«

»Erspar mir deine abgedroschenen Moralpredigten«, fiel Spencer Chad ins Wort. »Aber an Red habe ich eine Frage. Hätten Sie wirklich auf mich geschossen? Hätten Sie wirklich sich und alle anderen mit Blut besudelt und mir zugesehen, wie ich schreie? Und wenn ich mich dann immer noch geweigert hätte, hätten Sie es noch einmal getan?«

»Man kann keine Ranch führen, wie ich das tue,

Spencer, wenn man zimperlich mit dem Schießeisen umgeht. Ja, ich hätte es getan. Aber jetzt habe ich auch eine Frage an Sie. Haben Sie wirklich geglaubt, Sie könnten bis in alle Ewigkeit so weitermachen? Anständige junge Mädchen entehren, ohne dafür zu bezahlen? Clare Johnsons Vater hatte vielleicht nicht den Mumm, Sie zur Rechenschaft zu ziehen, aber ich.«

»Ich erinnere Sie wirklich nicht gerne daran, Red, aber Ihre Nichte war bereits entehrt.«

»Das stimmt, wir wissen es alle. Aber sie war drauf und dran, vor den Altar zu treten, bevor Sie aufgetaucht sind.«

»Erwischt.« Er lachte leise und wandte sich dann Marian zu. Als hätte er sie bisher gar nicht bemerkt, sagte er: »Soso, die Raupe hat sich endlich in einen Schmetterling verwandelt.«

Marian konnte nicht verhindern, dass ihre Wangen wieder einmal zu glühen begannen. So im Mittelpunkt zu stehen widerstrebte ihr zutiefst. Amanda ging es genauso, deshalb war es nicht überraschend, dass sie sich sofort einschaltete.

»Sie hatte Angst davor, mit mir in Konkurrenz zu treten«, erklärte sie. »Weil sie weiß, dass sie keine Chance hat. Aber jetzt, da die Bahn für sie frei ist, glaubt sie, sie könnte in meine Fußstapfen treten.«

»Kein Grund zur Eifersucht, Liebling«, warf Spencer ein, zur Überraschung aller. »Du bist trotz allem hübscher als sie.«

»Schönheit liegt im Auge des Betrachters«, gab Chad zurück und fügte mit leiser Ironie hinzu: »Gut, dass Spencer halb blind ist.«

Amanda schnaubte vor Entrüstung. Red versuchte, ihre Belustigung nicht offen kundzutun. Spencer gab sich keine Mühe, sondern brach ungehemmt in Gelächter aus. Marian konnte nur zusehen; sie war sich nicht sicher, warum Chad sie in Schutz nahm. Wahrscheinlich diente es ihm nur als Vorwand, um Spencer eins auszuwischen, weil er ihm Amanda weggenommen hatte. Das klang logisch, denn sie hatte von Beginn an die Abneigung gespürt, die die beiden Männer gegeneinander hegten.

Amanda gefiel es offensichtlich nicht, dass Witze über sie gemacht wurden, und wandte sich aufgebracht an Chad. »Wenn hier einer blind ist, dann ist das …«

Doch Spencer fiel ihr ins Wort. »Würdest du bitte an unsere kleine Unterredung denken, Liebling, und deine Zunge im Zaum halten?«

Und Amanda schloss tatsächlich den Mund und lehnte sich schmollend zurück. Marian konnte es nicht fassen. Spencer hatte es geschafft, ihre Schwester an die Kandare zu nehmen! Mit Drohungen? Oder indem er ihr versprochen hatte, was sie wollte? Wie auch immer, es war faszinierend zu beobachten. Nicht einmal ihr Vater hatte je solchen Einfluss auf Amanda gehabt.

Für Marian hätte Spencers Zurechtweisung nicht passender kommen können. Sie wusste ohnehin, worauf Amanda anspielte, boshaft, wie sie war. Jetzt da sie verheiratet war, konnte sie nicht mehr zusehen, wie Marian Verehrer um sich scharte, die sich eigentlich für sie interessieren sollten. Amanda hatte das Druckmittel in der Hand, auch sie in eine Zwangsehe zu treiben. Das hätte natürlich niemand für möglich gehalten – ganz besonders nicht Chad.

Kapitel 44

Es kam für Marian überhaupt nicht in Frage, nach Twisting Barb zurückzureiten, bevor ihre Muskelschmerzen nicht etwas nachgelassen hatten. Auch Fuhrwerk oder gar Kutsche – vorausgesetzt, Spencer wäre bereit gewesen, die seine auszuleihen – waren keine Alternative, da sie auf den unbefestigten Straßen viel zu sehr holperten. Sie war also nicht in der Lage, am Sonntag wie geplant mit Kathleen heimzukehren.

Ihre Tante war einverstanden und sorgte dafür, dass sie bei dem Priester und seiner Familie unterkam. Bei ihrer frisch verheirateten Schwester zu bleiben war gänzlich ausgeschlossen, selbst wenn Amanda nicht über einem Saloon gewohnt hätte.

Marian hatte einige Einkäufe in Trenton zu erledigen, außerdem hatte sie mehrere Termine bei einer Schneiderin, die ihr eine komplett neue Garderobe nähen sollte. Sie hatte immer noch genügend Geld aus ihrer Reisekasse, um zu bezahlen, was sie brauchte. Kathleen hatte freilich vorgeschlagen, mit dem Ausgeben zu warten, bis sie wieder von ihrem Anwalt gehört hätten. Sie hatte ein Telegramm an Albert Bridges geschickt, in dem sie ihn bat, für Marian Geld zu schicken, und ihn zugleich über Amandas Heirat informierte. Marian hatte nach wie vor keinen Zugang zu ihrem Gesamterbe, doch kleinere Beträge, die sie für das tägliche Leben benötigte, durfte sie entnehmen. Es wurde also nicht von Kathleen erwartet, dass sie die Schwestern aushielt.

Das Einkaufen machte Marian ebenso Freude wie das Aussuchen von Schnitten und hübsch gemusterten Stoffen für ihre neuen Kleider. Viel zu lange hatte sie nur fade und hässliche Sachen gewählt, und das immer mit einem Gefühl der Mutlosigkeit und des Grolls darüber, nicht dazuzugehören. Sicher hatte sie das freiwillig getan, weil es ihrer Meinung nach notwendig war; aber lustig war es trotzdem nicht gewesen. Zum Glück waren diese Zeiten endlich vorüber.

Kathleen würde sie am folgenden Wochenende wieder abholen. Die Antwort des Anwalts sollte direkt Marian zugestellt werden, damit sie gleich erfuhr, wann das Geld auf der Bank in Trenton zur Verfügung stand. Bis dahin musste sie sich bescheiden, und so traf sie vorerst nur ihre Wahl, sagte der Schneiderin aber, sie sollte erst anfangen, sobald das Geld da wäre.

Es gelang Marian, Amanda während der ganzen Woche aus dem Weg zu gehen. Ihre Schwester hielt sich viel in ihrem neuen Heim auf, wobei Marian gehört hatte, dass sie sich abends im Saloon amüsierte und sogar als eine Art Animierdame betätigte. Sie hatte keine Ahnung, wie Amanda und Spencer miteinander auskamen, und obwohl sie neugierig war, besuchte sie Amanda nicht, um es herauszufinden.

Amanda würde es natürlich nie zugeben, wenn sie Probleme hatte. Stattdessen würde sie so tun, als wäre diese Heirat sowieso ihre Idee gewesen und als wäre sie rundherum glücklich.

Nur einmal wurde in der Stadt getratscht: Jemand hatte angeblich Spencer gesehen, wie er die Treppen herunterstürmte, auf der Flucht vor einer fliegenden Vase; anschließend habe er seine Frau für den Rest des Tages gemieden. Aber das schien ein Einzelfall gewesen zu sein. Die meiste Zeit über machten beide gute Miene zum bösen Spiel.

Albert Bridges' Antwort ließ auf sich warten, aber Marian machte sich keine Sorgen. Es konnte ja sein, dass er nicht in der Stadt gewesen war und Kathleens Telegramm noch nicht bekommen hatte. Doch am Freitag war noch immer nichts da. Am nächsten Tag würde Kathleen sie bereits wieder abholen, und sie hatte noch kaum etwas von alledem erledigt, was sie sich vorgenommen hatte, außer dass sie ein paar Blusen von der Stange und etwas Malzubehör gekauft hatte. Auch Amanda wurde vermutlich langsam ungeduldig. Erst wenn Albert ihre Heirat anerkannt hatte, würde er ihre Erbschaft freigeben.

Sein Brief traf schließlich am Samstag ein, rund eine halbe Stunde vor Kathleen. Wenn er mit der normalen Post geschickt war, musste Albert ihn schon aufgegeben haben, bevor er Kathleens Telegramm bekommen hatte. Und es war ein dicker Umschlag, der sicher mehr enthielt als nur einen kurzen Gruß und die Frage, wie es den Mädchen ginge.

Marians Neugier war geweckt, aber der Brief war an Kathleen adressiert, und so durfte sie ihn nicht öffnen. Vermutlich enthielt er ohnehin nur ein paar Formulare, die zu unterschreiben waren, also nichts, worüber man sich Gedanken machen musste. Sie versuchte, nicht mehr daran zu denken, und suchte ihre Sachen im Haus des Priesters zusammen, weil sie die folgende Nacht wieder mit ihrer Tante im Hotel verbringen würde.

Kathleen kam mit einem Großteil ihrer Cowboys, die den Samstagabend in der Stadt verbringen wollten. Mit derselben Absicht waren auch Chad und einige von Kinkaids Männern da. Marian hatte gehofft, ihn nicht mehr zu sehen, nachdem er nicht mehr für ihre Tante arbeitete. Es war nicht so, dass sie seine Gegenwart nicht ertragen konnte, nein, sie wollte nur nicht. Außerdem fürchtete sie, dass er jetzt ihr seine Aufmerksamkeit zuwenden würde, nachdem Amanda vergeben war. Und das wollte sie sich ersparen. Sie wollte nicht erklären müssen, dass sie ihn nicht wollte. Nein, auf keinen Fall.

Sie wollte einen Mann für sich allein, ja, aber sie wollte nicht die zweite Wahl sein. Es schmerzte immer noch, dass Amanda am Ende doch gewonnen hatte. Chad wusste nicht einmal, dass er *sie* geliebt hatte.

Und er würde es auch nie erfahren, es sei denn, Amanda beschloss, mit der Wahrheit herauszurücken, was aber höchst unwahrscheinlich war. Marian würde es ihm nicht erzählen. Vielleicht hätte sie eines Tages versucht, ihm alles zu erklären, wenn er Amanda hätte heiraten müssen. Aber da das kein Thema mehr war, sprach nichts dafür und vieles dagegen, ihm die Augen zu öffnen. Vor allem wollte sie nicht, dass er sich nun genötigt fühlte, stattdessen sie zu ehelichen; und ihre Tante durfte nicht auf die Idee kommen, noch eine Ehe zu arrangieren, denn sie würde auf keinen Fall zustimmen.

»Ich habe schon gehört, dass auf das Telegramm noch keine Antwort gekommen ist«, sagte Kathleen, als sie zum Haus des Priesters kam, um Marian abzuholen. »Die ganze Stadt weiß es, weil Eddy es mir auf der Straße entgegengebrüllt hat.«

Marian grinste. Es war wahrscheinlich ziemlich schwer, in dieser freundlichen Stadt persönliche Dinge geheim zu halten. Hier rief man sich Mitteilungen einfach zu, und Klatsch wurde ebenso wie die neuesten Nachrichten über jede Laden- und Saloontheke verbreitet.

»Wahrscheinlich habe ich das hier deswegen soeben bekommen«, erwiderte Marian und reichte ihrer Tante den Brief. »Man wusste in der Stadt, dass du heute kommst.«

»Ja«, stimmte Kathleen zu und warf nur einen kurzen Blick auf den Umschlag, bevor sie ihn in eine ihrer Satteltaschen stopfte. »Im Allgemeinen behalten sie meine Post hier, wenn sie kurz vor dem Wochenende kommt, und liefern sie erst am Montag aus, wenn ich nicht aufgetaucht bin. Bist du so weit, Liebes? Chad hat uns angeboten, im Stadthaus der Kinkaids zu übernachten. Er ist schon vorausgeritten, um dem Personal Bescheid zu sagen.«

War sie so weit, in seinem Haus zu schlafen oder ihn gar wiederzusehen? Nein. Aber sie nickte nur und verabschiedete sich von der Familie, bei der sie eine ganze Woche verbracht hatte.

Sie ritt auf Kathleens Pferd mit zum Haus der Kinkaids, das am anderen Ende der Stadt lag. Auf dem Weg setzte Kathleen sie bei der Schneiderin ab, damit sie gleich ihre Bestellung aufgeben konnte. Anschließend wollten sie sich in der Gemischtwarenhandlung nebenan treffen.

Als sie fertig war, fand sie Kathleen auf einer der Bänke vor dem Laden, Alberts Brief in der Hand. Marian setzte sich neben sie, ohne sie beim Lesen zu unterbrechen, und lächelte den Leuten zu, die im Vorübergehen zum Gruß ihren Hut lupften. Es war wirklich eine freundliche Stadt mit überwiegend männlicher Bevölkerung, wo jeder jeden kannte und ein Fremder – eine Fremde sowieso – gleich auffiel.

Es herrschte zwar nicht direkt ein Mangel an Frauen, aber die meisten waren schon verheiratet. Was möglicherweise der Grund dafür war, dass Marian während ihres kurzen Aufenthalts hier bereits vier Anträge bekommen hatte. Neun Männer waren unter verschiedensten Vorwänden im Haus des Priesters aufgetaucht, um ein wenig Zeit in ihrer Gesellschaft zu verbringen.

Es würde viel einfacher werden, hier einen Mann zu finden, als sie gedacht hatte. Allerdings hatte sie im Moment keine rechte Lust, mit der Suche zu beginnen. Und daran war *er* schuld. Genauso wie er an allen Gefühlen schuld war, die sie zurzeit durchlebte. Sie konnte Wut und Enttäuschung einfach nicht abschütteln. Es war zum Verzweifeln.

Als sie wieder zu ihrer Tante hinübersah, hatte diese sich mit dem Kopf zurück an die Hauswand gelehnt und die Augen geschlossen. Sie sah nicht müde aus, sondern eher so, als könnte sie nicht ganz begreifen, was sie da eben gelesen hatte.

»Stimmt etwas nicht?«, fragte Marian zaghaft.

»Wie man's nimmt. Aus texanischer Sicht eigentlich nicht. Die Leute hier kommen ohne viel Geld gut zurecht, und niemand erwartet, dass eine Frau viel mitbringt. Männer heiraten Frauen hier nicht wegen ihres Vermögens.«

Marian wurde sehr still. »Ein Problem mit dem Erbe?«

Mit einem Seufzer öffnete Kathleen die Augen. Eine Grimasse ziehend, blickte sie Marian an. »So könnte man sagen. Sieht so aus, als hätte dein Vater keinen Cent mehr gehabt, als er starb.«

Kapitel 45

Jetzt lehnte sich auch Marian mit geschlossenen Augen zurück. In ihrem Magen regte sich Übelkeit bei der Vorstellung, statt einer reichen Erbin plötzlich eine arme Kirchenmaus zu sein. Und das ohne jede Vorwarnung. Ihr Vater war gewesen wie immer, bevor er seine letzte Reise angetreten hatte. Es hätte doch irgendeinen Hinweis darauf geben müssen, dass er alles verloren hatte.

»Lass dich davon nicht unterkriegen, Liebes. Hier draußen ticken die Uhren anders. Wenn dich hier ein Mann will, dann will er dich um deiner selbst willen und nicht wegen des Geldes, das du vielleicht mitbringst.«

»Ich weiß, Tante Kathleen. Aber ich verstehe nicht, wie mein Vater alles verloren haben kann. Seinem Testament nach zu urteilen war er sehr reich, viel reicher, als Amanda und ich es uns je vorgestellt hätten; er hatte mehrere Firmen, sehr viele Immobilien, die Einkünfte brachten, außerdem ein dickes Bankkonto.«

»Ich weiß, und das stimmte zweifellos auch, als er dieses Testament aufsetzte. Damals war er sehr erfolgreich. Doch anscheinend hatte er sich in den letzten Jahren etwas übernommen, zu viel in seine Immobilien investiert und sich in Spekulationsgeschäfte gestürzt, bei denen er auf der Ware sitzen blieb. Es klingt, als hätte er viel zu schnell viel zu stark expandieren wollen. Und so musste er am Ende unter hohen Verlusten verkaufen, nur um die Kosten zu decken, und als dann auch noch seine Aktien an Wert verloren, musste er Geld aufnehmen.«

»Davon hat er uns nie etwas gesagt!«

»Natürlich nicht. Wahrscheinlich dachte er, er könnte sich wieder erholen; deshalb hat er sicher auch das Testament nicht aktualisiert. Seine letzte Geschäftsreise unternahm er, um Geld zu leihen.«

»Dann kann das Vermögen noch gerettet werden?«, fragte Marian hoffnungsvoll.

Kathleen seufzte. »Leider nein. Es ist nichts mehr da, was man noch retten könnte. Als er starb, ging alles an die Gläubiger.«

Marian fiel es immer noch schwer, diese Neuigkeit zu verdauen. Es war einfach zu viel auf einmal. In den Wochen vor seinem Tod war ihr Vater ganz normal gewesen. Sein Gesicht hatte weder Besorgnis und Verzweiflung noch Ärger gezeigt. Nichts hatte darauf hingedeutet, dass es mit seinen Geschäften nicht zum Besten stand.

Sie musste an eine seiner Expandierungsmaßnahmen denken; damals hatte er ein neues Schuhgeschäft eröffnet, und Amanda und sie waren zur großen Eröffnungsfeier gegangen. Wochenlang hatte er sich darüber gefreut, wie gut die Geschäfte liefen. Sie konnte sich nicht erinnern, dass er jemals sonst etwas über Erfolge gesagt hätte.

»Hatte denn Albert Bridges keine Ahnung davon?«, fragte Marian. »Warum hat er uns nicht gewarnt?«

»Oh, er wusste es«, sagte Kathleen voller Verachtung. »Der Bastard hatte nur nicht den Mumm, euch aufzuklären, bevor ihr Haverhill verlassen habt. Nun, er schreibt, dass er sich Amandas theatralisches Getue ersparen wollte, und das kann man, denke ich, nachvollziehen. Es steht alles in diesem Brief, Liebes. Seine Hoffnung war, dass ihr euch inzwischen bei mir eingelebt habt, bevor er euch mit dieser Mitteilung überfällt.«

»Und das Geld, das er uns für die Reise gab?«

»Stammte aus seiner eigenen Tasche. Ein kleiner Preis für seine Feigheit. So seine Worte. Hier, lies selbst.«

Der Brief war nicht lang. Dass der Umschlag so dick war, kam von langen Zahlenlisten, die Auskunft gaben über den Verkauf von Immobilien und zurückbezahlte Schulden. Ihr Haus war als Letztes weggegangen – versteigert zu einem lächerlich niedrigen Preis, damit die verbliebenen Gläubiger befriedigt werden konnten.

»Ich muss sofort die Bestellung bei der Schneiderin stornieren«, sagte Marian.

Kathleen verdrehte die Augen. »Sei nicht albern. Ein paar Kleider machen uns nicht arm. Außerdem hat Chad meine Finanzen wieder ins Lot gebracht, indem er mir bei der Arbeit unter die Arme gegriffen hat. Er hat auch ein paar gute Kunden in benachbarten Countys an Land gezogen, so dass wir die Herden zum Verkauf nicht mehr so weit treiben müssen. Finanziell stehe ich inzwischen wieder so da wie vor Franks Tod, und die Situation wird eher noch besser werden, dank Chad.«

Marian sagte nichts dazu. Sie wollte nicht hören, wie toll Chad Kinkaid war. Sie wusste selbst, wie wunderbar er war. Wenn er es nicht wäre, hätten sich ihre Gefühle nicht zu lauter unentwirrbaren Knoten in ihr verknäult.

»Du hast immer noch genug Geld zum Ausgeben«, fuhr Kathleen pragmatisch fort. »Oder zumindest hast du eine Möglichkeit, Geld zu verdienen.«

»Du meinst arbeiten? Ja, das könnte ich wohl, allerdings müsste ich dann in der Stadt …«

»Nein, nein.« Kathleen lachte leise. »Ich meine, du könntest deine Bilder verkaufen. Ob du es glaubst oder nicht, diese Stadt lechzt nach solchen Dingen. Die paar Gemälde, die Orvil von der Gemischtwarenhandlung per Schiff ordern kann, sind oft schon verkauft, bevor sie abgeladen sind. Deshalb verkauft er auch Malzubehör. Er hofft insgeheim, dass eines Tages jemand in der Stadt mit diesem Zeitvertreib anfängt und etwas schafft, das sich verkaufen lässt.«

»Deshalb hat er mir so begeistert seinen Fundus vorgeführt.« Marian grinste.

»Zweifellos. Geht's dir jetzt ein wenig besser?«

Es ging ihr tatsächlich besser. Nicht dass sie an diesem Erbe besonders gehangen hätte. Es war nur so, dass dieser Reichtum für sie immer selbstverständlich gewesen war, und sie hatte nie damit gerechnet, einmal ohne ihn leben zu müssen. Sie würde sich daran gewöhnen müssen, sich nicht immer alles leisten zu können, was sie wollte, aber das würde kein Problem sein.

»Ich werde schon klarkommen«, sagte sie. »Aber bei Amanda bezweifle ich das.«

Kathleen stöhnte bei dieser Bemerkung, denn so weit hatte sie noch nicht gedacht. »Nein, sie nimmt diese Erbschaft viel zu wichtig«, stimmte sie zu. »Weiß der Himmel, warum.«

»Weil sie sich damit einen Ehemann kaufen wollte, der sie genauso behandelt wie Papa.«

»Du meinst, der ihr alle Freiheiten lässt?«

»Genau.«

»Aber sie ist bereits verheiratet«, fühlte sich Kathleen zu sagen genötigt.

»Nicht solange sie sich selbst nicht als verheiratet betrachtet«, wandte Marian ein. »Sie könnte längst über eine Scheidung nachdenken.«

»Du hast sie seit jenem Abendessen nicht mehr gesehen?«, fragte Kathleen.

»Nein, ich bin ihr aus dem Weg gegangen.«

Kathleen runzelte die Stirn. »Aber Spencer müsste in eine Scheidung einwilligen.«

»Glaub mir, Amanda kann ihn dazu bringen, an nichts anderes mehr zu denken. Aber jetzt muss sie sich ohnehin etwas anderes überlegen, und das wird ihr nicht gefallen. Es wird ihr sehr widerstreben, dass ihr keine andere Wahl mehr bleibt und sie sich mit dem begnügen muss, was sie hat.«

»Zumindest ist sie unter der Haube, und Spencer ist nicht gerade arm. Und er ist auch nicht auf den Kopf gefallen. Sie ist besser dran, als sie meint.«

»So wird sie das sicher nicht sehen«, warnte Marian.

»Ich weiß.« Kathleen stöhnte erneut. »Ich denke, ich werde ihr den Brief zukommen lassen, nachdem wir beide morgen hier weg sind. Es gibt keinen Grund, warum wir uns ihr hysterisches Gezeter anhören sollten.«

Kapitel 46

Kathleen hatte nur Spaß gemacht, als sie sagte, dass sie Amanda den Brief von Albert Bridges erst zukommen lassen wollte, wenn sie und Marian die Stadt bereits verlassen hätten. Sie war nicht so feige wie Albert. Stattdessen schickte sie dem frisch vermählten Paar eine Einladung zum Abendessen in Chads Haus – die sie jedoch ablehnten.

Am Samstagabend war im Not-Here-Saloon natürlich am meisten los. Hinzu kam neuerdings, dass Amanda sich zur Attraktion des Hauses entpuppte, was allerdings nicht daran lag, dass sie ein besonderes Unterhaltungstalent gewesen wäre – nun ja, je nachdem, wie man die Sache betrachtete. Jedenfalls zog sie allein mit ihrer gehässig scharfen Zunge mehr Gäste an, als sonst die ganze Woche über kamen. Sie tat einfach nur das, was sie am besten konnte – Bewunderer beleidigen, an denen sie nicht interessiert war.

So erstaunlich es erscheinen mochte, die Texaner fanden es erheiternd, wenn sie nach allen Richtungen austeilte.

Es spielte keine Rolle, dass sie jetzt verheiratet war. Nach wie vor scharten sich die Männer um sie, flirteten mit ihr, versuchten alles, um ihre Aufmerksamkeit zu erlangen, und hingen förmlich an ihren Lippen. Und keiner nahm es ihr übel, wenn sie einem der Cowboys einen verletzenden Spruch an den Kopf warf. Die Menge dröhnte stattdessen vor Gelächter – selbst derjenige, der gemeint war, nahm es als Kompliment, dass sie ihn aus der Masse hervorgehoben hatte.

Amanda war ein Geschöpf der Nacht geworden, und die Rolle passte perfekt. Allem Anschein nach machte es ihr großen Spaß, die Saloonschönheit zu spielen. Spencer betrachtete das sicher als geschäftsfördernd und sah keinen Grund, sich zu beschweren.

Marian staunte nicht schlecht, als sie beim Abendessen all das zu hören bekam. Kathleen hatte am Nachmittag die Runde gemacht, um die neuesten Gerüchte aufzuschnappen, und so war sie wenig überrascht, dass sie ohne ihre Gäste aßen.

»Es ist nicht unbedingt das Umfeld, das ich mir für meine Nichte gewünscht hätte, aber Amanda scheint darin erst richtig aufzublühen.«

»Ja, ich frage mich nur, ob sie das schon bemerkt hat oder ob sie immer noch Energie für ihre Rückkehr ›nach Hause‹ sammelt«, entgegnete Marian.

Chad hatte noch nicht viel gesagt. Nicht einmal die Nachricht über das verlorene Erbe hatte ihn aus der Reserve gelockt. Sicher, denn ihre Erbschaft brauchte ihn auch nicht mehr zu kümmern, jetzt da er Amanda nicht mehr haben konnte. Vermutlich hatte sie ihn auch vorher nicht wirklich interessiert, schließlich würde er eines Tages die größte Viehranch der Gegend erben.

Er wirkte irgendwie zerstreut an diesem Abend. Litt er immer noch an gebrochenem Herzen? Womöglich. Aber von ihr würde er kein Mitleid bekommen. Er würde ihr sicherlich für ihren neuen Verlust auch keines schenken.

»Ich gehe morgen nach der Kirche im Saloon vorbei, bevor wir aufbrechen«, kündigte Kathleen an.

»Da werden sie noch schlafen«, bemerkte Chad.

»Dann müssen sie eben geweckt werden. Ich bin wirklich nicht gern der Überbringer schlechter Nachrichten, aber in diesem Fall habe ich keine Wahl.«

»Soll ich das übernehmen?«, bot Chad an.

Na klar, er ergriff jede Gelegenheit, um Amanda noch einmal sehen zu können, dachte Marian voller Abscheu. Kathleen überlegte kurz, schüttelte dann aber den Kopf.

»Nein, das liegt in meiner Verantwortung.« Sie grinste. »Ich werde in aller Kürze sagen, was ich zu sagen habe. Dann muss ich sofort los, um vor Einbruch der Dunkelheit zu Hause zu sein. Damit komme ich um den größten Wutanfall herum.«

Erstaunlicherweise gab es keinen Wutanfall. Amanda hielt die Mitteilung zunächst für einen Scherz – aber sie war auch gerade erst aufgewacht, als sie sie hörte. Während Kathleen versicherte, dass es ihr Ernst sei, verfiel sie in eine Art phlegmatischen Schockzustand und sagte kein Wort mehr.

Marian traute der Sache nicht, denn es war typisch für Amanda, dass sie Dinge, die ihr nicht in den Kram passten, einfach ignorierte. Sie hielt es für wahrscheinlicher, dass ihre Schwester einfach nicht glauben wollte, dass ihr Erbe beim Teufel war.

Kathleen überließ Spencer den Brief und damit die Aufgabe, seiner Frau die Folgen klar zu machen – wobei nicht sicher war, dass er sich überhaupt die Mühe machen würde, denn genau wie Chad fand er die ganze Sache nicht wirklich dramatisch.

Offenbar hatte er aber schließlich doch mit Amanda gesprochen, denn gleich am nächsten Tag kamen beide nach Twisting Barb. Was dann folgte, ließe sich mit dem Begriff »Wutanfall« nur unzureichend beschreiben.

Stuart und Chad waren ebenfalls dabei. Stuart war Red auf der Barbecueparty wesentlich näher gekommen und hatte kurz vorbeigeschaut, um ihr zu sagen, dass er in ein paar Tagen nach Chicago reise. In Wahrheit war er natürlich gekommen, weil er gern mitessen wollte, denn er hätte ebenso gut einen seiner Männer schicken können. Er trieb sein Vieh schon lange nicht mehr selbst nach Chicago, aber einmal im Jahr fuhr er persönlich hin, um die Kunden zum Essen auszuführen. Chad war einfach so mitgekommen, vermutete Marian.

Sie saßen zusammen auf der Veranda und genossen den Sonnenuntergang, als Amanda und Spencer eintrafen. Amanda war kaum aus der Kutsche geklettert, Alberts Brief zerknüllt in der Faust haltend, da kreischte sie Kathleen bereits entgegen: »Das ist alles ein Haufen Lügen!«

Marian entfuhr unwillkürlich ein Seufzer. Sie überlegte, ob es auffallen würde, wenn sie sich davonschlich, schnell etwas aß und sich dann auf ihr Zimmer zurückzog. Sie hatte keine Lust, sich die wütenden Tiraden ihrer Schwester anzuhören. Sicher würde sie alle Fenster schließen müssen, um nichts mitzubekommen, denn Amanda konnte ganz schön laut werden.

Kathleen versuchte, sie zu beschwichtigen. »Setz dich, Amanda. Wir verstehen ja, dass du es nicht glauben kannst. Ich fand es selbst unfasslich, dass Mortimer so verheerende Entscheidungen getroffen haben soll, und das mehr als einmal.«

»Dann hättest du diesen Unsinn hier niemals akzeptieren dürfen, ohne …«

»… Beweise zu verlangen?«, beendete Kathleen den Satz, immer noch bestrebt, Amanda zu beruhigen. »Du hältst den Beweis in der Hand. Ein umfangreicher Geschäftsbericht liegt bei. Oder hast du den übersehen?«

Amanda schnaubte. »Du meinst diese Auflistung von Fantasiezahlen? Du hörst nicht zu, Tante Kathleen. Ich bin nicht hier, weil ich nicht glauben kann, was in diesem Brief steht. Ich bin hier, weil ich weiß, dass es nicht stimmt. Mein Gott, glaubst du, Papa hätte nie mit mir über Geschäftliches gesprochen? Er hat mit mir all seine Erfolge geteilt, ganz gleich, ob es mich interessierte oder nicht.«

»Schon möglich, aber hat er auch seine Misserfolge mit dir geteilt?«, wandte Kathleen ein. »Oder hat er die lieber für sich behalten, weil sie ihm peinlich waren?«

»Du hörst immer noch nicht zu«, beharrte Amanda. »Seine Läden florierten. Die trugen sich selbst. Es gab keine Unkosten, die sein Vermögen aufgefressen hätten.«

»An Investitionen kann man sich übernehmen. Er wollte zu viel in zu kurzer Zeit.«

»Nein! Das wollte er nicht!«, rief Amanda aus. »Genau darin irrst du dich. Wenn du ihn gekannt hättest wie ich, wüsstest du, dass ihm sein Profit viel zu wichtig war, als dass er Gewinne zum Beispiel in die Verbesserung von Arbeitsbedingungen für seine Arbeiter investiert hätte. Aber du hast ihn ja auch all die Jahre nicht gesehen, wie solltest du das also wissen?«, schloss sie sarkastisch.

»Ich rede nur von Tatsachen«, erwiderte Kathleen steif.

»*Ich* liefere hier die Tatsachen. Wenn es den Leuten nicht passte, wo sie arbeiteten, sollten sie eben woanders hingehen. Das habe ich ihn hunderte Male sagen hören. Auch Marian hat das aus seinem Mund gehört. Und warum auch nicht? Schließlich standen die Leute bei ihm Schlange um Arbeit, weil er so gut zahlte, und nicht, weil er perfekte Arbeitsbedingungen bot. Er hat in den letzten Jahren nur ein Schuhgeschäft eröffnet, und das nur, weil am anderen Ende der Stadt ein Schuster aufgemacht hatte und Papa nicht riskieren wollte, seine ältesten Kunden an ihn zu verlieren. Und selbst dieser Laden florierte.«

Kathleen musste jetzt doch leichter Zweifel ergriffen haben, denn sie wandte sich, um Zustimmung heischend, an Marian. Marian widerstrebte es zutiefst, mit ihrer Schwester einer Meinung zu sein, aber in diesem Fall konnte sie nicht anders als nicken.

»Es stimmt, dass er das oft gesagt hat«, erklärte sie. »Er hat seine Leute extrem gut bezahlt, und deshalb konnte es ihm auch gleich sein, wenn sie sich beschwerten, dass seine Läden alt und zugig seien. Seine Philosophie war, die Menschen kaufen immer wieder neue Schuhe, ganz gleich, wo, weil sie sie brauchen. Ich kann mich auch nicht erinnern, dass er einmal etwas in einen seiner anderen Läden investiert hat, wobei ich das auch nicht mitbekommen hätte, denn ich kam nur selten in diesen Teil der Stadt.«

»Ganz im Gegensatz zu mir«, fügte Amanda hinzu. »Und die Läden dort sahen aus wie immer.«

»Da sind immer noch die Immobilien, die er neu kaufte und die nicht das einbrachten, was er erwartet hatte«, gab Kathleen zu bedenken. »Und er musste beträchtliche Summen leihen.«

»Warum sollte er sich Geld leihen? Er hatte über siebenhunderttausend Dollar auf der Bank. Aber wenn du die Immobilien meinst, die in diesem Bericht aufgeführt sind« – Amanda hob die Faust mit dem Brief –, »da kenne ich zumindest eine davon, das Owl-Roost-Hotel, und das hat Papa nie gekauft. Er hatte es vor, ja. Und Albert dürfte davon gewusst haben. Schließlich war er sein Anwalt. Aber jemand anders hat einen höheren Preis angeboten, und Papa war nicht bereit, mehr zu zahlen. Das Hotel liegt in einer Stadt, in die nicht viele Besucher kommen, und ein guter Deal wäre es nur gewesen, wenn er es zum Ausgangspreis hätte haben können. Papa hat Immobilien nicht gekauft, um damit zu spekulieren …«

»Da hat sie Recht«, fiel ihr Marian ins Wort. Sie sog laut die Luft ein, als ihr etwas einfiel. »Jetzt erinnere ich mich wieder … Papa lachte beim Abendessen darüber, dass jemand offenbar versuchte, auf seinen Frackschößen zum Erfolg zu reiten, wie er sagte. Dabei würde sich derjenige nur ins eigene Fleisch schneiden, indem er viel zu hohe Preise zahlte, statt selber gute Angebote zu finden. Es war offenbar nicht das erste Mal, dass ein anonymer Käufer ihm eine Immobilie wegschnappte. Ein paar Monate später beglückwünschte er sich, weil der dumme Unbekannte immer noch kaufte. Papa aber hatte inzwischen angefangen, Interesse für Objekte zu heucheln, die alles andere als ein guter Kauf gewesen wären, nur um diese Person in den Ruin zu treiben. Er konnte ganz schön nachtragend sein, zumindest wenn es ihn nichts kostete.«

Kathleen starrte sie ungläubig an. Marian konnte es selbst nicht fassen, während ihr langsam all die Verflechtungen bewusst wurden. Amanda warf beiden einen triumphierenden Blick zu.

Natürlich musste sie auch noch das letzte Wort haben. »Ich hab's euch doch gleich gesagt!«

Kapitel 47

Beim Abendessen sprudelten die Vorschläge – jedenfalls aus dem Mund derer, die nicht direkt betroffen waren. Sogar Stuart mischte sich in die Diskussion ein und bemerkte zu seinem Sohn, dass er sich seit Jahren nicht mehr so amüsiert habe.

Der Viehbaron plädierte dafür, einen Trupp Männer zusammenzustellen und den Winkeladvokaten, wie er Albert Bridges nannte, kurzerhand zu lynchen. Dass er weit weg an der Ostküste lebte, erschwerte diese Lösung natürlich. Außerdem – sie waren zwar alle sicher, dass Albert die Mädchen um ihr Erbe gebracht hatte, aber das mussten sie zuerst den Behörden glaubhaft machen, bevor irgendetwas unternommen werden konnte.

Die gefälschten Geschäftspapiere würden als Beweis nicht ausreichen. Albert konnte behaupten, dass er den Brief nie geschickt habe. Vielleicht waren die Immobilien noch gar nicht verkauft, weil er sich Zeit ließ, um möglichst gute Preise zu erzielen.

Offenbar hatte er gehofft, dass mit diesem Brief die Angelegenheit erledigt wäre. Als Erstes hatte er dafür gesorgt, dass die Mädchen weit genug weg waren, bevor er ihnen die vermeintliche Schreckensnachricht zukommen ließ. So erschien es ihm wohl am wenigsten wahrscheinlich, dass sie nach Haverhill zurückkommen würden, um ihn zu überführen, zumal sie sich für mittellos hielten. Vielleicht hatte er inzwischen aber auch schon alles verkauft und war mit dem Geld abgehauen.

Es war durchaus möglich, dass er längst außer Landes war.

Das Ergebnis ihrer Überlegungen war schließlich, dass sie es nicht erfahren würden, wenn sie nicht entweder Detektive engagierten – oder selbst ermittelten. Und Amanda würde das Schicksal ihrer Erbschaft niemals irgendwelchen Fremden anvertrauen.

»Wann können wir aufbrechen?«, wollte sie von ihrer Tante wissen.

»Wir?«, erwiderte Kathleen. »Solltest du das nicht deinen Mann fragen?«

Amanda machte eine abschätzige Handbewegung. »Er kommt nicht mit. Er hat keine Lust, mir zu helfen.«

Mehrere Augenpaare wandten sich Spencer zu, aber er zuckte nur gleichgültig mit den Schultern. »Ich sage ihr immer wieder, dass sie das Geld nicht mehr braucht. Aber sie meint, damit hätte sie dann die Mittel, um mich wieder loszuwerden.«

Amanda errötete. Marian fand das viel interessanter als die Tatsache, dass Spencer keine Lust hatte, mit in den Osten zu reisen. Sollte niemand wissen, dass sie aus dieser Ehe immer noch heraus wollte? Die Bemerkung hätte Amanda niemals die Schamesröte ins Gesicht getrieben, es sei denn, sie stimmte nicht. Hätte sie gestimmt, wäre es ihr gleich gewesen, wer davon wusste. Aber wenn sie so etwas nur zu Spencer gesagt hatte, ohne es wirklich zu meinen, dann konnte es schon sein, dass es ihr peinlich war, wenn es offen ausgesprochen wurde.

Amanda sagte vieles, ohne es wirklich zu meinen. Sie benutzte dieses Mittel gern, um ihre Mitmenschen zu manipulieren. Es konnte durchaus mehrere Gründe geben, warum Spencer glauben sollte, dass sie mit ihrer Ehe nicht zufrieden war. Erstens konnte sie tatsächlich unglücklich sein. Zweitens, und das war weniger offenkundig, passte es ihr sicher nicht, dass er ihr nie den Eindruck vermittelte, mit ihr glücklich zu sein. Außerdem konnte es sein, dass sie ihn zwingen wollte, seine Gefühle ihr gegenüber klar zum Ausdruck zu bringen. Seine offensichtliche Gleichgültigkeit machte sie wahrscheinlich rasend vor Wut.

Zur Überraschung aller ergriff Stuart als Nächster das Wort. »Ob sie nun das Erbe braucht oder nicht, der Winkeladvokat darf sich auf keinen Fall mit dem ganzen Geld absetzen. Das wäre genauso, als wenn ich einem Pferdedieb meine Zügel in die Hand drücke und sage, ich mochte das Tier sowieso nicht, also nimm es ruhig.«

»Das sehe ich auch so«, stimmte Kathleen zu. »Es ist nicht einmal so sehr das Geld selbst als vielmehr die Dreistigkeit dieses Rechtsverdrehers. Er hat mir das alles vorgegaukelt, und ich muss gestehen, dass ich darauf hereingefallen bin. Wahrscheinlich dachte er, die Mädchen könnten mit den Papieren, die er geschickt hat, ohnehin nichts anfangen. Das ganze Täuschungsmanöver war für mich bestimmt. Und es macht mich wütend, dass es so leicht funktioniert hat. Ich hatte nicht den geringsten Zweifel.«

»War nicht dein Fehler, Red«, murmelte Stuart. »Es sah alles rechtmäßig aus, und du hast deinen Bruder seit Jahren nicht gesehen, konntest es also nicht besser wissen.«

»Kommst du dann mit uns, Tante Kathleen?«, fragte Amanda erneut.

»O ja, das möchte ich nicht verpassen.«

»Aber was ist mit deiner Arbeit hier?«, fragte Marian, die nicht wollte, dass die Geschäfte ihrer Tante ihretwegen erneut einen Rückschlag erlitten.

»Lonny kann die Ranch für ein paar Monate an meiner Stelle leiten, nachdem Chad ihn so großartig ausgebildet hat«, entgegnete Kathleen, dann grinste sie Chad an. »Keine Angst, dich werde ich nicht fragen, ob du das übernehmen willst.«

»Ich kann sogar die Fahrt bezahlen«, fügte Amanda hinzu, woraufhin alle wieder auf sie blickten. »Macht nicht solche Augen! Ich weiß, dass ich mein Erbe zurückbekomme.«

»Ich dachte, du hast deine gesamte Reisekasse bei dem Überfall auf die Eisenbahn verloren«, wandte Stuart ein und lachte dann leise. »Eisenbahngesellschaften verkaufen Fahrkarten nicht gegen Versprechen, sie wollen dafür Bares sehen.«

»Das weiß ich«, fauchte Amanda. »Ich habe mein ganzes Geld zurückbekommen, nachdem dieser Leroy die Zugräuber abgeliefert hat. Sie hatten noch nicht viel von ihrer Beute ausgegeben. Wahrscheinlich waren sie gerade erst untergetaucht. Und Leroy hat das Geld ebenfalls abgeliefert, statt es zu behalten.«

»Leroy mag ein fieser alter Knochen sein, aber er ist ehrlich«, bemerkte Stuart.

»Er hat eine nette kleine Belohnung für seine Mühe bekommen, und ich habe mein Geld wieder«, fuhr Amanda fort. »Und alles nur, weil meine Schwester dieses alberne Bild gemalt hat … na ja, so albern kann es dann wohl nicht gewesen sein.«

Alle wandten sich Marian zu, deren Wangen sich sofort hellrot überzogen. »Es war Tante Kathleens Idee«, wiegelte sie ab.

»Und es war eine gute Idee.« Kathleen nickte grinsend. »Aber Marian hat auch eine erstaunliche Begabung fürs Malen, und dann auch noch aus dem Gedächtnis. Absolut bemerkenswert.«

Die Röte verstärkte sich, als Chad sagte: »Gibt es nichts, das wir mal sehen könnten?«

»Nein«, murmelte Marian, woraufhin er die Stirn runzelte.

Amanda hatte ihr Publikum verloren und wollte es zurück. »Dann ist es also abgemacht?«, sagte sie zu Kathleen. »Du kommst mit uns, damit ich meinen Mann nicht brauche?«

Kathleen überging den Seitenhieb auf Spencer hustend. »Ja, ich werde noch heute Abend mit dem Packen anfangen. Gleich morgen früh fahren wir mit euch in die Stadt.«

Spencer dachte nicht daran, sich die Beleidigung gefallen zu lassen. »Soweit mir bekannt ist«, warf er streitlustig ein, »brauchst du zumindest meine Einwilligung, wenn du irgendwohin gehen willst, Weib.«

»Zum Teufel …!«, fauchte Amanda.

»Na, na«, fiel ihr Stuart ins Wort, um die drohende Tirade gleich im Keim zu ersticken. »An der ganzen Geschichte sind ein paar Punkte, die mir noch Kopfschmerzen bereiten.«

»Zum Beispiel?«, fragte Kathleen.

»Dieser Plan scheint mir eine Nummer zu groß für einen Anwalt.«

»Vielleicht war er verzweifelt«, mutmaßte Chad.

»Das war auch mein Gedanke«, sagte Stuart. »Könnte es nicht sein, dass Bridges der ominöse Unbekannte war, auf den ihr Pa beim Immobilienkauf immer wieder stieß? Wenn er es war – und er wusste ja aus erster Hand, welche Objekte Reds Bruder im Auge hatte –, dann ging sein Plan, schnell reich zu werden, mächtig in die Hose. Drängt sich als Nächstes die Frage auf, ob ihm der Tod eures Vaters nützte. Wie starb euer Vater?«

Er sah Marian an. Sie wusste genau, worauf er hinauswollte. »Er fiel auf dem Heimweg von einem Zug.«

»Er *fiel*? Vielleicht hat ja jemand nachgeholfen …«

Als Amanda bleich wurde, legte Spencer mit einem Mal seine desinteressierte Miene ab und sagte schnell: »In Ordnung, Mandy, wir brechen morgen auf.«

»Mal langsam«, wandte Stuart ein. Er hatte genau die Antwort bekommen, nach der er gebohrt hatte. »Die Postkutsche geht frühestens in zwei Tagen wieder, und ihr werdet ja wohl nicht die offene Kutsche nehmen wollen. So könnt ihr ebenso gut mit mir fahren. Ich habe einen eigenen Zug in Kansas für meine Reisen in den Norden. Es sei denn natürlich, ihr habt es eilig und wollt lieber mit dem Schiff fahren.«

»Seereisen sind nichts für mich«, erwiderte Spencer. »Das habe ich zu meinem Bedauern festgestellt, als mein Pa mich in den Osten schickte. Wir nehmen dieses Angebot also gerne an.«

Und schon war es beschlossene Sache, dass alle zusammen nach Haverhill reisen würden. Nun, Stuart würde wahrscheinlich nur bis Chicago fahren, Chad hier bleiben. Er hatte auch keinen Grund, mit ihnen zu kommen.

Marian vermisste ihn jetzt schon.

Kapitel 48

Die Sonne war noch nicht ganz aufgegangen, als sie aufbrachen. Die Schwestern und ihr Mädchen fuhren mit Spencer in der Kutsche. Und obwohl noch Platz für sie gewesen wäre, hatte Kathleen es vorgezogen, neben ihnen zu reiten. Das Gepäck würde im Fuhrwerk folgen.

Marian war ein wenig traurig, dass sie Twisting Barb verlassen musste. Sie war nicht sicher, ob sie die Ranch je wiedersehen würde. Aber ihre Tante war immer noch ihr Vormund. Am schönsten wäre es, wenn sie mitsamt ihrem Erbe zurückkehren würden – sofern es ihnen gelang, es wiederzubekommen. Doch sie fuhren nach Osten, zurück nach Haverhill, um genau zu sein, und wer wusste schon, was passieren würde, nun da sie sich nicht mehr hinter Brillengläsern versteckte oder versuchte, alle Männer mit aufgesetzter Zickigkeit in die Flucht zu schlagen.

Stuart hatte ihnen angeboten, dass sie in seinem Haus in Trenton auf die Postkutsche warten konnten, kam jedoch selbst nicht mit. Er ritt stattdessen nach Hause, um zu packen, und Chad begleitete ihn. Es würde Monate dauern, bis sie Chad wiedersah – falls überhaupt. Und er hatte sich nicht einmal verabschiedet.

Er sprach mit Kathleen. Er sprach sogar mit Spencer, den er nicht ausstehen konnte. Und obwohl sie daneben stand, als er sein Pferd sattelte, und zusah, wie das Gepäck auf das Fuhrwerk verladen wurde, sagte er nicht ein Wort zu ihr, ja blickte nicht einmal in ihre Richtung.

Wut stieg in ihr hoch. Es war, als könnte er ihren Anblick nicht ertragen, jetzt, da sie aussah wie Amanda. Zweifellos fühlte er sich durch sie an seinen Verlust erinnert. Trotzdem hätte sie erwartet, dass er wenigstens ein klein wenig Interesse an ihr zeigte, wenn auch nur, um sozusagen mal an der Oberfläche zu kratzen. Sie hatte sich so darauf gefreut, ihm ins Gesicht zu schleudern: »Nein, danke, du hattest deine Chance und hast die falsche Schwester erwischt.«

Aber sie war ungerecht. Tief in ihrem Innersten wusste sie das. Schließlich hatte sie die ganze Zeit über versucht, sich so hässlich wie möglich zu machen. Kein Wunder, dass er Amanda vorgezogen hatte. Aber er hätte ihre Schwester auch noch genommen, nachdem sie sich von ihrer schlimmsten Seite gezeigt hatte. Das war es, was Marian weder vergeben noch vergessen konnte – wenn Männer, Chad eingeschlossen, sich von einem hübschen Gesicht so blenden ließen, dass sie alles andere darüber vergaßen.

Aber es würde keine Gelegenheit mehr geben, ihn deswegen zur Rede zu stellen. Auf diese Weise würde sie Herzschmerz und Reue niemals los! Auch das machte sie wütend. Sie brauchte längst nicht mehr zu bereuen, dass sie ihn nicht mehr wollte, sondern sollte vielmehr froh sein, dass sie der Versuchung entronnen war, ohne größeren Schaden zu nehmen.

Die Schneiderin in Trenton arbeitete Tag und Nacht, um die beiden Kleider, die Marian bestellt hatte, noch vor der Abreise fertig zu stellen. Für die Reise würde sie sie natürlich nicht brauchen, da war robustere Kleidung vonnöten, die Schweiß und Staub standhielt. Die Aussicht auf die holprige Kutschfahrt war nicht besonders verlockend, aber auf die Zugfahrt freute sie sich, denn schon ihre erste Reise mit der Eisenbahn war ziemlich aufregend gewesen, und sie hatte viel gesehen.

Am Morgen der Abreise tauchte Chad noch einmal auf, wahrscheinlich um sich von seinem Vater zu verabschieden. Doch nachdem Marian schon gedacht hatte, dass sie ihn nicht mehr sehen würde, brachte sie seine Gegenwart derart aus der Fassung, dass sie sich so unbeholfen verhielt wie früher mit der Brille. Sie ließ die kleine Tasche mit ihrem Reisegepäck fallen und stolperte darüber. Als sie sich wieder gefangen hatte, wandte sie sich um und stieß gegen einen der Männer, die die großen Gepäckstücke auf das Dach der Postkutsche hievten. Der Koffer, den er auf dem Rücken schleppte, fiel polternd zu Boden, sprang auf und spie die Hälfte seines Inhalts auf die Straße.

Es war zufällig ihr Koffer, und ihr blieb die Luft weg, als sie sah, wie ihre aufgerollten Leinwände quer über die Straße kullerten. Sie rannte sofort hinterher und fast in einen Cowboy hinein, der die Straße entlanggelaufen kam.

Es war Chad. Er riss sie zurück und knurrte: »Vielleicht hätten Sie Ihre Brille doch nicht ablegen sollen.«

Sie wäre sofort rot geworden, wenn sie nicht hätte zusehen müssen, wie er ihre Bilder aufhob. Stattdessen hielt sie die Luft an und betete, dass die Schnüre, die die Leinwände zusammenhielten, nicht rissen. Und gebe Gott, dass er nicht fragte, was das war …

»Was ist das?«

Ohne zu antworten, griff sie danach und stopfte sie zurück in den Koffer. Der Packer entschuldigte sich, und Marian versicherte ihm wortreich, dass kein Schaden entstanden sei. Dann sammelte sie die übrigen Sachen ein, die überall verstreut lagen. Chad versuchte zu helfen, doch sie schlug ihm auf die Finger und starrte ihn feindselig an, als er fortfahren wollte. Schließlich lachte er leise und ging zurück zu seinem Pferd.

Ihre Atmung normalisierte sich wieder – allerdings nur, bis Chad mit einer Reisetasche zurückkam. Er warf sie dem Mann zu, der sie zu dem übrigen Gepäck aufs Dach lud. Marian klappte die Kinnlade herunter.

»Wohin wollen Sie denn um alles in der Welt?«

»Nachdem Red mich auf der Ranch nicht mehr braucht, geht für mich der normale Betrieb wieder los«, erklärte er.

»Soll heißen, es ist normal, dass Sie Ihren Vater nach Chicago begleiten?«

»Klar.«

»Oh.«

Sie versuchte, die Enttäuschung in ihrer Stimme zu unterdrücken, wenn auch vergeblich. Aber er merkte nichts. Stattdessen schlenderte er davon, um dabei zu helfen, ihr restliches Gepäck vom Fuhrwerk auf die Kutsche zu verladen. Marian verfluchte sich dafür, dass sie, wenn auch nur für einen kurzen Moment, gedacht hatte, er wäre vielleicht mitgekommen, um zu helfen, oder, noch unwahrscheinlicher, weil er nicht ertragen konnte, von ihr getrennt zu sein …

Wie konnte sie nur so eitel sein? Natürlich war es Amanda, von der er nicht getrennt sein wollte.

Es war durchaus möglich, dass er hoffte, Amanda würde sich sofort scheiden lassen, sobald sie ihre Erbschaft hatte. Schließlich machten sie und Spencer keineswegs den Anschein, miteinander glücklich zu sein. Vielleicht rechnete sich Chad doch noch eine Chance bei ihr aus, und dann war es verständlich, wenn er sie nicht aus den Augen lassen wollte. Das alles waren jedenfalls ausgezeichnete Argumente, um Marians Enttäuschung ein wenig zu mildern.

Die Postkutsche, die sonst normalerweise regelmäßig durch die Stadt kam, wäre nie groß genug für ihr ganzes Gepäck gewesen und entschieden zu eng für sieben Passagiere. Doch offenbar reiste Stuart – obgleich nur einmal im Jahr – mit vollem Komfort, denn diesmal war eine Concord gekommen, an den Zügeln einer seiner Männer, die ihn direkt zum Zug Richtung Norden bringen sollte. Es war eine besondere Vereinbarung, die er mit der Kutschengesellschaft getroffen hatte. Und in einer Concord war selbstverständlich auch für acht Passagiere genügend Platz.

Stuart hatte wie immer eine bewaffnete Eskorte dabei. Als sie an diesem Morgen die Stadt verließen, saßen zwei der Männer beim Fahrer und vier weitere flankierten die Kutsche zu beiden Seiten.

Es wird eine lange Reise werden, dachte Marian unglücklich. Sie saß Chad unmittelbar gegenüber und war sicher, dass sie einen steifen Hals bekommen würde, weil sie ständig versuchen musste, an ihm vorbeizuschauen – wenn sie nicht den ganzen Tag die Augen geschlossen halten wollte. Nun, sie konnte ja behaupten, sie sei müde. Und wenn sie das nächste Mal in die Kutsche stiegen, musste sie eben dafür sorgen, dass sie auf derselben Seite saß wie er. Nur nicht neben ihm. Das würde alles nur noch schlimmer machen.

Verdammt, es würde wirklich eine unerträglich lange Reise werden.

Kapitel 49

Seltsamerweise jammerte Amanda diesmal nicht. Aber diese Reise fand schließlich auch zu ihrem Nutzen statt, und das war der entscheidende Unterschied. Und alle, die mitfuhren, waren nur da, um ihr zu helfen. Zumindest sah sie es so. Dass sie nicht meckerte, machte die Fahrt durchaus erträglich, ja sogar angenehm für die anderen.

Außer für Marian. Es war alles andere als angenehm, mit Chad auf so engem Raum zusammengepfercht zu sein. Den längsten Teil der Reise empfand sie Niedergeschlagenheit, Verdruss und jede Menge andere lästige Gefühle. Jedes Mal, wenn sie ihn ansah, schaute er Amanda an. An jeder Unterhaltung, die Amanda anfing, beteiligte er sich.

Alle hatten Spaß an diesem Abenteuer. Außer Marian. Wenn sie ihrer Schwester nur im Geringsten ähnlich gewesen wäre, hätte sie viele Gründe gefunden, um sich zu beklagen. Da sie es nicht war, behielt sie ihr Leid für sich. Die meiste Zeit über war sie schweigsam, so schweigsam, dass Chad sie sogar einmal darauf ansprach, als sie sich in einem Hotel zufällig allein auf dem Flur begegneten.

»Machen Sie sich Sorgen, dass Sie vielleicht nicht mehr rechtzeitig ankommen, um Ihr Erbe zurückzubekommen?«

»Warum sollte ich mir mehr Sorgen machen als Amanda?«

Er zuckte die Schultern. »Sie sehen besorgt aus. Hätte nie gedacht, dass Sie so lange still sein können. Heute hat man den ganzen Tag über kaum ein Wort aus Ihrem Mund gehört.«

Zum Beispiel als er heute Morgen über Amanda lachte, die versucht hatte, witzig zu sein? Obwohl das, was sie gesagt hatte, überhaupt nicht witzig gewesen war? Und nur die Männer, die sie anbeteten, es witzig gefunden hatten? Da wunderte er sich noch darüber, dass sie nichts sagte?

Sie hatte den ganzen Tag über Chads Reaktion auf Amanda nachgedacht und war mehr denn je davon überzeugt, dass er am Ende doch noch bei ihr das Rennen machen wollte. Spencer hatte die gehässige Bemerkung seiner Frau auch nicht lustig gefunden. Aber das lag wohl daran, dass sie auf seine Kosten gegangen war.

Die beiden kamen nicht gut miteinander aus. Das musste jedem auffallen, der etwas aufmerksamer hinsah, und Chad sah aufmerksam hin. Erstaunlicherweise verhielt sich Amanda bemerkenswert zurückhaltend, dafür dass sie Spencer nicht ausstehen konnte.

Die bissigen Bemerkungen, die sie ihrem Mann zuwarf, waren für ihre Verhältnisse ziemlich harmlos. Man hatte fast den Eindruck, als wollte sie ihn damit gar nicht verletzen, sondern nur seine Aufmerksamkeit auf sich lenken. Es schien beinahe, als hätte sie ihn in Wirklichkeit ganz gern – oder er hatte irgendetwas gegen sie in der Hand, das sie davon abhielt, allzu boshaft zu werden.

Chad stand immer noch vor ihr und verstellte ihr den Weg. Er wollte eine Antwort, und so musste sie irgendetwas sagen. »Mir geht vieles durch den Kopf, nicht nur die Sache mit der gestohlenen Erbschaft. Über vier

Heiratsanträge kann man sich ziemlich viele Gedanken machen.«

»Was?«

»Sie haben mich schon verstanden. Ich habe allen gesagt, dass ich es mir überlegen werde, und so – überlege ich es mir eben.«

»Hat Sie auf dieser Reise jemand angesprochen?«

»Nein, niemand.«

»Wer hat Sie dann gefragt?«

»Oh, das ist schon länger her; es war noch in Trenton.«

»Wer?«, beharrte er.

Sie legte die Stirn in Falten und musste gestehen: »Ich kann mich wirklich nicht an alle Namen erinnern, abgesehen von … von diesem netten Dr. Willaby.«

Chad schnaubte. »Der könnte Ihr Vater sein.«

Marian zuckte die Schultern. »Trotzdem ist er sehr nett.«

Er blickte sie mit verengten Augen an. »Wollen Sie mich auf den Arm nehmen, Mari?«

»Nein, das würde mir im Traum nicht einfallen«, gab sie zurück. »Außerdem brauchen Sie das gar nicht zu wissen, weil es Sie nämlich überhaupt nichts angeht. Und vielleicht sollten Sie das nächste Mal nicht fragen, wenn Sie die Antwort fürchten.«

»Ich fürchte überhaupt nichts«, knurrte er.

»Das war mir klar«, fauchte sie zurück und drängte sich an ihm vorbei.

An diesem Tag sagte sie kein Wort mehr zu ihm, auch am nächsten nicht. Sie hätte auch nichts zu ihm sagen können, ohne ihn wieder anzufauchen – wofür sie sich schon die heftigsten Vorwürfe gemacht hatte –, und deshalb war sie lieber still. Ihm musste es ebenso gegangen sein, denn er verlegte sich wieder darauf, sie zu ignorieren.

Der längste und langweiligste Teil der Reise war vorbei, als sie den Zug erreichten, der die Verbindung zum Osten herstellte. Die Fahrt war im Großen und Ganzen ereignislos verlaufen. Die Kutsche war zu gut eskortiert, um überfallen zu werden, und auch in den Städten, durch die sie gekommen waren, hatte es keine Schlägereien oder Schießereien gegeben.

Nur eines Morgens war Marian früher aufgewacht als üblich und hatte ihre Tante dabei ertappt, wie sie sich aus Stuarts Zimmer stahl – und das konnte man durchaus als Ereignis bezeichnen, auch wenn sie die Einzige war, die davon wusste. Zumal ihr die Begegnung viel peinlicher gewesen war als Kathleen.

Die hatte sie nur angegrinst und gesagt: »Er hat mich gebeten, seine Frau zu werden.«

»Kommt das nicht ein bisschen plötzlich?«

»Eigentlich nicht. Nach der Barbecueparty waren wir zusammen … äh … im Bett. Ich machte mir furchtbare Sorgen um dich, obwohl Chad längst aufgebrochen war, dich zu suchen. Stuart war entschlossen, mich abzulenken. Das ist auch der Grund, warum er kürzlich zum Abendessen vorbeikam; nicht um uns mitzuteilen, dass er nach Chicago fährt, sondern um mir zu sagen, dass er anständig um mich werben wird, sobald wir zurück sind.«

»Wirst du ihn heiraten?«

»O ja. Ich liebe diesen Mann, seit ich ihn zum ersten Mal gesehen habe, nur hätte ich nie daran gedacht, deswegen etwas zu unternehmen. Selbst nach Franks Tod hätte ich nicht im Traum daran gedacht, dass er eines Tages ein Auge auf mich werfen könnte.«

»Warum nicht?«, wunderte sich Marian. »Du bist eine attraktive Frau.«

»Mit einer kleinen Ranch, und er will Viehkönig von Texas werden. Außerdem ist er so reich, dass er jede haben könnte, warum also sollte er eine nehmen, die nichts als ein paar Rindviecher mit in die Ehe bringt?«

Marian verdrehte die Augen. Natürlich dachten Viehzüchter beim Heiraten zuerst an Rinder und dann an die Liebe. »Du lagst also falsch.«

»Genau«, erwiderte Kathleen mit einem leisen Lachen. »Stuart sagt, es ist die einzige Möglichkeit, wie er an meine Köchin herankommt.«

Marian riss die Augen auf und spürte, wie sich ihr unwillkürlich die Nackenhaare aufstellten. Kathleen brach in lautes Gelächter aus, legte sich aber sogleich die Hand auf den Mund. In Anbetracht der Uhrzeit wollte sie die anderen nicht wecken.

Grinsend hakte sie sich bei Marian unter, um sie zu ihrem Zimmer zurückzubegleiten. »Er hat nur Spaß gemacht«, sagte sie leise.

»Bist du sicher?«

»Absolut sicher. Aber das alles bleibt vorerst unter uns. Stuart möchte mit allem Drum und Dran heiraten, sobald wir wieder zu Hause sind. Er will das ganze County einladen. Sagt, er will die größte Party aller Zeiten steigen lassen. Aber bis nicht all die anderen Probleme gelöst sind, wollen wir unser Glück geheim halten. Es wäre einfach unpassend.«

Außerdem würde Amanda ihnen sofort einen Dämpfer versetzen, denn es war ja nicht ihr Glück. Aber das wussten sie beide auch, ohne dass es ausgesprochen wurde.

Marian hatte sich immer noch nicht ganz von der

Überraschung erholt. Sie hatte nicht den leisesten Schimmer gehabt. Aber sie war auch so mit ihrem eigenen Elend beschäftigt gewesen, dass sie die verstohlenen Blicke des älteren Pärchens nicht mitbekommen hatte. Ihr war nichts aufgefallen, was darauf hingedeutet hätte, dass die beiden sich heimlich trafen. Sehr oft konnte das ohnehin nicht sein, denn die Hälfte der Hotels, in denen sie übernachteten, bot nicht genügend Platz für alle, so dass man kaum jemals ein Zimmer für sich allein bekam.

Sie freute sich sehr für Kathleen. Allerdings verschlimmerte es ihre ohnehin vertrackte Situation noch. Es bedeutete nämlich, dass sie auf Stuarts Ranch leben musste, sobald sie zurück in Texas waren – zumindest so lange, bis sie selbst verheiratet war. Das hieß, dass sie mit Chad unter einem Dach leben musste, und diese Vorstellung erschien ihr so unerträglich, dass sie gar nicht darüber nachdenken wollte.

Allerdings hatte sie jetzt eine zusätzliche Motivation, einen Ehemann zu finden, bevor sie nach Texas zurückkehrten. Das war durchaus nicht unmöglich. Immerhin kehrte sie in ihre Heimatstadt zurück, wo sie fast jeden in ihren Kreisen kannte. Zwar hatte sie dereinst sämtliche in Frage kommende Männer vergrault, aber jetzt kam sie als neue Frau zurück – zumindest äußerlich – und konnte von vorne beginnen.

Allerdings hatte sie nicht viel Zeit. Möglicherweise waren sie nicht sehr lange in Haverhill, außerdem fuhren sie nicht mit der Absicht dorthin, Verehrer zu bezirzen. Andererseits würde sie es schon schaffen, wenn sie nur entschlossen genug war. Und das war sie. Alles war besser, als ständig in Chads Nähe leben zu müssen.

Kapitel 50

Stuarts privater Zug war ausgesprochen luxuriös, selbst für seine gehobenen Ansprüche. Er fand die Ausstattung selbst völlig übertrieben, andererseits lohnte sich die Mühe nicht, ihn umbauen zu lassen, denn dazu nutzte er ihn viel zu selten.

Schlafgelegenheiten gab es nicht für alle, aber im Salon standen einige weiche Sessel mit Samtbezug, in denen es sich bequem ruhen ließ. Es lag ohnehin nur eine Nacht im Zug vor ihnen; am Abend würden sie an einem Bahnhof halten, wo sie zu Abend essen konnten, und anschließend die Nacht hindurch weiterfahren.

Es gab eine gut bestückte Bar und sogar ein Klavier. »Es wurde mitgeliefert«, erklärte Stuart schulterzuckend. »Bin einfach noch nicht dazu gekommen, es wegzuschaffen.«

Red konnte Klavier spielen und gab die eine oder andere Kostprobe. Chad war froh, einfach nur dasitzen und zuhören zu können, statt mit seinem Vater und den Männern Poker zu spielen; er konnte sich nur schlecht konzentrieren und würde wahrscheinlich ständig verlieren. Warum er so geistesabwesend war, konnte er natürlich niemandem erklären.

Seinem Vater allerdings schien es ähnlich zu ergehen, jedenfalls was die mangelnde Konzentrationsfähigkeit anging.

Chad konnte sich denken, warum. Es war ziemlich offensichtlich. Aber er würde abwarten, bis Stuart offiziell ankündigte, dass Red und er heiraten würden, und dann würde er sagen: »Das wurde auch Zeit.«

Die beiden waren ein perfektes Paar. Chad hatte das schon gedacht, lange bevor Stuart es bemerkte. Und es hätte ihm richtig Spaß gemacht, seinen Vater zu beobachten, der nach all den Jahren seit dem Tod seiner Mutter wieder »frisch verliebt« war, wenn ihn nicht seine eigene erbärmliche Situation so geplagt hätte.

Er hätte nicht mitkommen sollen. Er war noch nie mit seinem Vater nach Chicago gefahren. Es gab nur einen einzigen Grund für seine Teilnahme an dieser Reise. Er konnte nicht zusehen, wie die Frau, die er begehrte, ohne ihn in den Sonnenuntergang ritt. Das war schon deshalb idiotisch, weil sie gar nicht wusste, dass er sie wollte – und sie wollte ihn nicht, das stand fest wie das Amen in der Kirche. Es hatte also überhaupt keinen Sinn mitzufahren, außer dass er sich hundeelend dabei fühlte. Aber das gelang ihm perfekt.

Zu Anfang war es gar nicht so schlimm gewesen. Spencer und Amanda mit ihrer eigentümlichen Beziehung waren ziemlich unterhaltsam. Er hatte sogar ihr Gezänk zum Teil richtig belustigend gefunden, was umso erstaunlicher war, wenn man bedachte, wie er zu Spencer stand. Aber es schmerzte immer mehr, Marian jeden Tag zu sehen und doch so vollständig ignoriert zu werden.

Ihr Verhalten sprach Bände über ihre Gefühle für ihn. Die tendierten inzwischen ohnehin gegen null, auch wenn das einmal anders gewesen sein mochte. Vor Amandas folgenschwerem Betrug hatte er gute Chancen bei ihr gehabt, das wusste er. Aber jetzt wäre sie beleidigt, wenn er sich ihr zuwenden würde. In der Nacht kürzlich, unter dem Sternenzelt, da hatte sie unter

Schock gestanden. Er hatte das nicht ausnutzen wollen, aber die Sehnsucht nach ihr war stärker gewesen. Er hätte es ihr einfach sagen sollen; doch das Ganze war ihr anschließend so peinlich gewesen, dass er es nicht noch schlimmer machen wollte. Und selbst wenn sie aus irgendwelchen Gründen sein Werben akzeptiert hätte, würde doch immer die Geschichte mit ihrer Schwester im Stall zwischen ihnen stehen. Am besten schlug er sie sich für immer aus dem Kopf.

Als sie zum letzten Mal vor Chicago in einem Hotel übernachteten, traf Chad Spencer allein beim Essen im Speisesaal. Er war selbst erst spät hinuntergegangen, weil er hoffte, dass die anderen bereits auf ihren Zimmern waren. Stuart hatte angekündigt, dass er die Ladys bis nach Haverhill begleiten werde. Chad war nicht überrascht gewesen. Aber er musste sich noch entscheiden, ob er es ihm nachtun würde.

Er würde damit nur die Qualen verlängern, wenn man einmal davon absah, dass Marian nach Texas zurückkehren und vielleicht sogar auf die Kinkaid-Ranch ziehen würde, wenn sie nicht vor Red heiratete. Vielleicht sollte er in Chicago bleiben, bis Marian aus seinem Leben verschwunden war.

Ohne zu fragen, setzte er sich zu Spencer an den Tisch. Sie waren die ganze Zeit über recht gut miteinander ausgekommen, jedenfalls waren sie sich noch nicht gegenseitig an die Gurgel gegangen. Und seit Beginn der Reise war Chad neugierig, was wohl hinter Spencers merkwürdigem Verhalten steckte. Es war oft nicht klar, ob er verärgert war oder sich das Lachen verkneifen musste.

Spencer blickte kaum auf, als sich Chad setzte, sondern fuhr fort, das Stück Fleisch auf seinem Teller zu zerteilen. Chad beschloss, sich nicht ignorieren zu lassen. Das musste er sich in letzter Zeit viel zu oft gefallen lassen.

»Wo ist die werte Gattin?«, fragte er.

»Hat Kopfschmerzen und ist früh ins Bett gegangen. Das kommt bei ihr öfter mal vor.«

»Das glaube ich gern«, erwiderte Chad trocken. »Ist aber immerhin ein guter Grund für dich, noch ein Weilchen hier unten sitzen zu bleiben.«

Spencer grinste wissend, was Chad ziemlich erboste. »Das Essen ist großartig«, sagte er nur. »Ich hatte einfach Lust auf einen Nachschlag.«

»Freut mich zu hören, ich komme nämlich um vor Hunger.« Chad rief die Bedienung und bat sie, ihm das Gleiche zu bringen, was Spencer bestellt hatte. Als ob sie das Thema längst angeschnitten hätten, sagte er: »Werdet ihr euch scheiden lassen, sobald die Sache mit dem Anwalt geklärt ist?«

Spencer lachte beinahe los, als er diese unerwartete Frage hörte, erwiderte dann aber nur unverbindlich: »Och, ich fange an, mich ans Verheiratetsein zu gewöhnen.«

»Du hast uns alle an der Nase herumgeführt.«

Spencer lachte. »Der Schein kann trügen – wie wir beide wissen.«

»Wäre es dir auch lieber gewesen, früher herauszubekommen, dass die beiden Zwillinge sind?«

»Zur Hölle, nein. Marian ist viel zu … wie soll ich es ausdrücken … viel zu nett – für meinen Geschmack.«

»Zu nett. Punkt«, murmelte Chad.

Spencer lehnte sich zurück, trank aus seinem Weinglas und sagte unbekümmert: »Sieht ganz so aus, als hättest du sie noch nicht gefragt. Aber ich wusste schon immer, dass du ein Idiot bist.«

Chad versteifte sich. »Ich habe ihre Schwester flachgelegt«, erinnerte er Spencer. »Über so etwas sehen Frauen nicht einfach hinweg.«

»Seit wann kennst du dich denn so gut mit Frauen aus?«, spottete Spencer. »Du könntest auch gleich mit dem Kopf gegen die Wand rennen, denn wenn du es nicht versuchst, kommst du bei ihr keinen Schritt weiter.«

»Das sagt ja der Richtige. Du hast eine Frau, die Kopfschmerzen vortäuscht und dich sonst kaum ansieht.«

Spencer brach in Gelächter aus. Chad knirschte mit den Zähnen. Wenn in dem Moment nicht sein Essen gekommen wäre, hätte er seine Faust mal kurz über den Tisch schnellen lassen.

Er hätte nie gedacht, dass Spencer so ein Heimlichtuer sein konnte, der partout nicht verraten wollte, was er so belustigend fand. Und irgendetwas belustigte ihn, das stand fest. Und es hatte ausnahmsweise nichts mit Chad zu tun.

Doch dann überraschte ihn Spencer. Nachdem sein Gelächter abgeflaut war, gestand er, immer noch grinsend: »Es tut mir ja Leid, dich zu enttäuschen, aber Amandas Ausrede ist nicht für mich gedacht – oder doch, schon. Aber nur, weil sie hofft, dass ich ihr gleich ins Bett folge. Die ›Kopfschmerzen‹ schiebt sie nur vor, weil sie zurzeit gerne früh ins Bett geht – und das soll niemand mitbekommen.«

Chad runzelte die Stirn. »Ich verstehe kein Wort.«

»Weil du nicht richtig zuhörst. Wie soll ich es ausdrücken? Sie ist einfach gern mit mir im Bett.«

Chad schnaubte. »Aber sonst hasst sie dich?«

Spencers Grinsen wurde breiter. »Sie hasst mich mitnichten.«

»Dann bist du jetzt so etwas wie das momentane Lieblingsopfer für ihre verbalen Hiebe?«

»Du meinst ihre gehässigen Bemerkungen? Die macht sie immer, wenn sie schmollt. Und schmollen muss sie, weil ich sie nicht verhätschele oder ihr alles gebe, was sie will. Lieber Himmel, sie wäre nicht sie selbst, wenn sie nicht schmollen würde. Sie ist trotz allem ein verzogenes Balg.«

»Und das macht dir nichts aus? Anscheinend nicht, so lustig, wie du das alles findest.«

Spencer lachte leise. »Darüber schmollt sie auch. Aber ich kann nicht anders. Mir ist noch nie im Leben so ein verzogenes Weibsstück begegnet. Ich finde ihre Mätzchen und Intrigen höllisch komisch.«

»Mich würde das zur Weißglut bringen.«

»Nun, so bist du eben, und Gott sei Dank sind wir so verschieden.«

»Hölle, Tod und Teufel«, entfuhr es Chad. »Du wolltest sie die ganze Zeit heiraten, stimmt's? Mit deinem Widerstand wolltest du sie nur reizen.«

»Klar.«

»Wirst du ihr das jemals beichten?«

»Wahrscheinlich nicht.« Spencer zuckte die Schultern. »Das würde ihr zu sehr schmeicheln, und ich bin ja nicht blöd.«

»Ansichtssache«, gab Chad zurück, allerdings mehr aus alter Gewohnheit.

Spencer ging nicht auf die Provokation ein. »Den Fehler werde ich nicht begehen. Außerdem würde sie das nicht glücklich machen. Verzogen zu werden hat ihr kein Glück gebracht, es hat sie zur Zicke gemacht. Aber sie lernt – ziemlich spät, doch besser als nie –, dass es sich lohnt, sich das zu verdienen, was man haben will, statt es sich einfach zu nehmen. Ich werde ihr das beibringen und jeden Moment dabei genießen.«

Chad schüttelte den Kopf. »Du überraschst mich, Spencer. Ich hätte nie gedacht, dass du so geduldig sein kannst.«

»Ich muss gar nicht geduldig sein. Meine Frau ist viel zu berechenbar. Sie hat ihr Leben lang andere manipuliert und nie bemerkt, wie leicht sie selbst zu manipulieren ist.«

»Jetzt tut sie mir fast Leid.«

Spencer brach erneut in Gelächter aus. »Warum? Weil sie nur bekommt, was sie verdient?«

»So ungefähr.«

»Mach dich nicht lächerlich. Seit wir zusammen sind, hat sie mehr Spaß als je zuvor in ihrem Leben.«

Kapitel 51

Auf der langen Reise nach Haverhill hatten sie viel Zeit zu besprechen, wie sie an Albert Bridges herankommen sollten. Nachdem sie die verschiedensten Vorgehensweisen abgewägt hatten, beschlossen sie, dass die Schwestern unsichtbar bleiben sollten, bis Albert gefunden war – vorausgesetzt, er hatte sich noch nicht mit seiner Beute aus dem Staub gemacht. Falls er noch in Haverhill war, durfte er nicht gewarnt werden, damit er nicht fliehen konnte, bevor sie ihn zur Rede gestellt hatten.

Marian war keineswegs begeistert davon, sich wieder maskieren und in ihrem Hotelzimmer verkriechen zu müssen. So würde sie keinen Mann finden. Sie musste sich bei alten Bekanntschaften *zeigen*, wenn sie Heiratsanträge ernten wollte, bevor sie nach Texas zurückkehrten.

Amanda war das gleich. Sie wollte nur ihr Erbe – falls noch etwas davon übrig war. Und da die Männer meinten, dass die Chancen besser standen, wenn sie sich versteckte, versteckte sie sich eben.

Die beiden blieben also bis nach Mitternacht in Stuarts Zug und schlichen sich dann in das Hotel, das Kathleen früher am Tag ausgesucht hatte. Immerhin hatte Marian ein eigenes Zimmer, so dass sie ungestört Trübsal blasen konnte.

Chad war auch immer noch bei ihnen. Marian hatte ihn nicht gefragt, warum, nicht weil es sie nicht interessiert hätte, sondern weil sie überhaupt nicht mehr mit ihm sprach. Sie war viel zu enttäuscht darüber, dass sie sich nicht einmal für kurze Zeit von seiner quälenden Gegenwart erholen konnte.

Bis zum Mittag des folgenden Tages gab es Gutes und weniger Gutes zu vermelden. Sie trafen sich alle in Kathleens Zimmer zum Essen, um den Mädchen zu berichten, was sie herausgefunden hatten. Spencer und Amanda hatten lange geschlafen, so dass Spencer noch nicht hatte ermitteln können, aber Chad und sein Vater waren schon früh losgezogen, um Albert zu finden.

Sie kamen als Letzte, und Chad begann sofort. »Er ist noch in der Stadt.«

»Puh, damit ist die größte Hürde schon einmal aus dem Weg geräumt«, erwiderte Kathleen.

»Ziemlich dumm von ihm«, fügte Stuart hinzu. »Aber anscheinend ist er sich sehr sicher, dass die Mädchen niemals auftauchen, um ihn zur Rechenschaft zu ziehen.«

»Zuerst sah es nicht so gut aus«, fuhr Chad fort. »In seiner alten Kanzlei ist jetzt ein Buchhaltungsbüro, so dass wir dachten, er wäre längst weg.«

»Das ist er aber nicht?«, fragte Spencer.

»Nein«, erwiderte Stuart. »Die meisten Angestellten dort kannten ihn nicht, aber als wir schon wieder am Gehen waren, kam gerade einer herein; als er hörte, wen wir suchen, gab er uns eine Adresse im Nobelviertel der Stadt. Er hat früher für Albert gearbeitet und beklagte sich, dass er ihn nicht in seine neue Kanzlei mitgenommen hat. Er ließ kein gutes Haar an seinem ehemaligen Chef – ein sehr verbitterter junger Mann.«

Sie beschlossen, Albert direkt vor den Richter zu schleppen, sobald sie ihn hatten. Kathleen meldete sich zu Wort. »Ich nehme an, er war auch nicht in seiner neuen Kanzlei.«

Stuart schüttelte den Kopf. »Wobei die neue Adresse eindeutig eine Verbesserung darstellte. Das alte Büro war ein Dreckloch, das neue ist feudal und elegant wie … na ja, jedenfalls sieht es nach viel Geld aus.«

»Nach *meinem* Geld«, knurrte Amanda, an ihren Mann gewandt, der neben ihr saß.

Spencer tätschelte ihr beschwichtigend den Arm. »Vermutlich.«

»Wo ist das?«, wollte Marian wissen.

»Neben einer Bank, ein großes Gebäude, zweistöckig …«

Amanda schnappte nach Luft. »Das kenne ich! Es war eines von Papas Häusern.«

»Kein Grund, sich gleich aufzuregen, Mandy«, sagte Spencer. »Das ist genau die Art Beweis, die wir brauchen, um den Kerl festzunageln: Er besitzt ein Haus, das eigentlich dir gehören müsste. Klingt, als wären wir viel früher fertig als erwartet und könnten bald nach Hause fahren.«

Statt sich über die Zurechtweisung zu beschweren, schenkte Amanda ihm ein Lächeln. Marians Verwunderung hielt noch an, als Chad bereits fortfuhr. »Etwas wird es leider doch dauern. Anscheinend ist er ein viel beschäftigter Mann. Er ist in den Norden gefahren, um für einen seiner Mandanten einen Grundstückskauf abzuwickeln. Seiner Sekretärin zufolge wird er nicht vor Freitag zurück sein.«

»Noch drei Tage!«, jammerte Amanda.

Ausnahmsweise war Marian derselben Meinung wie ihre Schwester, wenn auch sicherlich aus einem anderen Grund. »Solange Albert nicht in der Stadt ist, besteht für uns ja wohl keine Notwendigkeit mehr, uns zu verstecken. Ich würde jedenfalls gerne ein paar Leute besuchen …«

»Nein«, schnitt ihr Chad knapp das Wort ab.

Sie hob eine Augenbraue und gab streitlustig zurück: »Und wer sagt, dass Sie das bestimmen?«

Er runzelte die Stirn und wollte schon antworten, doch sein Vater kam ihm zuvor. »Er hat Recht. Es könnte Leute geben, die wissen, was er getan hat.«

»Wer zum Beispiel?«

Stuart zuckte die Schultern. »Ein Geschäftspartner, ein Komplize, ein Beamter, den er bestochen hat. Vielleicht sogar ein Verwandter.«

»Das ist höchst unwahrscheinlich«, protestierte Marian.

»Warum?«, fragte Chad. »Er musste nur jemanden bestechen, der alles reibungslos auf ihn überschrieb. Seid ihr sicher, dass er keine Verwandten hier hatte? Frau? Eltern?«

»Sicher bin ich nicht«, murmelte Marian.

»Er hat mal erwähnt, dass er eine Schwester hat, aber die lebte nicht hier in Haverhill«, sagte Amanda.

»Prima, dann vergrabe ich mich jetzt wieder in meinem Zimmer«, verkündete Marian eingeschnappt. »Aber ich glaube nicht, dass unsere Anwesenheit hier lange ein Geheimnis bleiben wird. Ich bin schon mit einem Zimmermädchen zusammengestoßen, die sofort wissen wollte: ›Sind Sie nicht …?‹ ›Nein‹, habe ich sofort gesagt, aber wie soll sie mir das glauben? Mandys Gesicht kennt fast jeder in dieser Stadt.«

Wütend stapfte sie aus dem Zimmer und musste sich sehr zusammenreißen, um nicht die Tür zuzuschlagen. Doch noch bevor sie ihr Zimmer erreicht hatte, glühte ihr Kopf hellrot. Sie hatte sich benommen wie die Axt im Wald.

Jetzt fing sie schon an, sich wie Amanda aufzuführen, aber sie konnte einfach nicht mehr anders. Sie war es leid, nach außen hin so zu tun, als wäre alles gut, während sie innerlich Höllenqualen litt. Es war endgültig vorbei mit ihrer Geduld und ihrer Nachsicht. Solange sie gedacht hatte, dass sie bald eine Verschnaufpause bekommen würde, konnte sie ihre Gefühle noch im Zaum halten, doch es würde keine Pause geben.

Chad war immer noch da. Sie sah ihn täglich und konnte nicht mehr leugnen, dass ihre Wut über das, was zwischen Amanda und ihm vorgefallen war, noch andauerte, und zwar unvermindert.

Er hatte sie von Anfang an getäuscht. In der Nacht vor dem Vorfall hatte er sie geküsst und sie glauben gemacht, dass sie eine Chance bei ihm hätte. Dann hatte er sie geliebt und sie glauben gemacht, dass er tatsächlich sie wollte, während er die ganze Zeit über sicher war, sie wäre Amanda. Danach war sie sehr verletzt gewesen, doch jetzt empfand sie nur noch Bitterkeit. Und dazu Groll und Eifersucht. Auch das konnte sie nicht mehr leugnen. Amanda gewann immer. Selbst wenn sie es nicht einmal darauf anlegte.

Kaum hatte Marian die Tür hinter sich geschlossen, liefen auch schon die Tränen, und das überraschte sie nicht. Die Einsamkeit war in diesen Tagen nicht ihr Freund. Je mehr Zeit sie allein verbrachte, umso schlimmer benahm sie sich in Gesellschaft, wurde aufbrausend und schnippisch. Sie erkannte sich selbst kaum wieder.

Vielleicht hätte es geholfen, wenn sie sich bei jemandem ausgesprochen hätte, aber es gab niemanden, mit dem sie offen reden konnte. Kathleen sollte nicht erfahren, dass Chad sie entjungfert hatte und nicht Amanda. Außerdem war ihre Tante so glücklich mit ihrer neuen Liebe, und dieses Glück wollte sie nicht trüben.

Sie hätte sich an Ella Maes Schulter ausweinen können. Das Dienstmädchen war immer bereit, Mitgefühl zu zeigen. Aber Marian wollte kein Mitgefühl. Und Ella Mae machte auch gerne absonderliche Vorschläge, die ihr immer ein Stück zu gewagt waren. Diesmal aber wäre sie verzweifelt genug, um sie nicht gewagt zu finden, und um nicht in Versuchung zu kommen, behielt sie lieber für sich, was sie quälte.

Ein schwerer Fehler. Sie hatte so lange alles in sich hineingefressen, dass sie sich selbst nicht mehr mochte. Und diese Einzelhaft im Hotelzimmer war ihrem Gemütszustand auch nicht gerade zuträglich. Natürlich konnte sie zurück in Kathleens Zimmer gehen und sich wieder zum Narren machen. Sie schauderte bei dem Gedanken. Stattdessen zog sie ein altes Häubchen aus ihrem Koffer, an dem sie einen Schleier befestigte. Darunter würde sie niemand erkennen, und sie würde allen aus dem Weg gehen, die sie kannte. Aber sie wollte auf keinen Fall noch länger eingesperrt bleiben.

Kapitel 52

»Kannst du nicht mal mit ihr reden?«, schlug Stuart vor.

Kathleen und er waren inzwischen als Einzige im Zimmer zurückgeblieben. Spencer und Amanda waren wieder in ihres gegangen, und Chad hatte sich bald darauf auch entschuldigt. Und so waren sie, ohne es beabsichtigt zu haben, plötzlich allein. Kathleen musste nicht fragen, wen er meinte.

»Ja, das sollte ich tun. Irgendetwas bedrückt sie.«

»Das meine ich nicht, ich meine, ob du nicht mit ihr über meinen Jungen reden kannst. Er hat so starke Gefühle für sie, aber sie behandelt ihn wie Luft, und das macht ihn wahnsinnig.«

»Kein Wunder, dass sie ihn so behandelt«, sagte Kathleen. »Ich würde das auch tun, wenn sich auf einmal der Mann für mich interessiert, der vorher meine Schwester flachgelegt hat.«

Stuart seufzte. »Du weißt, dass es ein Irrtum war. Verdammt, Red, der Junge wurde hintergangen. Du weißt es. Ich weiß es. Und jetzt wird es Zeit, dass Marian es auch erfährt.«

»Ich weiß nicht, ob das viel ändern wird.«

»Es könnte alles ändern«, beharrte er. »Sag es ihr.«

Kathleen schüttelte den Kopf. »Wenn sie es von jemandem erfahren soll, dann von ihm selbst. Warum hat er es ihr noch nicht gesagt, wenn er so starke Gefühle für sie hat?«

»Weil er das Gleiche denkt wie du, nämlich dass es nicht viel ändern würde. Du könntest doch zumindest herausfinden, ob er überhaupt eine Chance bei ihr hat.«

Kathleen verdrehte die Augen. »Das könnte er auch selber. Wenn sie nicht von allein zusammenkommen, dann soll es halt nicht sein. Ich bin doch kein Kuppler. Du übrigens auch nicht. Wieso mischst du dich da ein?«

»Junge Leute begehen Fehler, die sie irgendwann bereuen. So wie du auch. Du hast einen Mann geheiratet, den du nicht liebtest, nur um aus dieser Stadt zu entkommen. Auch Chad hat einen Fehler gemacht. Er hat mit der falschen Frau geschlafen. Natürlich wusste er das nicht, und das macht die ganze Sache besonders schlimm. Ich finde, damit hat er genug zu büßen. Soll er jetzt auch noch büßen müssen, dass er die Richtige hat ziehen lassen?«

»Geh du doch zu ihm und sag ihm, dass er was unternehmen soll.«

»Das hab ich schon«, gestand Stuart mit ungehaltenem Brummen. »Aber du kennst ihn gut genug, um zu wissen, was er mir geantwortet hat. Er hat gesagt, ich soll mich um meine eigenen Angelegenheiten kümmern.«

Kathleen brach in Gelächter aus und ging auf Stuart zu, um sich auf seinen Schoß zu setzen. »Ein kluger Rat. Genau das solltest du tun, und zwar sofort.«

Wie sie es erwartet hatte, entlockte ihm das ein Lächeln. Sie waren so gut aufeinander eingestimmt, als wären sie schon ewig zusammen. Schon bevor er zum Reden ansetzte, wusste sie meist, was er sagen würde. Es gab kaum Überraschungen mit ihm. Hinter seiner schroffen Art verbarg sich ein weiches Herz.

Glück war schon ein erstaunliches Phänomen. Man wünschte sich sofort, dass alle anderen auch glücklich wären. Deshalb war es ganz natürlich, dass sich Stuart Gedanken über die Probleme seines Sohnes machte. Ihr erging es mit Marian ebenso, nur hatte sie das Gefühl, dass Marians Sorgen vor allem mit diesem Ort zusammenhingen. Sie verband einfach zu viele schlechte Erinnerungen mit dieser Stadt – wie auch Kathleen; sie war freilich schon lange genug weg, um nicht mehr davon berührt zu sein.

Dass Marians plötzliche Griesgrämigkeit mit Chad zu tun hatte, glaubte sie nicht. Sie hatte ihn die ganze Zeit über praktisch nicht zur Kenntnis genommen. Kathleen fürchtete sogar, dass Chads Gefühle für sie gänzlich unerwidert bleiben könnten, und das fand sie sehr bedauerlich.

Er hätte ihr schon viel früher beichten müssen, was er für sie empfand. Zumindest hätte er ihr sagen müssen, was wirklich im Stall passiert war, dass er nämlich geglaubt hatte, *sie* wäre bei ihm gewesen. Stattdessen hatte er die Zeit verstreichen lassen und nichts gesagt. Typisch Mann.

Kathleen errötete bei dem Gedanken. Sie hatte nicht einen Deut anders gehandelt. Sie hatte ebenfalls viel zu viel Zeit verstreichen lassen, bis sie Stuart ihre Liebe offenbarte. Und dafür hatte er sie gehörig gescholten. Wenn er auf der Barbecueparty nicht versucht hätte, sie von der Sorge um Marian abzulenken, hätten sie beide vielleicht niemals bemerkt, dass ihre Gefühle auf Gegenseitigkeit beruhten.

Sie schloss ihn in die Arme und drückte ihn ganz fest bei dem Gedanken an all das, was sie hätte verpassen können. Ihr Glück machte sie noch immer ganz benommen. Sie genoss diese Fahrt nach Haverhill sehr – denn Stuart war bei ihr.

»He, Red, willst du mich mal wieder auffressen?« Stuart lachte glucksend.

Kathleen lehnte sich zurück und grinste ihn an. »Nur gut, dass dir das nichts ausmacht.«

Er zog sie wieder an sich. Ihre Lippen vereinten sich, zunächst sanft, dann mit wachsender Leidenschaft. Bald verschwamm ihre Umgebung, und sie nahmen um sich herum nichts mehr wahr. Mit Stuart erlebte Kathleen die Liebe völlig neu; sie hätte sich nie träumen lassen, wie wunderbar sie sein konnte – mit dem richtigen Mann.

Marian stellte überrascht fest, dass sie, ohne es zu beabsichtigen, nach Hause gegangen war. Zu ihrem *ehemaligen* Haus.

Eine ganze Weile stand sie nur vor dem großen dreistöckigen Gebäude und starrte darauf. Es war bewohnt. An den Fenstern hingen neue Vorhänge. Wer immer darin wohnte, hatte es umgestaltet. Albert? Das konnte sie nur hoffen, denn es würde bedeuten, dass es noch nicht verkauft war. Damit stiegen auch die Chancen, dass sie es zurückbekamen.

»Verzeihung«, sagte eine weibliche Stimme. Etwas ungehalten fuhr sie fort: »Verzeihung, Sie verstellen das Tor.«

Irgendwann drang die Stimme in Marians Bewusstsein, und mit erröteten Wangen trat sie zur Seite. »Tut mir Leid. Ich war ganz in Gedanken versunken.«

»Seltsame Stelle, um stehen zu bleiben und zu sinnieren«, fauchte die Frau und schob ihren Kinderwagen ein Stück weiter, um das kleine Tor zu öffnen, hinter dem ein Weg zum Haus führte – zu Marians Haus.

Marian runzelte die Stirn, als kein Zweifel mehr bestand, dass die Frau mit dem Kind das Haus betreten wollte. »Einen Augenblick, bitte«, sagte sie und eilte ihr nach. »Wissen Sie, wer hier wohnt?«

»Ich«, erwiderte die Frau ungeduldig.

»Oh«, machte Marian enttäuscht.

Es würde also doch nicht so einfach werden, das Haus wiederzubekommen. Die Frau war keine Hausangestellte, denn sie war nach der neuesten Mode gekleidet. Zwar konnten sich manche Dienstboten durchaus modische Kleidung leisten, aber nicht aus so wertvollen Stoffen. Außerdem war sie viel zu schnippisch für ein Dienstmädchen.

Marian wandte sich zum Gehen, besann sich dann aber und fragte: »Kennen Sie Albert Bridges?«

»Selbstverständlich. Er ist mein Bruder.«

Marian konnte ein erschrecktes Aufatmen gerade noch zurückhalten. Sie hatte also Recht gehabt. Albert wohnte hier und hatte anscheinend seine ganze Sippe untergebracht – Schwestern, Schwager, Neffen und Gott wusste, wen noch alles. Die Frau stampfte ungeduldig mit dem Fuß auf den Boden. Das Baby wurde unruhig.

»Tut mir Leid, dass ich Sie belästigt habe«, entschuldigte sich Marian und wandte sich erneut zum Gehen.

»Moment«, hielt die Frau sie auf. »Was wollen Sie denn von Albert?«

Marian hielt eine Ausrede für vertretbar, um keinen Verdacht zu erregen. Zum Glück fiel ihr sofort eine ein. »Mein Mann möchte Mr Bridges als Rechtsbeistand engagieren. Er war auch schon in seiner Kanzlei, aber dort sagte man ihm, er sei zurzeit nicht in der Stadt.«

»So ist es. Er wird nicht vor Ende der Woche zurückerwartet.«

»Ich fürchte, so lange können wir nicht warten. Die Sache ist ziemlich dringend.«

»Das ist wohl kaum mein Problem«, antwortete Alberts Schwester kurz angebunden. »Entweder Ihr Mann lässt sich in der Kanzlei einen Termin geben, oder er muss sich einen anderen Anwalt suchen. Würden Sie jetzt bitte aufhören, mich zu belästigen. Guten Tag.«

Damit schlug sie die Tür vor Marians Nase zu. Was für eine unfreundliche und unangenehme Person. Marian fragte sich, ob sie schon immer so gewesen war oder ob sie erst das schlechte Gewissen wegen Albert zu solch einer Schreckschraube gemacht hatte.

Sie hielt sich nicht länger auf, sondern ging sofort zum Hotel zurück. Abermals in Gedanken versunken, wanderte sie durch die belebteren Teile der Stadt. Sie musste entscheiden, ob sie den anderen ihren Ausflug beichten sollte. Wenn sie ihnen erzählen wollte, was sie herausgefunden hatte, musste sie es tun. Sie konnte aber auch einfach schweigen.

Dass ausgerechnet Albert in ihrem alten Haus lebte, war nicht wirklich von Bedeutung. Nur Amanda würde auf die Nachricht reagieren – entweder mit Freude oder mit Wut. Und Marian war sicher, dass bis Freitag ohnehin einer der Männer herausfinden würde, wo Albert wohnte. Um ihn nicht zu verpassen, wollten sie am Tag seiner voraussichtlichen Rückkehr sämtliche Orte überwachen, an denen er auftauchen konnte: Bahnhof, Kanzlei und sein altes Privathaus.

Außerdem hatte sie zu der Suche nach ihm schon beigetragen, was sie konnte: Sie hatte aus dem Gedächtnis für jeden der Männer ein kleines Porträt von ihm gemalt, damit sie wussten, nach wem sie Ausschau halten mussten. Albert konnte ihnen eigentlich gar nicht entwischen – vorausgesetzt, er kehrte in die Stadt zurück.

Kapitel 53

Forsch klopfte Chad an ihre Tür. Der Augenblick der Wahrheit war gekommen, und er konnte sich nicht erinnern, jemals so nervös gewesen zu sein. Aber schließlich ging es auch um seine Zukunft.

Er würde seine Karten offen auf den Tisch legen und Marian alles sagen. Dass er sich endlich dazu durchgerungen hatte, hatte einen einfachen Grund: Bis Bridges zurück war, würden noch drei lange Tage vergehen, in denen er zur Untätigkeit verdammt war und nichts anderes zu tun hatte, als sich in Reue zu suhlen. Das wollte er sich lieber ersparen. Deshalb klopfte er jetzt an ihre Tür. Entweder sie würde ihn zum Teufel schicken – oder ihn zum glücklichsten Mann der Welt machen.

Irgendwann wurde ihm trotz aller Nervosität klar, dass er jetzt schon eine ganze Weile klopfte, ohne eine Antwort zu bekommen. Er versuchte, die Tür zu öffnen. Sie war nicht verschlossen, doch der Raum war leer. Was zum Teufel war hier los?

Dass sie nicht bei Red war, wusste er zufällig. Er versuchte es bei Amanda, doch dort erntete er nur eine verärgerte Abfuhr von Spencer. »Hau ab, wir schlafen!«

Ja, es war schon klar, was die beiden taten – das hieß aber auch, dass Marian nicht bei ihnen war. Also wo zum Henker war sie?

Er ging nach unten, um in der Lobby nachzusehen. Nichts. Er ging in den Speisesaal, der völlig menschenleer war – kein Wunder, denn es war Nachmittag, das Mittagessen also längst vorbei und das Abendessen noch in weiter Ferne. Langsam begann er, sich Sorgen zu machen.

Eine Zeit lang stiefelte er in der Lobby auf und ab und überlegte, ob er hinausgehen und in der Stadt nach ihr suchen sollte – einer Stadt, die er nicht kannte und in der er sie sicherlich nie finden würde – oder ob er lieber bleiben und sie abfangen sollte, sobald sie zurückkehrte. Noch bevor er sich entschieden hatte, trat sie durch die Tür.

Er erkannte sie sogar unter ihrem Schleier. Vor ihm konnte sie sich nicht mehr verstecken, da mochte sie sich noch so viel Mühe geben. Von dem Tag an, als sie ihre Brille für immer abnahm, hatte er sich angewöhnt, alles an ihr wahrzunehmen, nicht nur das, was offensichtlich war. Er würde nie wieder zweifeln, mit welcher Schwester er es zu tun hatte. Abgesehen von ihren Gesichtern hatten sie nichts gemein.

Marian bemerkte ihn erst, als er ihr den Weg verstellte. »Ich wollte schon einen Suchtrupp losschicken.«

»Sehr witzig«, erwiderte sie und versuchte, um ihn herumzugehen. »So lange war ich nun wirklich nicht weg.«

Er stellte sich wieder vor sie. »Sie hätten überhaupt nicht weggehen dürfen.«

Sie versteifte sich. »Ich habe Vorsichtsmaßnahmen getroffen, oder glauben Sie, ich halte mir aus Jux schwarze Spitze vors Gesicht?«

»Ich glaube vor allem, dass Sie mich vor Sorge krank machen«, zischte er durch die Zähne.

»Ach ja? Wo Sie doch sonst keinen Gedanken an mich verschwenden?«, gab sie trocken zurück.

»Mitkommen«, brummte er, nahm sie bei der Hand und zog sie aus dem Hotel.

»Nein! Loslassen!«

Das ging nicht, denn hätte er sie losgelassen, dann hätte er sie zum Mitkommen überreden müssen. Doch sobald er den Mund aufgemacht hätte, hätte er sie nur ebenso angeblufft wie sie ihn eben. Warum sie so bissig war, konnte er sich nicht erklären. Warum er es war, wusste er verdammt gut. Ohne ein weiteres Wort zu ihr rief er eine vorbeifahrende Droschke heran. Sobald sie am Straßenrand hielt, schob er Marian in die Kabine. Sie setzte sich ihm gegenüber und starrte ihn an.

»Und wohin jetzt?«, fragte sie mit beherrschter Stimme.

»An keinen bestimmten Ort, irgendwohin, wo wir reden können, ohne unterbrochen zu werden.«

»Nun, vielleicht sollten Sie dem Fahrer ein Ziel nennen. Sonst wird er nicht losfahren.«

Er erahnte ein kaum merkliches Grinsen bei ihr. Sie würde es ihm nicht leicht machen.

»Es ist Ihre Stadt, nicht meine«, sagte er. »Haben Sie einen Vorschlag?«

»Ich schlage vor, Sie brechen diese Entführung sofort ab und lassen mich auf mein Zimmer, damit ich mich vor dem Abendessen noch etwas ausruhen kann.«

Er überging die »Entführung«. »Auf Ihr Zimmer gehen – das klingt perfekt.« Er öffnete die Tür der Kutsche. »Sollen wir?«

»Ach, jetzt fragen Sie auf einmal?«, fauchte sie und stieg aus. »Für mich ist es perfekt, aber Sie sind nicht eingeladen.«

Ohne auf ihn zu warten, ging sie ins Hotel zurück. Chad biss die Zähne zusammen, warf dem Fahrer als Entschuldigung ein paar Münzen zu und hastete ihr nach. Sie eilte die Stufen hinauf, um früh genug ihr Zimmer zu erreichen, damit sie vor ihm abschließen konnte. Doch er holte sie ein, wenn er auch die letzten paar Stufen springen musste. Am Ende war er als Erster an ihrer Tür und öffnete sie.

Marian seufzte, als sie ihn im Vorbeigehen kurz streifte, dann nahm sie ihre Haube ab und warf sie auf den einzigen Stuhl im Raum. Ein dezenter Hinweis darauf, dass er nicht lange genug bleiben würde, um es sich bequem zu machen.

Er schloss die Tür und verriegelte sie. Marian hörte das Schnappen des Schlosses. Ihr Rücken straffte sich. Er verschränkte die Arme, lehnte sich an die Tür und wartete. Schließlich drehte sie sich zu ihm um, aber nur, um zu sehen, wo er stand, dann wandte sie sich wieder ab. Chad hatte sich inzwischen daran gewöhnt, wie Luft behandelt zu werden. Aber diesmal würde er es nicht hinnehmen.

»Sieh mich an.«

Eine Augenbraue hebend, blickte sie ihn an. Er hatte einen weiteren Streit erwartet, der ihm die Chance geboten hätte, sie zu fragen, warum sie ihn nie ansah, nie wirklich in die Augen blickte. Die Antwort hätte er wahrscheinlich sehr interessant gefunden, aber es war ebenso gut, dass er nicht fragte. Er wollte sie nicht drängen.

»Entspann dich«, sagte er. »Es wird nicht lange dauern, andererseits – vielleicht doch …«

»Ich bin völlig entspannt«, antwortete sie, wobei sowohl Tonfall als auch Haltung sie Lügen straften. Offenbar musste sie das ebenfalls bemerkt haben, denn sie fügte hinzu: »Abgesehen natürlich von der Tatsache, dass Ihre Anwesenheit in meinem Zimmer und Ihr vertraulicher Umgang höchst ungehörig sind.«

»Wer sollte wohl davon erfahren?«

»Darum geht es nicht«, widersprach sie erregt, dann

seufzte sie. »Also gut, sagen Sie schon, was Sie unbedingt loswerden wollen, und dann gehen Sie bitte.«

»Ich wollte abwarten, bis hier in Haverhill alles geregelt ist. Wenn du dein Erbe wiederhast, wirst du erleichtert sein. Wenn nicht, auch gut, dann habe ich einen kleinen Vorteil.«

»Wovon reden Sie überhaupt?«

»Ich komme gleich zum Punkt. Ich wollte nur erklären, warum ich diese Beichte nicht früher abgelegt habe.«

»Ich bin kein Priester. Warum gehen Sie nicht zu …«

»Kannst du vielleicht mal eine Minute aufhören mit deinem Sarkasmus?«, fragte er.

Sie schloss den Mund, starrte ihn aber weiterhin an. »Wenn Sie mir jetzt eröffnen wollen«, fuhr sie dann fort, »dass Sie Gefühle für mich hegen, bitte nicht. Sie haben Ihre Wahl schon lange getroffen, und sie fiel nicht auf mich.«

»Glaubst du das wirklich?«

»Ich weiß es«, entgegnete sie. »Ich habe es miterlebt. Ich …«

»Ach, sei doch still, Mari. Du weißt nicht einmal *die Hälfte*.«

Sie fing an, mit dem Fuß auf den Boden zu tappen. Seine Worte interessierten sie etwa so viel wie eine alte Katze das Werben eines Hofkaters. Wahrscheinlich hätte er doch lieber warten sollen. Irgendetwas hatte sie die ganze Woche über gequält. Sie war mit jedem Tag empfindlicher geworden und jetzt kaum in der Stimmung für seine Liebeserklärung.

Aber es war zu spät. Es würde alles nur noch verschlimmern, wenn er jetzt einen Rückzieher machte.

Mit ein paar Schritten durchmaß er den Raum, bis er

vor ihr stand. Er wollte sie in die Arme nehmen, aber sie war viel zu angespannt. So vieles hatte er zu sagen, doch inzwischen war er sicher, dass sie nichts davon hören wollte. Sie hatte offenbar eine echte Abneigung gegen ihn entwickelt, bestimmt aufgrund der Sache mit ihrer Schwester. Das konnte er zumindest aufklären.

»Ich fühlte mich zu Amanda hingezogen, ja. Das streite ich nicht ab. Und ich hatte vor, ihr das zu sagen, sobald sie sich bei eurer Tante eingelebt hätte – allerdings nur, wenn ihr Verhalten besser geworden wäre. Ich redete mir ein, dass die Reise schuld war an ihrem Benehmen, dass sie danach sicher ganz anders wäre, nicht mehr so widerspenstig, dafür liebenswerter. Aber so kam es nicht, ganz im Gegenteil, sie wurde sogar noch schlimmer. Meine Pläne mit Amanda endeten längst vor der Geschichte im Pferdestall.«

»Reden Sie bitte nicht wieder davon.«

Er schüttelte den Kopf. »Ich muss. Du musst wissen, dass es ein Irrtum war.«

»Da kann ich zum ersten Mal zustimmen«, erwiderte sie.

»Nein, der Irrtum war größer, als du dir vorstellen kannst. Ich hatte nicht die geringste Ahnung, dass sie sich für dich ausgab. Was meinst du denn, wen ich im Heu zu haben glaubte?«

Als sie das hörte, stieg ihr vor Zorn die Hitze ins Gesicht. »Ich weiß genau, wen du dort haben wolltest!«

»Wirklich?« Er runzelte die Stirn. »Das glaube ich nicht. Aber vielleicht hast du ja vergessen, dass ich dich vorher schon zweimal geküsst habe.«

»Einmal«, korrigierte sie.

»Zweimal«, beharrte er. »Versuch nicht immer abzustreiten, dass du damals diejenige warst, die mir gegen

Leroy helfen wollte. Ich weiß es genau. Zuerst dachte ich, es wäre deine Schwester. Ich habe mich sogar eine Zeit lang von dir an der Nase herumführen lassen. Aber wirklich geglaubt habe ich es nie. Solange ich dachte, dass sie es gewesen wäre, war der Kuss irgendwie falsch. Aber an dem Abend auf der Veranda war der Kuss echt und vollkommen.«

Sie errötete noch mehr und wandte sich von ihm ab. Er versuchte, sie zurückzuziehen, doch sie schüttelte seine Hand ab.

»Du verkomplizierst die Sache«, stellte sie fest.

»Die ganze verdammte Sache ist bereits kompliziert. Ich versuche nur, etwas Licht hineinzubringen.«

Sie schnellte herum und sagte vorwurfsvoll: »Du machst alles nur noch schlimmer! Du hast mich an dem Abend auf der Veranda nur geküsst, weil du einen Vergleich haben wolltest, nicht weil du mich wirklich küssen wolltest. Und ich habe dich gewarnt, dass Amanda gerne Verwechslungsspielchen treibt, das heißt, du wusstest von Anfang an, auch im Stall, dass sie es war. Du hast sogar gesagt …« Sie hielt inne und blickte weg. »Sie hat mir erzählt, was du gesagt hast.«

»Was? Warum glaubst du ihr, wenn du genau weißt, dass sie lügt?«

»Wenn hier einer lügt, bist du das«, beharrte sie.

»Verdammt noch mal, Mari, ich schwöre dir, ich dachte, *du* liegst in meinen Armen. Ich war völlig schockiert, als Amanda am Abend ›gestand‹, dass sie es war. Ich wollte nicht das Geringste von ihr und sie schon gar nicht heiraten. Sie hat die Falle aufgestellt, und ich bin hineingetappt. Wenn Spencer nicht eingegriffen hätte, dann hätte ich die falsche Frau heiraten müssen. Ich wollte dich – und will dich immer noch. Ich will dich so sehr, dass ich nicht mehr klar denken kann, und deshalb vermassele ich wahrscheinlich auch gerade dieses ganze Geständnis hier.«

»Nein, das Problem ist, dass ich dir das nicht abnehme. Tu uns beiden den Gefallen und …«

Er riss sie in seine Arme. Sein Kuss war rau vor Unglück und Verzweiflung. Wut schwang ebenfalls mit und Reue. Reue am meisten, denn es würde wohl das letzte Mal sein, dass er sie küsste.

Er hatte von dieser Begegnung alles Mögliche erwartet, am ehesten noch, dass sie ihm sagte, es sei zu spät. Aber dass sie ihm nicht glaubte! Es war zum Verzweifeln. Und wenn er sie doch von der Wahrheit überzeugen konnte, würde sie ihm wahrscheinlich sagen, es sei zu spät. Das machte ihn rasend vor Wut. Sie war ihm so wichtig, dass er sie auf keinen Fall verlieren durfte.

»*Das* kannst du glauben«, sagte er, nachdem er sich von ihr gelöst hatte. »Und wenn du schon dabei bist, versuch auch, mir zu glauben, dass ich dich liebe, bevor es wirklich zu spät ist.«

Kapitel 54

Chad verließ Marians Zimmer, und es gelang ihm sogar, sich zu beherrschen und nicht die Tür hinter sich zuzuschlagen. Stattdessen knallte sie sie hinter ihm ins Schloss. Er drehte sich um, blickte einen Moment lang auf die Tür und lächelte dann. Wenn sie so leidenschaftlich und so kindisch reagierte, bestand trotz allem Hoffnung. Zumindest war er ihr nicht so gleichgültig, wie er schon befürchtet hatte.

Auf den lauten Knall öffneten sich ein paar weitere Türen auf dem Flur. Die meisten Zimmernachbarn warfen einen kurzen Blick hinaus, stellten fest, dass nichts Interessantes passiert war, und zogen die Köpfe wieder zurück. Nicht so Amanda, die, an den Türrahmen gelehnt, auf ihn wartete. Sie war die Letzte, mit der er jetzt reden wollte.

Schon ihr Anblick löste nackte Wut in ihm aus. Wenn man Spencer glauben durfte, war sie insgeheim sehr glücklich mit ihrem Eheleben. Chads Gefühle dagegen lagen in Scherben, und daran war allein sie schuld mit ihrer selbstsüchtigen, verbissenen Jagd auf ihre verdammte Erbschaft. Selber war sie mal wieder ungeschoren davongekommen. Offensichtlich konnte ihr das Chaos, das sie immer wieder anrichtete, nie etwas anhaben.

Er hätte jeden Umweg genommen, um ihr aus dem Weg zu gehen, aber es gab keinen. Das Zimmer, aus dem er gerade kam, lag am Ende des Ganges, und sein eigenes ebenso wie die Treppen kamen erst hinter Amandas

Zimmer. Er konnte nur stehen bleiben und warten, bis sie zur Seite trat, aber sie sah so aus, als wäre sie fest entschlossen, ihn anzusprechen.

Er beschloss, ihr zuvorzukommen, ging an ihr vorbei und sagte: »Wenn du nicht ihre Schwester wärst, würde ich dir jetzt den Hals umdrehen. Sag nicht ein Wort ...«

»Dann hat sie dir also endlich die Wahrheit gesagt? Sie hat sich ja auch lange genug Zeit gelassen.«

Er schnellte herum. »Welche Wahrheit? Dass sie meinen Anblick nicht mehr ertragen kann, nach dem, was du getan hast?«

»Wenn du das wirklich glaubst, bist du ein Dummkopf, Cowboy. Mich wollte sie auch davon überzeugen. Ich habe es ihr sogar abgenommen, bis ich einen Blick in ihren ...«

»Vielleicht hast du es noch nicht bemerkt, Amanda: Du hast so oft gelogen, betrogen und Leute manipuliert, dass dir kein Mensch mehr ein Wort glaubt. Also spar dir bitte deine Erklärungen.«

»Also, so was«, fauchte sie empört, die Nase in die Luft gereckt. »Und da wollte ich dir einen Gefallen tun, weil ich gerade so milde gestimmt bin.«

»Hast du dir jemals überlegt, dass ich mit ihr geschlafen habe – oder zumindest *vermeintlich* mit ihr geschlafen habe, weil sie mir etwas bedeutet? Weil ich sie heiraten wollte? Sie, nicht dich! Du könntest mir nur einen Gefallen tun, nämlich sagen, dass du es nicht warst im Stall. Aber da das nicht möglich ist ...«

Er hielt inne, da sie zu lachen anfing. »Du traust deinen eigenen Instinkten nicht, was, Cowboy? Es tut mir ja Leid, wenn ich dein Klagelied unterbreche, aber dein Wunsch soll sich erfüllen. *Ich war es nicht.* Da habe ich ein wenig gelogen«, fügte sie schulterzuckend hinzu.

»Na, du musstest mich ja nicht heiraten, also ist auch kein Schaden entstanden.«

Ungläubig starrte er sie an. »Was zur Hölle meinst du damit: Du warst es nicht?«

»Genau das. Ich habe gesehen, wie ihr in den Stall gegangen seid, und da ich mich zu Tode gelangweilt habe, bin ich euch gefolgt, um zu sehen, was ihr vorhabt. Ich hörte euer Liebesgeflüster im Heu und beschloss, dieses Wissen zu nutzen. Es war ein Spiel. Äußerstenfalls wäre euer kleines Geheimnis aufgeflogen. Aber Mari war zu schockiert, um mich als Lügnerin zu entlarven, und du warst so dumm und wusstest nicht, welche Schwester du wirklich geliebt hast. Wie gesagt, du solltest deinen Instinkten mehr trauen. Wenn du mich festgenagelt hättest, dann hätte Mari dich bestimmt unterstützt, und das wäre es dann gewesen. Aber wie auch immer, du bist aus dem Schneider, und so ist kein Schaden entstanden.«

»Du lügst.«

»Nein, zur Abwechslung einmal nicht. Frag sie selbst. Wenn sie leugnet, weißt du, dass sie lügt. Und sie kann das nicht besonders gut. Oder du wirfst mal einen Blick in ihren Koffer. Sie hat ein paar Bilder von dir gemalt, und eines davon ist ziemlich aufschlussreich. Ich fand sie an dem Tag, als Kathleen ihr Reitunterricht gab. Ja, ich habe herumgeschnüffelt. Na und? Ich bin auf dieser Ranch fast gestorben vor Langeweile.«

Sie lachte noch einmal über seinen Gesichtsausdruck, trat dann zurück in ihr Zimmer und schloss die Tür vor seiner Nase. Sie hatte erreicht, was sie erreichen wollte. Er war so fassungslos, dass er einfach nur dastand und nicht in der Lage war zu begreifen, was er gehört hatte.

Sie versuchte wieder, Unruhe zu stiften. Eine andere Absicht konnte doch eigentlich nicht dahinter stecken, oder? Dass sie ihm wirklich einen Gefallen tun wollte, war fast ausgeschlossen. Wahrscheinlich hatte sie in ihrem Leben noch nie jemandem einen Gefallen getan.

Der Umstand, dass er ihr glauben *wollte*, sollte ihn am ehesten davor warnen, es zu tun, denn allzu oft hatte sie Dinge erfunden, um Leute zu schockieren oder unendlich zu enttäuschen. Natürlich war das alles nicht wahr. Marian hätte mit ihm gesprochen. Sie hätte niemals zugelassen, dass er sich so lange wegen seines fatalen Fehlers quälte.

Er blickte zurück über den Flur. Sie war allein. Zumindest eines hatte Amanda für ihn getan: Sie hatte ihm einen Anlass gegeben, noch einmal mit Marian zu reden. Vielleicht fanden sie einen gemeinsamen Nenner in ihrer Wut auf Amanda.

Er klopfte nicht an. Eigentlich hatte er mit einer verschlossenen Tür gerechnet, aber wahrscheinlich war sie zu wütend gewesen, um ans Abschließen zu denken, nachdem sie die Tür zugeschlagen hatte.

Marian saß auf dem Rand ihres Bettes und starrte auf eine Leinwand. Ihr war gänzlich entgangen, dass er hereingekommen war und die Tür hinter sich geschlossen hatte, so sehr war sie in Gedanken versunken. Doch als er näher kam, hörte sie seine Schritte. Sie blickte auf und schnappte nach Luft.

Statt ihn sofort wieder hinauszuschicken, rollte sie hastig die Leinwand zusammen und schob sie hinter sich aufs Bett. Dann stand sie auf und starrte ihn an. »Was willst du?«

Statt zu antworten, nickte er in Richtung der Leinwand und fragte: »Macht es dir was aus, wenn ich mir das mal ansehe?«

»Ja, es macht mir was aus.«

Er stand jetzt direkt neben ihr. »Man hat mir aber geraten, es mir trotzdem anzusehen, und das werde ich auch tun.«

»Nein!«, rief sie aus.

Doch ihr Protest würde ihn jetzt nicht mehr aufhalten. Schlimmstenfalls musste er sich anschließend entschuldigen, aber er wollte sehen, was sie vor ihm verbarg. Er ergriff die Leinwand und drehte sich damit weg, als sie versuchte, sie ihm wieder zu entreißen.

Während er sie aufrollte, hörte er sie sagen: »Verdammt noch mal, du hast kein Recht dazu.«

Er war enttäuscht. Es war ein Porträt von ihm. Ein verdammt gutes, aber mehr auch nicht. Sie hatte ihn also gemalt. Das war ihr Hobby, das tat sie gerne, und sie war ziemlich gut.

Mit leicht geröteten Wangen gab er ihr das Bild zurück. »Es tut mir Leid. Mein Vater würde dir das vermutlich gern abkaufen. Die Ähnlichkeit ist frappierend.«

»Meine Bilder sind nicht käuflich«, erwiderte sie steif.

Er zuckte die Schultern, doch dann fiel ihm ein, dass von *Bildern* die Rede gewesen war. »Wo ist das andere?«

»Welches andere?«

»Du hast zwei von mir gemalt.«

»Nein«, beharrte sie, wobei sie jedoch rot wurde. »Wer hat dir das gesagt?«

»Deine Schwester, gerade eben.«

Sie schnaubte. »Und du glaubst ihr das?«

Er runzelte die Stirn. »Wenn du nicht rot geworden wärst, wäre es etwas anderes. Aber sie hatte Recht, du bist nicht gut im Lügen.«

»Dafür bin ich sehr gut darin, Eindringlinge aus meinem Zimmer zu werfen. Ich schreie, wenn du nicht in einer Sekunde draußen bist.«

»Nur zu. Dann weiß gleich der ganze Flur Bescheid, dass du etwas zu verbergen hast.« Er hatte die Koffer in der Ecke entdeckt und ging darauf zu. Statt zu schreien, rannte sie an ihm vorbei und setzte sich entschlossen auf einen.

»Keinen Schritt weiter.« Sie hielt ihm die Hand abwehrend entgegen. »Du wirst nicht in meinen persönlichen Sachen wühlen.«

Er schüttelte den Kopf. »Mari, merkst du denn nicht, wie seltsam du dich aufführst? Was soll das denn? Warum willst du dein außergewöhnliches Talent für dich behalten?«

Ohne eine Antwort abzuwarten, zog er sie von dem Koffer und hielt sie mit einem Arm zurück, um ihn zu öffnen. Auf ihren Kleidern lagen zwei zusammengerollte Leinwände. Er griff nach der ersten – und schrie auf, weil sie ihm den Deckel auf den Arm geschlagen hatte.

Nachdem er den Arm herausgezogen hatte, wandte er sich zu ihr um. Doch ehe er etwas sagen konnte, warf sie sich auf ihn. Und küsste ihn. Er wusste genau, dass sie das tat, um ihn von dem Koffer abzulenken und, verdammt, das gelang ihr auch.

Er zog sie an sich, bis sich ihr Körper ganz an seinen schmiegte. Sie schloss die Arme fest um seinen Nacken. Die Verzweiflung, die aus ihrem Handeln sprach, war der Leidenschaft so nahe, dass er eine Weile brauchte, um den Unterschied zu erkennen. Doch er hatte sich so lange nach ihr und ihrem Duft gesehnt, dass er jetzt nicht in der Lage war, sie zurückzustoßen.

Er hob sie an, bis ihre Hüften auf der Höhe seiner geschwollenen Lenden waren. Ihr Stöhnen verlor sich in seinem Mund, der den ihren verschloss. Dann trug er sie zum Bett. Ohne die Umarmung zu lösen, legte er sie hin und sich halb über, halb neben sie. Noch immer klammerte sie sich an ihn, in diesen Kuss ebenso versunken wie er. Diesmal stand sie nicht unter Schock, sie wusste genau, was sie tat, und das gab ihm Hoffnung. Er ließ seinem Verlangen freien Lauf, berührte sie, konnte gar nicht genug davon bekommen, sie zu berühren. Seine Lippen wanderten zu ihrem Nacken, küssten sie gleich neben dem Ohr. Dann fasste er nach ihrem Rock …

Sofort wand sie sich unter ihm heraus und schoss aus dem Bett. Warum überraschte ihn das jetzt nicht?

»Du weißt genau, Schätzchen, dass du einen Mann nicht unbegrenzt reizen kannst«, warnte er sie im Aufstehen.

Um jeden Atemzug ringend, stand sie da, die Lippen angeschwollen von seinem Kuss, die blauen Augen so dunkel, dass sie fast schwarz wirkten. Sie konnte genauso stur sein wie ihre Schwester und hatte noch lange nicht vergessen, dass sie ihn nur ablenken wollte.

Als hätte er nichts gesagt, erklärte sie: »Also gut, ich werde dir sagen, was in dem Koffer ist, wenn du mit diesem Unsinn aufhörst. Ich will es nicht vor dir allein verbergen, sondern ich möchte, dass es *niemand* zu Gesicht bekommt. Es ist ein Akt, mein erster Versuch, und da ich kein Modell hatte, ist es nicht besonders genau geworden. Ich kann gut aus dem Gedächtnis malen, aber in diesem Fall habe ich meine Fantasie benutzt. Ich wollte schon immer einen Akt malen, aber ich hatte noch nie ein Motiv, das ich interessant genug gefunden hätte. Das Bild ist entstanden, bevor du und Amanda …«

Sie beendete den Satz nicht. Das musste sie auch nicht. Sie wurde erneut rot, aber das konnte auch an dem heiklen Thema liegen.

Interessant fand sie ihn also. Künstlerisch wertvoll.

Unter den gegebenen Umständen war das alles andere als schmeichelhaft.

Außerdem fühlte er sich wie ein Esel. Sie hatte also ein Aktbild von ihm gemalt. Akte waren beliebt; viele Künstler malten Akte, das wusste er. Gesehen hätte er das Bild schon gerne, aber als Beweis für irgendetwas würde es nicht taugen. Wie gewöhnlich hatte Amanda mit ihrer Einmischung nichts weiter als ein großes Gefühlschaos verursacht.

Chad versuchte, ihr aus der Verlegenheit zu helfen – und sich selbst. »Brauchst du ein Modell?«, fragte er grinsend.

»Nein!«

Er zuckte mit den Schultern. »Dachte ich mir.« Er wandte sich zum Gehen, hielt dann aber inne. »Ich möchte mich bei dir entschuldigen, Mari. Und … wirst du über das nachdenken, was ich vorhin gesagt habe?«

»Absolut.«

Die Antwort war zu heftig ausgefallen, und das bedeutete, dass sie es nicht tun würde. Es war genau, wie er befürchtet hatte. Alle seine Chancen bei ihr waren in dem Moment zunichte gemacht worden, als sie erfuhr, dass er mit ihrer Schwester geschlafen hatte.

Kapitel 55

Was machst du da? Lauschst du an der Tür?«

»Selbstverständlich«, gab Amanda zu, um sich dann zu beklagen: »Mein Zimmer hätte diesmal ihrem gegenüber liegen müssen, nicht daneben.«

Genau in dem Moment, als Chad auf den Flur getreten war, hatte sie ihre Tür geöffnet. Diesmal versuchte er nicht, ihr auszuweichen. Es wäre auch schwierig gewesen, da sie sich mitten auf dem Gang aufgebaut hatte.

»So ist das Lauschen schwieriger, stimmt's?«, gab er sarkastisch zurück.

»Ja, es sei denn, die Stimmen werden laut«, pflichtete sie bei und hob dann eine Augenbraue. »Was soll ich tun, soll ich dich jetzt Schritt für Schritt da durch begleiten oder was?«

»Du könntest dich mal um deine eigenen Angelegenheiten kümmern, oder ist das zu viel verlangt?«

»Während du dich zum Narren machst?«

»*Du* hast einen Narren aus mir gemacht. Und machst es immer noch. Wenn du ein Mann wärst, würde ich …«

»Ja, ja, ich weiß, was du dann tun würdest«, unterbrach sie ihn ungeduldig. »Du hast sie nicht gefragt, oder? Du solltest ihr sagen, dass du die Wahrheit kennst. Nur so bringst du sie dazu, ihren Schutzpanzer abzulegen. Du wirst die Wunde nur heilen, wenn du den Finger hineinlegst, und das kannst du erst, wenn du weißt, wo sie sitzt. Von selbst wird meine Schwester nichts tun. Dazu ist sie zu stolz.«

»Ist dir wieder langweilig?«, fragte er. »Drei lange Tage dauert es noch, bis Bridges zurückkommt. Ist es das? Eine amüsante neue Intrige, weil es dir so viel Spaß macht, mit den Gefühlen anderer zu spielen?«

Sie seufzte. »Ich versuche, dir zu helfen. Wenn du den alten Groll mal für ein paar Minuten hintanstellen könntest, würdest du das erkennen. Ich habe dir die Wahrheit gesagt. Ich habe dir sogar gesagt, wo du einen Beweis dafür findest. Aber du hast dir nicht einmal die Mühe gemacht, die Bilder anzuschauen, nicht wahr?«

Nun war es an ihm zu seufzen. »Aktbilder beweisen überhaupt nichts, Amanda.«

»Was?«

»Mari hat mir erzählt, dass sie einen Akt von mir gemalt hat, weil sie mich für künstlerisch interessant hält. Das ist erstens wenig schmeichelhaft und zweitens schon gar kein Beweis.«

Amanda fing an zu lachen. »Oh, Mann, das ist ja köstlich. Statt dir die Bilder zu zeigen, hat sie dir ein Märchen erzählt. Respekt. Ich hätte nie gedacht, dass sie vom Lügen doch so viel versteht.«

»So wie du.«

»So wie ich. Es ist eine Kunst, weißt du. Aber es gibt Situationen, in denen das Lügen nicht sinnvoll ist, zum Beispiel diese hier. Ich habe dir gesagt, dass ich milde gestimmt bin, deshalb erzähle ich dir jetzt etwas über das Bild, das ich meine. Sie hat dich gemalt, wie du auf einem Heuballen liegst und im Begriff bist, dein Hemd auszuziehen. Dein Gesicht blickt nach oben, und dein Ausdruck ist so leidenschaftlich, dass du ohne Zweifel eine Frau ansiehst. Sie muss über dir gestanden haben, um dich so zu sehen. War es so? Ich habe ja nur gelauscht und nichts gesehen. Aber das Bild sagt alles, die Ähnlichkeit ist erstaunlich, da ist sogar eine kleine Narbe neben deinem Nabel. Die kann sie sich natürlich ausgedacht haben, es sei denn, du hast da wirklich eine Narbe. Hast du?«

»Du solltest es wissen«, zischte er. »Du warst diejenige, die über mir stand.«

Amanda verdrehte die Augen. »Ich kann aber nicht malen. Ich habe es einmal versucht und war so entsetzt über meine Unbegabtheit, dass ich nie wieder einen Pinsel angerührt habe. Auf Maris Talent war ich immer neidisch. Das gebe ich zu. Ihre künstlerische Begabung war so groß, dass für mich nichts übrig blieb. Und so musste ich andere Fähigkeiten entwickeln.«

»Menschen manipulieren.«

»Wie scharfsinnig von dir«, sagte sie trocken. »Wach endlich auf, Cowboy. In diesem Augenblick tue ich alles andere als das. Was hindert dich noch, endlich die Wahrheit zu erkennen?«

»Ganz einfach. Sie hätte mit mir gesprochen. Sie hätte dich nicht mit einer solchen Lüge davonkommen lassen.«

»Hat sie aber. Wenn du herausfindest, warum, findest du wahrscheinlich auch die Wunde, die du heilen musst.«

Zum vierten Mal an diesem Tag drückte Chad die Türklinke zu Marians Zimmer herunter. Diesmal war die Tür abgeschlossen. Aber er hatte nicht mehr die Geduld anzuklopfen. Stattdessen warf er sich mit der Schulter dagegen – doch sie gab nicht nach.

Von drinnen hörte er: »Wehe, du wagst es!«

Erneut warf er sich gegen die Tür, die aber immer noch standhielt. Ehe er es ein drittes Mal versuchen konnte, öffnete Marian und starrte ihn erbost an. »Ich kann nicht glauben, dass du dich das traust!«, zischte sie.

»Und ich kann nicht glauben, dass du mich auch nur eine Minute in dem Glauben gelassen hast, ich hätte mit Amanda geschlafen!«

Sie hielt den Atem an, ohne den Blick von ihm zu wenden. Er ging an ihr vorbei ins Zimmer. Seine Wut war so übermächtig, dass er erst einen Moment brauchte, um die Beherrschung wiederzuerlangen. Dann schnellte er herum. »Du hättest es zugelassen, dass ich sie heirate, obwohl alles eine Lüge war!«

Sie löste ihren Blick von seinen Augen. »Nein, das hätte ich nicht. Ich hätte geredet, wenn du dazu gezwungen worden wärst – auch wenn ich zu der Zeit nicht glaubte, dass es dich gefreut oder irgendetwas geändert hätte.«

»Wieso hast du geglaubt, es würde nichts ändern?«

»Wenn du mir nicht geglaubt hättest, wäre alles geblieben, wie es war. Und zu der Zeit war ich felsenfest davon überzeugt, du würdest mir nicht glauben. Aber ich hätte es trotzdem versucht. Nachdem Amanda Spencer geheiratet hatte, gab es freilich keine Veranlassung mehr.«

»Keine Veranlassung! Ich fasse es nicht! Lieber siehst du tatenlos zu, wie ich mich über den vermeintlich größten Fehler meines Lebens gräme! Du hättest es mir nie gesagt, nicht wahr?«

»Nein.«

»Warum zur Hölle nicht?«

»Du weißt genau, warum. Ich dachte, du wolltest mich, aber so war es nicht. Du dachtest die ganze Zeit, es wäre sie.«

»Ich habe dir gesagt, dass es nicht so war.«

»Und ich habe dir gesagt, dass ich dir das nicht abnehme. Ich war schließlich da. Ja, ich *war* es. Und jetzt kannst du nicht mehr abstreiten, dass du mich mit ihrem Namen angesprochen hast. Du warst sicher, dass sie es war!«

»Verdammt noch mal, Mari, was soll denn das alles?«, rief Chad ungläubig aus. »Ja, einen kurzen Moment lang war ich etwas verwirrt und dachte, es könnte vielleicht Amanda sein. Ich war einfach überrascht, weil du so … draufgängerisch warst.«

Während Marian sich von ihm abwandte, sah sie, wie er seine Schultern sinken ließ. Es war ihr gleichgültig. Wie an dem Tag im Stall würde sie auch dieses Mal nichts sagen.

Kapitel 56

Marian wusste nicht, was sie sagen sollte, aber sie wusste auch nicht, ob sie mit dem dicken Kloß im Hals überhaupt sprechen konnte. Sollte sie Chad jetzt auf einmal glauben, nachdem sie die ganze Zeit über sicher gewesen war, dass er sich nach Amanda verzehrte?

Was er gesagt hatte, klang logisch. Ein wenig *zu* logisch. Und genau da lag das Problem. Wie konnte sie seine Beteuerungen jetzt akzeptieren, nachdem sie selbst immer zu völlig anderen Schlussfolgerungen gelangt war? Das würde ja heißen, dass sie sich die ganze Zeit über wie die letzte Idiotin aufgeführt hatte. Dass sie den Zwist mit ihrer Schwester zu weit getrieben hatte.

In jedem Fall verdiente er eine ausführliche Erklärung. Doch als sie sich zu ihm umwandte, war er nicht mehr da.

Überrascht sog sie die Luft ein. Sie hatte ihn nicht gehen hören. Und er war mit einem falschen Eindruck gegangen, das durfte nicht sein. Aber er war schon mehrmals an diesem Tag in ihr Zimmer eingedrungen, da konnte sie dasselbe auch bei ihm tun.

Leider hatte er das Hotel verlassen. Panik stieg in ihr auf, als sie sich vorstellte, was er jetzt dachte. Sie sollte warten, bis er zurückkam, doch das konnte sie nicht. Sie hatte keine Ahnung, wo er sein mochte, dennoch war sie sicher, dass sie ihn finden würde. So lange war er noch nicht weg.

Sie fand ihn an einer Straßenecke mitten im Zentrum

der Stadt. Die Hände in den Taschen, stand er einfach da, als wäre er, ebenso wie sie kurz zuvor, ziellos und gedankenverloren umhergewandert. Es war schon sehr spät am Nachmittag, und die Geschäfte waren im Begriff zu schließen. Menschen gingen von der Arbeit nach Hause, so dass die Straßen und Gehsteige voller waren als sonst. Wahrscheinlich war das Gedränge daran schuld, dass er einfach stehen geblieben war.

Die Passanten beäugten ihn neugierig, denn Westernmantel, Stiefel und breitkrempige Hüte bekam man im Osten selten zu sehen. Immerhin hatte er seinen Patronengürtel abgelegt. Der war schon bei der Ankunft in Chicago weggepackt worden.

Sie näherte sich ihm von hinten. Zumindest hatte sie noch so viel Geistesgegenwart besessen, ihren Schleier anzulegen. Drei bekannte Gesichter hatte sie bereits gesehen.

Eine stark begangene Straßenecke mitten in der Stadt war wohl kaum der rechte Ort für ein ernstes Gespräch, aber da außer ihnen niemand stand, konnte sie wenigstens niemand belauschen. Sie wurde ein paar Mal von Passanten geschubst, ehe sie den Mut aufbrachte zu sagen, was gesagt werden musste.

»Ich dachte an dem Tag im Stall wirklich, du hältst mich für Amanda, und von diesem Moment an war für mich alles gelaufen.«

Beim Klang ihrer Stimme drehte er sich um. Als ihm bewusst wurde, wo sie sich befanden, nahm er ihren Arm und ging los. Auf diese Weise würden die Leute im Vorbeigehen höchstens ein oder zwei Worte, jedenfalls keinen zusammenhängenden Satz aufschnappen. »Ich wusste, dass du wütend warst«, fing Chad an. »Ich wollte dir alles erklären, aber Amanda hat es vermasselt. Ich war über alle Maßen schockiert, als sie auf einmal mit ihrer Behauptung ankam. Tief im Innersten wusste ich nämlich genau, welche von euch ich im Arm gehabt hatte. Aber nachdem du ihrer abenteuerlichen Geschichte nicht widersprochen hast, wusste ich zur Hölle nicht mehr, was ich glauben sollte.«

Marian wurde rot. »Ich schätze, ich hatte einfach nicht genug Selbstvertrauen, um sofort etwas zu sagen. Ich konnte nicht fassen, dass du mich Amanda vorziehst ...«

»Aber so ist es nun mal«, beharrte er.

»Lass mich ausreden. Ich war von uns beiden nie die erste Wahl bei den Männern. Und ich habe mir lange Zeit die größte Mühe gegeben, damit das so bleibt.«

»Warum?«

»Um genau das zu verhindern, was jetzt passiert ist. Warum, glaubst du, hat Amanda behauptet, sie wäre es gewesen? Es ging ihr nicht nur um die Erbschaft. Sie war außerdem eifersüchtig, weil du möglicherweise lieber mich haben wolltest als sie. So war es immer mit ihr. Deshalb habe ich versucht zu verbergen, dass wir Zwillinge sind. Meine Maske, meine zickige Art, das sollte nur sicherstellen, dass die Männer sich ausschließlich für sie interessieren.«

»Und wenn schon – ihr Pech, wenn sie so eifersüchtig ist! Das konnte doch kein Grund für dich sein, dich zu verunstalten und bis in alle Ewigkeit mit der Lüge zu leben.«

»Ich hatte schon das Gefühl. Weißt du, es war immer das Gleiche: Sobald ein Mann auch nur leises Interesse für mich zeigte – oder ich für ihn –, wickelte sie ihn um den Finger, und zwar mit allen Mitteln, auch im Bett, wenn es sein musste. Nachdem sie mir dann unter die

Nase gerieben hatte, dass er jetzt ihr gehörte, ließ sie ihn fallen, und zwar auf die mieseste Art und Weise – als Strafe dafür, dass er zuerst an mich gedacht hatte. Das wollte ich dir ersparen.«

»Hättest du mir das nicht früher sagen können?«

»Dass ich mich in dich verliebt habe? Nein, Amanda musste erst verheiratet sein, bevor ich das zugeben konnte.«

Er blieb stehen, grinste und hob ihr Kinn mit dem Finger hoch. »Du liebst mich?«

»Das habe ich nicht gesagt, ich sagte … ach, du bringst alles durcheinander. Ich wollte nur erklären, wie …«

»Wenn du mich liebst, ist alles andere sowieso egal.«

Warum konnte sie es jetzt nicht dabei belassen und ihr Glück beim Schopf packen?

»Nein, nein. Meine Gefühle sind eine Sache; aber ich begreife immer noch nicht, wie du mich lieben konntest, mich, obwohl du mein wahres Ich doch gar nicht kanntest. Es ist nur dieses Gesicht, *ihr* verdammtes Gesicht …«

»Es wird mal wieder Zeit, dass du den Mund hältst, Mari«, sagte er leise und hob ihren Schleier, um sanft ihre Wange zu umfassen. »Du meinst, ich kenne dich nicht? Als ich damals die Räuber zum Teufel schickte, hast du mir vor lauter Sorge eine gehörige Standpauke gehalten. Du hast bemerkenswerten Mut – vielleicht auch Wagemut – bewiesen, als du versuchtest, einen Fährtensucher niederzuschlagen, der viermal so groß ist wie du, nur um mir zu helfen. Du bist freundlich, du bist rücksichtsvoll, du machst dir Gedanken über die Gefühle anderer – manchmal sogar ein wenig zu viel. Ich bewundere deine praktische Art ebenso wie dein Talent.

Kurz gesagt, ich finde dich wundervoll. Du bist diejenige, in die ich mich verliebt habe, Mari, und zwar bevor ich überhaupt dein richtiges Gesicht sah, bevor ich wusste, dass ihr Zwillinge seid.«

Sie blickte zu ihm auf. »Du meinst das wirklich ernst, oder?«

Er umfasste beide Wangen mit seinen Händen. »Ich möchte dich zur Frau haben. Willst du mich heiraten?«

Sie schlang die Arme um seinen Nacken und lachte. »O ja, ja! Wenn du mich jetzt nicht gefragt hättest, hätte *ich* es vermutlich getan.«

Er lachte ebenfalls und küsste sie, doch dann stieß jemand gegen sie und murmelte eine Entschuldigung. Marian wurde so durchgeschüttelt, dass ihr wieder ins Bewusstsein drang, wo sie sich befanden. Es war wirklich nicht der richtige Ort für solch ein Gespräch. Und irgendwie hatte sie das Gefühl, die Stimme zu kennen. Sie blickte sich um, sah aber zunächst niemanden in der Menge, den sie kannte – dann aber doch. Sie erstarrte.

»Was ist los?«, fragte Chad.

Mit aufgerissenen Augen sah sie ihn wieder an. Dann schüttelte sie den Kopf. »Nichts. Ich habe mir nur etwas eingebildet.«

»Bridges?«

»Nein, es ...« Sie beendete den Satz nicht und blickte mit gerunzelter Stirn die Straße hinunter. »Ich weiß, es kann nicht sein, aber ich möchte trotzdem sichergehen. Bin gleich wieder da.«

Sie eilte in die Richtung, in die sie den Mann hatte gehen sehen. Chad war dicht hinter ihr, aber sie wartete nicht auf ihn. Es gab nur diese eine Chance festzustellen, ob sie sich geirrt hatte oder nicht, und es würde nur einen Augenblick dauern.

Als sie den Mann eingeholt hatte, zog sie ihn am Ärmel, um ihn aufzuhalten. »Papa?«

Der Mann wandte sich um, warf ihr einen verärgerten Blick zu und setzte dann seinen Weg fort, während sie stehen blieb, vor Schock wie versteinert.

Kapitel 57

Marian hatte keine Ahnung, wie sie ins Hotel zurückgekommen war. Chad hatte wohl eine Droschke angehalten, denn sie erinnerte sich vage, in einer Kutsche gesessen zu haben. Sie war ganz benommen, während die Gedanken durch ihren Kopf jagten. *Wie konnte das sein? Das passte alles nicht zusammen. Es ergab einfach keinen Sinn!* Doch am Ende lief alles immer wieder auf diese eine, unumstößliche Tatsache hinaus: Er hatte sie erkannt und war trotzdem unbeirrt weitergegangen.

Und er hatte ihr den schönsten Tag ihres Lebens verdorben. Das war das Einzige an diesem Tag, das sie nicht überraschte. Es war typisch für ihren Vater, und doch entbehrte die ganze Sache nicht einer gewissen Ironie, denn immerhin hatte er es diesmal nicht absichtlich getan.

Chad begleitete sie in Kathleens Zimmer. Und ihre Tante musste ihr nur ins Gesicht sehen, um zu wissen, dass etwas nicht stimmte. »Was ist passiert?«, fragte sie beunruhigt.

Nachdem Chad Marian behutsam auf dem Sofa abgesetzt hatte, erklärte er: »Sie glaubt, ihren Vater gesehen zu haben.«

»Das ist nicht möglich.«

»Ich weiß, aber die Ähnlichkeit muss so groß gewesen sein, dass …«

»Es *war* Papa«, unterbrach Marian ruhig, den Blick

auf ihre Tante gerichtet. »Er hat mich angesehen und war kaum einen Schritt von mir entfernt. Es war Papa.«

Kathleen seufzte. »Nun, ich kann nicht sagen, dass mich das freut. Das Beste, das Mortimer je für euch getan hat, war zu sterben. Dann ist ihm offenbar nicht einmal das richtig gelungen.«

Marian erwachte aus ihrer Benommenheit. Erregt schoss sie vom Sofa hoch. Noch waren sie allein mit ihrer Tante, aber es war bald Zeit fürs Abendessen, und dann würde auch der Rest der Gruppe hinzukommen. Kathleens Zimmer war größer als die der anderen, und so war der Esstisch hier aufgestellt worden.

»Mandy dreht durch, wenn sie das hört«, sagte Marian.

Kathleen war anderer Meinung. »Wahrscheinlich wird sie vor lauter Glück gar nicht so genau wissen wollen, was passiert ist.«

»Ich dachte, ihr hättet ihn beerdigt?«, wunderte sich Chad.

»Haben wir auch, aber der Sarg war schon zu. Ich habe nie daran gedacht nachzufragen, warum.«

»Dann wurde also der falsche Mann beerdigt, und dein Vater war die ganze Zeit verschwunden. Gedächtnisschwund?«, mutmaßte Chad.

»Das würde alles erklären«, stimmte Kathleen zu.

»Möglich, ja«, meinte auch Marian, die Stirn in tiefe Falten gelegt. »Andererseits … er müsste sein Gedächtnis heute oder in den letzten Tagen erst wiedergefunden haben.«

»Warum?«

»Weil Alberts Schwester in unserem alten Haus wohnt und folglich Albert auch«, erklärte Marian. »Das weiß Papa wahrscheinlich noch nicht.«

»Und wieso weißt du das, obwohl du dich eigentlich nirgendwo blicken lassen solltest?«, fragte Kathleen.

Marian verzog das Gesicht. »Ich bin spazieren gegangen. Ich wollte gar nicht in diese Richtung gehen, sondern habe mich einfach treiben lassen. Da begegnete ich zufällig Alberts Schwester, die auf dem Heimweg war. Aber ich hatte Vorkehrungen getroffen«, fügte sie hinzu und tippte an die verschleierte Haube auf ihrem Kopf, um sie dann abzunehmen. »Niemand hat mich erkannt.«

Kathleen nickte. »Es gibt vielleicht noch eine andere Erklärung …«

»Und welche?«

»Vielleicht war der Mann der Zwilling deines Vaters.«

»Er hatte keinen.«

»Vielleicht doch. Sie kommen in unserer Familie häufig vor. Ich war nicht in der Nähe, als er geboren wurde, deshalb kann ich es nicht sagen. Vielleicht waren es zwei. Unsere Mutter hatte zweifellos so viel Egoismus und so wenig Mutterliebe, dass sie bestimmt eines ihrer Babys weggegeben hätte, wenn ihr zwei zu viel geworden wären.«

»Das ist ein bisschen weit hergeholt«, meinte Chad.

»Stimmt. Aber es sind schon verrücktere Dinge passiert«, beharrte Kathleen.

»Aber er hat mich erkannt«, wandte Marian ein.

Kathleen zwinkerte ein paar Mal und sagte dann resigniert: »Das stimmt, du sagtest, er stand direkt neben dir. Was hatte er denn zu alledem zu sagen?«

»Er ging gleich weiter, und ich war so schockiert, dass ich wie angewurzelt stehen blieb. Er warf mir nur kurz diesen Stör-mich-jetzt-nicht-Blick zu, den er schon immer allein für mich reserviert hatte.«

Chad klopfte neben sich auf das Sofa, um Marian aufzufordern, sich wieder hinzusetzen. Sie gehorchte, und als er seinen Arm um sie legte, ohne dass sie sich zur Wehr setzte, hob Kathleen eine Augenbraue.

»Gibt's etwa noch mehr Neuigkeiten zu vermelden?«, wollte sie wissen.

»Ja«, sagte Marian leicht errötend, doch mit einem Lächeln. »Aber jetzt ist nicht gerade die beste Zeit dafür.«

Kathleen lachte leise. »Trotzdem Glückwünsche.«

»Für was?«, fragte Amanda, die, ohne anzuklopfen, ins Zimmer gerauscht kam, Spencer dicht auf den Fersen. Ohne eine Antwort abzuwarten, fuhr sie fort: »Das Essen ist noch gar nicht da? Ich sterbe vor Hunger.«

»Du hast doch schon heute Mittag für zwei gegessen, und die Sonne ist noch nicht einmal richtig untergegangen. Wie kommt's, dass du so einen Appetit hast?«

Kathleen hatte die Frage in aller Unschuld gestellt, doch Amanda lief vor Empörung rot an, während Spencer nur breit grinsend daneben stand.

»Oh«, machte Kathleen, um dann schnell Amandas Frage zu beantworten. »Mari und Chad haben endlich herausgefunden, dass sie sich mögen.«

»Dank meiner Hilfe«, frohlockte Amanda.

Kathleen und Mari starrten sie ungläubig an, doch Chad flüsterte Marian ins Ohr: »Ich erzähle dir später davon. Aber sie hat tatsächlich dafür gesorgt, dass ich heute nicht aufgegeben habe.«

»Amanda soll mir was Gutes getan haben?«, flüsterte sie zurück. »Da wird doch nicht ein Kamel durch ein Nadelöhr …«

»Du drückst dich schon wieder, Liebes«, unterbrach er sie. »Sag's ihr gleich, dann hast du's hinter dir.«

Marian kniff die Augen zusammen. Er kannte sie wirklich schon sehr gut. Sie rechnete damit, dass Amanda einen heftigen Wutanfall bekommen würde, wenn sie die Neuigkeit erfuhr; die ganze Reise mit all ihren Unannehmlichkeiten war vollkommen unnötig gewesen. Und auch darauf wollte sie am glücklichsten Tag ihres Lebens lieber verzichten. Aber sie kam nicht darum herum. Amanda durfte nicht in Unkenntnis gelassen werden.

»Papa lebt, Mandy. Ich habe ihn heute in der Stadt gesehen. Es besteht kein Zweifel, er war es. Wir sind zu dem Schluss gekommen, dass er sein Gedächtnis verloren und erst kürzlich wiedergefunden haben muss.«

»Und was hat er selbst dazu zu sagen?«, war alles, was Amanda wissen wollte.

Marian runzelte die Stirn. Amanda reagierte verdächtig gelassen. Dann fiel ihr ein, dass ihre Schwester auch nicht schockiert gewesen war, als sie die Nachricht vom Tod ihres Vaters erhalten hatten. »Du wusstest es!«, rief sie anklagend aus.

»Nein, ich habe seinen Tod nur nie akzeptiert«, widersprach Amanda mit einem Schulterzucken. »Es fühlte sich irgendwie nicht echt an, wenn du verstehst, was ich meine. Jetzt weiß ich warum – er war gar nicht tot. Glaubt ihr wirklich, er hat sein Gedächtnis verloren?«

Marian war so überrascht über Amandas Kaltschnäuzigkeit, dass sie nicht gleich antworten konnte. »Anders lässt sich nicht erklären, warum wir den Falschen begraben haben.«

»Ihr habt gar niemanden begraben«, sagte Stuart, der gerade ins Zimmer trat.

Kathleen schnellte zu ihm herum. »Was soll das jetzt wieder heißen?«

»Der Sarg war leer.«

Kathleen schnappte nach Luft, und ihre Augen weiteten sich entsetzt. »Mein Gott, du hast ihn doch hoffentlich nicht ausgegraben, oder?«

Er schnaubte sie an. »Musste ich gar nicht. Ich komme gerade von der Polizei. Die haben mir ins Gesicht gelacht, als ich meinte, Mortimer Laton sei vor ein paar Monaten gestorben. Sieht so aus, als hätten Mortimer und seine Helfer die Beerdigung hübsch geheim gehalten und sofort alle Spuren verwischt, nachdem die Mädchen die Stadt verlassen hatten. Das Ganze war nichts weiter als ein Schmierentheater. Mortimer Laton war die ganze Zeit über hier und ging wie gewöhnlich seinen Geschäften nach.«

»Unmöglich«, beharrte Amanda und schüttelte heftig den Kopf. »Albert muss jemanden gefunden haben, der ihm so ähnlich sieht, dass er für ihn durchgeht – damit er sich leichter alles unter den Nagel reißen kann. Aber jetzt ist Papa wieder da. Es spielt keine Rolle, wo er war oder warum Albert dachte, dass er tot wäre. Er wird sie alle zur Verantwortung ziehen – falls er das nicht schon längst getan hat.«

Kapitel 58

Sie brauchten zwei Droschken für alle, denn keiner wollte das Aufeinandertreffen mit Alberts Schwester verpassen. Wie schade, dass Albert selbst nicht da war. Mortimer dagegen würde womöglich sogar dabei sein, denn er war in die Richtung gegangen. Vielleicht kamen sie gerade noch rechtzeitig, um mit anzusehen, wie die Frau samt ihrer Habe aus dem Haus geworfen wurde. Andererseits, vielleicht wusste Mortimer gar nicht, dass sein ganzer Besitz auf seinen Anwalt überschrieben worden war. Es war durchaus möglich, dass er sein Gedächtnis erst kürzlich wiedergewonnen hatte und just an diesem Tag nach Haverhill zurückgekommen war.

Chad hielt Marian davon ab, in die erste Kutsche zu steigen, winkte dem Fahrer loszufahren, und hielt eine zweite. Er gab sich alle Mühe, in diesem heillosen Durcheinander einen Moment allein mit Marian zu verbringen. Ihr war es recht; sie war froh, dass sie für kurze Zeit einmal nicht über die wundersame Rückkehr ihres Vaters von den Toten reden musste.

»Geht's dir gut?«, fragte er, während er seinen Arm um sie legte und sie an sich zog.

»Jetzt wieder, ja.« Dann grinste sie ihn an. »Aber vielleicht müssen wir durchbrennen. Papa akzeptiert dich wahrscheinlich nicht so uneingeschränkt wie Kathleen, und jetzt muss *er* ja wieder seine Einwilligung geben.«

Er hob eine Augenbraue. »Und das findest du lustig?«

»Nein, es schert mich überhaupt nicht, ob er zustimmt oder nicht. Seine Rückkehr bedeutet mir nichts. Wenn ich je Gefühle für ihn hegte, dann waren die schon längst tot, bevor er starb. Er war ein guter Versorger, aber ein lausiger Vater, und zwar in jeder Hinsicht.«

»Ich möchte dich gerne heiraten, bevor wir nach Texas zurückkehren. Vielleicht sollte ich ihn um deine Hand bitten, sobald hier alles geklärt ist.«

»Mach dir keine Mühe. Hier werden Ehen ohnehin nicht so schnell geschlossen.«

Er stöhnte. »Der Gedanke, warten zu müssen, und wenn es nur ein paar Tage sind …«

Statt den Satz zu vollenden, küsste er sie. Schnell kochte die Leidenschaft in ihm hoch, weil er in den letzten Wochen allzu verzweifelt gewesen war. Ihre Reaktion war nicht minder leidenschaftlich. Es war so sinnlos gewesen, ihre Liebe zu ihm zu leugnen. Und es war so wundervoll, sie endlich gestehen zu dürfen und zu wissen, dass sie erwidert wurde.

Es war wirklich der glücklichste Tag in ihrem Leben – und sicher einer der chaotischsten. Leider lag ihr altes Haus nicht weit vom Hotel entfernt, so dass sie bald am Ziel angekommen waren und das Chaos wieder die Oberhand gewann.

Sie beendete den Kuss und sagte atemlos: »Ein Kapitän könnte uns trauen. Ich glaube, es würde mir gefallen, mir mit dir auf hoher See eine winzige Kabine zu teilen. Wir müssen doch nicht mit den anderen die Eisenbahn nehmen, oder?«

Bei der Vorstellung, sie wochenlang auf See für sich allein zu haben, entfuhr ihm ein lustvolles Stöhnen. »Nein. Wir müssen eigentlich auch nicht hier sein. Sicher hören wir auch so bald, wie es ausgegangen ist.«

Sie lachte leise. »Mir scheint, das Warten fällt dir wirklich schwer.«

»Das ist verdammt wahr«, knurrte er, seufzte aber dann. »Okay, bringen wir's hinter uns. Solange diese absurde Geschichte nicht abgeschlossen ist, bist du mit den Gedanken sowieso woanders. Wir hätten ein paar von den Jungs mitbringen sollen. Die beenden solche Sachen meist ohne große Umstände.«

Lachend stieg Marian aus der Kutsche, doch das Lachen blieb ihr im Hals stecken, als sie sah, wie ihre Schwester geradewegs auf den Haupteingang ihres alten Hauses zusteuerte. Sie wusste genau, was in Amanda vorging: Sie betrachtete es immer noch als ihres und würde einfach hineingehen. Doch das war vermutlich keine besonders gute Idee, denn in Wirklichkeit gehörte ihnen das Haus nicht mehr, und daran würde sich so lange nichts ändern, bis Albert festgenommen und vor Gericht zur Rechenschaft gezogen war.

Also rannte sie hinter Amanda her, um vor ihr an der Tür zu sein. Sie verstellte ihrer Schwester den Weg und klopfte an. Fast augenblicklich wurde geöffnet – von einem Butler, den sie beide nicht kannten.

Amanda öffnete den Mund, um Einlass zu verlangen, doch der Butler kam ihr zuvor: »Kommen Sie herein. Sie werden erwartet.«

Das hätte Marian als Warnung genügen müssen. Wenn sie auf der Fahrt hierher nicht solch ein unterhaltsames Intermezzo mit Chad gehabt hätte, wäre sie möglicherweise weniger überrascht gewesen, als sie, vom Butler ins Speisezimmer geführt, ihren Vater mit Alberts Schwester am Tisch sitzen und in aller Ruhe zu Abend essen sah.

»Lasst uns das mit der gebotenen Höflichkeit klären«,

sagte Mortimer und ließ seine Hand über die Stühle schweifen, die den langen Tisch säumten. »Setzt euch. Das Essen wird gleich aufgetragen.«

Niemand regte sich. Amanda durchlebte den Schock, der seit langem überfällig war. Selbst sie musste nun erkennen, dass sie alle auf dem Holzweg gewesen waren. Ihr Vater trug eine überheblich-gelangweilte Miene zur Schau, als wäre er sich keiner Schuld bewusst. Aber das war ganz typisch für ihn. Er hasste Konfrontationen. Das war auch einer der Gründe, warum er Amanda so verzogen hatte. Um sich ihre Trotzanfälle von vorneherein zu ersparen, gab er ihr, was immer sie wollte.

»Mir scheint, du hast den Nagel auf den Kopf getroffen, Stuart. Das Ganze war ein Schmierentheater«, meinte Kathleen und schüttelte den Kopf.

»Bist du das, Kathy?«, fragte Mortimer neugierig.

»Na klar, Bruderherz.« Kathleen nahm am gegenüberliegenden Ende des langen Tisches Platz. »Aber sei unbesorgt, ich habe nicht vor, länger zu bleiben.«

Mortimer zuckte die Schultern. »Du bist ganz schön alt geworden. Ich war mir nicht sicher.«

»Erzähl keinen Blödsinn«, schnaubte Kathleen, »und red vor allem nicht um den heißen Brei herum.«

Seine Wangen färbten sich leicht rot. Die Frau, die neben ihm saß, schleuderte ihre Serviette auf den Tisch und sagte erbost: »Raus! Und zwar alle. Wir sind Ihnen keine Rechtfertigung schuldig.«

Das ließ Amanda gerade so lange aus ihrer Starre erwachen, dass sie kreischen konnte: »Wer zur Hölle sind Sie?«

»Alberts Schwester«, erklärte Marian.

Doch die Frau war fest entschlossen, für sich selbst zu sprechen. »Eure Stiefmutter«, sagte sie, »wobei ich immer gehofft hatte, das niemals sagen zu müssen, schon gar nicht … euch gegenüber.«

»Du hast sie geheiratet?« Amanda blickte ihren Vater an und schnappte nach Luft.

»Ja, es musste sein«, erwiderte Mortimer.

Marian ahnte, was los war, und äußerte ihre Vermutung. »Sie war schon länger deine Geliebte, nicht wahr?«

»Mortimer!«, rief seine Frau aus. »Ich lasse es nicht zu, in meinem eigenen Haus beleidigt zu werden.«

»Wenn es stimmt, ist es ja wohl kaum eine Beleidigung«, warf Kathleen mit einem Grinsen ein.

Marian erkannte, dass ihre Tante die Situation genoss. Ihren Bruder in die Zange zu nehmen war für sie so etwas wie eine späte Rache. Nachdem Marian ihre Überraschung überwunden hatte, empfand sie nur noch Neugier, und auch die war zum größten Teil bereits befriedigt. Schließlich hatte sie das Baby gesehen.

»Wenn wir das nicht wie zivilisierte Menschen besprechen können, muss ich euch bitten zu gehen.« Mortimer meinte alle, sah jedoch Amanda an. An seine Frau gewandt, fügte er hinzu: »Das gilt auch für dich.«

Sie lief rot an vor Wut, legte sich ihre Serviette jedoch wieder auf den Schoß und fuhr mit dem Essen fort. Zwar war sie eine Schreckschraube und unverschämt obendrein, aber offensichtlich erlaubte ihr Mortimer nicht, sich in seiner Gegenwart so aufzuführen.

Nur Kathleen und Stuart hatten am Tisch Platz genommen. Amanda war viel zu erregt, um sich zu setzen. Marian war der Meinung, dass sie ohnehin nicht lange bleiben würden. Spencers und Chads Hilfsbereitschaft erschöpfte sich darin, dass sie den Schwestern nicht von der Seite wichen.

Kathleen lehnte sich zurück und sagte beiläufig, wenn auch mit unterschwelligem Sarkasmus: »Du hast also deine Geliebte geheiratet. Schön für dich. Aber warum musstest du dafür erst sterben?«

Er zuckte die Schultern. »Das war Alberts Idee. Ich hätte meine Töchter einfach verheiratet und ihnen eine kleine Mitgift gegeben, fertig. Aber er erinnerte mich an Amandas Temperament, und am Ende musste ich zustimmen. Es war ziemlich friedlich hier, solange du nicht in der Gegend warst, Töchterlein.«

Amanda verschlug es für einen Moment die Sprache, so dass Kathleen fragen konnte: »Dann hast du all das nur inszeniert, weil du Angst hattest, Amanda würde Rabatz machen, wenn du wieder heiratest? Ganz schön viel Aufwand, um sich ein paar Wutanfälle zu ersparen.«

Mortimer lachte leise. »Du hattest schon immer eine seltsame Art, die Dinge zu betrachten, Kathy. Nun, das war nicht der Hauptgrund.«

»Sondern?«

»Ich wollte noch einmal von vorne anfangen, mit einer neuen Frau, einer neuen Familie. Wisst ihr, ich habe jetzt einen Sohn.«

»Deshalb hast du also deine Geliebte geheiratet?«

Er antwortete nicht direkt. »Davon abgesehen … ich bin so vernarrt in meinen Sohn, dass ich es nicht mehr über mich gebracht hätte, meinen Töchtern mein ganzes Geld zu geben. Es sind Frauen; sie haben eines Tages Ehemänner, die für sie sorgen. Es wäre reine Verschwendung gewesen, ihnen etwas zu vererben, damit es am Ende doch nur an ihre Männer geht – nachdem ich einen Sohn hatte, konnte ich das auf keinen Fall zulassen.«

»Wie du die Mädchen hinters Licht geführt hast,

kann ich nachvollziehen«, fuhr Kathleen fort. »Aber wieso hat der Rest der Stadt nichts gemerkt?«

Er lächelte. »Weil kaum jemand etwas davon wusste.«

»Unmöglich. Du bist so bekannt …«

»Lass mich ausreden«, unterbrach er sie. »Die Nachricht von meinem vermeintlichen Tod, die Beerdigung, das war alles zeitlich sehr straff organisiert, so dass die Mädchen direkt nach der Beisetzung aufs Schiff verfrachtet werden konnten, ohne noch Gelegenheit zu haben, mit irgendjemandem zu reden. In den wenigen Tagen vor der Beerdigung wurden alle ihre Verehrer an der Tür abgewiesen. Es wurde keine Todesanzeige aufgegeben, aber das fiel den Mädchen nicht auf, da sie ohnehin nie Zeitung lasen. Nur einer von Amandas Verehrern bekam mit, dass ich gar nicht wirklich tot war, aber wir hatten uns eine gute Geschichte ausgedacht, die wir ihm und allen anderen erzählten, die etwas über die falsche Beerdigung herausfanden. Aber der junge Mann war so niedergeschmettert, weil Amanda ihn abgewiesen hatte, dass er selbst die Stadt verließ.«

»Und die Dienstboten? Hast du sie bezahlt, damit sie schweigen?«

»Das wäre Geldverschwendung gewesen. Nein, die wenigen, die überhaupt von der Beerdigung wussten, ließen sich von der Geschichte über meine glückliche Rückkehr blenden. Die Erklärung war ganz einfach: Es war nur vermutet worden, dass ich tot bin, doch meine Leiche wurde nicht gefunden.«

»Deshalb hat sich auch niemand gefragt, wer da eigentlich im Sarg lag.«

»Genau. Ich tat außerdem so, als hätte ich ein gebrochenes Bein; damit war erklärt, warum ich nicht rechtzeitig zurück war, um die Beerdigung zu verhindern.«

»Wann fand denn deine wundersame Wiederauferstehung statt?«

»Natürlich gleich am Tag nach der Abreise der Mädchen. Die ganze Sache war auf die Stunde ausgerichtet, in der das Schiff auslaufen sollte, damit die Mädchen aus der Stadt waren, bevor irgendjemand etwas von unserem kleinen Streich erfuhr. Eingeweiht waren nur ein paar meiner Geschäftspartner. Den Mädchen wäre es sicher seltsam vorgekommen, wenn niemand zur Beerdigung erschienen wäre.«

»Mir nicht«, warf Marian ein.

Ihr Vater schnaubte in ihre Richtung, fuhr aber dann mit seinen Erläuterungen fort. »Natürlich hatten wir dafür nicht die hellsten Köpfe ausgewählt; sie akzeptierten anschließend auch bereitwillig meine Erklärung, weil sie froh waren, dass ich zurück war.«

»Und Amandas nicht abreißender Strom von Verehrern?«, fragte Marian. »Wie hast du ihnen erklärt, dass sie plötzlich weg war?«

»Mit einer Europareise. Sie sollte noch etwas von der Welt sehen, bevor sie heiratet.«

»Eine Europareise, von der sie niemandem etwas erzählt hat?«, spottete Marian.

»Ja, weil sie nicht sehen wollte, wie enttäuscht sie wären, wenn sie erfuhren, dass sie monatelang weg sein würde.«

»Und als sie nicht zurückkam?«

Er machte eine abschätzige Handbewegung. »Heirat natürlich.«

Kathleen schüttelte den Kopf. »Was für ein ausgefeilter Plan, und wofür? Du bist nicht tot, Mort. Dein Vermögen gehört immer noch dir, und du kannst damit tun und lassen, was du willst. Wenn du nicht wolltest, dass es Tumulte gibt, weil du den Jungen als Alleinerben einsetzt, warum hast du dann nicht einfach alles beim Alten belassen?«

»Damit sie sich um mein Geld streiten, wenn ich tatsächlich tot bin? Die Mädchen waren als Großerbinnen bekannt. Amandas Freier wollten alle ein Stück vom Kuchen. Ich wollte nicht, dass es zu Erbstreitigkeiten kommt, wenn mir etwas passiert. Und es wird auch keinen Streit geben. Am einfachsten wäre es gewesen, wenn die Mädchen in Texas geblieben wären. Wie kommt es überhaupt, dass sie wieder hier sind?«, fragte er mit unverhohlenem Ärger.

»Weil dein toller Stratege nicht so toll war, als er uns einen Bericht über dein Vermögen schickte, den Amanda sofort als Fälschung entlarvte. Wir dachten, Bridges hätte die Mädchen um ihr Erbe gebracht. Deshalb sind wir hier.«

Er seufzte. »Ja, manchmal kann er ein ganz schöner Trottel sein.«

Seine Frau warf ihm empörte Blicke zu, hielt aber den Mund. Mortimer hatte sie zwar geheiratet, um ihren Sohn an sich zu binden, aber er behandelte sie trotzdem nicht so, als wäre sie seine Frau. Es war zu bezweifeln, dass er ihr gegenüber überhaupt Zuneigung empfand, denn offensichtlich hatte er all seine Liebe für seinen Jungen reserviert.

»Ich verstehe immer noch nicht, warum du nicht gewartet hast, bis die Mädchen unter der Haube und weggezogen sind. Es kommt immer wieder vor, dass Leute später im Leben eine zweite Familie gründen, Mort.«

»Ja, rückblickend wäre das wohl das Beste gewesen. Aber es war mir lieber, Amanda nicht mehr in Haverhill zu sehen. Anderswo eine Heirat für sie zu arrangieren wäre gar nicht so einfach gewesen, da sie keine Lust hatte, aus der Stadt wegzugehen. Außerdem ist sie so eifersüchtig, dass sie auf jeden Fall Probleme gemacht hätte, sobald ich geheiratet und Andrew als Alleinerben eingesetzt hätte.«

»Du musstest also, wenn ich das mal so zusammenfassen darf, deinen Tod vortäuschen, weil du deine Tochter dermaßen verzogen hast, dass du selbst nicht mehr mit ihr klarkamst?«

»Im Grunde … ja.«

Er lief erneut rot an, nachdem er seine Schwäche eingestanden hatte. Marian wusste genau, was er meinte, schließlich hatte sie mit beiden zusammengelebt. Sie wusste, zu welchen Anfällen Amanda in der Lage war und dass ihr Vater solche Szenen immer gehasst hatte. Es überraschte sie auch nicht ernsthaft, dass er am Ende alles dafür getan hatte, Amanda für immer aus seinem Leben zu verbannen. Er hatte einen neuen Favoriten. Sie bedeutete ihm nichts mehr und wäre nur noch ein Klotz am Bein für ihn gewesen.

Zum Glück konnte Marian das alles gleichgültig sein. Freilich empfand sie ein wenig Mitleid für ihre Schwester. Das hatte sie nicht verdient. Der Vater, den sie immer angehimmelt hatte, hatte seinen Tod vorgetäuscht, um sie loszuwerden. Nur deshalb hatte er diese Farce inszeniert, das Geld war Nebensache.

Es wäre viel, viel besser gewesen, wenn sie ihn weiterhin für tot gehalten hätten.

Sie blickte ihre Schwester an. Amandas Augen waren leicht glasig, es fiel ihr offensichtlich schwer, ihre Gefühle zu beherrschen. Sie hatte die Fäuste geballt, und doch war sie noch nicht explodiert, wie es eigentlich alle erwartet hätten.

»Du bist ein erbärmlicher Feigling, Papa«, sagte sie schließlich und überraschte alle mit ihrem ruhigen Ton. »Ich wusste, dass du nicht tot bist. Es hat sich nie so angefühlt, und so habe ich es auch nicht akzeptiert. Aber jetzt fühlt es sich so an.«

Damit wandte sie sich um und verließ den Raum und das Haus. Eine ganze Weile herrschte Schweigen. Dann ging Spencer langsam zu dem Ende des Tisches, an dem Mortimer saß. Der sprang beunruhigt auf, denn das Gesicht des Jüngeren barg die ganze Wut, die alle bei Amanda erwartet hätten. Spencers vorschnellende Faust schickte ihn auf den Stuhl zurück. Sie traf ihn mitten auf Nase und Mund, wo sie erheblichen Schaden anrichtete.

»Keine Angst«, sagte der Texaner verächtlich. »Das war's schon. Ich hab's für meine Frau getan, denn sie ist viel zu sehr eine Lady, um so etwas selbst zu tun. Sie braucht dein Geld nicht, Alter. Solange ich da bin, wird es ihr an nichts fehlen.«

Spencer wartete nicht auf eine Antwort, er wollte gar keine. Stattdessen spuckte er auf den Boden, bevor er seiner Frau folgte.

Stuart stand auf, streckte sich und hielt Kathleen seine Hand hin. »Ein Glück, dass du dieser Seuche entronnen bist, bevor sie dich anstecken konnte, Liebling. Können wir jetzt nach Hause fahren?«

»Na klar.« Sie grinste ihn an und nahm seine Hand. An der Tür blieb sie noch einmal stehen und blickte zu ihrem Bruder zurück. »Weißt du, Mort, es gibt im Leben doch noch so was wie Gerechtigkeit. Kein Hahn hat nach dir gekräht, als alle dachten, dass du tot bist. Und jetzt spuckst du auf die einzige Person, der du je etwas bedeutet hast. Nur gut, dass sie am Ende noch zur Vernunft gekommen ist.«

Nachdem die beiden draußen waren, blieben nur noch Marian und Chad. Mortimer hatte seine Tochter bislang nicht eines Blickes gewürdigt. Seine Frau war noch mit Essen beschäftigt. Die Situation war beinahe komisch. Er bedeutete ihr so wenig, dass sie nicht einmal dann Besorgnis heuchelte, als er sich das Blut aus dem Gesicht wischte.

Chad stand hinter Marian. Er umfasste ihre Schultern, um sein Mitgefühl zu zeigen, und sagte dann mit einer Stimme, die bis zum Ende des Tisches trug: »Willst du, dass ich ihn umlege? Ich würd's tun.«

Marian brach in Gelächter aus, wobei sie nicht im Geringsten überrascht war, dass sie unter diesen Umständen lachen konnte. Ihr Vater war ihr jetzt endgültig vollkommen gleichgültig.

Sie wandte sich zu Chad um, lächelte ihn an und streichelte seinen Nacken. »Du sagst süße Sachen ...«

Er verdrehte die Augen. Ihre Antwort zeigte ihm, dass das, was heute passiert war, sie bei weitem nicht so verletzt hatte wie Amanda.

»Ich denke, ihr wisst, wo die Tür ist«, sagte Mortimer hinter ihnen kalt.

Marian blickte sich kaum um. Sie hätte nichts gesagt, denn sie hatte nicht das Bedürfnis, ihn zur Rede zu stellen wie die anderen, doch der Blick, den er ihr zuwarf, erwischte sie kalt. Dieser Mann hatte sie ihr ganzes Leben lang ignoriert – nur jetzt, da er sie loswerden wollte, schenkte er ihr seine volle Aufmerksamkeit.

»Du tust mir Leid«, fing sie an, in ganz beiläufigem Ton. »Obwohl ... weißt du, eigentlich bist du es gar nicht wert. Auch dein Sohn tut mir Leid, aber auch er wird es nicht wert sein, wenn du ihn nach deinem Vorbild erziehst – sofern er überhaupt von dir ist ...«

»Raus!«, brüllte Mortimer wütend.

»… oder vielleicht doch nur eine Figur in einem Schmierentheater, inszeniert von einem listigen Anwalt, der Lügen offenbar der Wahrheit vorzieht«, vollendete Marian ihren Satz. Als sie sah, wie Alberts Schwester hochrot anlief, fügte sie mit leisem Lachen hinzu: »Oh, wie köstlich. Na dann, viel Spaß mit deiner neuen Familie, Papa.«

Kapitel 59

Gleich am nächsten Tag würde ein Schiff in See stechen. Die Passagiere sollten sich bereits am Abend zuvor an Bord einfinden, denn man wollte in aller Frühe ablegen. Stuart hatte noch in Chicago zu tun, und so nahmen er und Kathleen die Eisenbahn. Und da Spencer Züge Schiffen vorzog, schlossen er und Amanda sich den beiden an.

Ella Mae, die sich bereits entschieden hatte, bei Marian zu bleiben, ging gerne mit auf das Schiff, zumal Marian und Chad eine Anstandsdame brauchten – wenn auch nur für einen Tag.

Während Marian ihre Koffer packte, damit sie aufs Schiff verladen werden konnten, kam Amanda, um sich zu verabschieden. Sie würden noch einmal gemeinsam zu Abend essen, bevor sich ihre Wege trennten. Natürlich würden sie sich in ein paar Wochen in Texas wiedertreffen. Und doch war es das erste Mal, dass die Schwestern länger als einen Tag voneinander getrennt sein würden.

Zunächst ignorierte Marian Amanda. Sie fürchtete, dass sie kam, um über ihren Vater zu reden, und dazu hatte sie keine Lust. Während Marian so schnell wie möglich vergessen wollte, dass es ihn je gegeben hatte, und nur noch an ihr neues Leben und ihren zukünftigen Ehemann dachte, hatte Amanda an diesem Tag einen heftigen Schock erlitten. Für Spencer war die Sache mit dem, was er nach Amandas Abgang zu Mortimer gesagt hatte, erledigt. Doch Amanda machte diesen Eindruck keineswegs.

Sie hatte noch nichts gesagt, sondern wanderte im Zimmer herum und berührte gedankenverloren einen Gegenstand nach dem anderen. Marian hielt schließlich inne und setzte sich mit einem Seufzer auf das Bett.

»Du weißt, dass ich morgen heirate, oder zumindest sehr bald. Ich bin glücklich. Ich liebe Chad. Ich schätze, es wird wunderbar, seine Frau zu sein. Wir haben uns gefunden, obwohl du alles versucht hast zu sabotieren, was wir …«

»Gut, dass du gleich darauf kommst«, unterbrach sie Amanda. »Ich bin davon ausgegangen, dass du ihm gleich die Wahrheit sagst. Ich hätte nie gedacht, dass du so bockig bist und es so lange für dich behältst.«

Marian starrte sie an. »Er sagte, du hättest dafür gesorgt, dass er nicht aufgab. Dann wolltest du wieder ins Lot bringen, was du …?«

»Natürlich. Ich hatte überhaupt nicht die Absicht, eure kleine Liebelei zu sabotieren. Aber bis Spencer wieder auftauchte, war mir einfach sterbenslangweilig. Du hättest die Lüge sofort aufdecken, dich ein bisschen dafür schämen, endlich deine Maske ablegen und heiraten sollen …«

»Moment mal«, schnitt ihr Marian das Wort ab. »Wenn du jetzt behaupten willst, dass das ein Versuch sein sollte, uns zu verkuppeln, vergiss bitte nicht, mit wem du sprichst.«

»Sei nicht albern. Du hattest doch schon längst kundgetan, was du von ihm willst, schließlich hast du mit ihm geschlafen. Das spricht ja wohl für sich. Ich wollte den Lauf der Dinge nur ein wenig beschleunigen, damit die Geschichte spannend bleibt.«

»Weil dir langweilig war.«

»Ja, und ich glaube, ich versuche gerade, mich dafür zu entschuldigen, dass alles so aus dem Ruder gelaufen ist.«

»Okay, Mandy, was willst du wirklich?«

»Nichts.«

»Quatsch. Du entschuldigst dich doch nicht grundlos. Du tust auch sonst nichts aus reiner Nettigkeit.«

»Mari, ich weiß, dass ich viele Fehler habe. Du musst mich nicht wieder darauf hinweisen. Dass ich in Texas so weit von Vater entfernt war, hat mich gewissermaßen erst zum Menschen gemacht. Als niemand mehr da war, der wie er alles, was ich tat, lobte, wurde mir erst klar, dass vieles … abscheulich war.«

Marian verschlug es für einen Augenblick die Sprache. »Und wer oder was hat dich letztendlich zu dieser Erkenntnis geführt?«, fragte sie dann.

»Spencer.« Amanda seufzte. »Er wird mich nie so lieben, wie ich gehofft hatte – so wie Chad dich liebt. Er findet mich nur amüsant.«

»Dann willst du also, dass er dich liebt?«

»Ja, sicher. Schließlich ist er mein Mann, oder?«

»Den du nicht wolltest«, fügte Marian an.

Amanda machte eine abweisende Geste. »Das war mehr zum Schein. Ich wollte nicht, dass er merkt, wie viel er mir bedeutet, weil er immer so gleichgültig tat. Ich habe durchaus meinen Stolz, weißt du.«

»Du meinst, er lässt sich nicht von dir um den Finger wickeln?«

»Werd nicht sarkastisch. Aber ja, du hast Recht, das würde er sich nie gefallen lassen. Es ist ihm sowieso egal, was ich will. Er gibt sich nicht die geringste Mühe, mir zu gefallen.«

»Und du?«

»Wie bitte?«

»Gibst du dir Mühe, ihm zu gefallen?«

Amanda schnaubte. Dann legte sie die Stirn in Falten und schien darüber nachzudenken. »Ich schätze, nein«, sagte sie schließlich. »Ich war bislang viel zu beschäftigt damit, ihn abzulenken, damit er nicht merkt, dass ich ihn liebe.«

Das klang irgendwie vertraut in Marians Ohren. Genau das Gleiche hatte sie auch getan – aus lauter Dummheit.

»Ich werde dir einen schwesterlichen Rat geben, weil ich gerade erst denselben Fehler begangen habe. Sei ehrlich zu ihm. Sag ihm, dass du ihn liebst. Vielleicht stellst du fest, dass er seine wahren Gefühle ebenfalls vor dir verbirgt.«

Offenbar hatte Amanda den Rat noch am gleichen Nachmittag befolgt, denn sie sah beim Abendessen ziemlich zufrieden aus. Marian zog sie beiseite, als sie das Hotel verließen. Auf Chad und sie wartete draußen bereits eine Kutsche, doch Chad wollte noch ein paar Worte mit seinem Vater wechseln, und Spencer hatte ihn begleitet.

»Und? Hast du's ihm gesagt?«, fragte sie im Flüsterton.

»Ja.«

»Und liebt er dich?«

»Nein, er hat's abgestritten«, antwortete Amanda, allerdings grinsend. »Aber ich weiß, dass er gelogen hat, deshalb ist es in Ordnung.«

Marian verdrehte die Augen. »Wir sehen uns dann zu Hause, Mandy.«

Amanda lachte leise. »Oh, ich hätte gern, dass du ein Hochzeitsbild für mich malst, wenn's dir nichts ausmacht. Irgendwas, das ich mit Dartpfeilen bewerfen kann, wenn mein Mann mich wieder mal ärgert.«

Marian lachte immer noch, während sie zu Chad in die Kutsche stieg. Als er sie nach dem Grund fragte, sagte sie nur kurz: »Ich habe das Gefühl, meine Schwester entwickelt so etwas wie echten Humor.«

Sie wurden am nächsten Tag auf See getraut. Und mit großer Freude stellte Marian fest, dass in Wirklichkeit dies der glücklichste Tag in ihrem Leben war. Die Euphorie, die sie seit dem Moment empfand, in dem sie »Ja« gesagt hatte, war nicht mehr zu überbieten.

Und Chad sorgte dafür, dass es in jeder Hinsicht ein besonderer Tag wurde. Für einen Cowboy war er ziemlich romantisch.

Er hatte Ella Mae Blumen – die er an Bord geschmuggelt hatte – während der Zeremonie auf das Deck streuen lassen, so dass Marian sie erst nach dem Trauspruch sehen konnte. Er hatte ein Essen bei Kerzenschein bestellt und sich auch nicht aufgeregt, als sein Glas vom Tisch kullerte, bevor es überhaupt gefüllt war. Er hatte sie an der Reling in eine warme Decke gewickelt, damit sie den Vollmond anschauen konnte, den er – wie er schwor – eigens für sie bestellt hatte.

Und er hatte sie den ganzen Tag über immer wieder geliebt. Nachdem die Trauzeremonie am Morgen vorbei war, hatten sie sich sofort in seine Kajüte zurückgezogen, die sie sich von nun an für den Rest der Reise teilen würden. Sie waren weder zum Mittagessen noch zum Abendessen erschienen, doch ihr Hunger wurde gestillt von der ganzen aufgestauten Leidenschaft, mit der sie ihre Ehe vollzogen. Immer wieder mussten sie üben – so begannen sie irgendwann zu scherzen –, weil sie es noch immer nicht richtig machten. Wieder etwas, an das man sich immer erinnern würde. Einmal dachte sie wahrhaftig, das Bett würde zusammenbrechen.

Als sie sich schließlich für die Nachtruhe zurückzogen, waren sie beide erschöpft. Das hinderte Chad freilich nicht daran, sie erneut an sich zu ziehen, und nach ein paar ausgedehnten Gutenachtküssen stellten sie fest, dass sie doch gar nicht so müde waren.

Nach einer Weile seufzte Marian zufrieden und schmiegte sich an ihn. »Ich denke, jetzt haben wir es endlich richtig gemacht.« Sie grinste schläfrig.

»Bist du sicher, Liebling?«, fragte er und ließ einen Finger über ihren Arm gleiten, was ihr einen Schauer über den Nacken jagte.

Überrascht stützte sie sich auf. »Du kannst unmöglich noch Kraft haben. Völlig unmöglich.«

Er lachte leise. »Nein, habe ich auch nicht. Aber bestimmt kommt sie bald zurück, denn ich glaube nicht, dass ich jemals genug von dir haben werde.« Damit zog er sie an sich, um sie sanft zu küssen. »Ich liebe dich, Mari. Und ich werde den Rest meines Lebens damit verbringen, dir zu zeigen, wie sehr ich dich liebe. Wenn wir alt und grau sind und unsere vielen Enkel um uns versammelt haben …«

»Moment mal. Wie viele Kinder müssen wir denn bekommen, um eines Tages viele Enkel zu haben?«

»Oh, ein halbes Dutzend etwa – vielleicht drei Zwillingspärchen.«

Sie stöhnte. »Bloß keine Zwillinge!«

»Ich hoffe schon«, widersprach er. »Und ich weiß, dass sie aufwachsen werden, ohne dass einer bevorzugt wird, denn du wirst ihnen alle Liebe und Fürsorge schenken, deren du fähig bist. So bist du einfach.«

»Also gut, vielleicht zweimal Zwillinge«, gestand sie

grinsend zu. »Und was ist dann, wenn wir alt und grau sind?«

»Dann wirst du auf dein Leben zurückblicken und nichts zu bereuen haben, Liebling. Das verspreche ich dir.«

Und sie glaubte ihm. Niemals hätte sie gedacht, dass sie so glücklich sein konnte – mit einem Mann, der nur ein Cowboy war – aber *ihr* Cowboy. Endlich ein Mann, der ihr ganz allein gehörte.

Jennifer Blake

»Wenn man Jennifer Blake liest, fühlt man die Schwüle einer stillen Julinacht in den Sümpfen New Orleans und hat die überwältigende Würze der Südstaatenküche auf der Zunge.« **Chicago Tribune**

978-3-453-49006-2

978-3-453-49007-9

978-3-453-49008-6

HEYNE